Michael Connelly

DEUIL INTERDIT

Traduit de l'anglais (États-Unis)
par Robert Pépin

ÉDITIONS FRANCE LOISIRS

Titre original : *The Closers*.
Publié par Little, Brown and Company.

Les personnages et les événements décrits dans cet ouvrage sont fictifs. Toute ressemblance avec des personnes réelles, vivantes ou mortes, est de pure coïncidence.

Édition du Club France Loisirs,
avec l'autorisation des Éditions du Seuil.

Éditions France Loisirs,
123, boulevard de Grenelle, Paris.
www.franceloisirs.com

Remerciements

L'auteur tient à exprimer sa gratitude à tous ceux qui l'ont aidé dans ses recherches et dans la rédaction de ce roman. Ce sont aussi bien Michael Pietsch, Asya Muchnick, Jane Wood et Pamela Marshall que Jane Davis, Linda Connelly, John Houghton, Jerry Hooten et Ken Delavigne. Tous mes remerciements aux inspecteurs Tim Marcia, Rick Jackson et David Lambkin du Los Angeles Police Department, ainsi qu'au sergent Bob McDonald et au chef de police William Bratton.

*Aux inspecteurs de police
qui doivent scruter l'abîme*

Première partie

La religion des hommes en bleu

1

Dans la pratique et le protocole du LAPD[1], un appel en code 26 est celui qui suscite la réaction la plus rapide – et la plus grande peur dans le cœur qui bat sous le gilet pare-balles. Car c'est un appel dont, souvent, une carrière dépend. Ce 26 est la combinaison du code 2 d'appel radio qui signifie « réponse immédiate » et du 6 qui désigne l'étage de Parker Center d'où le chef de police donne tous ses ordres. Pareil appel exige l'attention immédiate de tout officier aimant et connaissant comme il faut le poste qu'il occupe.

Dans les premières vingt-cinq années qu'il avait passées au LAPD, jamais l'inspecteur Harry Bosch n'avait reçu un tel appel. De fait, depuis qu'il avait obtenu son badge au sortir de l'Académie de police en 1972, il n'avait plus eu l'occasion d'échanger une poignée de main ou de parler avec un quelconque chef de police. Il avait pourtant survécu à plusieurs d'entre eux et, bien sûr, il en avait vu plusieurs à des réceptions et enterrements divers. Ce matin-là, le jour même où il retournait au boulot après trois ans de retraite,

---

1. Los Angeles Police Department, ou Police de Los Angeles. (*N.d.T.*)

il reçut son premier appel en code 26 alors qu'il faisait son nœud de cravate en se regardant dans la glace des toilettes. C'était un adjoint au chef qui l'appelait sur son portable. Bosch ne se donna même pas la peine de chercher à savoir comment, tout là-haut dans les bureaux, on avait fait pour trouver son numéro. Qu'on puisse le joindre de cette manière était une chose qui allait de soi. Il se contenta de répondre qu'il y serait dans moins d'une heure, à quoi on lui répliqua qu'on l'attendait nettement plus tôt. Il finit de nouer sa cravate dans sa voiture, en conduisant aussi vite que le lui permettait la circulation sur l'autoroute 101, direction centre-ville.

Entre l'instant où il avait refermé son portable et celui où il poussa la porte à double battant des bureaux du chef de police au sixième étage, exactement vingt-quatre minutes s'étaient écoulées. Il songea que ce devait être un record, en dépit du fait qu'il s'était garé sur un emplacement interdit de Los Angeles Street, juste devant le quartier général de Parker Center. Ils connaissaient son numéro de portable ? Ils sauraient très certainement le genre d'exploit qu'il avait accompli pour arriver là en moins d'une demi-heure en partant des Hollywood Hills.

Cependant l'adjoint, un certain lieutenant Hohman, le regarda de la tête aux pieds sans lui manifester le moindre intérêt et lui indiqua un canapé recouvert de plastique, sur lequel deux autres personnes attendaient déjà.

— Vous êtes en retard, lui lança-t-il. Asseyez-vous.

12

Bosch décida de ne pas protester – pas question d'aggraver la situation. Il gagna le canapé et s'assit entre les deux policiers en tenue qui s'étaient emparés des accoudoirs. Ils se tenaient droits et ne discutaient pas le bout de gras. Bosch se dit qu'on avait dû leur passer à eux aussi un appel en code 26.

Dix minutes s'écoulèrent. Les deux policiers entre lesquels il se trouvait furent appelés avant lui, chacun étant expédié par le chef en cinq minutes pile. Pendant que le deuxième s'entretenait avec ce dernier, Bosch crut entendre de forts bruits de voix monter du saint des saints, puis l'officier ressortit du bureau, le teint livide. Il avait dû merder et la rumeur, qui était même descendue jusqu'à lui alors qu'il était en retraite, voulait que le chef, qui était nouveau, ne souffre guère ceux qui merdaient. Bosch avait lu un article du *Times* où l'on racontait qu'un membre du QG s'était fait renvoyer pour ne pas lui avoir signalé que le fils d'un adjoint au maire assez généralement contre la police avait été arrêté pour homicide involontaire. Le chef ne l'avait découvert que lorsque l'adjoint au maire l'avait appelé pour se plaindre de harcèlement, comme si c'était la police qui avait forcé son fils à boire six martinis vodka au bar Marmount et lui avait ensuite ordonné de rentrer chez lui en voiture via le tronc d'un arbre de Mulholland.

Après avoir enfin raccroché, Hohman lui fit signe du doigt. Son tour était arrivé. Très vite on le fit entrer dans un bureau en coin, avec vue sur la gare d'Union Station et le dépôt ferroviaire

13

voisin. Pas géniale, cette vue, mais convenable. Ce qui n'avait d'ailleurs aucune importance, puisque le QG allait bientôt disparaître. On l'installerait dans des bureaux temporaires le temps de reconstruire des locaux plus modernes au même endroit. Tout le monde appelait le bâtiment actuel « la Maison de verre », sans doute parce que aucun secret n'y était gardé. Bosch se demanda à quelle appellation aurait droit le nouvel édifice.

Assis derrière un grand bureau, le chef de police signait des papiers. Sans lever le nez de son travail, il dit à Bosch de s'asseoir en face de lui. Moins de trente secondes plus tard, il paraphait son dernier document et relevait la tête pour le regarder. Et lui sourire.

— Je voulais faire votre connaissance et vous souhaiter bon retour au LAPD, dit-il.

Il avait un accent de la côte Est. « Connais-sâânce. » Bosch n'y vit pas d'inconvénient. À Los Angeles, tout le monde venait d'ailleurs. Du moins en avait-on l'impression. C'était tout à la fois la force et la faiblesse de la ville.

— Ça fait plaisir de revenir, dit Bosch.

— Vous comprenez bien que vous ne serez ici qu'aussi longtemps que je le voudrai.

Ce n'était pas une question.

— Oui, chef, je le sais.

— J'ai bien évidemment examiné votre passé avant d'approuver votre retour. J'avais des inquiétudes sur disons... votre manière de procéder, mais pour finir votre talent l'a emporté. Vous pouvez aussi remercier votre coéquipière

14

Kizmin Rider pour les efforts qu'elle a déployés en votre faveur. C'est un bon officier et je lui fais confiance. Et elle, elle vous fait confiance.

— Je l'ai déjà remerciée, mais je le ferai encore.

— Je sais qu'il n'y a même pas trois ans que vous avez pris votre retraite, mais que je vous dise, inspecteur Bosch : la police que vous rejoignez aujourd'hui n'est plus celle que vous avez quittée.

— Je comprends.

— Je l'espère. Vous avez entendu parler du décret dit de consentement ?

Juste après le départ de Bosch, le chef de police précédent avait dû accepter une série de réformes afin d'empêcher une mainmise fédérale sur le LAPD, suite à une enquête du FBI sur une corruption, des violences et des violations des droits civiques endémiques dans les services. Le chef de police actuel avait dû y consentir sous peine de devoir dépendre du FBI. Et ça, du haut en bas de la hiérarchie, personne n'en voulait.

— Oui, dit Bosch. J'ai lu ça dans les journaux.

— Bien. Je suis heureux de constater que vous vous tenez au courant. Et je suis aussi content de vous signaler que, malgré tout ce que raconte le *Times*, nous avançons à grands pas et que nous avons la ferme intention de continuer sur ce rythme. Nous essayons aussi de moderniser le LAPD côté technologie. Et nous insistons sur le travail de maintien de l'ordre. Bref, nous faisons beaucoup de bonnes choses, inspecteur Bosch, beaucoup de bonnes choses qui pourraient ne plus l'être aux yeux de nos concitoyens si nous revenions aux méthodes d'antan. Comprenez-vous bien ce que je suis en train de vous dire ?

— Je crois.

— Votre retour parmi nous n'a rien de garanti. Vous allez être mis à l'épreuve pendant un an. Considérez-vous donc comme un bleu. Comme un flic débutant... et le plus vieux qui soit. J'ai approuvé votre retour, je peux très bien vous éjecter sans avoir à me justifier pendant toute cette année à venir. Ne me donnez aucune raison de le faire.

Bosch ne répondit pas. Ce devait être ce qu'on attendait de lui.

— Vendredi prochain, nous allons remettre leurs diplômes de sortie à une nouvelle promotion de cadets de l'Académie. J'aimerais que vous assistiez à la cérémonie.

— Vous dites ?

— Je veux que vous y assistiez. Je veux que vous voyiez le dévouement qui se lit sur le visage de ces jeunes gens. Je veux que vous repreniez contact avec les traditions du LAPD. Ça devrait vous aider à vous remettre au dévouement.

— Si vous y tenez, j'y serai.

— Bon. Nous nous retrouverons donc sous le dais des VIP. Vous y serez mon invité.

Il le nota sur un bloc près du buvard. Puis il reposa son stylo, leva la main et pointa l'index sur Bosch. Dans ses yeux il y avait quelque chose de farouche.

— Écoutez-moi, Bosch, reprit-il. N'enfreignez jamais la loi pour l'appliquer. Vous devrez vous acquitter de votre tâche avec compassion et dans le respect de la Constitution, à tout instant. Je n'accepterai rien d'autre. Et cette ville non plus. Sommes-nous bien d'accord sur ce point ?

— Nous le sommes.

— Alors, nous pouvons y aller.

C'était le signal, Bosch se leva, le chef de police le surprenant alors en se levant à son tour et en lui tendant la main. Bosch crut qu'il voulait lui serrer la sienne et la lui tendit. Le chef de police y glissant quelque chose, Bosch baissa les yeux et découvrit l'insigne en or des inspecteurs. On lui avait rendu son badge. On ne l'avait pas donné à quelqu'un d'autre. Il en sourit presque.

— Portez-le comme il convient, reprit le chef de police. Et soyez-en fier.

— Ce sera fait.

Enfin ils se serrèrent la main, et, ce faisant, le chef de police ne souriait pas.

— Le chœur des voix oubliées, dit-il.

— Pardon ?

— C'est ce qui me vient à l'esprit quand je pense aux dossiers qui nous attendent aux Affaires non résolues. Une vraie galerie des horreurs. C'est notre plus grande honte. Toutes ces affaires ! Toutes ces voix ! Chacune est une pierre jetée dans un lac. Les ondes de choc se propagent à travers le temps et les personnes. Familles, amis, voisins. Comment pouvons-nous parler de cité quand il y a encore tellement d'ondes de choc, tellement de voix que la police a oubliées ?

Bosch lui lâcha la main et garda le silence. Il n'y avait pas de réponse à la question du chef.

— J'ai rebaptisé le service dès que je suis arrivé. Il ne s'agit pas d'affaires éteintes, inspecteur. Jamais elles ne le sont. Pour certains, en tout cas.

— Je comprends.

— Alors descendez vite m'en résoudre quelques-unes. C'est à ça que vous excellez. C'est pour ça que nous avons besoin de vous et que vous êtes ici. C'est pour ça que je prends des risques avec vous. Montrez-leur que nous n'oublions pas. Montrez-leur qu'à Los Angeles les affaires ne sont jamais éteintes.

— Je le ferai.

Et il le laissa, toujours debout et peut-être un peu hanté par ces voix. Comme lui. Il songea que c'était sans doute la première fois qu'il avait un vrai contact avec un grand patron. Dans l'armée, on dit souvent que c'est pour celui qui l'envoie au combat que le soldat est prêt à mourir. Jamais Bosch n'avait éprouvé ce sentiment lorsqu'il rampait dans les tunnels enténébrés du Vietnam. La solitude, voilà ce qu'il y ressentait, et la nette impression de ne se battre que pour lui-même, que dans le seul but de rester en vie. C'était ça qu'il avait apporté avec lui en entrant au LAPD, ça qui parfois l'avait poussé à se dire que c'était en dépit de sa hiérarchie qu'il se battait. Les choses allaient-elles changer ?

Une fois dans l'entrée, il appuya sur le bouton d'appel de l'ascenseur un peu plus fort qu'il n'était nécessaire. Il y avait trop d'énergie et d'excitation en lui, et il comprenait pourquoi. Le chœur des voix oubliées. Le chef semblait connaître la chanson qu'elles chantaient. Bosch, lui aussi, la connaissait. Aussi bien avait-il passé l'essentiel de son existence à l'écouter.

2

Il prit l'ascenseur pour descendre au cinquième. Là encore, tout était nouveau pour lui, le cinquième étant depuis toujours un étage de civils. Il abritait essentiellement les bureaux de l'administration intermédiaire et inférieure, administration pleine d'employés non assermentés, spécialistes du budget, analystes et autres poussecrayons. Des civils, quoi. Jusqu'alors jamais Bosch n'avait eu la moindre raison de monter à cet étage.

Il n'y avait pas de panneaux dans l'entrée pour lui indiquer l'emplacement de tel ou tel bureau précis. C'était le genre d'étage où l'on sait où on va avant de quitter l'ascenseur. Bosch, lui, ne le savait pas. Les couloirs formant un H, il se trompa deux fois de direction avant de trouver la porte barrée du chiffre 503. Il n'y avait rien d'autre dessus. Il marqua une pause avant de l'ouvrir et se demanda ce qu'il faisait et dans quelle entreprise il se lançait. Elle était juste, il le savait. C'était presque comme s'il entendait ces voix de l'autre côté de la porte. Les huit mille voix.

Assise sur un bureau, Kiz Rider sirotait une tasse de café brûlant. Le bureau semblait appartenir à une réceptionniste, mais pour avoir appelé fréquemment la semaine précédente, Bosch savait bien qu'il n'y avait pas de réceptionniste dans ce service. Il n'y avait pas d'argent pour se payer un luxe pareil. Rider leva le poignet et hocha la tête en consultant sa montre.

— Je croyais qu'on avait dit huit heures, lui lança-t-elle. C'est comme ça que tu as décidé de la jouer ? On débarque à l'heure qu'on veut tous les matins ?

Bosch jeta un coup d'œil à sa montre. Il était huit heures cinq. Il releva la tête et sourit. Elle lui rendit son sourire.

— C'est par ici, dit-elle.

Petite, Rider était un peu enveloppée. Elle avait les cheveux courts, avec du gris par endroits. Son teint très foncé rendait son sourire encore plus étincelant. Elle glissa au bas du bureau et lui sortit une deuxième tasse de café de derrière l'endroit où elle s'était perchée.

— Tu vérifies si je n'ai rien oublié ?

Il vérifia et hocha la tête.

— Noir, exactement comme j'aime mes coéquipières.

— C'est drôle, ça. Ça mériterait que je te colle un PV.

Elle ouvrit le chemin. Le bureau donnait l'impression d'être vide. Il était grand – même pour une salle où travaillaient neuf inspecteurs, soit

20

quatre équipes en tandem plus un responsable. Les murs étaient peints en bleu clair, du même bleu que celui des écrans d'ordinateurs en veille. Il n'y avait pas de fenêtres. Aux endroits où il aurait dû y en avoir, on avait apposé des panneaux d'affichage ou accroché de belles photos de scènes de crime encadrées qui remontaient à bien des années. Bosch comprit vite que dans ces clichés en noir et blanc, les photographes avaient souvent fait passer leur talent artistique avant les exigences de l'enquête. On avait beaucoup forcé sur l'ambiance et les ombres. Nombre de détails importants n'étaient guère visibles. Rider avait dû sentir qu'il regardait ces clichés, car elle lui lança :

— On m'a dit que c'est l'écrivain James Ellroy qui les a choisis et les a fait encadrer pour le bureau.

Elle le conduisit jusqu'à la demi-cloison qui séparait la pièce en deux, puis le fit passer dans un box où l'on avait collé deux bureaux ensemble afin que les inspecteurs qui y travaillaient puissent être face à face. Rider posa son café sur l'un d'eux. Des dossiers s'y empilaient déjà, au milieu d'objets personnels tels une tasse à café remplie de crayons et un cadre placé de telle sorte qu'on ne puisse pas voir la photo qu'il contenait. Il y avait aussi un portable ouvert qui bourdonnait. Rider avait emménagé la semaine précédente, alors que Bosch en était encore à subir les contrôles de « douane » – autrement dit la consultation médicale et les derniers papiers à remplir pour retrouver sa place dans la police.

L'autre bureau était propre, vide, et l'attendait. Bosch se glissa derrière et y posa sa tasse. En faisant de son mieux pour ne pas sourire.

— Bienvenue au bercail, Roy ! lui lança Rider.

Le sourire s'épanouit. Qu'on l'appelle Roy à nouveau lui fit plaisir, cette tradition étant perpétuée par nombre d'inspecteurs des Homicides. Bien des années auparavant un certain Russell Kuster était devenu légendaire en travaillant aux Homicides de la division d'Hollywood. Beaucoup d'inspecteurs de la ville étaient passés à un moment ou à un autre sous la tutelle de cet homme qui, incarnation même du professionnalisme, avait trouvé la mort dans une fusillade en 1990, alors qu'il n'était pas en service. Mais l'habitude qu'il avait prise d'appeler tout le monde « Roy », quel que fût le nom qu'on portait, s'était poursuivie, l'origine de cette manie devenant vite assez obscure. D'après certains, cela venait de ce que Kuster avait eu un coéquipier qui adorait Roy Acuff[1]. Pour d'autres, ç'aurait été parce que Kuster aimait bien voir dans tous les inspecteurs des Homicides des Roy Rogers à grand chapeau blanc volant au secours de la victime et redressant la situation. Cela n'avait d'ailleurs plus guère d'importance. Bosch savait seulement qu'avoir à nouveau droit à ce qu'on l'appelle Roy était un honneur.

Il s'assit. Le fauteuil était antique et, tout cabossé, lui garantissait de bons maux de dos s'il

---

1. Surnommé le Sinatra de la cambrousse, il vendit des millions de disques dans les années 30 et 40. (*N.d.T.*)

y séjournait trop longtemps. Il espéra qu'il n'en serait rien. Lors de son premier passage aux Homicides, il avait obéi au précepte : « On se bouge le cul et on frappe aux portes » et ne voyait pas pourquoi cela aurait dû changer.

— Où sont les autres ? demanda-t-il.

— Ils prennent leur petit déjeuner. Ah oui, j'ai oublié... La semaine dernière ils m'ont dit que, tous les lundis, tout le monde se retrouve un peu plus tôt pour prendre le petit déjeuner ensemble. En général, ils vont au Pacific. Je ne m'en suis souvenue qu'en arrivant ici et en découvrant qu'il n'y avait personne, mais ils devraient être de retour dans pas longtemps.

Bosch savait que le Pacific Dining Car était depuis longtemps un lieu de rendez-vous favori de la hiérarchie et de la brigade des Vols et Homicides. Et ce n'était pas la seule chose qu'il savait.

— Douze dollars les œufs au plat. Ça doit vouloir dire qu'il n'y a pas de problèmes pour les heures sup.

Rider le lui confirma d'un sourire.

— Ça, tu ne te trompes pas, dit-elle. Mais tu n'aurais même pas eu le temps de finir tes œufs super mode, après l'appel en 26 que tu as reçu.

— Parce que tu es au courant.

— J'ai toujours l'oreille qu'il faut. Tu as ton badge ?

— Oui, il me l'a donné.

— Je lui avais dit le numéro que tu voulais. Tu l'as eu ?

— Oui, Kiz, merci. Merci pour tout.

— Tu me l'as déjà dit. Pas besoin de répéter.

Il acquiesça d'un signe de tête et jeta un coup d'œil à leur bureau. Sur le mur derrière Rider, il remarqua la photo de deux inspecteurs accroupis à côté d'un cadavre allongé sur le lit en béton de la Los Angeles River à l'étiage. Aux chapeaux qu'ils portaient, on aurait dit un cliché du début des années 50.

— Bon alors, dit-il, on commence par quoi ?

— La brigade divise les affaires par blocs de trois années, ce qui donne une certaine continuité au travail. D'après eux, ça permet de connaître l'époque et ceux qui travaillaient dans la police à ce moment-là. Ça se chevauche. Ça permet aussi d'identifier les meurtres en série. En deux ans, ils en ont déjà découvert quatre que personne n'aurait soupçonnés.

Il hocha la tête. Impressionnant.

— À quelles années avons-nous droit ? demanda-t-il.

— Chaque groupe a quatre ou cinq tranches d'années. Comme nous sommes les derniers arrivés, nous en avons quatre.

Elle ouvrit le tiroir du milieu de son bureau et en sortit une feuille de papier qu'elle lui tendit.

ÉQUIPE BOSCH / RIDER – AFFAIRES À TRAITER

1966	1972	1987	1996
1967	1973	1988	1997
1968	1974	1989	1998

Bosch étudia la liste des années dont ils allaient être responsables. Il avait passé l'essentiel de la première tranche au Vietnam et loin de la ville.

— L'« été de l'amour », dit-il. J'ai raté ça. C'est peut-être ce qui ne colle pas chez moi.

Il n'avait dit ça que pour dire quelque chose. Il remarqua que la deuxième tranche incluait 1972, année qui l'avait vu entrer dans la police. Il se rappela avoir été appelé dans une maison en retrait de Vermont Street dès le deuxième jour qu'il était de patrouille. Une femme qui vivait sur la côte Est demandait qu'on aille vérifier l'état de sa mère qui ne répondait pas à ses coups de fil. Bosch l'avait trouvée noyée dans sa baignoire, les mains et les pieds attachés avec des laisses. Son chien mort était dans la baignoire avec elle. Bosch se demanda si ce meurtre ne ferait pas partie de ceux qu'il aurait à résoudre maintenant.

— Comment sont-ils arrivés à ce truc, enfin je veux dire... comment se fait-il que nous ayons hérité de ces années-là ? voulut-il savoir.

— Ça vient des autres équipes. C'est pour leur alléger la tâche. Parce qu'en fait ils ont déjà engagé la partie dans pas mal d'affaires de ces années-là. Et, vendredi dernier, j'ai appris qu'ils avaient eu une touche remontant à 88. On est censés s'y attaquer dès aujourd'hui. Disons que c'est le cadeau qu'ils te font pour célébrer ton retour.

— C'est quoi, une touche ?

— Quand on a une correspondance pour un échantillon d'ADN ou une empreinte digitale qu'on a envoyés au fichier central ou au ministère de la Justice.

— Et nous, c'est...

— Je crois que c'est pour un échantillon d'ADN. On le saura ce matin.

— Ils ne t'ont rien dit la semaine dernière ? J'aurais pu venir pendant le week-end, tu sais ?

— Je sais, Harry. Mais l'affaire ne date pas d'hier. Il n'y a pas besoin de se mettre à cavaler dès qu'on reçoit quelque chose au courrier. Travailler aux Affaires non résolues, c'est différent.

— Ah bon ? Et pourquoi ?

Rider avait l'air exaspérée, mais avant qu'elle ait pu lui répondre ils entendirent la porte s'ouvrir et la salle se remplir de bruits de voix. Rider sortit du bureau, Bosch lui emboîtant le pas. Elle le présenta aux inspecteurs de la brigade. Parmi eux il s'en trouvait deux, Tim Marcia et Rick Jackson, que Bosch connaissait bien pour avoir déjà travaillé avec eux. Les deux autres tandems étaient composés de Robert Renner et Victor Robleto, et de Kevin Robinson et Jean Nord. Bosch les connaissait eux aussi, tout comme il connaissait, mais seulement de réputation, le responsable de l'unité. Tous étaient des enquêteurs hors pair.

Leur accueil fut tout de cordialité en demi-teintes, voire un rien empesé. Bosch savait que sa réintégration dans ce service était sans doute vue d'un œil soupçonneux. Une affectation à cette brigade devait provoquer l'envie de tous les inspecteurs du LAPD. Que lui l'ait obtenue après quasiment trois ans de retraite soulevait bien des questions. Comme le chef de police le lui avait rappelé, c'était à Rider qu'il le devait. Spécialiste de la stratégie générale, telle était la fonction qu'elle occupait encore récemment auprès du grand patron. En échange de tous les services qu'elle lui avait rendus, elle avait demandé au chef de réintégrer Bosch dans la brigade pour qu'il puisse travailler en équipe avec elle.

Tous s'étant serré la main, Pratt invita Bosch et Rider à passer dans son bureau afin de les gratifier d'un petit discours de bienvenue en privé. Il s'assit à sa place, Bosch et Rider s'installant dans les deux fauteuils posés côte à côte en face de lui. Il n'y avait pas de place pour autre chose dans cet espace de la taille d'un cagibi.

Plus jeune que Bosch de quelques années, Pratt était du mauvais côté de la cinquantaine. Il gardait la forme et maintenait l'esprit de corps de la célèbre brigade des Vols et Homicides, dont l'unité des Affaires non résolues n'était qu'une branche. Il semblait sûr de ses talents et de son commandement. Il le fallait. C'était la brigade des Vols et Homicides qui se chargeait des affaires les plus difficiles de la ville. Bosch savait bien qu'il fallait se croire plus intelligent, dur et astucieux que ceux qu'on traquait pour pouvoir en faire partie.

— Vous séparer, c'est ça que je devrais faire, dit-il pour commencer. Je devrais vous faire travailler avec des gars déjà bien installés ici, parce que le boulot est différent de celui que vous avez fait jusqu'à maintenant. Mais c'est du sixième que je tiens mes ordres et je ne plaisante pas avec ça. Sans compter que, d'après ce que je comprends, vous avez déjà bien fonctionné ensemble. Bref, oublions ce que je devrais faire et permettez que je vous dise un peu ce qu'on attend de vous dans cette unité. Kiz, je sais qu'on vous a déjà servi ce petit speech la semaine dernière, mais il va falloir que vous souffriez encore un peu, d'accord ?

— Bien sûr, dit Rider.

— Et d'un, on oublie toute idée de refermer les plaies. Tout ça, c'est des conneries. Un truc des médias, quelque chose qu'on se croit obligé de mettre dans tous les articles de journaux consacrés aux affaires non élucidées. Une plaisanterie, en d'autres termes. Un vrai mensonge ! Ici, nous ne faisons que donner des réponses. Les réponses, on ne doit pas avoir besoin de plus. Et donc, ne vous faites pas d'illusions sur ce que vous ferez ici. On ne trompe pas les familles avec lesquelles on doit travailler et on ne se laisse pas abuser par elles.

Il marqua un temps d'arrêt pour avoir leurs réactions, n'eut droit à aucune et passa au point suivant. Bosch remarqua que la photo de scène de crime accrochée au mur représentait un homme qui s'était effondré dans une cabine téléphonique criblée de balles – une cabine téléphonique comme on n'en voyait plus que dans les vieux films, au Farmer's Market ou chez Phillippe[1].

---

1. Célèbre restaurant du sud de la Californie où fut inventée une variété de sandwiches. (*N.d.T.*)

— Cette unité est sans aucun doute ce qu'il y a de plus noble dans ce bâtiment, reprit Pratt. Une ville qui oublie ses victimes de meurtre est une ville perdue. Et ici, nous n'oublions pas. Nous sommes les joueurs qu'on fait entrer à la neuvième manche de la partie de base-ball, ceux qui apportent la victoire ou la défaite. Ceux qui bouclent les dossiers. Si nous n'y arrivons pas, personne d'autre ne le peut. Si nous ratons notre coup, c'est foutu parce que nous sommes le dernier recours. Oui, nous sommes submergés par le nombre. Depuis 1960, pas moins de huit mille affaires sont restées sans solution. Mais nous ne nous laissons pas décourager. Que cette unité n'en résolve qu'une par mois, soit douze par an, et nous aurons déjà fait quelque chose. Nous trouvons les solutions, les enfants. Vous voulez travailler aux Homicides ? C'est ici qu'il faut être.

Tant de ferveur impressionna Bosch. De la sincérité, voire de la douleur, c'était bien ce qu'il découvrait dans son regard. Il acquiesça d'un signe de tête. Il avait tout de suite compris qu'il avait envie de travailler pour cet homme et ça, c'était une expérience rare dans sa vie de policier.

— N'oubliez pas que refermer les plaies et clore les dossiers, ce n'est pas la même chose, ajouta Pratt.

— Compris, dit Bosch.

— Bien. Je sais que vous avez tous les deux une longue pratique dans ce domaine. Ce que vous allez trouver de différent ? Votre rapport à ces affaires.

29

— Notre rapport ? répéta Bosch.

— Oui, votre rapport à ces affaires. Ce que je veux dire par là, c'est que travailler sur des meurtres tout frais est entièrement différent. Vous avez le cadavre, vous avez les résultats de l'autopsie, vous informez les familles. Ici, vous vous occupez de victimes disparues depuis longtemps. Il n'y a ni autopsies ni scènes de crime tangibles. C'est au dossier que vous avez affaire – si vous arrivez à le trouver –, au dossier et aux archives. Quand vous allez voir les familles et, croyez-moi, vous n'y allez que lorsque vous êtes prêt et sûr de vous, vous tombez sur des gens qui ont déjà absorbé le choc et trouvé ou pas trouvé le moyen de s'en sortir. C'est usant. J'espère que vous êtes prêts à affronter ça.

— Merci de nous avertir, dit Bosch.

— Quand le meurtre est encore frais, tout est clinique parce qu'on est pris par l'urgence. Dans les affaires non résolues, tout est du domaine de l'émotion. Ce sont les conséquences de la violence dans la durée que vous devez affronter. Soyez-y prêts.

Il prit un épais classeur bleu au bord de son bureau, le posa au centre de son sous-main, se mit en devoir de le pousser vers eux, puis s'arrêta.

— Autre chose à quoi il faut se préparer... nos services. Préparez-vous à ce que les dossiers soient incomplets, voire carrément manquants. Attendez-vous à ce que les pièces à conviction aient été détruites ou aient disparu. Attendez-vous à devoir repartir de zéro dans certaines de ces affaires. Cette unité n'a que deux ans d'âge. Nous avons passé les huit premiers mois à éplucher tous les registres pour sortir les affaires non élucidées. Nous avons expédié tout ce que nous pouvions aux services scientifiques, mais même lorsque nous avons trouvé des correspondances, ce sont les lacunes de ces dossiers qui nous ont handicapés. Un véritable abîme. Frustrant au possible. Même s'il n'y a pas prescription pour les crimes de sang, il est courant de voir que des éléments de preuve, voire des dossiers entiers, ont été jetés par au moins un ou plusieurs de nos services.

« Ce que je suis en train de vous dire, et que vous allez vite découvrir, c'est que dans certaines affaires votre obstacle numéro un pourrait fort bien être la police elle-même.

— Il paraît qu'on aurait trouvé une correspondance pour une des périodes qui nous concernent, dit Bosch.

Il en avait assez entendu. Il voulait passer à du concret.

— C'est exact, dit Pratt. Nous allons y venir dans un instant, mais laissez-moi finir mon petit laïus. Après tout, je n'ai pas souvent l'occasion de le faire. En un mot comme en mille, ce que nous essayons de faire, c'est appliquer de nouvelles méthodes et de nouvelles technologies à des affaires anciennes. Ces technologies sont, en gros, au nombre de trois : ADN, empreintes digitales et balistique. Dans ces trois domaines, l'analyse comparative a enregistré des progrès proprement phénoménaux au cours de ces dix dernières années. L'ennui avec nos services, c'est qu'ils n'ont jamais pris en compte tous ces progrès pour les appliquer à des affaires anciennes. C'est ainsi que nous avons environ deux mille dossiers avec des échantillons d'ADN qui n'ont jamais été comparés avec ceux des fichiers centraux. Et depuis 1960, des empreintes digitales pour pas moins de quatre mille affaires n'ont jamais été passées à l'ordinateur, que ce soit le nôtre, ceux du FBI, du ministère de la Justice ou d'autres. Ça serait presque risible si ce n'était pas aussi triste. Même chose pour la balistique. Nous avons des éléments de preuves dans les trois quarts de ces dossiers, mais tous ont été ignorés.

Bosch hocha la tête. Il sentait déjà la frustration de tous les parents des victimes découvrant que, au fil du temps, par incompétence ou par indifférence, leurs affaires étaient passées aux oubliettes.

— Vous découvrirez aussi que les techniques ont évolué. Le flic d'aujourd'hui est tout simplement bien meilleur que son collègue des années 60 ou 70, disons. Voire que son collègue des années 90. Ce qui fait que même avant de vous attaquer aux pièces à conviction et de réexaminer à fond les dossiers, vous risquez fort de tomber sur des trucs qui vous paraîtront évidents alors qu'ils n'avaient rien de tel à l'époque du meurtre.

Pratt hocha la tête, il avait fini son discours.

— Bien, et maintenant, cette correspondance, reprit-il en poussant le classeur d'un bleu fané en travers du bureau. À vous de jouer. Le bébé vous appartient. Bouclez-moi ce dossier et foutez-moi quelqu'un en taule.

3

Après avoir quitté le bureau de Pratt, ils décidèrent que ce serait Bosch qui irait chercher le café pendant que Rider s'attaquait au dossier. Ils savaient d'expérience que c'était elle qui lisait le plus vite et se partager le classeur n'avait pas de sens. Ils avaient tous les deux besoin de le lire de bout en bout, de se familiariser avec l'enquête et ce qu'elle avait permis de découvrir dans la continuité temporelle qui avait été la sienne.

Bosch accepta donc de lui donner une bonne longueur d'avance. Il l'informa qu'il irait peut-être boire un jus à la cafétéria pour la seule et bonne raison que l'endroit lui manquait. L'endroit, pas le café.

— Ça devrait me donner quelques minutes pour aller faire un tour au bout du couloir, lui renvoya-t-elle.

Après qu'elle eut lâché son bureau pour gagner les toilettes, Bosch s'empara de la page où étaient portées les années qu'on leur avait assignées et la glissa dans la poche intérieure de sa veste. Puis il quitta la salle 503, prit l'ascenseur pour descendre au troisième et traversa la grande salle des Homicides pour gagner le bureau du capitaine.

La suite qu'occupait ce dernier était divisée en deux pièces. La première lui servait de bureau, la seconde étant qualifiée de « salle des Homicides ». Elle était meublée d'une longue table autour de laquelle on discutait des enquêtes, et de rayonnages pleins de livres de droit et de registres des meurtres perpétrés à Los Angeles. Tous les homicides qui avaient eu lieu dans la ville, et ce jusqu'à plus d'un siècle en arrière, avaient été consignés dans ces volumes reliés en cuir. Depuis des décennies, on mettait à jour ces registres chaque fois qu'un de ces assassinats était élucidé. C'était l'instrument idéal pour savoir quel dossier était encore ouvert et quel autre était définitivement clos.

Bosch fit glisser son doigt sur les dos craquelés de ces volumes. Sur chacun, une seule inscription – Homicides –, suivie par les années incluses dans le volume. Plusieurs de ces années entraient sans problème dans les premiers. À partir des années 80 au contraire, la ville avait connu tant de meurtres que chacun de ces registres ne couvrait qu'une année. Remarquant que l'année 88 occupait deux volumes à elle seule, Bosch eut soudain une idée très claire de la raison pour laquelle on l'avait assignée à l'équipe la plus récente de l'unité, la leur. Qu'il n'y ait encore jamais eu autant de meurtres dans la ville signifiait sans doute aussi que jamais encore il n'y avait eu autant d'assassinats non résolus.

34

Il trouva le volume consacré à l'année 1972, le sortit des rayons et s'assit à la table. Il le feuilleta, une histoire après l'autre défilant sous ses yeux, voix y comprises. Il y découvrit la vieille dame noyée dans sa baignoire. L'affaire n'avait jamais été élucidée. Il poursuivit sa lecture, de 1973 à 1974, puis il parcourut les volumes consacrés aux années 66, 67 et 68. Il tomba sur les affaires Charles Manson et Robert Kennedy. Il lut les histoires de gens dont il n'avait jamais su les noms. Des noms qui leur avaient été ôtés avec tout ce qu'ils avaient jamais possédé, ou auraient jamais.

En découvrant ainsi tout le catalogue des horreurs de la ville, Harry Bosch sentit une force familière s'emparer de lui et commencer à lui couler à nouveau dans les veines. Il n'avait pas retrouvé son travail depuis une heure que déjà il s'élançait sur les traces d'un assassin. Peu importait que le sang ait coulé depuis si longtemps. Un tueur était en liberté et Bosch allait s'en occuper. Tel le fils prodigue qui revient chez lui, il comprit qu'il avait retrouvé sa place. C'était sur les fonts de la seule Église véritable qu'il était à nouveau baptisé. L'Église de la police, des hommes en tenue bleue. Il sut aussi qu'il trouverait son salut dans ceux-là mêmes qui avaient disparu depuis longtemps, dans ces bibles poussiéreuses où les morts s'alignaient en colonnes, où chaque page était peuplée de fantômes.

— Harry Bosch !

Désagréablement surpris par cette intrusion, il referma le volume d'un coup sec et leva les yeux.

Le capitaine Gabe Norona se tenait sur le seuil du bureau.

— Capitaine.

— Ça fait plaisir de vous revoir !

Norona s'avança d'un pas et lui serra vigoureusement la main.

— Ça fait plaisir de revenir, dit Bosch.

— Je vois qu'on vous a déjà donné vos devoirs du soir.

Bosch acquiesça d'un signe de tête.

— Je commence à peine à en prendre connaissance.

— Un nouvel espoir pour les morts : Harry Bosch reprend le collier.

Bosch garda le silence. Il ne savait pas trop si le capitaine plaisantait ou pas.

— C'est le titre d'un livre que j'ai lu un jour, dit Norona.

— Oh.

— Eh bien, bonne chance ! Allez donc me les coffrer !

— C'est mon but.

Le capitaine lui serra de nouveau la main, repartit vers son bureau et referma la porte.

Ce moment sacré détruit par l'intrusion de Norona, Bosch se leva. Il commença par remettre les lourds catalogues d'assassinats à leur place sur les rayons. Puis, lorsqu'il eut fini, il quitta le bureau pour rejoindre la cafétéria.

4

Kiz Rider était presque arrivée à la moitié du dossier lorsqu'il revint avec la deuxième tournée de cafés. Elle lui prit sa tasse des mains.

— Merci, dit-elle. J'avais besoin de quelque chose pour ne pas m'endormir.

— Quoi ? Tu ne vas quand même pas rester là, à me dire que c'est plus rasoir que de déplacer de la paperasse au bureau du chef ?

— C'est pas ça, non. C'est juste tout ce qu'il y a à rattraper, à lire. Ce dossier, il faut le connaître par cœur. Il faut qu'on soit prêts à toutes les éventualités.

Il remarqua qu'elle avait posé un bloc de papier grand format à côté du classeur et que la première page en était couverte de notes. Il ne pouvait certes pas les lire, mais il constata que les trois quarts d'entre elles se terminaient par un point d'interrogation.

— Sans compter que je me sers d'autres muscles maintenant, reprit-elle. Des muscles dont je n'avais absolument pas besoin au sixième.

— Je vois. Ça te va si je prends la suite maintenant ?

— Tu fais comme chez toi.

Elle ouvrit les anneaux du classeur, sortit la liasse de documents – elle faisait cinq centimètres d'épaisseur – qu'elle venait de lire d'un bout à l'autre et les tendit à Bosch qui s'était assis en face d'elle.

— T'aurais pas un autre bloc-notes comme celui-là ? lui demanda-t-il. Je n'en ai qu'un petit.

Elle poussa un soupir exagéré. Il savait qu'elle lui jouait la comédie, qu'en fait elle était contente qu'ils travaillent de nouveau ensemble. Elle avait passé l'essentiel des deux années précédentes à évaluer diverses politiques et à désamorcer des problèmes pour le chef. Ce n'était pas dans ces tâches qu'elle se montrait la plus brillante. C'était dans ce qu'ils allaient faire maintenant.

Elle lui glissa un bloc en travers du bureau.

— T'as aussi besoin d'un stylo ?

— Non, ça, je devrais pouvoir m'en débrouiller.

Il posa les documents devant lui et se mit à lire. Il était prêt à y aller et n'avait pas besoin de café pour rester en forme.

La première page du dossier était une photo en couleurs glissée dans une pochette en plastique à trois perforations. Il s'agissait d'un portrait (extrait d'un album de promotion de lycée) représentant une jeune fille au charme exotique, avec des yeux en amande et d'un vert qui contrastait fortement avec la teinte moka de sa peau. Ses cheveux aux boucles brunes serrées étaient parsemés de reflets blonds qui avaient attrapé la lumière du flash. Les yeux étaient lumineux et le sourire authentique – il disait que la jeune fille savait des choses que personne d'autre ne connaissait. Bosch ne la trouva pas belle. Pas encore. Ses traits semblaient entrer en concurrence, sans plan d'ensemble défini. Mais Bosch savait que la gaucherie de l'adolescence se résorbait souvent pour se transformer en beauté plus tard.

Sauf que pour Rebecca Verloren il ne devait pas y avoir de plus tard. 1988 – elle avait alors seize ans – avait été sa dernière année. C'était pour son assassinat qu'il y avait eu une touche.

Becky – ainsi l'appelaient ses parents et ses amis – était la fille unique de Robert et Muriel Verloren. Muriel s'occupait de sa maison et Robert était le propriétaire et chef cuisinier d'un restaurant populaire de Malibu, l'Island House Grill. Ils habitaient dans Red Mesa Way, sur la route du col de Santa Susana, à Chatsworth, à l'extrémité nord-ouest de Los Angeles. Leur jardin de derrière n'était autre que la pente boisée de l'Oat Mountain, qui s'élève au-dessus de la ville et lui tient lieu de frontière. Cet été-là, Becky se préparait à entrer en première à la Hillside Preparatory School. Située non loin de Porter Ranch, c'était une école privée, où Becky comptait parmi les meilleurs élèves. Sa mère y travaillait comme bénévole à la cafétéria, où elle apportait souvent pour les professeurs du poulet séché et salé et d'autres spécialités du restaurant de son mari.

Le matin du 6 juillet, les Verloren s'étaient aperçus que leur fille avait disparu de chez eux. Ils avaient trouvé la porte de derrière déverrouillée alors que, ils en étaient sûrs, ils l'avaient fermée à clé la veille au soir. Pensant qu'elle était peut-être allée faire un tour, ils avaient attendu leur fille deux heures durant dans la plus grande anxiété, mais elle n'était pas revenue. Ce jour-là, elle devait accompagner son père au restaurant pour aider à l'accueil à l'heure du déjeuner et l'heure de partir pour Malibu était déjà passée depuis longtemps. Pendant que sa mère appelait ses amis dans l'espoir de la localiser, son père était monté dans la colline derrière la maison pour essayer de la retrouver. Lorsque, finalement, il en était redescendu sans avoir découvert le moindre signe de sa fille, ils avaient décidé qu'il était temps d'appeler la police.

Des officiers de patrouille de la division du Devonshire avaient été dépêchés à la maison, où ils n'avaient rien remarqué qui prouve une quelconque effraction. Au vu de cet élément et du fait que la jeune fille faisait partie du groupe d'âge le plus enclin aux fugues, l'affaire avait été considérée ainsi et traitée comme un cas de disparition ordinaire, malgré les protestations des parents de la jeune fille qui ne croyaient pas qu'elle ait fugué ou soit partie de chez eux de son plein gré.

Ils devaient en avoir l'horrible confirmation lorsque, deux jours plus tard, le cadavre en décomposition de Becky Verloren avait été découvert derrière le tronc d'un chêne couché à une dizaine de mètres d'une piste cavalière d'Oat Mountain. Une écuyère montant son appaloosa[1] s'était écartée de la piste pour trouver l'origine d'une mauvaise odeur et avait découvert le cadavre. Elle aurait très bien pu ne tenir aucun

---

[1]. Race de chevaux américains originaires de la Louisiane. (*N.d.T.*)

compte de l'odeur, mais elle avait déjà remarqué, clouées à des poteaux téléphoniques, un certain nombre d'affichettes indiquant la disparition de la jeune fille.

Becky Verloren avait trouvé la mort à moins de cinq cents mètres de chez elle. Son père était très probablement passé à quelques mètres de son corps lorsqu'il était monté dans la colline en criant son nom. Sauf que, bien sûr, ce matin-là il n'y avait encore aucune odeur pour attirer son attention.

Bosch était lui aussi le père d'une petite fille. Bien qu'elle vive loin de lui avec sa mère, elle n'était jamais loin de ses pensées. Il se représenta le père de Becky Verloren en train de monter une colline pentue, et appelant sa fille qui ne reviendrait jamais.

Il essaya de se concentrer sur le dossier.

La victime avait été abattue d'une seule balle de pistolet de gros calibre, qu'on lui avait tirée en pleine poitrine. L'arme, un Colt .45 semi-automatique, reposait dans les feuilles près de sa cheville gauche. En examinant les photos de la scène de crime, Bosch découvrit sur le tissu de la chemise de nuit bleu ciel quelque chose qui ressemblait fort à une brûlure due à un coup de feu tiré à bout touchant. Le trou de la balle se trouvait juste au-dessus du cœur. À voir la taille de l'arme et celle de la blessure d'entrée, il comprit que la mort avait dû être instantanée. Son cœur avait sans doute explosé au moment même où la balle lui défonçait la poitrine.

Il étudia longuement les photos du corps tel

qu'il avait été découvert. La victime n'avait pas les mains attachées. Elle n'avait pas davantage été bâillonnée et avait le visage tourné vers le tronc d'arbre. Il n'y avait pas trace d'aucune sorte de blessure de défense. Rien non plus pour indiquer qu'il y aurait eu agression sexuelle ou autre.

L'erreur d'interprétation commise par la police quant à la nature véritable de la mort de la jeune fille venait d'une mauvaise lecture de la scène de crime. Les premières conclusions auxquelles étaient arrivés les inspecteurs les avaient amenés à penser à un suicide. Ce qui avait aussi eu pour conséquence que l'affaire était restée entre les mains de la brigade des Homicides du lieu et celles des deux policiers de service à cette heure-là, Ron Green et Arturo Garcia. La division du Devonshire était à cette époque-là, et est toujours, la plus calme de tout le LAPD. Avec sa forte population de banlieusards propriétaires de maisons de valeur et de résidents appartenant aux couches aisées de la moyenne bourgeoisie, le comté du Devonshire a toujours eu une des criminalités les plus faibles de la région. Dans la police de Los Angeles, on parle de son commissariat central comme du « Club Dev ». Cherchaient à s'y faire affecter des officiers et des inspecteurs ayant donné beaucoup d'années au LAPD, au bout du rouleau ou qui en avaient tout simplement assez vu. Sans compter sa proximité avec Simi Valley, autre communauté calme et à faible taux de criminalité du comté de Ventura, où les officiers du LAPD aimaient bien élire domicile. Un poste au commissariat du Devonshire garantissait les trajets les plus courts et la charge de travail la plus légère.

Telles étaient les réflexions qui trottaient dans la tête de Bosch tandis qu'il continuait de lire les rapports d'enquête. Il savait qu'on lui demandait aussi, en partie au moins, de porter un jugement sur le travail de Green et de Garcia et de déterminer s'ils s'étaient montrés à la hauteur de la tâche. Il ne les connaissait pas de réputation et n'avait jamais eu affaire à eux. Il n'avait donc aucune idée de leurs compétences et du degré d'attention qu'ils avaient porté à l'affaire. Certes, ils avaient commencé par se tromper en y voyant un possible suicide. Cela étant, au vu des dossiers, il semblait bien qu'ils se soient rattrapés et aient enquêté à fond. Leurs rapports paraissaient exhaustifs et bien rédigés. Les deux hommes avaient l'air de s'être dépensés sans compter chaque fois que c'était possible.

D'après les PV, Green et Garcia avaient vite orienté leur enquête dans une autre direction lorsque, l'autopsie ayant déjà invalidé la thèse du suicide, l'arme retrouvée près du corps avait elle aussi été analysée. L'affaire avait alors été requalifiée et traitée comme un meurtre déguisé en suicide.

Bosch commença donc par les conclusions de l'autopsie portées au dossier. Il avait déjà lu des milliers de rapports de ce genre et assisté à plusieurs centaines de ces examens. Il savait donc comment glisser sur les histoires de poids, les mesures et la description des faits et gestes de chacun pour aller droit aux conclusions et photos annexées. Pas de surprise de ce côté-là, la mort était due à un coup de feu en pleine poitrine. On estimait qu'elle était survenue le 6 juillet, entre minuit et deux heures du matin.

C'est dans d'autres conclusions que les surprises l'attendaient. Rebecca Verloren avait des cheveux longs et épais. À la base de son cou, sur le côté droit, à l'endroit où ils retombaient, le légiste avait découvert une petite marque de brûlure circulaire, à peu près de la taille d'un bouton de chemise. Cinq centimètres plus loin se trouvait une autre marque de brûlure, nettement plus petite que la première. Une forte numération des leucocytes aux alentours de ces blessures indiquait que celles-ci étaient survenues à un moment certes proche de la mort, mais légèrement antérieur.

Le légiste en avait conclu que ces brûlures avaient été causées par un boîtier à effet paralysant, engin manuel qui émet une puissante décharge électrique et rend ses victimes inconscientes ou incapables de réagir pendant plusieurs minutes, voire davantage, selon l'intensité de la décharge. D'ordinaire, celle-ci laisse deux petites marques pratiquement indécelables sur la peau, à l'endroit où les électrodes sont entrées en contact avec elle. Mais lorsque ces deux électrodes ne la touchent pas également, il y a production d'un arc électrique qui très souvent brûle la peau de la même manière que ce qu'on voyait sur le cou de la jeune fille.

Dans les conclusions de l'autopsie, on faisait aussi remarquer que les pieds nus de la victime étaient exempts des traces de terre, coupures ou contusions que l'on n'aurait pas manqué d'y trouver si Becky Verloren avait escaladé le flanc de la montagne dans le noir.

Bosch réfléchit en tapotant le rapport du bout de son stylo. Il savait que c'était là que Green et Garcia avaient commis une faute. Ils auraient dû examiner les pieds de la victime sur les lieux du crime, ce qui leur aurait permis de comprendre que ce prétendu suicide n'était qu'un piège. Au lieu de quoi ils avaient raté ces indices et, le week-end survenant, avaient perdu deux jours à attendre le rapport d'autopsie. En y ajoutant les deux autres qu'ils avaient déjà perdus lorsque la patrouille avait cru à une fugue quand les parents avaient appelé le commissariat, on arrivait à un très mauvais total dans une enquête pour homicide. Il ne faisait aucun doute que l'affaire avait mis longtemps à démarrer. Bosch commençait à voir à quel point la police avait laissé tomber la victime.

Le rapport d'autopsie contenait aussi les résultats d'une analyse des traces de poudre retrouvées sur les mains de la jeune fille. S'il en avait été découvert sur sa main droite, aucune n'avait été décelée sur sa main gauche. Même si Becky Verloren était droitière, Bosch savait bien que ces résultats indiquaient que, de fait, elle n'avait pas tiré le coup de feu qui l'avait tuée. L'expérience – même limitée – et le bon sens auraient dû faire comprendre aux enquêteurs qu'elle aurait été obligée de tenir l'arme à deux mains et pointée sur sa poitrine pour pouvoir appuyer correctement sur la détente. Ce qui aurait eu pour résultat de projeter des traces de poudre sur ses deux mains.

Il y avait encore un autre point d'importance dans ces conclusions. L'examen du corps avait également permis de déterminer que la victime avait une vie sexuelle active, la présence de cicatrices sur les parois de son utérus indiquant une dilatation récente ainsi qu'une cautérisation caractéristiques d'une procédure d'avortement. D'après le coroner adjoint qui avait pratiqué l'autopsie, cette intervention s'était produite entre quatre et six semaines avant le décès de la jeune fille.

Bosch lut ensuite les conclusions du premier rapport d'enquête, rapport qui avait été rédigé et ajouté au dossier après l'autopsie. L'affaire ayant alors été requalifiée en homicide, Green et Garcia y avançaient l'idée que quelqu'un était entré dans la chambre de Rebecca Verloren pendant son sommeil. Ce quelqu'un l'aurait immobilisée avec une décharge de boîtier à effet paralysant avant de la sortir de sa chambre et de la transporter hors de la maison. Elle aurait ensuite été emmenée dans la montagne, puis déposée à côté du chêne couché, à l'endroit où le meurtre aurait été commis puis très maladroitement déguisé en suicide, suite à une décision intempestive de l'assassin. Ce rapport avait été porté au dossier le lundi 11 juillet – soit cinq jours après le décès de Becky.

Bosch passa ensuite au rapport balistique. La thèse du meurtre, déjà amplement prouvée par les conclusions de l'autopsie, était définitivement confirmée par l'examen de l'arme et les tests balistiques afférents. Hormis celles de la main droite de Becky Verloren, aucune empreinte digitale n'avait en effet été retrouvée sur l'arme. Qu'il n'y ait eu aucune empreinte de sa main gauche, voire la moindre trace de quoi que ce soit sur le pistolet, indiquait on ne peut plus clairement que l'arme avait été essuyée avec soin avant d'être placée dans la main de la victime, main que l'assassin avait ensuite tournée vers la poitrine de la jeune fille avant de tirer. Il était probable que, suite à la décharge du boîtier à effet paralysant, la victime ait été inconsciente au moment où l'assassin procédait à cette mise en scène.

La douille éjectée par le pistolet lorsque le coup fatal avait été tiré avait été retrouvée à deux mètres du corps. Ni empreintes ni aucune trace dessus – l'arme avait donc été chargée avec des gants.

C'était pendant l'examen de l'arme elle-même que l'élément de preuve le plus important avait été découvert – de fait à l'intérieur. Le pistolet était un Colt Mark IV modèle 80 fabriqué en 1986, soit deux ans avant le meurtre. Il se caractérisait par une longue crête de chien tout à fait remarquable dans la mesure où, malgré cent ans de production sous diverses formes, l'arme avait toujours la réputation de laisser un « tatouage » sur le tireur si celui-ci ne la tenait pas correctement pendant la phase de tir. Cela se produisait en général lorsque, la tenant à deux mains, il faisait remonter la main de tir principale haut sur les plaquettes et la rapprochait trop de la crête de chien. La main de tir pouvait alors recevoir comme un douloureux coup de tampon lorsque, la détente une fois pressée, l'arme faisait feu et la glissière partait en arrière pour éjecter la douille. En revenant à la position de tir, la glissière pinçait la peau du tireur – d'habitude entre le pouce et l'index – et en emportait souvent un bout à l'intérieur de l'arme. Tout ceci se déroulait en une fraction de seconde, le tireur débutant ne sachant souvent même pas ce qui l'avait « mordu ».

C'était très exactement ce qui s'était passé avec le pistolet dont on s'était servi pour tuer Becky Verloren. En l'ouvrant, l'expert en balistique avait trouvé un petit bout de peau et du sang séché sous la glissière. Ce détail aurait échappé à quelqu'un qui se serait contenté d'examiner le Colt de l'extérieur ou se serait appliqué à n'y laisser ni empreintes ni traces de sang.

Green et Garcia avaient donc ajouté ce fait à leur théorie. Dans le deuxième rapport d'enquête, ils écrivaient notamment que cet élément de preuve montrait que le tueur avait refermé la main de la victime autour du pistolet, puis appuyé la bouche de l'arme sur sa poitrine. L'assassin s'était alors servi d'une de ses mains, ou des deux, pour stabiliser le Colt et pousser ou tirer le doigt de la victime sur la détente. Le pistolet avait fait feu, la glissière le « tatouant » aussitôt en emportant un bout de sa peau à l'intérieur de l'arme.

Bosch se fit aussi la remarque que ni Green ni Garcia ne signalaient l'existence d'une autre possibilité. À savoir que le bout de peau et le sang retrouvés dans le pistolet auraient pu déjà s'y trouver le soir du meurtre – que l'arme avait donc peut-être déjà tatoué quelqu'un d'autre que l'assassin, quelqu'un qui, à un moment ou à un autre avant le meurtre, aurait fait feu avec elle.

Sans que cette éventualité soit prise en compte, le sang et le bout de peau avaient été extraits de l'arme, un test de comparaison sanguine étant ensuite effectué alors même que l'autopsie avait déjà fait apparaître que Becky Verloren n'avait pas de blessures aux mains. Le sang récupéré dans la glissière était de type O, celui de Becky Verloren étant, lui, de type AB positif. Les enquêteurs en avaient donc conclu que c'était bien le sang de l'assassin qu'ils avaient retrouvé dans l'arme. Pour eux, l'assassin était du groupe O.

Cela dit, en 1988, le recours aux comparaisons d'ADN dans les enquêtes criminelles était encore peu répandu et, plus important, leurs résultats loin d'être acceptés par les tribunaux de Californie. Les banques de données où l'on pouvait trouver les profils ADN des délinquants sexuels commençaient à peine à être fondées et financées. Dans cette enquête de 1988, les inspecteurs n'auraient pu comparer les groupes sanguins qu'ils

avaient obtenus qu'avec ceux de suspects poten-
tiels à mesure qu'ils en découvraient. Et dans
cet assassinat aucun suspect sérieux n'était
apparu. Ils avaient travaillé dur et longtemps,
mais n'avaient pour finir jamais pu arriver à la
moindre arrestation. L'affaire était alors tombée
dans l'oubli.

— Jusqu'à maintenant, dit Bosch sans se
rendre compte qu'il parlait tout haut.

— Quoi ? lui demanda Rider.

— Non, rien. Je réfléchissais.

— Tu veux qu'on commence à en parler ?

— Pas encore, non. Je veux d'abord finir la
lecture du dossier. Et toi, t'as fini ?

— Pratiquement.

— Tu sais qui on doit remercier pour ça, non ?

Elle lui jeta un regard intrigué.

— Je donne ma langue au chat.

— Mel Gibson.

— Qu'est-ce que tu racontes ?

— Quand le film *L'Arme fatale* est-il sorti ?
C'est bien à cette époque, non ?

— Je crois. Mais qu'est-ce que tu veux dire ?
Ils étaient sacrément tirés par les cheveux, tous
ces films.

— C'est exactement ça. C'est ce film qui a
lancé la mode de l'arme qu'on tient de travers et
à deux mains l'une sur l'autre. Si on a du sang
dans ce pistolet, c'est parce que le tireur était un
fan de ce film.

Elle écarta la remarque d'un signe de tête.

— Tu verras ! lui renvoya Bosch. C'est ce que
je demanderai au type quand on le coincera.

— D'accord, Harry. Tu lui demanderas.

— Mel Gibson a sauvé beaucoup de vies. Tous ces mecs qui se sont mis à tirer de côté ne touchaient jamais rien. On devrait en faire un flic d'honneur.

— Bon, d'accord, Harry. Et maintenant, tu me laisses lire, d'accord ? Je voudrais arriver au bout de ce truc.

— OK, d'accord. Moi aussi.

5

Peu de temps après la formation de l'unité des Affaires non résolues, les éléments de preuves de l'affaire Verloren avaient été expédiés au ministère de la Justice de Californie. On les avait envoyés avec les résultats de l'analyse ADN et les pièces à conviction d'une dizaine d'autres affaires de meurtres toujours non résolues découvertes suite à un premier tri dans les archives du LAPD. C'est le ministère qui gère la base de données ADN de l'État. À l'époque, le retard sur les demandes de comparaisons adressées à des labos sous-financés et sans effectifs suffisants allait jusqu'à plus d'un an et demi. Mais, grâce au raz-de-marée de demandes formulées par la nouvelle unité du LAPD, il avait fallu presque dix-huit mois pour que les éléments de preuves de l'affaire Verloren soient revus par les analystes du ministère et comparés aux milliers de profils ADN emmagasinés dans la banque de données de l'État. Cette comparaison n'avait donné qu'une seule correspondance, qu'une seule « touche » dans le jargon des analystes d'ADN.

Bosch contempla le rapport du ministère qui s'étalait devant lui sur une page. Il y lut que douze marqueurs sur les quatorze possibles relevés sur l'arme qui avait tué Rebecca Verloren correspondaient à ceux d'un certain Roland Mackey, aujourd'hui âgé de trente-cinq ans. Il était né à Los Angeles, sa dernière adresse connue étant à Panorama City. Bosch sentit son sang courir un peu plus vite dans ses veines tandis qu'il continuait la lecture du rapport. Panorama City se trouve dans la vallée de San Fernando, à un quart d'heure de voiture, et encore, de Chatsworth, même lorsque la circulation est mauvaise. Cela ajoutait un élément de crédibilité à la correspondance. Ce n'était pas que Bosch aurait mis en doute ce que disait la science. Il avait confiance en elle. Mais il savait aussi qu'il en faut plus pour convaincre un jury. Bon sens et preuves circonstancielles ne sont pas de trop lorsqu'il faut appuyer des résultats d'analyse. Cela dit, ça faisait un lien de plus.

Puis il remarqua la date portée sur la lettre explicative envoyée par le ministère.

— Tu ne m'as pas dit qu'on venait juste de recevoir ce rapport ? demanda-t-il à Rider.

— Si. Je crois qu'il est arrivé vendredi dernier. Pourquoi ?

— Non, ç'a été envoyé le vendredi d'avant. Il y a dix jours.

Rider haussa les épaules.

— La bureaucratie, dit-elle. Il a dû prendre tout son temps pour descendre de Sacramento, ce rapport.

— Je veux bien que l'affaire ne soit pas des plus récentes, dit-il, mais ils auraient quand même pu aller un peu plus vite.

Rider ne réagissant pas, il laissa tomber et poursuivit sa lecture. Le profil ADN de Mackey se trouvait dans la base de données du ministère parce que les lois de Californie exigent que tout délinquant sexuel reconnu coupable subisse une analyse de sang et des prélèvements oraux dont les résultats seront versés à la banque de données ADN. Le délit qui avait valu à l'ADN de Mackey d'y atterrir était limite. Deux ans plus tôt, il avait été condamné pour attentat à la pudeur à Los Angeles. Le rapport du ministère ne donnant pas de détails sur l'affaire, mais signalant que Mackey avait été mis en liberté surveillée pour six mois, le délit ne pouvait être que mineur.

Bosch était sur le point de noter quelque chose sur son bloc lorsqu'il leva la tête et s'aperçut que Rider était en train de refermer le dossier contenant la seconde moitié des documents.

— Fini ? demanda-t-il.

— Fini.

— Et maintenant, qu'est-ce qu'on fait ?

— Et si j'allais chercher la boîte à l'AS pendant que tu termines ?

Il n'eut aucun mal à se rappeler le sens de ce qu'elle venait de dire. C'était sans la moindre difficulté qu'il retrouvait le monde des sigles et du parler flic. L'AS n'était autre que l'armoire aux scellés. Rider allait s'y rendre pour prendre les preuves matérielles qu'on y avait conservées – arme du crime, vêtements de la victime et tout ce qui était venu s'y ajouter au fur et à mesure que l'enquête avançait. Tous ces objets étaient habituellement rangés dans une boîte en carton qu'on posait sur un rayonnage. La seule exception concernait les périssables et les éléments de preuves de nature biologique – tels que le sang et le bout de peau qu'on avait retrouvés dans le pistolet – qui, eux, étaient conservés dans les coffres des laboratoires de la police scientifique.

— Bonne idée, dit-il. Mais pourquoi ne pas passer ce mec à l'ordinateur du DMV et du NCIC[1], histoire de voir si on ne pourrait pas le localiser ?

— Je l'ai déjà fait.

Elle fit tourner son ordinateur portable pour qu'il puisse en voir l'écran. Il y reconnut le gabarit de l'ordinateur central, tendit le bras et commença à faire défiler les informations.

Rider avait interrogé le NCIC sur Roland Mackey et obtenu son dossier. Sa condamnation pour attentat à la pudeur deux ans plus tôt

---

1. Soit respectivement le Department of Motor Vehicles, équivalent de notre service des cartes grises, et le National Crime Information Center, équivalent de notre Fichier des recherches criminelles. (*N.d.T.*)

n'était que la dernière d'une longue série d'arrestations remontant à l'époque où il avait dix-huit ans – soit à l'année même du meurtre de Rebecca Verloren. Tout ce qu'il avait pu faire avant n'avait pas été recensé, les lois sur la protection de l'enfance interdisant la divulgation de cette partie-là de son casier. La plupart de ces crimes avaient à voir avec la drogue et le vol, les premiers étant un vol de voiture et un cambriolage qu'il avait commis à dix-huit ans et qui l'avaient conduit à deux condamnations pour possession de substances illicites, deux autres pour conduite en état d'ivresse, et une autre encore pour cambriolage et recel. Sans parler d'une arrestation antérieure pour racolage sur la voie publique. En gros, le pedigree d'un petit drogué. Il semblait bien que Mackey n'ait jamais été envoyé dans une prison d'État. On lui avait souvent donné une deuxième chance et, grâce à la procédure du « plaider coupable », il n'avait été condamné qu'à des mises en liberté surveillée ou à de courts séjours dans des prisons du comté. Sa plus longue peine avait été de six mois de taule pour recel alors qu'il avait vingt-huit ans. Il l'avait purgée au Wayside Honor Rancho géré par le comté.

Bosch se renversa en arrière dans son fauteuil après avoir fini de faire défiler les écrans. Ce qu'il venait de lire le mettait mal à l'aise. Mackey avait le genre de casier qui conduit droit au meurtre. Sauf que, dans ce cas, c'était le meurtre qui était arrivé le premier – Mackey n'avait alors que dix-huit ans –, les petits délits venant après. Il y avait quelque chose qui clochait.

— Quoi ? lui lança Rider en devinant son humeur.

— Je ne sais pas. Je devais espérer qu'on en apprendrait plus. Et tout ça marche à l'envers. Il passe du meurtre aux petits délits ? Ça ne me paraît pas tenir la route.

— Ben, c'est tout ce qui lui a valu de se faire coffrer. Ça ne signifie pas qu'on ait tout ce qu'il a fait.

Il acquiesça d'un signe de tête.

— Délinquance juvénile ?

— Peut-être. C'est même probable. Mais on n'aura jamais ces dossiers-là. Plus maintenant. Ils ont dû disparaître depuis longtemps.

C'était vrai. L'État se donnait un mal de chien pour protéger la vie privée des délinquants juvéniles, leurs crimes les suivant rarement dans le système judiciaire pour adultes. Cela dit, Bosch se disait que dans sa jeunesse Mackey avait dû commettre des délits et crimes qui cadraient un peu mieux avec l'assassinat d'une jeune fille de seize ans préalablement immobilisée par une décharge de boîtier à effet paralysant et enlevée chez elle. Il commença à avoir des doutes sur cette touche sur laquelle ils travaillaient. Et si Mackey n'était pas la vraie cible ? S'il n'était qu'un moyen d'y parvenir ?

— Tu l'as passé au DMV pour avoir une adresse ? demanda-t-il à Rider.

— Harry ! s'exclama-t-elle. C'est la vieille école, ça. On n'est plus obligé de réactualiser son

56

permis de conduire que tous les quatre ans. Quand on veut retrouver quelqu'un, on appelle AutoTrack.

Elle rouvrit le dossier et lui glissa une feuille de papier. Il s'agissait d'une sortie d'imprimante à l'en-tête de cette société privée avec laquelle la police était en contrat. Elle lui fournissait des résultats de recherches dans toutes les archives publiques, DMV y compris, dans toutes les bases de données des services publics et câblés ainsi que dans celles des services de recherches bancaires, ceci afin de retrouver des éléments du passé et les adresses d'un individu. Bosch découvrit que la sortie d'imprimante donnait la liste de toutes les adresses de Roland Mackey depuis l'âge de dix-huit ans. Sur tous ses documents actuels, permis de conduire et carte grise compris, il était répertorié comme habitant à Panorama City. Mais Rider avait entouré celle qu'il avait entre dix-huit et vingt ans soit pendant les années 88, 89 et 90. Il habitait alors dans un appartement de Topanga Canyon Boulevard, à Chatsworth. Cela signifiait qu'à l'époque du meurtre il vivait tout près de chez Rebecca Verloren. Bosch se sentit tout de suite mieux. La proximité des lieux était une des pièces maîtresses du puzzle. Toutes les appréhensions qu'il avait sur le passé criminel de Mackey s'effacèrent devant le fait qu'en 1988 il habitait près de la victime et pouvait donc l'avoir vue et même connue. De fait, c'était un point positif important.

— On se sent mieux, pas vrai, Harry ?

— Un peu, oui.

— Bon, alors j'y vais.

— Je ne bougerai pas d'ici.

Dès que Rider fut partie, il se replongea dans sa lecture. Le troisième rapport des inspecteurs se concentrait sur la manière dont l'intrus s'était glissé dans la maison. Ni la porte ni la fenêtre ne présentaient de signes d'altération et toutes les clés connues étaient détenues par les membres de la famille et par une femme de ménage qu'on avait aussitôt lavée de tout soupçon. Pour les enquêteurs, l'assassin était passé par le garage qu'on avait laissé ouvert, puis il était entré dans la maison par la porte intérieure qu'on ne verrouillait généralement pas avant que Robert Verloren rentre chez lui après le travail.

D'après ce dernier, le garage était ouvert lorsqu'il était revenu du restaurant aux environs de vingt-deux heures trente. La porte intérieure n'était pas non plus fermée à clé. Il était entré, avait fermé la porte du garage et verrouillé la porte intérieure. Les enquêteurs en avaient déduit que l'assassin se trouvait déjà dans la maison.

Les Verloren avaient expliqué que la porte du garage était ouverte parce que, ayant récemment obtenu son permis de conduire, Becky avait de temps en temps l'autorisation de se servir de la voiture de sa mère. Elle n'en avait pas pour autant pris l'habitude de refermer la porte du garage en partant de chez elle ou en y revenant, ce qui lui avait valu de se faire attraper par ses parents à plus d'une occasion. En fin d'après-midi, avant d'être enlevée, Rebecca avait été envoyée chez le teinturier par sa mère, afin d'y reprendre des vêtements. Becky s'était alors servie de sa voiture. Les enquêteurs pensaient qu'elle avait encore une fois oublié de fermer le garage ou de verrouiller la porte intérieure après son retour. Sa mère affirmait qu'elle n'avait elle-même pas vérifié ce soir-là, en pensant, à tort, que tout était fermé.

Deux voisins interrogés après le meurtre avaient dit avoir vu la porte du garage ouverte ce soir-là. Cela permettait un accès facile à la maison jusqu'au retour de Robert Verloren.

Bosch songea au nombre de fois où, au fil des ans, il avait vu une petite erreur innocente se transformer en véritable condamnation à mort pour celui qui la commettait. Il décida d'avaler un autre café avant de s'attaquer à la seconde moitié du dossier. Il demanda à ses collègues s'ils avaient besoin de quelque chose à la cafétéria, et Jean Nord lui passa commande d'un café. Il descendit par les escaliers, remplit deux tasses, les paya et gagna la table où étaient disposés le sucre et le lait. Tandis qu'il versait un peu de crème dans le café de Jean Nord, il sentit une présence près de lui au comptoir. Il s'écarta, mais personne ne chercha à prendre du sucre ou du lait. Il se tourna vers la présence et se retrouva nez à nez avec le chef adjoint Irvin S. Irving, qui souriait.

Les deux hommes ne s'étaient jamais aimés. Le chef adjoint avait été son adversaire et sauveur involontaire à divers moments. Mais Bosch tenait de Rider qu'Irving était maintenant sur le chemin de la sortie. Le nouveau chef l'avait privé de ses pouvoirs sans grande cérémonie et l'avait nommé à un poste pratiquement sans intérêt, à l'extérieur de Parker Center.

— Je me disais bien que c'était vous, inspecteur Bosch ! dit Irving. Je vous aurais bien payé un café, mais je vois que vous en avez déjà plus qu'assez. On s'assoit quand même pour discuter un peu ?

Bosch leva ses deux tasses en l'air.

— C'est que je suis un peu occupé, chef. Et y a quelqu'un qui attend un café.

— Juste une minute, inspecteur, insista Irving d'un ton soudain plus sévère. Ce café sera encore assez chaud quand vous rejoindrez l'endroit où vous voulez aller, je vous le promets.

Et sans attendre de réponse, il pivota sur lui-même et gagna une table proche. Bosch le suivit. Irving avait toujours le crâne qui luisait. Sa caractéristique essentielle était sa mâchoire très musclée. Il s'assit et se tint raide comme un piquet. Il n'avait pas l'air à l'aise. Il garda le silence jusqu'à ce que Bosch s'assoie à son tour. Alors il reprit un ton aimable.

— Je voulais seulement vous souhaiter un bon retour dans nos services, dit-il en lui adressant un sourire de requin.

Bosch hésita à lui répondre. On aurait dit quelqu'un qui franchit une porte piégée.

— Ça fait plaisir de revenir, chef, dit-il.

— L'unité des Affaires non résolues. Je crois que c'est le poste idéal pour quelqu'un de votre force.

Bosch avala une goutte de son café brûlant. Il ne savait pas trop si Irving venait de lui adresser un compliment ou une insulte. Il avait envie de s'en aller.

— Bah, nous verrons, dit-il. Je l'espère. Mais je ferais peut-être mieux de...

Irving ouvrit grand les mains comme pour lui montrer qu'il ne lui cachait rien.

— Ce sera tout, dit-il. Vous pouvez partir. Je voulais juste vous souhaiter la bienvenue. Et vous remercier.

Bosch hésita encore, puis mordit à l'hameçon.

— Me remercier de quoi, chef ?

— De me ressusciter.

Bosch hocha la tête et sourit comme s'il ne comprenait pas.

— Je ne pige pas, chef, dit-il. Que voulez-vous dire ? Parce que... vous êtes bien en face, à l'annexe de City Hall, non ? Qu'est-ce que c'est, déjà ? Le bureau de la planification stratégique, c'est ça ? Et d'après ce que j'ai entendu dire, on y a le droit de laisser son flingue à la maison.

Irving croisa les bras sur la table et se pencha en avant, à toucher Bosch ou presque. Tout semblant d'humour, authentique ou autre, s'évaporant aussitôt, ce fut avec force, mais calmement, qu'il reprit la parole.

— Oui, dit-il, c'est bien là que je suis. Mais je vous garantis que ça ne sera pas pour longtemps. Pas quand on fait revenir des types comme vous dans la police.

Sur quoi, il se renversa en arrière et, tout aussi rapidement, reprit un ton dégagé pour lui asséner ceci comme s'il parlait de la pluie et du beau temps :

— Parce que vous savez ce que vous êtes, n'est-ce pas, Bosch ? Vous êtes du rechapé. Le nouveau chef aime bien mettre des pneus rechapés à sa voiture. Sauf que vous savez ce qui arrive avec les pneus rechapés ? Ils lâchent aux rainures. Les frictions et la chaleur... ils supportent pas. Ça lâche et vous savez quoi ? Ils explosent. Et la bagnole quitte la route.

Il hocha la tête en silence en laissant Bosch réfléchir à ce qu'il venait de dire.

— Alors vous voyez, Bosch ? enchaîna-t-il. Vous êtes mon billet de retour. Parce que vous allez merder... si je peux m'exprimer ainsi. C'est votre passé qui le dit. C'est dans votre nature. C'est garanti. Et quand vous vous foutrez dedans, ce sera notre nouveau chef qui, aussi illustre qu'il soit, merdera lui aussi d'avoir collé un rechapé de quatre sous à notre bagnole.

Il sourit. Bosch se dit qu'il ne lui manquait plus qu'une boucle d'oreille pour compléter le tableau. Celui de M. Propre en personne.

— Et quand ses actions plongeront, ce seront les miennes qui remonteront, poursuivit-il. Je suis patient, moi. Ça fait quarante ans que j'attends. Je peux attendre encore un peu.

Bosch attendit lui aussi, mais c'était tout. Irving hocha une fois la tête et se leva. Puis il se détourna rapidement et se dirigea vers la sortie. Bosch sentit la colère lui monter dans la gorge. Il regarda les deux tasses de café qu'il tenait dans ses mains et se trouva idiot d'être resté sans réagir – un vrai garçon de courses sans défense – pendant qu'Irving l'assommait de coups de poing verbaux. Il se leva à son tour et balança les deux tasses dans une poubelle. Et décida de dire à Jean Nord dès qu'il reviendrait à la salle 503 que, son café, elle pouvait aller se le chercher toute seule.

6

La gêne suscitée par l'affrontement avec Irving pas encore tout à fait calmée, il emporta la seconde moitié du dossier à son bureau et s'assit. À ses yeux, il n'y avait pas mieux pour oublier les menaces d'Irving que de se replonger dans l'affaire. Ce qu'il trouva dans cette seconde partie se réduisait à une grosse liasse de rapports annexes et autres mises à jour, toutes choses que les inspecteurs ont l'habitude de coller à la fin du dossier mais que Bosch, lui, appelait « les verrous » dans la mesure où, s'ils semblaient souvent disparates, ils permettaient parfois de débloquer une affaire quand on savait les examiner avec l'œil qu'il fallait.

Il tomba d'abord sur un rapport du labo où il était indiqué qu'il avait été impossible de déterminer combien de temps les échantillons de sang et de peau extraits de l'arme du crime avaient séjourné dans le pistolet. Bien que les trois quarts des échantillons aient été réservés aux tests comparatifs, ajoutait le rapport, l'examen des cellules sanguines sélectionnées montrait que la décomposition n'était pas massive. Le criminologue qui avait rédigé le rapport ne pouvait pas affirmer que le sang s'était déposé dans l'arme au moment du crime – ça, personne ne le pouvait. Il était néanmoins prêt à témoigner qu'il s'y était déposé « au moment du crime ou très peu avant ».

Bosch comprit tout de suite qu'il s'agissait d'un rapport capital pour déclencher des poursuites contre Roland Mackey. Mais il permettait aussi audit Mackey de monter sa défense en arguant que s'il possédait l'arme avant le meurtre, il ne la détenait plus au moment des faits. Il serait sans doute risqué de reconnaître avoir été en possession du Colt, mais la correspondance ADN l'obligerait sans doute à le faire. Les tests scientifiques ne pouvant déterminer avec précision à quel moment le sang et la peau s'étaient déposés sous la glissière, l'accusation aurait un trou béant dans son dossier, Bosch le voyait bien. Encore une fois il sentit que cette touche n'apportait rien de certain. Comme quoi la science reprenait en même temps qu'elle donnait. Ils allaient avoir besoin d'autre chose.

Suivait un rapport de l'expert de l'unité des Armes à feu qu'on avait chargé de retrouver le propriétaire de l'arme. Le numéro de série du pistolet avait été limé, mais le labo avait réussi à le faire réapparaître à l'aide d'un acide qui accentuait les compressions subies par le métal au moment où le numéro avait été imprimé. La piste remontée, on était arrivé à un armurier de Northridge qui avait acheté le Colt au fabricant en 1987, l'arme étant ensuite vendue à un type qui habitait Chatsworth, dans Winnetka Avenue. Le propriétaire du pistolet avait enfin déclaré la perte de son arme lors du cambriolage de sa maison le 2 juin 1988, soit juste un mois avant qu'elle serve à assassiner Rebecca Verloren.

Ce rapport les aidait un peu dans la mesure où, à moins que Mackey ait eu des liens avec le premier propriétaire de l'arme, ce cambriolage raccourcissait la période pendant laquelle il avait détenu le pistolet. Cela rendait d'autant plus probable qu'il l'ait eu le soir où Becky Verloren s'était fait enlever, puis assassiner.

Le procès-verbal du cambriolage avait, lui aussi, été versé au dossier. La victime en était un certain Sam Weiss. Il vivait seul et travaillait comme technicien à la Warner Bros. de Burbank. Bosch parcourut le document et n'y trouva qu'un point intéressant. Dans la partie réservée aux commentaires des enquêteurs, on faisait remarquer que Sam Weiss avait récemment acheté une arme pour se protéger après avoir été harcelé de coups de téléphone dans lesquels on le menaçait parce qu'il était juif. Sam Weiss déclarait encore qu'il ne voyait pas comment, étant sur liste rouge, son numéro avait pu tomber entre les mains de celui qui le harcelait, pas plus qu'il ne savait ce qui avait pu conduire à ces menaces.

Bosch parcourut rapidement le rapport suivant rédigé par un expert de l'unité des Armes à feu qui avait aussi identifié le boîtier à effet paralysant utilisé dans le kidnapping. D'après cette pièce, l'écart de cinq centimètres entre les deux électrodes – tel qu'on pouvait le constater aux brûlures sur la peau de la victime – était une caractéristique du modèle Professional 100 fabriqué par la société SafetyCharge de Downey. Il s'agissait d'une arme qu'on pouvait acquérir en vente libre ou par correspondance, plus de douze mille d'entre elles étant en circulation au moment du meurtre. Bosch savait que l'absence du boîtier aux Scellés interdirait d'établir un lien entre les marques sur le corps de Becky Verloren et le propriétaire de cette arme. C'était donc une impasse.

Il poursuivit son travail en feuilletant une série de photos au format 18 × 24 prises chez les Verloren après qu'on avait découvert le corps dans la colline derrière la maison. Bosch savait qu'il s'agissait là de clichés pris pour couvrir ses arrières, l'affaire ayant d'abord été traitée comme une fugue. La police ne s'y était vraiment mise qu'après la découverte du corps et le rapport d'autopsie qui concluait à l'homicide. Cinq jours s'étaient écoulés entre le moment où la disparition de la jeune fille avait été signalée aux policiers et celui où ils avaient fait de sa maison une scène de crime. Toute la question était de savoir ce qui avait été perdu dans ce laps de temps.

Il y avait là les photos des trois portes – celle de devant, celle de derrière et celle du garage –

et plusieurs gros plans des verrous de fenêtres[1]. Il y avait aussi une série de clichés pris dans la chambre de Becky Verloren. La première chose qu'il remarqua fut que le lit était fait. Il se demanda si c'était le kidnappeur qui l'avait fait, pour susciter la thèse du suicide, ou la mère de Becky à un moment ou un autre de tous ces jours où elle avait attendu et espéré le retour de sa fille.

Le lit était à baldaquin et s'ornait d'un couvre-lit à motifs de chats avec bordure rose assortie. Ce couvre-lit rappela à Bosch celui qu'avait sa propre fille. Il correspondait plutôt, lui semblat-il, aux goûts d'une très jeune enfant et il se demanda si Becky Verloren l'avait gardé par nostalgie ou comme une espèce de doudou à quoi se raccrocher pour calmer ses angoisses. La frange ne touchait pas le plancher de manière uniforme. Trop longue de cinq centimètres, elle s'y étalait par endroits et disparaissait sous le lit à d'autres.

Il y avait aussi des photos de sa commode et des tables de nuit. La pièce croulait sous les peluches de sa petite enfance. Les murs étaient couverts d'affiches de groupes qui avaient connu leur heure de gloire et avaient disparu depuis. Il y en avait une d'un film de John Travolta vieux de trois come-back. La chambre étant très propre et bien rangée, Bosch se demanda encore une fois si elle était dans cet état le matin où l'on

---

1. Les fenêtres américaines sont à guillotine et fermées à l'aide de verrous intérieurs. (*N.d.T.*)

avait découvert la disparition de la jeune fille ou si c'était sa mère qui l'avait rangée en attendant son retour.

Bosch comprit que ces photos avaient dû être prises aux toutes premières heures de l'enquête pour homicide. À aucun endroit on n'y voyait de poudre à empreintes ou le moindre signe du bouleversement que n'aurait pas manqué de produire l'arrivée des spécialistes du labo.

Au dossier figuraient ensuite les résumés des interrogatoires que les inspecteurs avaient fait subir à d'innombrables élèves de la Hillside Prep School. Une note en haut de la première page de la chemise signalait que les enquêteurs s'étaient entretenus avec tous les camarades de classe de Becky Verloren, ainsi qu'avec tous les élèves des grandes classes. Suivaient encore des résumés d'interrogatoires de plusieurs professeurs et membres du personnel administratif de l'école.

Dans cette partie-là du dossier on trouvait aussi le résumé d'un entretien téléphonique avec un ex-petit ami de Becky Verloren qui avait déménagé à Hawaii avec sa famille un an avant le meurtre. Y était attachée une confirmation d'alibi où le patron de l'adolescent déclarait que celui-ci avait bien travaillé au magasin de pièces détachées et lavage de voitures de sa chaîne de location de véhicules de Maui le jour et le lendemain du meurtre. Que le gamin ait pu se trouver à Los Angeles à ce moment-là était improbable.

Puis venait une chemise séparée contenant les transcriptions d'interrogatoires des employés du restaurant de Robert Verloren, l'Island House Grill. Sa fille avait en effet commencé à y travailler à temps partiel pour l'été. Elle aidait à l'accueil à l'heure du déjeuner, son travail consistant à accompagner les clients à leurs tables et à leur donner des menus. Bosch savait bien que les restaurants attiraient souvent des êtres instables qui travaillaient aux cuisines, mais Robert Verloren avait toujours évité d'engager des employés ayant un casier ; il préférait aller chercher du côté des surfers et autres esprits libres des plages de Malibu. Toutes ces personnes n'auraient d'ailleurs eu que des contacts limités avec Rebecca qui travaillait à la salle à manger, mais les policiers les avaient quand même interrogées, pour les écarter aussitôt de la liste des suspects.

Il y avait aussi un suivi chronologique des faits et gestes de la victime, dans lequel les enquêteurs s'étaient appliqués à retrouver tout ce qu'elle avait fait pendant les quelques jours qui avaient précédé son assassinat. En 1988, la fête nationale du 4-Juillet tombait un lundi. Rebecca avait passé l'essentiel de ce week-end de congé chez elle, à l'exception du dimanche soir où elle était allée dormir chez une amie avec trois copines. Les comptes rendus d'interrogatoires des trois jeunes filles étaient longs, mais ne contenaient aucun renseignement intéressant pour l'enquête.

Le lundi, jour de congé, elle était restée à la

maison, puis était allée voir le feu d'artifice à Balboa Park. Ne pas travailler le soir étant une occasion rare pour Robert Verloren, il avait insisté pour que tout le monde y aille ensemble, apparemment à la grande déception de Becky qui, de ce fait, ratait une soirée chez des amies du côté de Porter Ranch.

Le lendemain matin, la routine avait repris, Rebecca se rendant au restaurant avec son père pour y accueillir les clients à midi. À trois heures, Robert Verloren l'avait ramenée à la maison en voiture. Il était resté chez lui tout l'après-midi, puis était reparti au restaurant pour le service du soir, à peu près à l'heure où Rebecca, elle, prenait la voiture de sa mère pour aller récupérer les habits chez le teinturier.

Rien ne soulevait de questions dans cet emploi du temps, rien que les premiers enquêteurs auraient pu rater.

Bosch passa à la transcription de l'interrogatoire en règle des parents de Rebecca. Il s'était déroulé au commissariat de la division du Devonshire, le 14 juillet 1988, soit plus d'une semaine après que la disparition de la jeune fille eut été signalée. À ce moment-là, les inspecteurs avaient déjà une bonne connaissance de l'affaire et avaient pu poser des questions précises aux Verloren. Bosch lut la pièce avec la plus grande attention, aussi bien pour découvrir les réponses qu'ils avaient données que pour se faire une idée de ce que pensaient les enquêteurs à ce stade de l'enquête.

Affaire n° 88-641, Verloren, Rebecca (décédée 05/07/88), inspecteur en charge du dossier A. Garcia, matricule 993
14/07/88 14 h 15, brigade des Homicides du Devonshire.

GARCIA : Merci d'être venus. J'espère que vous ne trouverez rien à redire au fait que nous enregistrions cet entretien aux fins d'archivage. Comment vous en sortez-vous ?

Robert VERLOREN : Aussi bien qu'on peut s'y attendre. Nous sommes anéantis. Nous ne savons pas quoi faire.

Muriel VERLOREN : Nous n'arrêtons pas de nous demander ce que nous aurions pu faire pour empêcher que ça arrive à notre petite fille.

GREEN : Nous sommes vraiment désolés, madame, mais vous n'avez rien à vous reprocher. Pour autant que nous sachions, ça n'a aucun rapport avec ce que vous avez fait ou pas fait. C'est arrivé, un point c'est tout. Ne vous accusez pas. Accusez le type qui a fait ça.

GARCIA : Parce que nous allons le coincer, ne vous inquiétez pas pour ça. Mais nous avons quelques questions à vous poser. Certaines risquent d'être douloureuses, mais nous avons besoin de vos réponses pour attraper ce type.

Robert VERLOREN : Vous n'arrêtez pas de dire « ce type ». Vous avez un suspect ? Vous savez que c'est un homme ?

GARCIA : Nous n'avons aucune certitude, monsieur. Nous nous basons essentiellement sur des statistiques. Mais il y a aussi que vous avez une colline assez raide derrière chez vous et que Becky y a été transportée. Votre fille n'était pas

71

grosse, mais nous pensons sérieusement que ça devait être un homme qui la portait.

Muriel VERLOREN : Mais vous dites qu'elle n'a pas été... qu'il n'y a pas eu agression sexuelle.

GARCIA : C'est exact, madame. Mais cela n'interdit pas que le crime ait eu un mobile sexuel.

Robert VERLOREN : Que voulez-vous dire ?

GARCIA : Nous allons y venir. Mais si ça ne vous gêne pas, laissez-nous poser nos questions et après, nous pourrons passer aux vôtres.

Robert VERLOREN : Allez-y, je vous en prie. Je m'excuse. C'est juste que nous n'arrivons pas à mesurer ce qui s'est produit. C'est comme si nous étions sous l'eau.

GARCIA : C'est parfaitement compréhensible. Comme je vous l'ai dit, vous avez notre sympathie la plus entière. Et celle de tous nos collègues. Les instances supérieures de la police suivent cette affaire de très près.

GREEN : Nous aimerions reprendre avant la disparition de votre fille. Disons un mois. Votre fille est-elle partie toute seule pendant cette période ?

Robert VERLOREN : Comment ça « partie toute seule » ?

GARCIA : Avez-vous été séparés d'elle ?

Robert VERLOREN : Non. Elle avait seize ans. Elle allait au lycée. Elle ne partait pas toute seule.

GREEN : Même pas pour aller dormir chez des copines ?

Muriel VERLOREN : Non, je ne crois pas.

Robert VERLOREN : Que cherchez-vous ?

GREEN : A-t-elle été malade dans les deux mois qui ont précédé sa disparition ?

Muriel VERLOREN : Oui, elle a attrapé la grippe la première semaine des vacances d'été. Ça a retardé le moment où elle est allée travailler pour Bob.

GREEN : A-t-elle gardé la chambre ?

Muriel VERLOREN : Les trois quarts du temps, oui. Je ne vois pas ce que ça peut...

GARCIA : Madame Verloren, votre fille est-elle allée voir un médecin à ce moment-là ?

Muriel VERLOREN : Non. Elle a juste dit qu'elle devait se reposer. À dire vrai, nous avons cru qu'elle n'avait pas envie d'aller travailler au restaurant. Elle n'avait ni fièvre ni rhume. On s'est dit qu'elle voulait seulement flemmarder.

GREEN : Elle ne vous a donc pas avoué qu'elle était enceinte ?

Muriel VERLOREN : Quoi ?! Non !

Robert VERLOREN : Écoutez, inspecteur ! Qu'est-ce que vous êtes en train de nous dire ?

GREEN : L'autopsie a révélé que votre fille avait subi une dilatation et une cautérisation, soit un avortement, environ un mois avant son décès. Nous pensons qu'elle se reposait pour se remettre de cette intervention quand elle vous a dit avoir attrapé la grippe.

GARCIA : Voulez-vous qu'on arrête un instant ?

GREEN : C'est ça, oui. Faisons une pause. Sortons d'ici et allons boire un peu d'eau.

Pause.

73

GARCIA : Bien, nous sommes revenus. J'espère que vous comprendrez et voudrez bien nous excuser. Nous ne vous posons pas ces questions et n'essayons pas de vous choquer pour vous faire du mal. Nous sommes obligés de suivre certaines procédures et de recourir à des méthodes qui nous permettent de recueillir des renseignements qui ne soient pas déformés par des idées préconçues.

Robert VERLOREN : Nous comprenons. Tout ça fait partie de notre vie maintenant. Enfin... de ce qu'il en reste.

Muriel VERLOREN : Vous nous dites donc que notre fille était enceinte et qu'elle avait décidé de se faire avorter ?

GARCIA : C'est ça même. Et pour nous, il n'est pas impossible que ç'ait son importance dans ce qui lui est arrivé un mois plus tard. Avez-vous une idée de l'endroit où elle aurait pu se faire avorter ?

Muriel VERLOREN : Non. Nous ne savions rien de tout ça. Ni l'un ni l'autre.

GREEN : Et donc, comme vous l'avez dit, elle n'est pas allée dormir ailleurs pendant tout ce temps ?

Muriel VERLOREN : Non, elle est rentrée à la maison tous les soirs.

GARCIA : Vous avez une idée de l'identité de son compagnon ? Dans nos précédents entretiens, vous nous avez dit qu'elle n'avait pas de petit ami.

Muriel VERLOREN : Eh bien... il est clair qu'on se trompait. Mais non... nous ne savons pas avec qui elle sortait ou qui aurait pu faire ça.

GREEN : L'un de vous deux a-t-il jamais lu le journal qu'elle tenait ?

Robert VERLOREN : Non, nous ne savions même pas qu'elle en tenait un jusqu'à ce que vous le trouviez dans sa chambre.

Muriel VERLOREN : j'aimerais le récupérer. Je pourrai ?

GREEN : Nous allons devoir le garder tout le temps que durera l'enquête, mais oui, vous finirez par le récupérer.

GARCIA : Il y est fait plusieurs fois référence à un certain MTL. Nous aimerions pouvoir l'identifier et lui parler.

Muriel VERLOREN : Comme ça, je ne vois personne qui aurait ces initiales.

GREEN : Nous avons consulté son album de promotion et nous y avons trouvé un garçon du nom de Michael Lewis. Mais, après vérification, nous nous sommes aperçus que son deuxième prénom était Charles. Nous pensons que ces initiales sont un code ou une abréviation. Ça pourrait être celles de « My True Love[1] ».

Muriel VERLOREN : Il y avait donc quelqu'un dans sa vie dont nous ignorions tout, quelqu'un dont elle nous cachait l'existence ?

Robert VERLOREN : Je n'arrive pas à y croire. Vous êtes en train de nous dire qu'en fait nous ne connaissions pas notre fille ?

GARCIA : Je suis navré, Bob. Les dégâts de ce genre d'affaires sont parfois très lourds. Mais notre travail à nous, c'est d'aller au fond des

---

1. Soit « Mon véritable amour » en français. (*N.d.T.*)

choses. Et c'est vers ça que ça tend pour le moment.

GREEN : En gros, nous devons continuer dans cette voie et tâcher de découvrir l'identité de ce MTL. Ce qui signifie que nous allons être obligés de poser des questions aux amis et connaissances de votre fille. Et j'ai bien peur que ça ne s'ébruite.

Robert VERLOREN : Nous comprenons, inspecteur. Nous ferons avec. Comme nous vous l'avons dit la première fois que nous nous sommes vus, faites ce que vous avez à faire. Trouvez-nous la personne qui a fait ça.

Fin de l'entretien à 14 h 40.

Bosch relut la transcription, cette fois en prenant des notes dans son bloc au fur et à mesure de sa lecture. Puis il passa à trois interrogatoires nettement plus formels, ceux des trois meilleures amies de Becky Verloren, Tara Wood, Bailey Koster et Grace Tanaka. Mais aucune d'entre elles – elles n'étaient encore que des adolescentes à l'époque – n'avouait avoir eu connaissance de la grossesse de Becky ou de la relation amoureuse qui l'avait causée. Toutes déclaraient ne pas avoir vu Becky la semaine qui avait suivi la fin des classes : elle ne répondait pas sur sa ligne et, lorsqu'elles avaient appelé sur le fixe, Muriel leur avait dit que sa fille était malade. Tara Wood, qui travaillait à l'accueil au Island House Grill avec Becky, affirmait que son amie lui avait paru avoir des sautes d'humeur et s'être montrée peu loquace pendant les semaines qui avaient précédé son assassinat, les raisons de cette conduite lui restant inconnues car Becky avait repoussé tous les efforts qu'elle déployait pour savoir ce qui n'allait pas.

La dernière chemise du dossier était consacrée aux médias. Garcia et Green y avaient archivé les articles de journaux qui s'étaient accumulés au tout début de l'affaire. Celle-ci avait tenu plus de place dans le *Daily News* que dans le *Times*. Cela se comprenait dans la mesure où le *News* était essentiellement distribué dans la vallée de San Fernando alors que le *Times* traitait celle-ci comme une enfant non désirée, les nouvelles émanant de ce secteur se voyant reléguées dans les pages intérieures.

Aucun de ces deux journaux n'avait signalé la disparition de la jeune fille. Il était clair qu'ils voyaient l'affaire de la même manière que la police. Mais dès que le corps avait été découvert, plusieurs articles avaient été consacrés à l'enquête, aux funérailles de la victime et à l'impact que ce décès avait eu à son école. Un article décrivait même l'ambiance au Island House Grill. Paru dans le *Times*, celui-ci semblait avoir pour but de rendre l'affaire attachante à des lecteurs du Westside qui devaient pouvoir s'intéresser à un restaurant de Malibu.

Les deux journaux avaient relié l'arme du crime à un cambriolage qui s'était produit un mois avant le meurtre, aucun des deux ne mentionnant son caractère antisémite. Ils ne parlaient pas davantage du sang retrouvé dans le pistolet.

Bosch en déduisit que ce sang et le bout de peau constituaient la preuve absolue aux yeux des enquêteurs, la chose même qu'ils tenaient à garder secrète afin d'avoir l'avantage si jamais un suspect de premier plan venait à être identifié.

Bosch remarqua enfin que personne n'avait interviewé les parents endeuillés. Les Verloren n'avaient apparemment pas voulu jeter leur chagrin en pâture au public. Bosch apprécia. Il avait en effet l'impression que les médias obligeaient de plus en plus les victimes d'une tragédie à se répandre en public, devant des caméras de télévision ou dans des articles de journaux. Les parents d'enfants assassinés devenaient ainsi des moulins à paroles qu'on invitait ensuite sur les plateaux de télé en qualité d'experts dès qu'un autre enfant était assassiné ou que d'autres parents étaient plongés dans le malheur. Et ça, ça ne lui plaisait pas. Pour lui, la meilleure façon d'honorer les morts était de les garder dans son cœur, pas de les partager avec le monde entier.

À la fin du dossier, sous un rabat, se trouvait une enveloppe en papier kraft avec l'adresse et l'emblème du *Times* (un tigre) dans un coin. Bosch la sortit, l'ouvrit et tomba sur une série de photos couleur au format 18 × 24 prises à l'enterrement de Rebecca Verloren, une semaine après l'assassinat. Cela semblait faire suite à un accord du type photos contre accès à certaines infos. Bosch se rappela les occasions où il avait dû accepter ce genre de deal lorsque, emploi du temps ou restrictions budgétaires, il n'y avait pas moyen d'envoyer un photographe de la police à l'enterrement. Il promettait alors au reporter attaché à l'affaire une interview exclusive si le journal acceptait de prendre des photos de tous les gens assistant au service funèbre. On ne savait jamais si l'assassin n'allait pas se donner un petit plaisir en allant voir le chagrin et les ravages qu'il avait causés. Les reporters, eux, marchaient à tous les coups. Los Angeles étant un des marchés médiatiques les plus concurrentiels au monde, les journalistes vivaient ou mouraient selon ce qu'ils réussissaient à décrocher comme informations.

Bosch examina de près les clichés, mais se trouva dans l'embarras pour y découvrir Roland Mackey : il ne savait pas à quoi celui-ci ressemblait en 1988. Les photos que Kiz Rider avait trouvées dans l'ordinateur remontaient à sa dernière arrestation. Petit bouc et yeux noirs, l'homme qu'on y voyait commençait à perdre ses cheveux. Il était difficile de reconnaître dans ce visage celui de l'un des adolescents qui s'étaient réunis pour enterrer une des leurs.

Il s'attarda quelques instants sur une des photos montrant les parents de Becky. Ils se tenaient au bord de la tombe, serrés l'un contre l'autre comme s'ils voulaient empêcher l'être aimé de tomber dans la fosse. Des larmes leur striaient le visage. Robert Verloren était noir et Muriel Verloren blanche. Bosch comprit alors d'où leur fille tenait cette beauté encore naissante. Il n'était pas rare que chez un enfant le mélange des races s'élève au-dessus des difficultés sociales induites par cet état, et ce jusqu'à la grâce.

Il reposa les photos et réfléchit un moment. Nulle part dans le dossier il n'était mentionné que la race ait pu jouer un rôle dans le meurtre. Cela étant, que l'arme du crime provienne du cambriolage de quelqu'un qu'on menaçait à cause de sa religion semblait bien renforcer l'hypothèse d'un lien avec le meurtre d'une jeune métisse.

Qu'il n'en soit fait nulle part mention au dossier n'avait aucune signification particulière. Le côté racial d'une affaire était toujours quelque chose que le LAPD aimait tenir secret. Le signaler dans un rapport d'enquête, c'était le faire savoir à tout le monde – dans les dossiers brûlants les conclusions d'enquête étaient analysées y compris par les plus hauts échelons de la hiérarchie. On pouvait alors organiser une fuite qui transformait le sens de l'affaire en quelque chose de politique. Bosch ne vit donc aucune faute dans cette absence. Pour l'instant en tout cas.

Il remit les photos dans l'enveloppe et referma le classeur. Celui-ci devait contenir dans les trois cents pages de documents et de photos, et nulle part il n'y avait vu le nom de Roland Mackey. Se pouvait-il donc qu'il ait échappé à tout examen, même superficiel, il y avait tant d'années de cela ? Et si c'était le cas, se pouvait-il que ce soit effectivement l'assassin ?

Ces questions l'agaçaient. Il essayait toujours

de ne pas mettre en doute le contenu d'un dossier d'enquête, ce qui voulait dire qu'en règle générale il croyait à la valeur des réponses qu'on trouvait entre ses couvertures en plastique. Sauf que, cette fois, il avait du mal à croire à cette touche. Les preuves scientifiques n'y étaient pas. Pour lui, il ne faisait aucun doute qu'il y avait correspondance entre Mackey et les échantillons de peau et de sang retrouvés dans l'arme. Mais tout ça ne collait pas. Il manquait quelque chose.

Il regarda son bloc. Il n'avait pris que peu de notes. De fait, elles se réduisaient à la liste des gens auxquels il voulait parler.

Green et Garcia
Le père et la mère
Professeurs et camarades de classe
Ex-petit ami
Contrôleur judiciaire
Mackey... école ?

Il savait que toutes les notes qu'il avait prises allaient de soi. Il comprit alors qu'ils avaient bien peu d'éléments en dehors de la correspondance ADN et se sentit une fois encore mal à l'aise de devoir bâtir un dossier sans rien d'autre.

Il contemplait toujours ses notes lorsque Kiz Rider revint dans le bureau. Ses mains étaient vides et elle ne souriait pas.

— Alors ? lui lança Bosch.

— Les nouvelles ne sont pas bonnes, répondit-elle. L'arme du crime a disparu. Je ne sais pas si tu as lu tout le dossier, mais on y parle d'un journal intime. Becky en tenait un. Ça aussi, ça s'est volatilisé. Tout a disparu.

7

Ils décidèrent que la meilleure façon de gérer les mauvaises nouvelles était d'en parler en mangeant. D'ailleurs rien ne donnait plus faim à Bosch que de passer une matinée entière dans un bureau à lire un dossier d'enquête de bout en bout. Ils gagnèrent le Chinese Friends, un petit resto de Broadway en bordure de Chinatown où, ils le savaient, ils pouvaient encore avoir une table à cette heure-là. On y mangeait bien, et pour un peu plus de cinq dollars seulement. L'ennui, c'est que la salle se remplissait vite, principalement de grands pontes de l'état-major des pompiers, de patrons du Parker Center et de bureaucrates de la mairie. Si on n'y arrivait pas avant midi, il ne restait plus qu'à passer une commande à emporter et aller la manger dehors en plein soleil, sur les bancs des arrêts de bus devant l'établissement.

Ils laissèrent le dossier dans la voiture pour ne pas perturber les clients d'un restaurant où les tables étaient aussi serrées que les pupitres d'une salle de classe de l'enseignement public. Mais ils emportèrent leurs notes et discutèrent de l'affaire en se servant d'une sténo improvisée destinée à protéger ce qu'ils disaient. Rider expliqua que lorsqu'elle avait parlé de la disparition du journal et de l'arme du crime à l'AS, cela signifiait simplement qu'après avoir cherché pendant une heure les deux employés des Scellés n'avaient retrouvé aucune boîte d'éléments de preuve pour l'affaire. Cela ne le surprit guère. Comme Pratt l'en avait déjà averti, pendant des dizaines d'années la police n'avait pris que peu de soin de ces objets. Les boîtes étaient répertoriées, puis déposées sur les rayons en ordre chronologique et sans aucune sorte de classement par qualification. Il arrivait souvent que les éléments de preuves ayant trait à un assassinat se retrouvent à côté de ceux concernant un cambriolage. Et lorsque les employés venaient faire le ménage dans les boîtes d'affaires frappées par la prescription, il arrivait que ce soit la mauvaise qu'on bazarde. De plus l'AS n'avait bénéficié que d'une sécurité minimale pendant bien des années. Tout individu portant le badge du LAPD pouvait avoir accès à ces éléments de preuves sans la moindre difficulté. Résultat des courses : on pouvait piller ces boîtes sans aucun mal. Il n'était pas rare que des armes y disparaissent, voire d'autres pièces à conviction comme dans les affaires Dahlia noir, Charles Manson et Dollmaker[1].

Cela étant, rien ne disait que des éléments de preuves aient été dérobés dans l'affaire Verloren.

---

1. Ou « Fabricant de poupées ». (*N.d.T.*)

Il s'agissait sans doute plus de négligence qu'autre chose... et donc, essayer de retrouver une boîte rangée dix-sept ans auparavant dans une salle d'un demi-hectare bourrée de boîtes qui se ressemblaient toutes...

— Ils la retrouveront, dit-il. Et si t'allais demander à ton pote du sixième de leur foutre un peu la peur de Dieu au cœur, hein ? Parce que là, ils la retrouveraient à tous les coups.

— Vaudrait mieux. Notre ADN ne nous servira à rien sans ce flingue.

— Oh, je sais pas.

— Allons, Harry. C'est une question de logique ! Tu ne peux pas aller au tribunal avec de l'ADN sans montrer aux jurés l'arme d'où il sort. On pourrait même pas aller voir le district attorney avec ça. On nous virerait en moins de deux.

— Écoute. Tout ce que je dis, c'est que nous sommes les seuls à savoir que nous n'avons pas le flingue. On peut truquer.

— Qu'est-ce que tu racontes ?

— Tu ne crois pas que ça va se réduire à un duel entre nous et Mackey ? Parce que même si nous avions l'arme, nous ne pourrions pas prouver, et sans qu'il y ait le moindre doute, que ce sang, c'est lui qui l'y a laissé en assassinant Becky Verloren. Tout ce qu'on peut prouver, c'est que c'est son sang. Bref, si tu veux mon avis, c'est à une confession qu'il faudra arriver. On le colle dans la salle des interrogatoires, on lui balance son ADN à la tête et on voit s'il canne. C'est tout.

Et donc, on se prépare quelques petits accessoires pour la séance. On fonce à l'armurerie, on y emprunte un Colt .45 et on le lui sort de notre chapeau quand on est avec lui dans la salle. On le convainc qu'on a toutes les preuves et en bon ordre et on voit s'il plie ou pas.

— J'aime pas les trucages.

— Ça fait partie du métier. Et ça n'a rien d'illégal. Jusqu'aux tribunaux qui le disent.

— De toute façon, je crois qu'on aura besoin de plus que ça pour le retourner.

— Moi aussi. Je me disais qu'on...

Il s'arrêta de parler et attendit que la serveuse ait posé deux assiettes fumantes devant eux. Il avait commandé du riz frit aux crevettes, Rider des côtes de porc. Sans mot dire, il souleva son assiette et en versa la moitié dans celle de sa coéquipière. Puis il prit sa fourchette pour lui piquer trois de ses côtes sur six. En souriant ou peu s'en fallait. Il n'y avait même pas une journée qu'il avait repris le boulot avec elle qu'il était déjà retombé dans les habitudes agréables de leur passé. Il était heureux.

— Hé, dis ! lança-t-il. Et Jerry Edgar ? Qu'est-ce qu'il devient ?

— Je ne sais pas. Ça fait un bon moment que je ne lui ai pas parlé. On n'a jamais dépassé ce truc.

Bosch acquiesça d'un signe de tête. À l'époque où il travaillait à la division d'Hollyvood avec elle, la brigade des Homicides était divisée en équipes de trois et Jerry Edgar était le troisième de la leur. Presque trois ans plus tôt, Bosch avait pris sa retraite, Rider, elle, étant promue en centre-ville peu de temps après. Edgar, restant seul à Hollywood, s'était senti isolé et laissé pour compte. Et maintenant que Bosch et Rider retravaillaient ensemble aux Homicides, Edgar n'avait toujours pas donné signe de vie.

— Qu'est-ce que tu allais dire quand la bouffe est arrivée ? voulut savoir Rider.

— Juste que tu avais raison. On va avoir besoin de plus que ça. Un truc que je pensais... À ce que j'ai entendu dire, après le 11 septembre et le Patriot Act [1] on aura moins de mal à obtenir une mise sur écoutes.

Elle mangea un morceau de crevette avant de répondre.

— C'est vrai, dit-elle. C'est un des points que je suivais pour le chef. Les demandes ont augmenté d'environ trois mille pour cent. Et les autorisations ont suivi. La rumeur s'est répandue que, maintenant, c'était une arme dont on pouvait se servir, mais... comment ça va marcher ici ?

— Je me disais qu'on pourrait le coller sur écoutes et faire passer un article dans le journal. Tu sais bien... un article où on dit qu'on a repris l'enquête, où on mentionne le flingue, peut-être même le coup de l'ADN... enfin tu vois, où on dit qu'il y a du nouveau. Pas qu'on a une correspondance mais qu'on pourrait peut-être en avoir une. Après quoi on se cale dans un fauteuil pour

---

1. Loi votée après les attentats du 11 septembre 2001 et qui restreint l'exercice d'un certain nombre de libertés aux États-Unis. (*N.d.T.*)

l'écouter et le surveiller et voir ce qui se passe. On pourrait même assurer un petit suivi en allant lui rendre visite, histoire de voir si ça fait monter la sauce.

Rider réfléchit à cette idée en mangeant une côtelette avec les doigts. Elle donnait l'impression que quelque chose la gênait, et que ce quelque chose n'était pas ce qu'elle mangeait.

— Quoi ? lui lança Bosch.

— Qui veux-tu qu'il appelle ?

— Je ne sais pas. Celui avec qui ou pour qui il a fait le coup.

Rider mâcha en hochant la tête d'un air pensif.

— Je sais pas, Harry. T'es même pas revenu depuis un jour après trois ans de bronzette que tu commences à voir des trucs que je ne vois absolument pas dans cette affaire. Faut croire que t'es toujours mon prof.

— C'est juste que tu t'es un peu rouillée en restant assise à un grand bureau du sixième.

— Je ne plaisante pas, Harry.

— Moi non plus. Enfin... Je dois attendre ce moment depuis si longtemps que je suis peut-être en alerte maximum.

— Dis-moi seulement comment tu sens l'affaire, Harry. Tu n'as pas besoin de t'excuser d'avoir de bons instincts.

— En fait, je ne la sens pas trop pour l'instant et ça fait partie du problème. Je n'ai vu le nom de Roland Mackey nulle part dans ce dossier et d'entrée de jeu ça pose problème. Nous savons qu'il se trouvait dans le coin, mais nous n'avons rien qui le relie à la victime.

— Qu'est-ce que tu racontes ? On a le pistolet avec son ADN dedans !

— Non. Ce sang le relie au pistolet, pas à la fille. Tu as lu le dossier comme moi. Nous ne pouvons pas prouver que son ADN a été déposé sous la glissière au moment du meurtre. Ce rapport pourrait nous casser tout le dossier. Ça fait un gros trou dans notre histoire, Kiz. Tellement gros que tout le jury pourrait y voir au travers. Devant la cour, Mackey n'aura qu'à se lever et déclarer : « Oui, j'ai bien volé cette arme au cours d'un cambriolage dans Winnetka Avenue. Après, je suis monté dans les collines et j'ai tiré plusieurs coups de feu avec, comme Mel Gibson. Même que j'ai pas eu le temps de dire ouf que ce truc m'avait mordu. Qu'il m'avait arraché un bout de peau de la main. Et Mel Gibson, lui, j'ai jamais vu que ça y soit arrivé. Alors, je me suis foutu tellement en colère que j'ai jeté ce pistolet dans les buissons et que je suis rentré chez moi pour me faire un pansement. » Le rapport, notre rapport à nous, corroborera ces dires et on sera cuits.

Rider n'avait pas souri une seule fois pendant son exposé. Elle comprenait ce qu'il disait, il le voyait bien.

— C'est tout ce qu'il aura à dire, Kiz. Il sèmera un doute raisonnable dans l'esprit des jurés et nous ne pourrons pas prouver le contraire. On n'a rien sur les lieux du crime : ni cheveux, ni poils, ni fibres, rien de rien. Et en plus, on a son profil. Même que si tu avais consulté son casier avant de savoir cette histoire d'ADN, jamais tu n'aurais mis ce type dans la catégorie des criminels. Tuer sur un coup de tête ou dans le feu de la passion peut-être, mais faire un truc comme ça, un truc entièrement planifié, jamais de la vie, surtout pas à dix-huit ans.

Rider hocha la tête d'un air presque désolé.

— Il y a quelques heures, on nous présentait ce dossier comme un cadeau de bienvenue. Du tout cuit, quoi...

— Avec l'ADN, tout le monde a cru que c'était gagné. C'est ça qui ne va pas ici-bas. Les gens croient qu'avec la technologie tout marche comme sur des roulettes. Ils regardent trop la télé.

— C'est ta façon bizarre de dire que, pour toi, c'est pas lui qui a fait le coup ?

— Non, je ne sais toujours pas ce que j'en pense.

— Bref, on le suit, on met son bigo sur écoutes, on lui fout la trouille Dieu sait comment et on voit qui il appelle et ce qu'il fait ?

Bosch acquiesça d'un signe de tête.

— Oui, c'est à ça que je pense, dit-il.

— Mais faut d'abord avoir le feu vert d'Abel.

— On obéit au règlement. Juste comme le chef m'a demandé de le faire tout à l'heure.

— Ben, mon vieux ! C'est le Harry Bosch nouvelle mouture ?

— Lui-même.

— Avant de passer aux écoutes, il faudrait commencer par effectuer toutes les vérifications d'usage. Il faut qu'on soit sûrs que Mackey n'était connu d'aucun autre acteur du drame. S'il s'avère que c'est bien le cas, moi, je suis d'avis d'aller voir Pratt pour la mise sur écoutes.

— Ça me paraît juste. As-tu remarqué autre chose en lisant ?

Il voulait savoir si elle avait repéré l'arrière-plan racial avant de lui en suggérer la présence.

— Non, juste ce qu'il y avait dedans, répondit-elle. Pourquoi ? Y a quelque chose que j'ai raté ?

— Je ne sais pas... rien de bien manifeste.

— Quoi alors ?

— Je me disais que cette fille étant métisse... Même en 88, il devait y avoir des gens à qui ça ne plaisait pas. Et quand on y ajoute le cambriolage d'où sort le pistolet... Ne pas oublier que le type qui s'est fait cambrioler était juif. Qu'il dit avoir été harcelé et que c'est même pour cette raison qu'il s'était acheté cette arme.

Rider hocha la tête d'un air pensif en finissant une bouchée de riz.

— C'est un truc à voir, dit-elle. Mais je ne crois pas que ce soit suffisant pour pavoiser...

— Il n'y avait rien là-dessus dans le dossier...

Ils mangèrent quelques instants sans mot dire. Bosch avait toujours estimé que c'était là, au Chinese Friends, qu'on mangeait les plus succulentes crevettes au riz frit. Aussi fines que les assiettes en plastique dans lesquelles ils les dégustaient, les côtes de porc étaient parfaites, elles aussi. Et Kiz avait raison : c'était à la main qu'on les savourait le mieux.

— Et Green et Garcia ? finit-elle par demander.

— Quoi « Green et Garcia » ?

— Tu leur mettrais quelle note pour ce dossier ?

90

— Je ne sais pas. Disons un C, si j'avais un peu pitié. Ils ont fait des erreurs et ont tout ralenti. Et après, ils donnent l'impression d'avoir couvert leurs arrières. Et toi ?

— Pareil. Ils ont rédigé un bon dossier, mais c'est du « je couvre mes fesses » à toutes les pages. C'est comme s'ils savaient qu'ils ne trouveraient jamais la solution, mais qu'ils voulaient faire croire qu'ils n'avaient rien laissé au hasard.

Bosch acquiesça d'un hochement de tête et jeta un coup d'œil à son bloc posé sur une chaise vide à côté de lui. Il s'arrêta à la liste des gens à interroger.

— Il faut qu'on parle aux parents et à Green et Garcia. Et on va aussi avoir besoin d'une photo de Mackey. De Mackey à dix-huit ans.

— Pour moi, il vaudrait mieux garder les parents pour la fin, quand on aura parlé avec tous les autres. Ce sont peut-être eux les plus importants, mais il faut les interroger en dernier. Je veux savoir tout ce qu'il est possible de savoir avant de leur balancer ce truc-là dans la figure dix-sept ans après les faits.

— D'accord. On devrait peut-être commencer par la mise en liberté surveillée. Elle n'a fini qu'il y a sept mois. On a dû lui assigner un flic de Van Nuys.

— Exact. On pourrait aller y faire un tour et en profiter pour causer avec Art Garcia.

— Tu l'as trouvé ? Il est toujours des nôtres ?

— J'ai même pas eu à chercher. C'est le patron de la Valley.

Bosch acquiesça d'un signe de tête. Ça ne

l'étonnait pas. Garcia s'était bien débrouillé. Son rang de contrôleur général le mettait juste au-dessous du chef adjoint. Cela signifiait qu'il était commandant en second des cinq divisions de la Valley, y compris celle du Devonshire où, bien des années auparavant, il avait travaillé sur l'affaire Verloren.

— En plus de leurs dossiers ordinaires au bureau du chef, tous les assistants spéciaux faisaient fonction d'officiers de liaison avec les quatre secteurs. Ce qui fait que Garcia et moi nous sommes parlé de temps en temps. En général, je traitais avec son équipe ou avec le chef adjoint Vartan, enfin, tu vois...

— Je vois, oui... j'ai une coéquipière plus que connectée. C'est pas toi qui disais à Vartan et à Garcia comment diriger la Valley, par hasard ?

Elle hocha la tête d'un air faussement agacé.

— Me fais pas chier avec ça. Mon séjour au sixième m'a donné une assez bonne vision de la police et de la manière dont elle travaille.

— Ou ne travaille pas. À ce propos... il y a quelque chose que je devrais te dire.

— Quoi ?

— Je suis tombé sur Irving en descendant chercher les cafés. Juste après ton départ.

Elle eut aussitôt l'air inquiète.

— Qu'est-ce qui s'est passé ? demanda-t-elle. Qu'est-ce qu'il t'a dit ?

— Pas grand-chose. Il m'a juste traité de « pneu rechapé » et informé que j'allais m'écraser en chandelle et que, lorsque ça se produirait, j'entraînerais le chef dans ma chute du fait que c'est lui qui m'a réembauché. Après, bien sûr, quand la poussière serait retombée, M. Propre serait là pour prendre la place.

— Putain, Harry ! T'as pas encore fait une journée que tu l'as déjà aux fesses ?

Bosch écarta grand les mains, à en toucher ou presque l'épaule d'un type assis à la table voisine.

— J'étais allé chercher les cafés, reprit-il. Il y était. C'est lui qui m'a abordé, Kiz. Je m'occupais de mes oignons, moi. Je te jure.

Elle baissa les yeux sur son assiette et continua de manger sans rien dire. Puis elle laissa tomber sa dernière moitié de côtelette dans son assiette.

— Je ne peux plus manger, Harry. Sortons d'ici.

— Je suis prêt.

Il laissa plus d'argent qu'il n'en fallait sur la table, Rider disant que ce serait elle qui inviterait le prochain coup. Une fois dehors, ils montèrent dans la voiture de Bosch, un 4 × 4 Mercedes noir, et traversèrent Chinatown jusqu'à l'entrée de la 101, direction nord. Après quoi, ils gagnèrent l'autoroute sans que Rider lui reparle d'Irving.

— Harry, dit-elle enfin, ne prends pas ça à la légère. Sois très prudent.

— Prudent, je le suis toujours, lui répliqua-t-il, et je n'ai jamais pris Irving à la légère.

— Tout ce que je dis, c'est qu'il a déjà été écarté deux fois du pouvoir suprême. Il est possible qu'il soit prêt à tout.

— Oui, mais tu sais ce que je ne comprends pas ? Pourquoi ton patron ne l'a-t-il pas viré quand il est arrivé ici ? On nettoie la baraque et...

Le pousser de l'autre côté de la rue ne met pas fin à la menace. Tout le monde le sait.

— Il ne pouvait pas. Irving a plus de quarante ans de maison. Il a des tas de relations en dehors de la police et au sein de la mairie. Et il sait très bien où se trouvent les placards à squelettes. Le chef ne pouvait pas lui rentrer dedans sans être complètement sûr que ça ne lui pète pas au nez.

Le silence s'éternisa. Il n'y avait que peu de circulation en direction de la Valley en ce début d'après-midi. Ils écoutaient KFWB, la station d'infos en continu et, non, on n'y signalait aucun problème en aval. Bosch vérifia le niveau d'essence, il lui restait encore une moitié de réservoir. C'était plus que suffisant.

Ils avaient décidé un peu plus tôt de se servir de leurs voitures personnelles en alternance. Une voiture de fonction avait été demandée et obtenue pour eux, mais l'un comme l'autre ils savaient que demander et obtenir n'était que la partie facile du parcours. Il leur faudrait probablement attendre des mois et des mois avant de pouvoir se mettre au volant. Il n'y avait tout simplement pas assez de voitures de rab, ou d'argent pour en acheter une neuve. Tout ce qu'ils avaient obtenu en réalité, c'était un formulaire leur permettant de faire passer l'essence utilisée dans leurs voitures personnelles en notes de frais. Bosch savait que, le temps aidant, il ferait tellement de kilomètres dans son 4 × 4 que ces notes reviendraient plus cher que la voiture qu'on leur promettait.

— Écoute, dit-il enfin. Je sais ce que tu penses

même si tu ne le dis pas. Tu ne t'inquiètes pas que pour moi. C'est toi qui t'es décarcassée pour convaincre le chef de me reprendre. Crois-moi, Kiz, je sais très bien qu'il n'y a pas que moi qui roule sur ce... pneu rechapé. Tu n'as pas besoin de t'inquiéter, Kiz, et tu peux dire au chef qu'il n'a pas besoin de s'inquiéter lui non plus. J'ai compris. Il n'y aura pas de problème. Rien ne vous pétera au nez à cause de moi.

— Bien, Harry. Je suis contente de te l'entendre dire.

Il essaya de trouver quelque chose d'autre à ajouter pour la convaincre encore plus. Il savait que les mots ne sont jamais que des mots.

— Je ne sais pas si je te l'ai jamais dit, reprit-il, mais quand j'ai arrêté, au début ça m'a vraiment plu. Tu sais bien... ne plus être à la brigade et faire tout ce dont on a envie. Puis ça a commencé à me manquer et je me suis remis à travailler. Tout seul. Toujours est-il que j'ai commencé à marcher en boitillant.

— En boitillant ?

— Juste un peu. Comme si j'avais une semelle plus mince que l'autre à une chaussure. Comme si j'avais perdu l'équilibre.

— Ben... tu as vérifié tes chaussures ?

— Y avait pas besoin. Ce n'était pas mes chaussures. C'était mon flingue.

Il lui jeta un coup d'œil. Elle regardait droit devant elle, les sourcils ramenés en ce V profond dont elle le gratifiait si souvent. Il reporta les yeux sur la route.

— J'avais porté si longtemps une arme que ne

95

plus l'avoir sur moi me déséquilibrait. Je n'étais plus droit.

— C'est bizarre, ton histoire, Harry.

Ils étaient en train de franchir le col de Cahuenga. Il regarda par sa fenêtre et chercha sa maison nichée dans les replis de la montagne. Il crut voir un bout de la terrasse de derrière briller dans le brun de la broussaille.

— Tu veux donner un coup de fil à Garcia pour savoir si on pourrait passer le voir après le contrôleur judiciaire ? demanda-t-il.

— Oui, dit-elle. Dès que je saurai la chute de ton histoire.

Il réfléchit longuement avant de répondre.

— La chute ? La chute, c'est que j'en ai besoin, de cette arme. Et aussi du badge. Sans ça, je n'ai plus mon équilibre. J'ai besoin de l'un et de l'autre. D'accord ?

Il la regarda de nouveau. Elle lui renvoya son regard, mais garda le silence.

— Je sais ce que vaut la chance qui m'est offerte, reprit-il. Alors qu'il aille se faire mettre le Irving, avec ses histoires de pneus rechapés. Je ne merderai pas.

8

Vingt minutes plus tard ils entraient dans un des endroits qu'il aimait le moins à Los Angeles – le bureau des contrôleurs judiciaires du

Department of Corrections[1] de Van Nuys. Dans ce bâtiment de plain-pied construit en brique se pressaient tous ceux et toutes celles qui attendaient de voir leurs contrôleurs judiciaires ; on y venait pour donner des échantillons d'urine, y pointer comme l'exigeait le tribunal, se rendre à la justice et se faire incarcérer ou supplier de se voir accorder une dernière chance de vivre en liberté. Dans cet endroit, désespoir, humiliation et fureur étaient palpables. Dans cet endroit, Bosch avait toujours fait tout ce qu'il pouvait pour ne croiser le regard de personne.

Bosch et Rider avaient quelque chose qu'ils étaient les seuls à posséder : un badge. Cela les aida à franchir tous les barrages et à obtenir immédiatement une audience avec le contrôleur judiciaire responsable de Roland Mackey après l'arrestation de ce dernier, deux ans plus tôt, pour atteinte aux bonnes mœurs. Thelma Kibble avait été reléguée dans un box modèle standard perdu au milieu d'une foule d'autres box identiques. Son bureau et l'unique étagère dont elle disposait étaient couverts de dossiers de condamnés qu'elle avait pour fonction de cornaquer dans leur liberté conditionnelle et autres mises à l'épreuve. Petite et mince, elle avait des yeux qui brillaient fort dans un visage d'un brun sombre. Bosch et Rider se présentèrent comme des inspecteurs de la brigade des Vols et Homicides. Il n'y avait qu'une chaise devant le bureau de Kibble, ils restèrent debout tous les deux.

---

1. Organisme chargé de l'application des peines. (*N.d.T.*)

— De quoi parle-t-on ? De vol ou d'homicide ? demanda Kibble.

— D'homicide, répondit Rider.

— Allez donc prendre une chaise dans le box là-bas. La fille n'est pas rentrée de déjeuner.

Bosch s'empara de la chaise qu'elle lui montrait et la rapporta dans le box. Rider et lui s'assirent et informèrent Kibble qu'ils aimeraient bien jeter un coup d'œil au dossier de Roland Mackey. Bosch s'aperçut aussitôt que, si elle reconnaissait bien ce nom, la contrôleuse ne se rappelait pas l'affaire.

— C'est une histoire d'attentat aux bonnes mœurs sur la voie publique dont vous avez hérité il y a deux ans, lui précisa-t-il. Il a été remis en liberté au bout de dix-huit mois.

— Ah. Donc, c'est pas du neuf. Va falloir que j'aille voir aux Archives. Je ne me rappelle... mais si, mais si ! Bien sûr que je me rappelle. Roland Mackey, oui, oui. Ça m'a même plutôt fait marrer !

— Comment ça ? demanda Rider.

Kibble sourit.

— Disons seulement qu'il avait du mal à pointer devant une femme de couleur. Que je vous dise quand même... laissez-moi aller chercher le dossier que je puisse vous donner les détails comme il faut.

Elle revérifia l'orthographe de Mackey et quitta son box.

— Ça pourrait nous aider, fit remarquer Bosch.

— Qu'est-ce qui pourrait nous aider ? demanda Rider.

— S'il a un problème avec elle, il y a de fortes chances qu'il en ait un avec toi et on pourrait en jouer.

Elle acquiesça d'un signe de tête. Bosch s'aperçut qu'elle regardait une coupure de journal punaisée à la paroi en fibres du box. Le temps aidant, l'article avait pas mal jauni. Il se pencha plus près pour le lire, mais il était encore trop loin pour en déchiffrer plus que le titre :

UNE CONTRÔLEUSE JUDICIAIRE BLESSÉE
REVIENT EN HÉROS DANS SON UNITÉ

— Qu'est-ce qu'il y a ? demanda-t-il à Rider.

— Je sais qui c'est, dit-elle. Il y a quelques années de ça, elle s'est fait tirer dessus. Elle était allée chez une ex-prisonnière et quelqu'un lui a tiré dessus. La prisonnière a appelé les secours, mais s'est sauvée. Quelque chose comme ça. On lui a donné une décoration au bureau du BPO[1]. Bon Dieu, qu'est-ce qu'elle a maigri !

Cette histoire lui rappelait quelque chose, à lui aussi. Il remarqua que l'article s'accompagnait de deux photos, la première de Thelma Kibble devant le bâtiment du Department of Corrections, une banderole accrochée au toit lui souhaitant la bienvenue. Rider avait raison. Kibble donnait effectivement l'impression d'avoir perdu

---

1. Ou Black Peace Officers, association des gardiens de la paix noirs. (*N.d.T.*)

quarante kilos depuis que ce cliché avait été pris. Il se rappela brusquement avoir vu cette banderole devant la bâtisse quelques années auparavant – à l'époque une de ses affaires passait en jugement au tribunal d'en face. Il hocha la tête : maintenant il se souvenait.

C'est alors que le deuxième cliché attira son attention et lui rappela autre chose. C'était la photo d'une Blanche – l'ex-condamnée qui vivait dans la maison où l'on avait tiré sur Kibble.

— Ce n'est pas elle qui avait tiré, n'est-ce pas ? demanda-t-il.

— Non, elle, elle a sauvé Kibble en appelant les secours. Mais après, elle a disparu.

Soudain Bosch se leva, se pencha en travers du bureau et s'appuya sur des piles de dossiers pour ne pas tomber. Puis il regarda la photo de plus près. Le cliché était en noir et blanc et avait beaucoup foncé, tout comme la coupure de journal avait jauni, mais il reconnut le visage de la jeune femme. Les cheveux et les yeux étaient différents, comme le nom porté sous la photo, mais il fut sûr et certain de l'avoir rencontrée à Las Vegas l'année précédente.

— Dites, c'est mes dossiers que vous êtes en train de bousiller.

Il se redressa aussitôt tandis que Kibble faisait le tour du bureau.

— Je vous demande pardon. J'essayais seulement de lire l'article.

— C'est de l'histoire ancienne. Il serait temps que je décroche ce truc. Il y a bien des années et des kilos que...

— J'étais à la réunion des Black Peace Officers quand on vous a décorée, dit Rider.

— Vraiment ? s'écria Kibble, dont le visage s'orna d'un grand sourire. Ç'a été une bien belle soirée pour moi.

— Qu'est devenue la fille ? demanda Bosch.

— Cassie Black ? Oh, elle est en cavale. Personne ne l'a revue depuis cette époque.

— Des inculpations ?

— C'est drôle, mais en fait non. Évidemment, on lui a collé une violation de contrôle judiciaire parce qu'elle s'est sauvée, mais on n'a rien d'autre contre elle. Faut voir qu'elle ne m'a pas tiré dessus. Tout ce qu'elle a fait, c'est me sauver la vie. J'allais quand même pas demander qu'on l'inculpe pour ça. Mais la violation de contrôle judiciaire, là, je n'ai rien pu y faire. Elle avait filé. Pour autant que je sache, le type qui m'a tiré dessus a très bien pu la descendre et l'enterrer quelque part dans le désert. J'espère que non. Elle m'a rendu un fier service[1].

Brusquement, Bosch ne fut plus aussi sûr que la jeune femme à côté de laquelle il avait vécu dans un motel d'aéroport, alors qu'il allait voir sa fille à Las Vegas l'année précédente, soit Cassie Black. Il se rassit sans rien dire.

— Alors, demanda Rider, vous avez retrouvé le dossier ?

— Le voilà. Vous pouvez le prendre. Mais si vous voulez me poser des questions sur le type,

---

1. Cf. *La lune était noire*, publié dans cette même collection. (*N.d.T.*)

faudra le faire tout de suite. Mes contrôles de l'après-midi démarrent dans cinq minutes. Si je commence tard, je me tape un retard en cascade pendant toute la journée et je sors d'ici à pas d'heure. Et ce soir, je peux pas me le permettre. J'ai un rendez-vous.

Elle avait l'air radieuse rien que d'y penser.

— Bon, d'accord, alors... que vous rappelez-vous sur ce type ? Vous avez consulté le dossier ?

— Oui, j'y ai jeté un coup d'œil en revenant. Mackey n'était qu'un petit branlotin de merde. Qu'un petit drogué qu'était devenu raciste en route. Un pas-grand-chose. J'ai pris pas mal de plaisir à le tenir sous ma botte, mais ça s'arrête là.

Rider avait ouvert le dossier, Bosch se pencha par-dessus elle pour y jeter un œil.

— Cet attentat aux bonnes mœurs... c'était de l'exhibitionnisme ? demanda-t-il.

— En fait, vous ne tarderez pas à découvrir que notre garçon s'était pris pas mal de speed et d'alcool, beaucoup d'alcool, oui, et qu'il avait décidé de se soulager dans un jardin. Sauf qu'une fille de treize ans habitait la maison et qu'elle faisait des paniers de basket dans la cour de devant. Ce que voyant, M. Mackey, qui avait son petit zizi à l'air, décide qu'au fond pourquoi ne pas aller de l'avant et demander à la fillette si elle a envie d'y goûter. Vous ai-je dit que le papa de la petite faisait partie de la police de Los Angeles et que, comme par hasard, il était chez lui au moment de l'incident ? Toujours est-il qu'il sort de la maison et qu'il plaque aussitôt

M. Mackey au sol. De fait même, plus tard, M. Mackey s'est plaint que, coïncidence ou pas, allez savoir, le papa l'aurait écrasé par terre dans la petite mare qu'il venait de faire. Ça n'avait pas l'air de l'avoir ravi.

Kibble sourit en se rappelant l'histoire. Bosch, lui, hocha la tête. La version de Kibble était nettement plus haute en couleur que le résumé qui en était fait dans le dossier.

— Il a plaidé coupable ?

— Exactement. On lui a proposé la liberté surveillée et il a accepté. C'est là qu'il est venu me voir.

— Des problèmes pendant ces dix-huit mois ?

— Rien d'autre que celui qu'il avait avec moi. Il a voulu avoir un autre contrôleur, sa demande a été rejetée et il s'est retrouvé coincé avec moi. Il a réussi à se dominer, mais son racisme était évident. Par en dessous, vous voyez ? Je ne suis jamais arrivée à savoir ce qui le faisait le plus chier. Que je sois noire ou que je sois une femme.

Elle avait regardé Rider en prononçant ces paroles, celle-ci hocha la tête.

Le dossier contenait le détail de ses antécédents. Il comportait aussi des photos prises lors d'arrestations antérieures. Ce serait donc la source principale de renseignements pour leur enquête, mais il était trop volumineux pour qu'ils puissent le parcourir entièrement devant Kibble.

— On pourrait en avoir une photocopie ? demanda Bosch. On aimerait aussi vous emprunter quelques-unes des photos prises au début de sa carrière, si c'est possible.

Les yeux de Kibble se rétrécirent un instant.

— Vous avez repris une affaire ancienne ?

Rider acquiesça d'un signe de tête.

— Très ancienne même, dit-elle.

— Quoi ? Un truc mort ?

— On appelle ça une affaire non résolue, précisa Rider.

Kibble hocha la tête d'un air pensif.

— Bah, rien ne me surprend dans cette boîte... j'ai vu des types se faire gauler deux jours avant la fin de quatre ans de liberté conditionnelle pour avoir piqué une pizza congelée. Mais d'après ce que je me rappelle de ce Mackey, il ne me semblait pas avoir l'instinct du tueur. Si vous me le demandez, je vous dirai que c'est plus un suiviste qu'un type qui agit.

— C'est assez bien vu, dit Bosch. On n'est pas sûrs que ce soit le coupable. Tout ce qu'on sait, c'est qu'il était impliqué.

Il se leva, prêt à partir.

— Et la photo ? demanda-t-il. Une photocopie ne sera jamais assez claire.

— Vous pouvez me l'emprunter à condition de me la rendre. Les gens de son acabit ont tendance à revenir me voir, si vous voyez ce que je veux dire.

— Je vois, oui, et nous vous la rendrons. Et aussi... je pourrais avoir une photocopie de votre article, là ? J'ai envie de le lire.

Kibble regarda la coupure de journal punaisée au mur.

— D'accord, mais vous ne regardez pas la photo. C'était moi autrefois.

Après avoir quitté le bureau du Department of Corrections, Rider et Bosch traversèrent la rue, se rendirent au Van Nuys Civic Center et passèrent entre les deux tribunaux pour gagner la place au milieu. Ils s'assirent sur un banc près de la bibliothèque. Ils avaient rendez-vous avec Arturo Garcia au commissariat de la division de Van Nuys, lui aussi situé dans les locaux gouvernementaux, mais ils étaient en avance et voulaient commencer par étudier le dossier de Kibble.

Celui-ci contenait un compte rendu détaillé de tous les crimes et délits pour lesquels Roland Mackey avait été arrêté depuis ses dix-huit ans. Il comportait aussi des notes prises par divers contrôleurs judiciaires au fil des ans alors qu'ils supervisaient l'application de ses peines. Rider tendit à Bosch les procès-verbaux d'arrestation et se mit à lire les notes. Et dans l'instant interrompit ce qu'elle était en train de lire sur une affaire de cambriolage pour lui rapporter certains détails biographiques qui pouvaient avoir un intérêt dans l'affaire Verloren.

— Il a décroché un GED[1] au lycée de Chatsworth High au début de l'été 88, dit-elle. Et ça, ça nous le met à Chatsworth.

— S'il a décroché une équivalence, c'est qu'il avait commencé par laisser tomber ses études. On dit à quelle école ?

_____

1. Équivalence de diplôme de fin d'études secondaires. (*N.d.T.*)

105

— Non, pas dans ce document. On dit seulement qu'il a grandi à Chatsworth. Famille en difficulté. Mauvais résultats scolaires. Il vivait chez son père, soudeur à l'usine General Motors de Van Nuys. Ça ne ressemble guère à du calibre Hillside Prep.

— Il faut quand même vérifier. Les parents ont toujours envie que leurs enfants fassent mieux. S'il est allé à cette école et connaissait Becky, et qu'il ait ensuite laissé tomber ses études, ça pourrait expliquer pourquoi il n'a pas été interrogé en 88.

Rider se contenta de hocher la tête. Elle avait repris sa lecture.

— Ce mec n'a jamais quitté la Valley, dit-elle. Toutes ses adresses y sont.

— Et la dernière connue serait... ?

— À Panorama City. Comme c'est dit dans le rapport d'AutoTrack. Sauf que si c'est dans ce dossier, ça doit être périmé.

Bosch acquiesça. Quiconque aurait fait autant de prison que Mackey aurait su dégager de chez lui dès le lendemain de la fin de sa peine. Surtout ne pas laisser d'adresse. Bosch et Rider iraient vérifier à Panorama City, mais Bosch savait bien que Mackey n'y serait plus. Où qu'il ait filé, il n'avait pas donné son vrai nom sur ses factures de gaz, d'eau et d'électricité et n'avait pas fait enregistrer sa nouvelle adresse sur sa carte grise et son permis de conduire. Il volait maintenant sous la ligne du radar.

— Il a fait partie des Wayside Whities, reprit Rider en lisant un rapport.

— Ça ne m'étonne pas.

« Wayside Whities » était le nom d'un gang qui avait sévi des années durant à la prison de Wayside Honor Rancho. Dans les prisons du comté, les gangs se formaient généralement selon des critères raciaux, plus pour se protéger que par haine raciale. Il n'était pas rare de découvrir qu'en secret certains membres des Wayside Whities étaient juifs. Quand on se protège, on se protège. C'était une façon d'appartenir à un groupe et d'ainsi parer les attaques d'un autre groupe. Bref, une manière de survivre. Que Mackey ait fait partie de ce gang ne renforçait que de manière marginale la théorie de Bosch selon laquelle le racisme n'était peut-être pas étranger à l'affaire.

— Rien d'autre là-dessus ? demanda-t-il.

— Pas que je voie.

— Un signalement quelconque ? Des tatouages ?

Elle feuilleta rapidement le document et en sortit une fiche d'incarcération.

— Oui, dit-elle en la lisant, il y a des tatouages. Il s'est fait tatouer son nom sur un biceps et le nom d'une fille, enfin... je crois, sur l'autre. RaHoWa.

Elle lui épela le nom, aussitôt il sentit comme des picotements lui indiquant que sa théorie commençait à prendre corps.

— Ce n'est pas un nom, dit-il. C'est un code qui veut dire *racial holy war*[1]. Ce sont les deux premières lettres de chacun de ces mots. Ce type

---

1. Soit « guerre sainte raciale ». (*N.d.T.*)

croit à ces trucs-là. Pour moi, Garcia et Green ont raté ça alors qu'ils l'avaient sous le nez.

Il sentit monter l'adrénaline.

— Regarde-moi ça, reprit-elle d'un ton pressant. Il s'est aussi fait tatouer un 88 dans le dos. Pour ne pas oublier ce qu'il a fait cette année-là ?

— En quelque sorte. Mais c'est plutôt un code. J'ai déjà travaillé sur une de ces affaires de pouvoir blanc et je me rappelle tous les codes. Pour ces types-là, 88 est l'équivalent d'un double H, H étant la huitième lettre de l'alphabet. 88 égale HH égale Heil Hitler. Ils se servent aussi de 268, ce qui donne Zieg Heil. Malins, ces mecs, non ?

— N'empêche. Pour moi ce 88 a peut-être à voir avec notre affaire.

— Peut-être, oui. Des trucs sur son boulot ?

— On dirait qu'il conduit une dépanneuse. C'était ça qu'il faisait quand il s'est arrêté pour pisser le coup qui lui a valu sa condamnation pour attentat à la pudeur. J'ai trois employeurs différents dans son dossier... et chaque fois ce sont des boîtes de dépannage.

— Très bon ça. Ça nous donne un point de départ.

— On va le retrouver.

Bosch baissa la tête et regarda le procès-verbal d'arrestation qu'il avait sous les yeux. Il s'agissait d'une affaire de cambriolage remontant à 1990. Mackey s'était fait coincer par un chien policier dans une échoppe du cinéma Pacific Drive-in. Il s'y était introduit après le spectacle, ce qui avait déclenché une alarme silencieuse. Il avait fait la caisse et rempli un sac en plastique de deux cents bonbons. Mais il avait retardé sa sortie en décidant de brancher la machine à chauffer le fromage pour se faire des nachos[1]. Il était encore à l'intérieur du bâtiment lorsque l'officier de police qui avait répondu à l'alarme avait envoyé son chien dans la boutique. D'après le procès-verbal, Mackey avait été expédié au Centre médical de l'université de Californie du Sud et soigné pour des morsures au bras et à la cuisse gauches avant d'être incarcéré.

Le procès-verbal signalait encore que Mackey avait plaidé coupable pour un délit d'effraction, ce chef d'inculpation moins grave lui valant une peine équivalente au temps qu'il avait déjà passé en préventive – soit soixante-sept jours à la prison de Van Nuys et deux ans de conditionnelle.

Le rapport suivant faisait état d'une infraction à cette peine, Mackey étant alors arrêté pour agression. Bosch allait poursuivre sa lecture lorsque Rider lui prit sa liasse de photocopies des mains.

— C'est l'heure d'aller voir Garcia, lui lança-t-elle. Son sergent dit que si nous sommes en retard, nous le louperons.

Elle se leva et il la suivit. Ils prirent la direction du commissariat de la division de Van Nuys. Les

---

1. Casse-croûte d'origine mexicaine fait d'un morceau de tortilla farci de fromage, poivrons, etc., et passé au four. (*N.d.T.*)

bureaux du commandement de la Valley se trouvaient au troisième étage.

— En 1990, Mackey s'est fait serrer pour un cambriolage au Pacific Drive-in, dit Bosch en marchant.

— Bon.

— Au croisement de Winnetka Avenue et de Prairie Street. Aujourd'hui il y a un multiplex. C'est à cinq ou six rues de l'endroit où l'arme qui a tué Verloren avait été volée quelques années avant. Le cambriolage...

— Et tu en penses... ?

— Que ça fait deux cambriolages dans un rayon de cinq ou six rues. Qu'il aimait peut-être travailler dans le coin. Qu'il a volé l'arme ou qu'il était avec la personne qui l'a piquée.

Rider acquiesça d'un hochement de tête, ils montèrent les marches qui conduisaient à l'entrée du commissariat, puis ils prirent l'ascenseur pour gagner les bureaux du commandement de la Valley. Ils étaient à l'heure, mais on les fit quand même attendre.

— Je m'en souviens, de ce drive-in, reprit Bosch en s'asseyant sur un canapé. J'y suis allé deux ou trois fois quand j'étais gosse. Et je me souviens aussi de celui de Van Nuys.

— On en avait aussi un dans le South Side, dit-elle.

— Ils l'ont transformé en multiplex ?

— Non. C'est juste un parking. Ils ont pas d'argent à mettre dans un multiplex à cet endroit.

— Même pas Magic Johnson ?

Il savait que l'ex-star de l'équipe de basket des Lakers avait beaucoup investi dans la ville, y compris en mettant de l'argent dans des cinémas.

— Un seul bonhomme ne peut pas tout faire.

— Il peut faire démarrer les choses, enfin... faut croire.

Une femme avec des galons de P2[1] sur les manches de son uniforme s'approcha d'eux.

— Le contrôleur va vous recevoir, leur dit-elle.

9

Le contrôleur Arturo Garcia attendait debout derrière son bureau lorsque Bosch et Rider furent introduits dans la pièce par l'assistante en tenue. Garcia était lui aussi en uniforme, et le portait bien et fièrement. Il avait le cheveu gris acier et la moustache en rince-bouteilles qui va avec. Il respirait la confiance que la police avait inspirée jadis et qu'elle faisait tout pour retrouver.

— Inspecteurs, dit-il, entrez, entrez. Asseyez-vous donc ici et dites à un ancien des Homicides comment ça se présente.

Ils s'assirent devant le bureau.

— Merci de nous recevoir aussi vite, dit Rider.

---

1. Soit *patrolman grade* 2, ou agent de patrouille 2e grade. (*N.d.T.*)

Ils avaient décidé que ce serait elle qui prendrait le commandement des opérations avec Garcia, dans la mesure où elle le connaissait mieux grâce à son ancien travail de liaison au bureau du chef. De plus, Bosch n'était pas très sûr de contenir son dégoût du personnage et des erreurs et faux pas qu'ils avaient commis, lui et son coéquipier, dans l'affaire Verloren.

— Bah, reprit le contrôleur, quand c'est les Vols et Homicides qui appellent, le temps, on le trouve, pas ?

Et il sourit.

— En fait, nous travaillons aux Affaires non résolues, le corrigea Rider.

Garcia perdit son sourire un instant, Bosch croyant même voir un éclair de douleur dans son regard. Rider avait fait la demande de rendez-vous par l'intermédiaire d'une assistante du contrôleur et n'avait rien dit de l'affaire sur laquelle ils travaillaient.

— Becky Verloren, dit le contrôleur.

Rider acquiesça d'un signe de tête.

— Comment le savez-vous ? demanda Bosch.

— Comment je le sais ? C'est moi qui ai appelé le type de chez vous, l'officier en charge du dossier, pour lui dire qu'on avait de l'ADN et qu'il ferait bien de l'envoyer au labo.

— L'inspecteur Pratt ?

— Voilà, Pratt. Dès que l'unité a été constituée et opérationnelle, je l'ai appelé pour lui dire de jeter un œil à l'affaire Verloren, en 1988. Alors... qu'est-ce que vous avez ? Vous avez bien une correspondance, non ?

Rider acquiesça de nouveau d'un signe de tête.

— Et très belle encore, dit-elle.

— Qui c'est ? Ça fait dix-sept ans que j'attends ça. C'est quelqu'un du restaurant, non ?

Cela fit réfléchir Bosch. Dans le dossier il y avait bien des comptes rendus d'interrogatoires de personnes qui avaient travaillé au restaurant de Robert Verloren, mais rien qui sorte du lot. Rien en tout cas qui aurait pu susciter la suspicion ou nécessiter un suivi quelconque. De fait, rien dans ces rapports n'indiquait qu'il y eût à aller chercher du côté du restaurant. Entendre un des premiers enquêteurs leur avouer que pour lui cela faisait longtemps qu'il fallait chercher dans cette direction s'accordait assez mal avec ce qu'ils avaient passé leur matinée à lire.

— En fait non, dit Rider. Il y a correspondance avec un certain Roland Mackey. Il avait dix-huit ans à l'époque du meurtre et se trouvait à Chatsworth. Nous ne pensons pas qu'il travaillait au restaurant.

Garcia fronça les sourcils comme s'il était perplexe, voire déçu.

— Ce nom vous dit-il quoi que ce soit ? enchaîna Rider. Nous ne l'avons trouvé nulle part dans le dossier.

Garcia fit non de la tête.

— Je ne vois pas, non, dit-il, mais ça remonte à loin. Qui est-ce ?

— Nous ne le savons pas encore. Nous commençons à le cerner. Mais nous n'en sommes qu'au début.

— Je suis certain que je me serais souvenu de ce nom. C'était son sang qu'il y avait dans le pistolet, c'est bien ça ?

— C'est ce qu'on a, en effet. Et ce type a un passé chargé. Cambriolages, recel, drogue. Nous le voyons assez bien dans le cambriolage d'où est sorti le pistolet.

— Absolument ! s'écria Garcia comme si son excitation suffisait à faire de cette idée une réalité.

— Le relier à l'arme, nous y arriverons sans aucun doute, reprit Rider. Mais c'est le lien avec la fille que nous cherchons et nous nous disions que ça vous rappellerait peut-être quelque chose.

— Avez-vous reparlé au père et à la mère ?

— Pas encore. Vous êtes le premier sur notre liste.

— Les pauvres ! Pour eux, ç'a été la fin de tout.

— Vous êtes resté en relation avec eux ?

— Au début, oui. Tant que j'ai eu l'affaire. Mais dès que je suis passé lieutenant et que je suis retourné à la patrouille, j'ai dû laisser tomber le dossier et après, j'ai perdu le contact. C'était surtout avec Muriel, la mère, que je parlais. Le père... il y avait quelque chose qui clochait. Il ne s'en est pas bien sorti. Il a quitté le domicile conjugal, ils ont divorcé, tout le bazar, quoi. Et il a perdu le restaurant. Aux dernières nouvelles, il était à la rue. Il se pointait à la maison de temps en temps pour demander du fric à Muriel.

— Qu'est-ce qui vous a fait croire que c'était quelqu'un du restaurant, tout à l'heure ?

114

Garcia hocha la tête comme s'il était frustré de ne pouvoir retrouver un souvenir.

— Je ne sais pas, dit-il. Je n'arrive pas à me rappeler. C'était plus une impression. Il y avait quelque chose qui ne tournait pas rond dans cette affaire. Ç'avait quelque chose de *hinky*[1].

— C'est-à-dire ?

— Eh bien... vous avez lu le dossier, non ? La fille n'a pas été violée. Elle a été transportée dans la colline et tout a été fait pour qu'on pense à un suicide. Mais ç'a été mal fait. Dans la réalité, ç'a été une exécution. C'est pour ça qu'on ne pensait pas à quelqu'un qui se serait introduit chez elle par hasard. Il y avait un type qu'elle connaissait et qui voulait sa mort. Et c'est lui qui est entré dans la maison ou qui y a envoyé quelqu'un.

— Vous pensez que ç'avait à voir avec sa grossesse ? demanda Rider.

Garcia acquiesça d'un hochement de tête.

— Nous pensions que ç'avait un rapport, mais nous ne sommes jamais arrivés à mettre le doigt dessus.

— Et MTL... vous n'avez jamais trouvé ?

Garcia la regarda, l'air perdu.

— MT elle ?

— Non, M-T-L. Les initiales dont Rebecca se servait dans son journal intime. Vous en parlez dans l'interrogatoire des parents. « My True Love », vous vous rappelez ?

— Ah oui, les initiales ! C'était comme un

---

1. Vieux mot d'argot de la police désignant quelque chose ou quelqu'un de douteux ou de malhonnête. (*N.d.T.*)

code. On n'en a jamais été sûrs. Nous n'avons jamais trouvé qui c'était. Vous le cherchez, ce journal ?

Bosch ayant acquiescé d'un signe de tête, Rider reprit la parole.

— On cherche tout. Le journal intime, le pistolet, toute la boîte a disparu quelque part à l'AS.

Garcia hocha la tête comme quelqu'un qui avait passé sa carrière à faire face à tout ce qu'il y a de frustrant dans la police.

— Ça ne m'étonne pas, dit-il. Typique, non ?

— Oui, oui.

— Mais que je vous dise un truc. Si jamais on retrouvait la boîte, le journal n'y serait pas.

— Pourquoi ?

— Parce que je l'ai rendu.

— Aux parents ?

— À la mère. Comme je vous l'ai dit, je suis passé lieutenant et je suis parti au South Bureau. Ron Green lui, avait déjà pris sa retraite. Je lâchais l'affaire et je savais qu'on n'irait pas plus loin. Personne n'allait y prêter attention comme nous. Bref, j'ai dit à Muriel que je m'en allais et je lui ai rendu le journal...

« La pauvre femme ! C'était comme si le temps s'était arrêté ce jour de juillet. Elle s'est figée. Plus moyen d'avancer, plus moyen de revenir en arrière. Je me rappelle être allé la voir avant de partir. C'était oh... trois ans après le meurtre. Elle m'a obligé à monter voir la chambre de Becky. Rien n'y avait été touché. Elle était restée exactement comme elle était le soir où sa fille a été enlevée.

116

Rider hocha la tête d'un air sombre. Garcia ne disant rien de plus, Bosch finit par se racler la gorge. Puis il se pencha en avant et lui asséna à nouveau la même question.

— Quand nous vous avons dit qu'on avait une correspondance ADN, vous avez tout de suite pensé à quelqu'un du restaurant. Pourquoi ?

Il jeta un coup d'œil à Rider pour voir si ça l'agaçait qu'il intervienne. Ça n'en avait pas l'air.

— Pourquoi, je ne sais pas, dit Garcia. C'est comme je vous ai dit : j'ai toujours plus ou moins pensé que ça venait de ce côté-là parce que je n'ai jamais eu l'impression de comprendre tout ce qu'il s'y passait.

— C'est bien du père que vous parlez, n'est-ce pas ?

Garcia acquiesça d'un signe de tête.

— Il était *hinky*. Je ne sais même pas si on se sert encore de ce terme aujourd'hui. Mais à l'époque si, on s'en servait encore.

— C'est-à-dire ? reprit Rider. En quoi était-il *hinky* ?

Avant que Garcia ait le temps de répondre à la question, une des assistantes en tenue entra dans le bureau.

— Chef ? Tout le monde est dans la salle de conférences et prêt à commencer.

— Bien, sergent. J'arrive tout de suite.

Après le départ du sergent, Garcia regarda Rider comme s'il avait oublié la question.

— Rien dans le dossier n'indique qu'on devrait avoir des doutes sur le père, dit-elle. Pourquoi le trouviez-vous *hinky* ?

— Oh, en fait, je ne sais pas trop. Disons que c'était une espèce d'intuition. Il ne se conduisait jamais vraiment comme on l'aurait attendu d'un père, vous voyez ce que je veux dire ? Il était trop calme. Il ne se mettait jamais en colère, il ne criait pas... parce qu'enfin, quoi ? On lui avait enlevé sa fille ! Jamais il ne nous a pris à part pour nous dire, à Ron ou à moi : « Ce mec, c'est moi qui l'allume le premier dès que vous lui mettez la main dessus, d'accord ? » Moi, c'était à un truc comme ça que je m'attendais.

Pour Bosch, tout le monde était encore suspect, même après cette touche qui reliait Mackey à l'arme du crime. Et cela valait certainement pour Robert Verloren. Cela étant, il rejeta tout de suite l'intuition de Garcia fondée sur les réactions émotionnelles d'un père par rapport au meurtre de sa fille. Ayant travaillé sur des centaines d'assassinats, il avait appris qu'il était impossible de juger ce genre de réactions, encore moins d'en tirer matière à soupçons. Il avait été confronté à tous les cas de figure possibles et ces réactions ne voulaient rien dire. Parmi les types qu'il avait rencontrés, un de ceux qui avaient le plus pleuré et hurlé s'était révélé être l'assassin.

En rejetant l'instinct et les doutes de Garcia, Bosch rejetait aussi le bonhomme. Green et lui avaient commis des erreurs au début, mais s'étaient rattrapés en conduisant une enquête dans les règles de l'art. Le dossier en témoignait. Bosch en conclut que tout ce qui avait été fait correctement était l'œuvre de Green. Il comprit qu'il aurait dû s'en douter en apprenant que Garcia avait renoncé aux Homicides pour passer dans l'administration.

— Combien de temps avez-vous travaillé aux Homicides ? demanda-t-il.

— Trois ans.

— Toujours à la division du Devonshire ?

— Exact.

Bosch fit vite le calcul. La charge de travail étant légère au Devonshire, Garcia avait dû bosser sur une trentaine de dossiers au maximum. Ce qui ne lui donnait pas assez d'expérience pour bien faire son boulot. Il décida de passer à autre chose.

— Et votre ancien coéquipier ? Robert Verloren lui faisait la même impression ?

— Il était plus enclin à lui donner du mou que moi.

— Vous êtes toujours en relation avec lui ?

— Avec lui, qui ? Le père ?

— Non, Green.

— Non, il a pris sa retraite il y a longtemps.

— Je sais, mais... êtes-vous encore en relation avec lui ?

Garcia hocha la tête.

— Non, il est mort. Il était parti dans le comté de Humboldt. Il aurait dû laisser son arme ici. Tout ce temps aux Homicides et rien à faire là-haut...

— Il s'est tué ?

Garcia acquiesça d'un signe de tête.

Bosch regarda par terre. Ce n'était pas la mort de Ron Green qui le frappait. Il ne le connaissait pas. C'était le fait qu'il n'y avait plus de liens avec l'affaire. Il comprit que Garcia n'allait pas les aider beaucoup.

— Et la question raciale là-dedans ? demanda-t-il en passant encore une fois par-dessus Rider.

— Quoi ? Dans cette affaire ? Je ne vois pas.

— Couple mixte, enfant métis, l'arme qui provient d'un cambriolage dont la victime était harcelée pour sa religion ?

— C'est un peu tiré par les cheveux. Vous avez quelque chose sur ce Mackey ?

— Ce n'est pas impossible.

— Ben, nous, on n'avait pas la chance de travailler sur un suspect désigné. Nous n'avions rien de tel dans ce que nous savions à ce moment-là.

Garcia l'avait dit avec tant de force que Bosch comprit qu'il avait touché un nerf. Monsieur n'aimait pas qu'on pense à sa place. Aucun inspecteur n'aimait ça. Même pas un inspecteur sans expérience.

— Je sais que repartir avec le type et remonter en arrière, c'est comme refaire le match le lundi matin, lança vite Rider. On est juste en train d'envisager quelque chose.

Cela parut l'apaiser.

— Je comprends, dit-il. On ne laisse rien au hasard.

Il se leva.

— Bien, inspecteurs, dit-il, je n'ai pas envie de vous presser, mais... J'aurais aimé qu'on puisse continuer à en parler toute la journée. Des gens, moi aussi, j'en collais en prison. Maintenant je ne fais plus qu'assister à des réunions de budget et de développement.

C'est ce que tu mérites, songea Bosch. Il coula un regard à Rider en se demandant si elle comprenait qu'il l'avait sauvée du même sort en la persuadant de se mettre avec lui dans l'unité des Affaires non résolues.

— Faites-moi plaisir, reprit Garcia. Avertissez-moi dès que vous aurez gaulé ce Mackey. Peut-être que je descendrai voir à quoi il ressemble de l'autre côté de la vitre sans tain. Ça fait long-temps que j'attends ce moment-là.

— Pas de problème, chef, lui répondit Rider en détachant les yeux de Bosch. On n'y manquera pas. Et si vous pensez à quelque chose qui pourrait nous aider dans cette affaire, passez-moi un coup de fil. Je vous ai mis tous nos numéros là-dessus.

Elle se leva et posa une carte de visite professionnelle sur son bureau.

— C'est entendu, dit-il.

Il commença à faire le tour de son bureau pour se rendre à sa réunion.

— Il y a quelque chose qu'on pourrait vous demander de faire, dit Bosch.

Garcia s'arrêta net et le regarda.

— De quoi s'agit-il, inspecteur ? Il faut que j'aille à cette réunion.

— On pourrait essayer de faire partir le gibier en publiant un article dans un journal. Vous savez bien... un ancien inspecteur des Homicides aujourd'hui passé contrôleur est hanté par une affaire ancienne... Il appelle l'unité des Affaires non résolues et les pousse à envoyer l'ADN au labo et boum, qu'est-ce qui se passe ? On a une touche.

Garcia acquiesça d'un signe de tête. Bosch comprit que ça lui caressait l'ego dans le bon sens.

— Oui, dit-il, ça pourrait marcher. Tout ce que vous voudrez. Vous m'appelez et on arrange le coup. Dans le *Daily News* ? J'y ai des contacts. C'est le journal de la Valley.

Bosch acquiesça.

— Voilà, c'est ce que nous nous disions.

— Bien. Tenez-moi au courant. Faut que j'y aille.

Il quitta rapidement le bureau, Bosch et Rider se regardant avant de le suivre. Une fois dans le couloir, ils gagnèrent l'ascenseur, Rider demandant à Bosch ce qui lui avait pris de parler de l'article à passer dans un journal.

— Il sera parfait parce qu'il ne sait pas de quoi il parle.

— Ce qui fait qu'on n'en veut pas. Ce qu'on veut, c'est être prudents.

— Ne t'inquiète pas. Ça marchera.

Les portes de l'ascenseur s'ouvrirent, ils entrèrent. Il n'y avait personne dans la cabine, et dès que les portes se refermèrent Rider lui sauta dessus.

— Harry, lui lança-t-elle, mettons tout de suite les choses au point. Ou nous sommes coéquipiers ou nous ne le sommes pas. Tu aurais dû me dire que tu allais lui balancer ça. On aurait dû en parler avant.

— Tu as raison, dit-il en hochant la tête. Nous sommes coéquipiers. Ça ne se reproduira pas.

— Bien.

Les portes se rouvrirent, Rider sortit de la cabine et le laissa seul.

10

Bâtiment de style espagnol, la Hillside Preparatory School se nichait dans les collines de Porter Ranch. Son campus se distinguait par des pelouses d'un vert somptueux et par l'à-pic impressionnant des montagnes derrière lui, ces dernières donnant quasiment l'impression de le bercer et de le protéger. Bosch songea que ce devait être un endroit où tous les parents avaient envie d'envoyer leurs enfants. Il pensa à sa fille qui, elle, allait commencer l'école dans un an. Oui, il aurait eu envie de l'envoyer dans une école qui ait cette allure – extérieurement, au moins.

Rider et lui suivirent des panneaux qui les conduisirent aux bureaux de l'administration. À la réception, Bosch montra son badge, puis expliqua qu'ils voulaient savoir si un élève du nom de Roland Mackey avait jamais fréquenté l'établissement. L'employée disparut dans une arrière-salle, d'où, presque aussitôt, sortit un homme. Ses traits caractéristiques se réduisaient à une bedaine grosse comme un ballon de basket et à d'épaisses lunettes surmontées par des sourcils broussailleux. En travers de son front ses cheveux dessinaient le contour parfait d'une moumoute.

— Gordon Stoddard, principal de Hillside, lança-t-il. Mme Atkins me dit que vous êtes inspecteurs de police. Je lui ai demandé de vérifier ce nom pour vous. Il ne me dit rien et cela fait presque vingt-cinq ans que je suis ici. Savez-vous à quelle époque il aurait fréquenté notre école ? Ça pourrait aider Mme Atkins dans ses recherches.

Bosch fut surpris. Stoddard semblait avoir une quarantaine d'années. Il avait dû arriver à Hillside juste après ses études supérieures et n'en être jamais parti. Il se demanda si cela tenait au salaire des professeurs ou au dévouement du bonhomme. D'après ce qu'il savait sur les profs du public comme du privé, il doutait fort que ce soit à cause de la paie.

— Disons dans les années 80, s'il est jamais venu ici, répondit-il. Ça remonte à loin pour qu'on s'en souvienne.

— Peut-être, mais je me rappelle bien les élèves qui sont passés ici. La plupart, en tout cas. C'est que je n'ai pas été principal pendant vingt-cinq ans. J'ai commencé par être prof. J'enseignais les sciences et suis devenu doyen des matières scientifiques.

— Vous souvenez-vous d'une certaine Rebecca Verloren ? lui demanda Rider.

Stoddard pâlit.

— Oui, en effet, oui. Je lui ai enseigné les

sciences. C'est de ça qu'il s'agit ? Vous avez arrêté ce gamin ? Ce... Mackey ? Évidemment, ça doit être un homme maintenant. C'est lui ?

— Ça, nous ne le savons pas, monsieur, dit tout de suite Bosch. Nous avons repris l'affaire et sommes tombés sur son nom. Nous avons besoin de vérifier, c'est tout.

— Avez-vous vu la plaque ?

— Pardon ?

— Dehors, sur le mur du grand hall. Il y a une plaque dédiée à la mémoire de Rebecca. Ses camarades de classe ont réuni les fonds nécessaires et l'ont fait apposer. C'est très beau, mais très triste aussi, bien sûr. Mais ça sert bien son but. Les gens d'ici n'ont pas oublié Rebecca Verloren.

— Nous avons dû la rater. Nous la regarderons en partant.

— Beaucoup de gens se souviennent encore d'elle. Cette école ne paie peut-être pas si bien que ça et les profs doivent peut-être avoir plusieurs boulots pour joindre les deux bouts, mais notre corps enseignant nous est très fidèle. Nous avons encore des profs qui ont fait la classe à Rebecca. Nous en avons même une, Mme Sable, qui a été élève avec elle et nous est ensuite revenue comme professeur. En fait, je crois même que Bailey était une de ses bonnes copines.

Bosch jeta un coup d'œil à Rider, qui haussa les sourcils. Ils avaient un plan pour aborder les amies de Becky Verloren, mais voilà qu'une occasion se présentait. Bosch avait reconnu le nom : Bailey Koster était une des trois copines avec lesquelles Becky avait passé la nuit deux jours avant sa disparition.

— Mme Sable est-elle ici aujourd'hui ? demanda Bosch. On pourrait lui parler ?

Stoddard jeta un coup d'œil à la pendule murale au-dessus de la réception.

— Eh bien... elle est en cours, mais la sortie est dans une vingtaine de minutes. Si ça ne vous gêne pas d'attendre, je suis sûr que vous pourriez lui parler.

— Pas de problème.

— Bien, je lui fais parvenir un message pour lui demander de venir ici après les cours.

Mme Atkins, la réceptionniste, apparut derrière lui.

— En fait, dit Rider, si ça ne vous gêne pas, nous préférerions aller lui parler dans sa classe. Nous ne voulons pas la mettre mal à l'aise.

Bosch acquiesça. Rider était sur la même longueur d'onde que lui. Ils n'avaient aucune envie qu'on envoie le moindre message à Mme Sable. Ils ne tenaient pas à ce qu'elle se mette à penser à Becky Verloren avant qu'ils puissent lui parler et l'écouter en l'observant.

— Comme vous voudrez, dit Stoddard. C'est à vous de voir.

Il remarqua Mme Atkins debout derrière lui et lui demanda ce qu'elle avait trouvé.

— Nous n'avons aucune trace d'un Roland Mackey dans nos archives, répondit-elle.

— Avez-vous trouvé quelqu'un qui ait ce patronyme ? s'enquit Rider.

— Oui, un. Prénom : Gregory. Il a passé deux ans ici, en 1996-97.

Il n'était pas impossible que ce soit un frère ou un cousin. Il serait peut-être nécessaire de vérifier.

— Pouvez-vous voir si vous avez une adresse ou un numéro où le joindre ? insista Rider.

Mme Atkins chercha l'approbation du principal d'un regard, Stoddard acquiesça d'un signe de tête, elle disparut pour aller chercher le renseignement. Bosch jeta un coup d'œil à la pendule murale. Il leur restait presque vingt minutes à tuer.

— Monsieur Stoddard, avez-vous des albums de promotion de la fin des années 80 sur lesquels nous pourrions jeter un œil en attendant de voir Mme Sable ? demanda-t-il.

— Oui, bien sûr. Je vous emmène à la bibliothèque et je vous les cherche.

Stoddard les fit passer devant la plaque que les camarades de classe de Rebecca Verloren avaient fait apposer sur le mur du grand hall. Elle ne comportait que son nom, les années de sa naissance et de sa mort et la très juvénile promesse de « Nous n'oublierons jamais ».

— C'était une gentille fille, dit Stoddard. Toujours à s'impliquer. Comme sa famille. Quelle tragédie !

Il se servit de sa manche de chemise pour essuyer la poussière qui s'était accumulée sur la photographie émaillée de la souriante Becky.

La bibliothèque se trouvait juste après. Il y avait peu d'élèves assis aux tables ou debout à chercher dans les rayons : la journée scolaire tirait à sa fin. Dans un murmure, Stoddard leur dit de s'asseoir à une table, puis il disparut dans les réserves. Moins d'une minute plus tard, il revenait avec trois albums de promotion et les posait sur la table. Bosch découvrit que tous s'intitulaient *Veritas* et portaient le numéro de l'année sur la couverture. Stoddard avait pris les albums de 1986, 1987 et 1988.

— Voilà les albums de ses trois dernières années, reprit-il en chuchotant. Je me rappelle qu'elle est arrivée ici en maternelle et donc... si vous voulez les albums d'avant, vous n'avez qu'à me le dire. Ils sont dans les rayons.

Bosch hocha la tête.

— Non, ça ira, dit-il. On n'a pas besoin de plus pour l'instant. Nous repasserons par le bureau avant de partir. De toute façon, il faut qu'on retourne voir Mme Atkins.

— Bon d'accord, je vous laisse faire.

— Bien. Vous pouvez nous indiquer où se trouve la classe de Mme Sable ?

Stoddard leur donna le numéro de la salle et leur expliqua comment s'y rendre. Puis il s'excusa et les informa qu'il regagnait son bureau. Avant de partir il murmura quelques mots à l'adresse d'un groupe de garçons assis à une table près de la porte. Ces derniers prirent les sacs à dos qu'ils avaient laissés tomber par terre au hasard et les rangèrent sous la table pour ne pas gêner le passage. Pour Bosch, quelque chose dans la façon dont ils avaient jeté leurs sacs n'importe où lui rappela le Vietnam :

128

là aussi, dès qu'ils s'arrêtaient quelque part, les hommes jetaient leur paquetage n'importe où pour se débarrasser de ce fardeau.

Après le départ de Stoddard, les gamins firent des grimaces à la porte qu'il venait de franchir.

Rider s'étant précipitée sur l'album de 88 avant lui, Bosch prit l'édition 86. Il pensait ne rien y découvrir d'intéressant maintenant que Mme Atkins lui avait démoli sa théorie selon laquelle Roland Mackey avait fréquenté l'établissement à un moment ou à un autre et laissé tomber ses études avant le meurtre. Il s'était déjà résigné à l'idée que le lien entre Mackey et Becky Verloren – si seulement il existait – serait à trouver ailleurs.

Il fit les calculs dans sa tête et feuilleta le volume jusqu'au moment où il trouva les photos de la classe de quatrième. Il y découvrit rapidement celle de Becky Verloren. Elle portait des couettes et un appareil dentaire. Elle souriait, mais semblait juste entrer dans l'âge de la gaucherie prépubère. Il songea qu'elle n'avait pas dû être très heureuse de l'air qu'elle avait sur le cliché. Il examina les photos de groupe prises dans les divers clubs d'élèves et put ainsi découvrir ses diverses activités extrascolaires. Elle avait fait du foot, participé aux activités des clubs de science et d'art graphique et à celles du conseil des élèves. Sur toutes ces photos elle se trouvait au dernier rang ou sur le côté. Il se demanda si c'était voulu par le photographe ou si c'était là qu'elle se sentait le mieux.

Rider, elle, prenait tout son temps pour parcourir l'édition 88. Elle en examinait attentivement chaque page, à un moment donné elle leva le livre devant elle pour qu'il puisse voir les pages consacrées au corps enseignant. Elle lui montra la photo d'un jeune Stoddard sans lunettes et aux cheveux nettement plus longs qu'aujourd'hui. Bien bâti, il était aussi très élancé.

— Regarde-le, dit-elle. Personne ne devrait vieillir.

— Et tout le monde devrait le pouvoir.

Bosch passa à l'album 1987 et s'aperçut que les photos de Becky Verloren montraient une jeune fille qui semblait s'épanouir. Son sourire était plus plein, plus confiant. Si l'appareil dentaire était encore là, on n'en remarquait plus la présence. Sur les photos de groupe, elle était passée au premier rang, en plein centre. Sur celles du conseil des élèves, on s'apercevait qu'elle n'était pas encore devenue déléguée de classe, mais elle n'en avait pas moins les bras croisés de celle qui se sent responsable. Posture et regard inflexible, tout disait quelqu'un qui irait loin. Sauf qu'on l'en avait empêchée.

Bosch feuilleta encore quelques pages avant de refermer le volume. Il attendait que la cloche sonne pour pouvoir interroger Bailey Koster Sable.

— Rien ? lui demanda Rider.

— Rien d'intéressant, dit-il. Mais ça fait plaisir de la voir à cette époque. À sa place. Dans son élément.

— Oui. Tiens, regarde.

Elle fit tourner l'album de 1988 sur la table afin qu'il puisse y jeter un œil. Elle était enfin arrivée aux photos de la classe de seconde. Dans le haut de la page on découvrait un garçon et quatre filles qui posaient sur un mur dans lequel Bosch reconnut celui de l'entrée du parking des élèves. Au-dessus du cliché, une légende : les leaders de l'école. Sous la photo les lycéens étaient identifiés et leurs fonctions indiquées. Becky Verloren y était citée comme la représentante du conseil des élèves. Bailey Koster, elle, était présidente de la classe.

Rider essaya de retourner le volume vers elle, mais Bosch l'arrêta un instant pour examiner la photo. Posture et style, il vit bien que Becky Verloren avait laissé sa gaucherie d'adolescente derrière elle. Il n'aurait plus parlé de gamine pour décrire l'élève qu'il voyait. Becky Verloren était déjà partie pour être une jeune femme aussi belle que sûre d'elle. Il lâcha le volume, Rider le reprit.

— Elle aurait brisé beaucoup de cœurs, dit-il.

— Peut-être l'avait-elle déjà fait. Peut-être avait-elle choisi le mauvais.

— Autre chose dans ces pages ?

— Regarde.

Elle fit à nouveau pivoter le volume. Les deux pages qu'elle lui montrait étaient couvertes de photos du voyage que le Club d'art graphique avait fait en France l'été précédent. On y voyait une vingtaine d'élèves, filles et garçons, ainsi que plusieurs parents et professeurs, devant Notre-Dame, dans la cour du Louvre et à bord d'un bateau-mouche. Rider montra Becky sur l'un de ces clichés.

— Elle est allée en France, dit Bosch. Et alors ?

— Elle aurait pu y rencontrer quelqu'un. Il pourrait y avoir un aspect international à cette affaire. Il se pourrait qu'on soit obligé de franchir l'océan pour aller y voir, dit-elle en essayant de ne pas sourire.

— Ben voyons ! s'exclama Bosch. On prépare la demande ? T'auras qu'à l'envoyer au sixième.

— Putain, Harry, on dirait que ton sens de l'humour est resté en retraite.

— Oui, faut croire, dit-il.

La cloche sonna, mettant fin à leur discussion aussi bien qu'aux cours de la journée. Bosch et Rider se levèrent, laissèrent les albums de promotion sur la table et quittèrent la bibliothèque. Ils suivirent l'itinéraire que Stoddard leur avait indiqué pour gagner la classe de Bailey Sable en faisant du slalom entre les élèves qui se dépêchaient de vider les lieux. Les filles portaient des jupes plissées et des corsages blancs, les garçons des pantalons kaki et des polos blancs.

Ils passèrent la tête dans l'entrebâillement de la porte de la salle B-6 et découvrirent une femme assise à un bureau installé face aux pupitres. Elle ne leva pas les yeux des copies qu'apparemment elle corrigeait. Bailey Sable n'avait pratiquement aucune ressemblance avec la présidente des élèves de seconde dont Bosch et Rider venaient d'examiner la photo dans l'album de promotion. Ses cheveux étaient plus courts et foncés, et son corps plus lourd et large. Comme Stoddard, elle portait des lunettes. Bosch savait qu'elle n'avait que trente-deux ou trente-trois ans, mais elle en faisait nettement plus.

Il n'y avait qu'une élève dans la salle, une jolie blonde qui enfournait ses livres dans un sac à dos. Lorsqu'elle eut fini, elle en ferma la fermeture Éclair et se dirigea vers la porte.

— À demain, madame Sable, dit-elle.

— Au revoir, Kaitlyn.

Curieuse, l'élève jeta un coup d'œil à Bosch et Rider en passant devant eux. Les inspecteurs entrèrent dans la salle, Bosch en refermant la porte derrière lui. Du coup Bailey Sable leva le nez.

— Vous désirez ? lança-t-elle.

Bosch prit la direction des opérations.

— Vous pouvez peut-être nous aider, dit-il. M. Stoddard nous a donné la permission de venir vous voir dans votre classe.

Il s'approcha du bureau. Bailey Sable le regarda d'un air inquiet.

— Vous êtes parents d'élève ?

— Non, madame Sable, nous sommes inspecteurs de police. Je m'appelle Harry Bosch et je vous présente l'inspecteur Kizmin Rider. Nous aimerions vous poser quelques questions sur Becky Verloren.

Elle réagit comme si elle venait de recevoir un

coup de poing dans l'estomac. Après toutes ces années, l'affaire était encore plus que sensible.

— Ah mon Dieu, mon Dieu ! dit-elle.

— Nous sommes désolés de vous infliger ça sans prévenir, reprit Bosch.

— Il est arrivé quelque chose ? Vous avez trouvé celui qui...

Elle ne termina pas sa phrase.

— C'est-à-dire que... nous avons repris l'enquête, lui répondit Bosch. Et vous pourriez peut-être nous aider.

— Comment ?

Il glissa sa main dans sa poche et en sortit la photo d'identité versée au dossier de conditionnelle de Roland Mackey. On y voyait ce dernier en voleur de voitures à l'âge de dix-huit ans. Bosch la posa sur la copie qu'elle corrigeait, Bailey Sable baissa les yeux sur elle.

— Reconnaissez-vous l'individu sur ce cliché ?

— La photo remonte à dix-sept ans, précisa Rider. À peu près à l'époque où Becky est morte.

Bailey Sable contempla le regard de défi que Mackey lançait au photographe de la police. Elle garda longtemps le silence. Bosch regarda Rider et hocha la tête, signal qu'elle devait peut-être reprendre la main.

— Ce jeune homme ressemble-t-il à quelqu'un que vous, Becky ou l'un ou l'une quelconque de vos amis aurait pu croiser à cette époque ?

— Pourquoi ? Il a fréquenté cet établissement ?

— Non, nous ne le pensons pas. Mais nous savons qu'il habitait dans les environs.

— C'est lui l'assassin ?

— Nous ne le savons pas. Nous essayons seulement de voir s'il y a un lien entre Becky et lui.

— Comment s'appelle-t-il ?

— Roland Mackey. Vous dit-il quelque chose ?

— Pas vraiment. J'ai du mal à me rappeler cette époque. À me rappeler les visages des inconnus, je veux dire.

— C'est donc quelqu'un que vous ne connaissiez pas, c'est ça ?

— C'est ça même.

— Pensez-vous que Becky aurait pu le connaître sans que vous le sachiez ?

Elle réfléchit un long moment avant de répondre.

— Eh bien... oui, c'est possible. Vous savez que... on a appris depuis qu'elle était enceinte. Vu que je l'ignorais à ce moment-là, je pense qu'on aurait très bien pu ne rien savoir de cet individu. C'était lui, le père ?

— Nous ne le savons pas.

Sans qu'on le lui demande, elle avait poussé Bosch à passer aux autres questions qu'il voulait lui poser.

— Madame Sable... bien des années se sont écoulées depuis lors, dit-il, et si vous cherchiez à protéger quelqu'un à l'époque, nous pouvons le comprendre. Mais si vous en savez davantage, aujourd'hui, vous pouvez nous le dire. C'est à peu près sûrement la dernière tentative que l'on fera jamais pour résoudre cette affaire.

— Vous voulez dire... pour sa grossesse ? Je n'en savais vraiment rien. Je suis désolée. J'ai été

135

aussi choquée que tout un chacun quand la police a commencé à poser des questions là-dessus.

— Si Becky avait voulu se confier à quelqu'un sur ce sujet, aurait-ce été à vous ?

Encore une fois elle ne répondit pas tout de suite. Elle réfléchit.

— Je ne sais pas, dit-elle enfin. Nous étions très proches, mais elle l'était aussi d'autres filles. Nous étions quatre à fréquenter cette école depuis la maternelle. En onzième nous nous donnions le titre de « Club des chatonnes » parce que nous en avions toutes une. Les années passant et selon les moments, l'une d'entre nous devenait plus proche d'une autre et ça changeait sans arrêt. Mais le groupe que nous formions restait soudé.

Bosch acquiesça d'un signe de tête.

— Pour vous, de qui était-elle la plus proche l'été où elle a été enlevée ?

— Probablement de Tara. C'est elle qui a été la plus affectée par sa mort.

Bosch jeta un coup d'œil à Rider en essayant de se rappeler les noms des filles avec lesquelles Becky avait passé la nuit deux jours avant sa mort.

— Tara Wood ? insista Rider.

— Voilà, Tara Wood. Elles étaient souvent ensemble parce que le père de Becky possédait un restaurant à Malibu et qu'elles y travaillaient toutes les deux. Elles s'y partageaient un service. Cet été-là, on aurait dit qu'elles passaient leur temps à parler de ça.

— Pour en dire... ? s'enquit Rider.

— Oh, vous savez... quel genre de stars y venaient. Il y en avait comme Sean Penn et Charlie Sheen. Parfois aussi elles parlaient des types qui travaillaient au restaurant et trouvaient celui-ci ou celui-là plutôt mignon... Rien de bien intéressant pour moi puisque je n'y travaillais pas.

— Y avait-il un homme dont elles parlaient plus particulièrement ?

Elle réfléchit un instant avant de répondre.

— Pas vraiment, non. Enfin... pas que je me rappelle. Elles aimaient parler de ces types parce qu'ils étaient complètement différents. C'était des aspirants acteurs et des surfers. Tara et Becky étaient des filles de la Valley. Pour elles, c'était une espèce de choc des cultures.

— Sortait-elle avec quelqu'un du restaurant ? demanda Bosch.

— Pas que je sache. Mais c'est comme je vous ai dit... vu que j'ignorais tout de sa grossesse, il y avait évidemment quelqu'un dans sa vie dont je ne connaissais même pas l'existence. Elle avait bien gardé le secret.

— Étiez-vous jalouse d'elles parce qu'elles travaillaient à ce restaurant ? voulut savoir Rider.

— Pas du tout. Moi, je n'étais pas obligée de travailler et j'en étais très contente.

Rider posant des questions qui partaient dans une certaine direction, Bosch la laissa continuer.

— Que faisiez-vous pour vous amuser quand vous étiez ensemble ? demanda celle-ci.

— Je ne sais pas, rien que de très habituel. On allait au cinéma et acheter des trucs.

— Qui avait une voiture ?

— Tara et moi. Tara avait une décapotable. Nous montions souvent dans...

Elle venait de retrouver un souvenir, elle s'arrêta.

— Quoi ? dit Rider.

— Je me rappelle brusquement que nous montions souvent dans le canyon de Limekiln après l'école. Tara avait une glacière dans son coffre et son père ne remarquait jamais quand elle lui prenait des bières dans son frigo. Un jour on s'est fait arrêter par une voiture de police. Nous avons caché nos bières sous nos jupes d'uniforme. Elles étaient absolument parfaites pour ça. Le policier n'a rien vu.

Elle sourit en repensant à ce souvenir.

— Bien sûr, reprit-elle, maintenant que je suis prof, je surveille ce genre de choses. L'uniforme est toujours le même.

— Et avant qu'elle commence à travailler au restaurant ? demanda Bosch en recentrant les questions sur Rebecca Verloren. Elle a été malade une semaine, juste après la fin des cours. Êtes-vous allée la voir ou lui avez-vous parlé à ce moment-là ?

— Je pense que oui. Enfin... quand ils ont dit qu'elle avait dû, bon... vous savez, interrompre sa grossesse. Ce qui fait qu'elle n'était pas vraiment malade. Elle se remettait. Mais je ne le savais pas. J'ai dû croire qu'elle était malade, rien de plus. Je ne me rappelle pas vraiment si nous nous sommes parlé ou pas cette semaine-là.

— Les inspecteurs vous ont-ils déjà posé toutes ces questions à cette époque ?

— Oui, j'en suis à peu près sûre.

— Où une fille de Hillside Prep aurait-elle pu aller si elle était tombée enceinte ? demanda Rider. À l'époque, s'entend.

— Vous voulez dire... chez un médecin ou dans une clinique ?

— Oui.

Bailey Sable rougit jusqu'au cou. La question l'embarrassait. Elle hocha la tête.

— Je ne sais pas. Ç'a été aussi choquant que d'apprendre que, enfin, vous savez... qu'elle s'était fait tuer. Ça nous a tous fait penser qu'au fond nous ne la connaissions pas vraiment. J'ai été très triste de découvrir qu'elle n'avait pas assez confiance en moi pour me le dire. J'y pense encore quand je me rappelle cette période.

— Avait-elle des petits amis que vous connaissiez ? demanda Bosch.

— Pas à ce moment-là, non. Elle avait eu un petit copain en seconde, mais il était parti à Hawaii avec sa famille. C'était, disons... l'été précédent. Toute l'année d'après j'ai cru qu'elle était seule. Vous voyez... elle n'allait pas danser ou assister à des matchs de l'école avec quelqu'un. Il faut croire que je me trompais.

— À cause de sa grossesse ? demanda Rider.

— Eh bien, oui. C'est assez évident, non ?

— Qui était le père ? demanda Bosch en espérant que lui poser carrément la question pourrait apporter une réponse qui permettrait d'aller plus loin.

Mais Sable se contenta de hausser les épaules.

— Aucune idée, et n'allez pas croire que j'aurais cessé de me poser la question.

Il acquiesça d'un signe de tête. C'était le mur.

— La rupture avec le garçon qui est parti à Hawaii... comment l'a-t-elle pris ?

— Pour moi, ça lui a brisé le cœur. Elle l'a vraiment très mal pris. C'était Roméo et Juliette.

— Comment ça ?

— Ce sont leurs parents qui ont mis fin à l'histoire.

— Vous voulez dire que... ils ne voulaient pas qu'ils sortent ensemble ?

— Non, le père du garçon a décroché un travail à Hawaii. Ils ont été obligés de déménager et ça les a séparés.

Bosch acquiesça encore une fois d'un signe de tête. Il ne savait pas si les renseignements qu'ils obtenaient étaient bien utiles, mais il savait qu'il fallait jeter des filets le plus loin possible.

— Savez-vous où se trouve Tara Wood aujourd'hui ? demanda-t-il.

Elle hocha la tête.

— Il y a eu une réunion de la promotion dix ans après, mais elle n'est pas venue. Nous n'avons pas organisé de rencontre pour les quinze ans de la promo. Ce qui fait que j'ai perdu le contact avec elle. Je parle encore avec Grace Tanaka de temps en temps. Mais comme elle habite dans la Bay Area, je ne la vois pas trop.

— Vous pouvez nous donner son numéro ?

— Certainement. Je l'ai ici.

Elle se pencha en avant, ouvrit un tiroir de son bureau et en sortit son sac à main. Pendant qu'elle y cherchait son carnet d'adresses, Bosch reprit la photo de Mackey sur le bureau et la remit dans sa poche. Puis Bailey Sable lut le numéro de son amie, Rider le notant dans un petit carnet.

— 510. C'est quoi comme indicatif ? Celui d'Oakland ?

— Elle habite à Hayward. Elle aimerait bien vivre à San Francisco, mais ça coûte trop cher pour ce qu'elle gagne.

— Qu'est-ce qu'elle fait ?

— Elle est sculpteur sur métal.

— Elle s'appelle toujours Tanaka ?

— Oui. Elle ne s'est jamais mariée. Elle...

— Quoi ?

— Il s'est avéré qu'elle était homo.

— Il s'est avéré ?

— Ce que je veux dire c'est que nous ne le savions pas. Elle ne nous l'avait jamais dit. Elle a déménagé là-haut et quand je suis allée la voir, il y a environ huit ans de ça, j'ai compris.

— C'était évident ?

— Complètement.

— Est-elle venue à la réunion des dix ans ?

— Oui, elle y est venue. Nous nous sommes bien amusées, mais c'était un peu triste aussi parce qu'on a beaucoup parlé de Becky et du fait que son meurtre n'avait jamais été résolu. Je crois que c'est pour ça que Tara n'est pas venue.

Elle ne voulait pas qu'on lui rappelle ce qui était arrivé à Becky.

— Eh bien, il se pourrait que la situation soit différente pour la réunion des vingt ans, dit Bosch en regrettant aussitôt sa désinvolture. Je m'excuse, dit-il, ce n'était pas très gentil.

— Eh bien moi, j'espère que vous arriverez à changer cet état de choses. Je n'arrête pas de penser à elle. Je me demande toujours qui a fait le coup et pourquoi on ne les a jamais retrouvés. Tous les jours, je regarde la plaque commémorative en entrant ici. C'est bizarre. J'ai organisé la collecte des fonds pour la faire apposer quand j'étais présidente de ma classe.

— « les » ? répéta Bosch.

— Quoi ?

— Vous venez de dire : « on ne les a jamais retrouvés ». Pourquoi avez-vous utilisé un pluriel ?

— Je ne sais pas. Lui, elle, tous quoi.

Bosch hocha la tête.

— Madame Sable, dit-il, nous vous remercions de nous avoir donné de votre temps. Pouvez-vous nous rendre le service de ne parler de ceci à personne ? Nous ne voulons pas que les gens soient prêts à nous recevoir, vous comprenez ce que je veux dire ?

— Comme pour moi ?

— Exactement. Et si vous pensez à quoi que ce soit d'autre, si vous avez autre chose à nous dire, n'importe quoi, ma collègue va vous laisser une carte de visite avec nos numéros de téléphone.

— D'accord.

Elle semblait s'être perdue dans une rêverie lointaine. Les deux inspecteurs lui dirent au revoir et la laissèrent devant sa pile de copies à corriger. Bosch songea qu'elle devait se rappeler l'époque où, quatre filles étant les meilleures amies du monde, c'était tout l'avenir qui scintillait devant elles tel un océan.

Avant de quitter les lieux, ils s'arrêtèrent au bureau pour voir si l'école avait un moyen de contacter Tara Wood. Gordon Stoddard demanda à Mme Atkins de vérifier, mais la réponse était non. Bosch s'étant alors enquis de savoir s'ils pouvaient emprunter l'album de 1988 pour faire des photocopies de certains clichés, Stoddard lui donna son accord.

— Justement je m'en allais, ajouta-t-il. Je vous accompagne.

Ils parlèrent de choses et d'autres en revenant à la bibliothèque, où Stoddard leur confia le volume, qu'on avait déjà remis à sa place dans les rayons. En regagnant le parking, il s'arrêta encore une fois devant la plaque avec eux. Bosch fit courir ses doigts sur les lettres en relief du nom de la victime. Il remarqua que les bords en avaient été émoussés au fil des ans par nombre d'élèves qui avaient fait comme lui.

11

Rider travailla sur le dossier et sur les numéros de téléphone pendant que Bosch conduisait la voiture en direction de Panorama City, qui se trouve à l'est de la 405, par-delà les limites de la division du Devonshire.

Le district de Panorama City s'était fait sa place au nord de Van Nuys bien des années avant que les résidents de ce lieu décident de s'en éloigner à cause de sa mauvaise réputation. De fait, en dehors de ce nouveau nom et de quelques plaques de rue qu'on avait changées, rien n'avait bougé. Il n'empêche : Panorama City donnant l'impression d'être propre, belle et libre de crimes, ses habitants s'étaient sentis mieux. Cela dit, bien des années avaient passé depuis lors et des groupes de résidents avaient demandé qu'une fois encore on rebaptise leur quartier afin de pouvoir se distancier, sinon physiquement au moins en termes d'image, des connotations négatives associées à leur ville. Bosch se dit que c'était une des façons dont Los Angeles n'arrêtait pas de se réinventer. On aurait dit un écrivain ou un acteur qui ne cesse de changer de nom pour laisser ses échecs derrière lui et repartir à zéro, quand bien même ce serait sans changer de stylo ou de visage.

Comme il fallait s'y attendre, Roland Mackey ne travaillait plus à la société de dépannage où il avait été employé pendant sa dernière conditionnelle. Mais, comme il fallait aussi s'y attendre, l'ex-détenu n'était pas des plus futés lorsqu'il s'agissait d'effacer ses traces. Son dossier de conditionnelle contenait la liste de tous les postes qu'il avait occupés pendant une existence très largement passée en conditionnelles ou mises à l'épreuve. C'est ainsi qu'il avait conduit une dépanneuse pour deux autres sociétés pendant plusieurs périodes de mise à l'épreuve. En se faisant passer pour une amie, Rider les appela toutes les deux et n'eut pas grand mal à localiser son employeur actuel : la Tampa Towing. Elle téléphona ensuite au bureau et demanda si Mackey était de service ce jour-là. Un moment ayant passé, elle referma son portable et regarda Bosch.

— La Tampa Towing, dit-elle. Il prendra son service à quatre heures.

Bosch jeta un coup d'œil à sa montre. Mackey allait se présenter à son boulot dans dix minutes.

— On y passe et on voit quelle tête il a, dit-il. On vérifiera son adresse après. C'est au croisement de Tampa Avenue et de quoi, déjà ?

— Roscoe Boulevard. Ça doit être en face de l'hôpital.

— L'hôpital se trouve au coin des boulevards Roscoe et Reseda. Je me demande pourquoi ils n'ont pas appelé la boîte Roscoe Towing[1].

— Très drôle. Bon, mais qu'est-ce qu'on fait quand on l'a bien regardé ?

_____

1. Ou « dépannage de flingues », le mot *roscoe* désignant un pistolet ou un revolver dans les années 15 du siècle dernier. (*N.d.T.*)

145

— Ben, on l'aborde et on lui demande si c'est lui qui a tué Becky Verloren il y a dix-sept ans. Et alors lui, il dit oui et nous, on l'emmène au dépôt.

— Arrête ça, Bosch.

— Je ne sais pas, moi. Qu'est-ce que tu veux faire après ?

— On vérifie son adresse comme tu l'as dit et après, moi, je pense qu'on est prêts pour les parents. Je crois qu'on devrait leur parler de ce type avant d'attaquer... surtout en passant un article dans le journal. Pour moi, il faudrait aller voir la mère chez elle. On est déjà dans le coin, ça serait aussi bien.

— Tu veux dire si elle y est encore, lui renvoya-t-il. Tu l'as passée à l'AutoTrack elle aussi ?

— Y a pas eu besoin. Et elle y sera. T'as bien entendu ce que racontait Garcia. C'est le fantôme de son petit bébé qu'il y a dans cette maison. Je doute fort qu'elle la quitte jamais.

Bosch songea qu'elle avait sans doute raison, mais ne réagit pas. Il prit vers l'est dans Devonshire Boulevard pour gagner Tampa Avenue, puis il redescendit vers Roscoe Boulevard. Ils arrivèrent au croisement de ces deux artères quelques minutes avant quatre heures. En fait, la Tampa Towing était une station-service Chevron avec deux ateliers de mécanique automobile. Bosch se gara dans le parking d'un petit centre commercial de l'autre côté de la rue et coupa le moteur.

Et ne fut pas surpris de constater qu'à quatre

heures, puis quatre heures passées, Roland Mackey n'avait toujours pas donné signe de vie. Ce monsieur ne lui donnait pas l'impression de quelqu'un que l'idée d'aller remorquer des voitures excitait beaucoup.

À quatre heures et quart, Rider lui demanda ce qu'il en pensait.

— Tu crois que mon appel aurait pu le...

— Le voilà, dit-il.

Une Camaro vieille de trente ans avec de la peinture grise en sous-couche sur les quatre ailes entra dans la station-service et se gara près de la pompe à air. Bosch n'avait qu'entraperçu le chauffeur, mais cela lui avait suffi pour savoir. Il tendit la main vers la boîte à gants et en sortit une paire de jumelles trouvées dans le catalogue d'une revue qu'il avait lue en allant à Las Vegas en avion.

Il se ratatina sur son siège et observa la scène. Mackey sortit de sa voiture et se dirigea vers le garage de la station-service. Il portait un uniforme fait d'un pantalon bleu foncé et d'une chemise d'un bleu plus clair. Il avait un insigne ovale portant l'inscription « Ro » cousu sur sa poche de poitrine gauche. Des gants de travail sortaient d'une de ses poches revolver.

Une clé à air comprimé à la main, un mécanicien travaillait sous une vieille Ford Taurus montée sur le pont. Lorsque Mackey entra, l'homme se déporta vers lui et le salua d'un signe de la main. Mackey s'arrêta tandis que l'homme lui disait quelque chose.

— Il doit être en train de lui parler du coup de

fil, dit Bosch. Mackey n'a pas l'air de beaucoup s'en inquiéter. Il vient de sortir un portable de sa poche. Il est en train de chercher qui lui a téléphoné.

Puis il lut ce qu'il disait sur ses lèvres :

— Tu m'as appelé ?

Mackey mit rapidement un terme à la conversation.

— Sans doute pas, dit Bosch.

Mackey remit son portable dans sa poche.

— Il n'a essayé qu'une personne, fit remarquer Rider. Il ne doit pas avoir des masses d'amis.

— Le nom porté sur son insigne est Ro, reprit Bosch. Si son copain lui a dit que le type voulait parler à Roland, il n'est pas impossible qu'il ait réduit sa recherche au seul et unique individu qui l'appelle comme ça. Peut-être même que c'était son très cher papa, le soudeur.

— Oui, bon, qu'est-ce qu'il fabrique ?

— Je n'arrive pas à le voir. Il est allé au fond.

— On ferait peut-être bien de partir d'ici avant qu'il commence à regarder autour de lui.

— Oh, allons ! Un coup de fil et tu crois qu'il va se dire que quelqu'un le cherche dix-sept ans après les faits ?

— Non, pas pour Becky. Ce qui m'inquiète, c'est ce qu'il est en train de trafiquer maintenant. On pourrait très bien être tombé sur quelque chose et ne rien en savoir.

Bosch reposa ses jumelles. Elle avait raison. Il redémarra.

— Bien, dit-il, on l'a regardé, on file. Allons voir Muriel Verloren.

148

— Et Panorama City ?

— Panorama City peut attendre. Nous savons tous les deux qu'il n'habite plus à cette adresse. Vérifier ne sera qu'une formalité.

Il commença à sortir de son emplacement en marche arrière.

— Tu crois qu'on devrait appeler Muriel avant ? demanda Rider.

— Non. On va juste frapper à sa porte.

— C'est vrai que ça, on sait faire.

12

Dix minutes plus tard ils étaient devant la maison des Verloren. Le quartier où Becky Verloren avait vécu paraissait toujours agréable et sûr. D'une bonne largeur, Red Mesa Way avait des trottoirs des deux côtés et ne manquait pas d'arbres pour y faire de l'ombre. L'essentiel des habitations était constitué de maisons de style ranch qui se répandaient sur des terrains très étendus. Dans les années 60, c'était la taille des propriétés qui avait attiré les gens au nord-ouest de la ville. Quarante ans plus tard, les arbres ayant atteint la maturité, le quartier donnait l'impression de former un tout.

La maison des Verloren était une des rares bâtisses à deux étages. De style ranch classique elle aussi, elle n'en avait pas moins un toit qui débordait sur le garage à deux places. Bosch savait d'après le dossier que la chambre de Becky se trouvait au premier, juste au-dessus du garage.

Dont la porte était fermée. Rien n'indiquait qu'il y eût quelqu'un dans la maison. Ils se garèrent dans la contre-allée et gagnèrent la porte de devant. Bosch poussa le bouton d'une sonnette et entendit un timbre résonner à l'intérieur – une note unique qui lui parut très lointaine et esseulée.

La femme qui vint leur ouvrir portait une robe pull-over informe qui l'aidait à cacher son corps également informe. Ses pieds étaient chaussés de sandales plates. Elle avait les cheveux teints en un rouge trop chargé d'orange. On aurait dit un truc fait maison et qui avait tourné de travers, mais elle ne semblait pas l'avoir remarqué ou s'en soucier. À peine eut-elle ouvert qu'un chat gris bondit dans l'entrebâillement de la porte et fila dans le jardin.

— Smoke ! hurla-t-elle. Ne va pas te faire écraser.

Puis elle ajouta :

— Vous désirez ?

— Madame Verloren ? demanda Rider.

— Oui, de quoi s'agit-il ?

— Nous sommes de la police et nous aimerions vous parler de votre fille.

Dès que Rider eut prononcé le mot « police » et avant même qu'elle arrive à « votre fille », Muriel Verloren avait porté les deux mains à sa bouche et réagi comme si c'était à nouveau le moment où elle apprenait la mort de sa fille.

— Oh, mon Dieu ! Mon Dieu ! s'écria-t-elle. Dites-moi que vous l'avez attrapé. Dites-moi que vous avez coincé le salaud qui m'a enlevé mon bébé.

Rider posa une main réconfortante sur son épaule.

— Ce n'est pas tout à fait aussi simple, dit-elle. Nous permettez-vous d'entrer, qu'on puisse parler ?

Muriel Verloren s'effaça pour les laisser passer. Elle donnait l'impression de chuchoter quelque chose, Bosch se dit que c'était peut-être une prière. Dès qu'ils furent entrés, elle referma la porte de devant après avoir une fois de plus crié un avertissement au chat qui s'était échappé dans le jardin de devant.

L'odeur qui régnait dans la maison disait que celui-ci ne s'était pas échappé assez souvent. La salle de séjour dans laquelle ils furent conduits était bien entretenue, mais contenait un mobilier vieux et usé. Et il y avait très nettement une odeur d'urine de chat partout. Brusquement, Bosch regretta de ne pas avoir invité Muriel Verloren à les suivre à Parker Center pour s'entretenir avec elle, mais il comprit que ç'aurait été une erreur. Ils avaient besoin de connaître les lieux.

Ils s'assirent côte à côte sur le canapé, tandis que Muriel se ruait sur un des fauteuils posés de l'autre côté de la table basse en verre qui leur faisait face. Bosch remarqua des marques de pattes sur le verre.

— Qu'est-ce qu'il y a ? reprit Muriel d'un ton pressant. Vous avez des nouvelles ?

— Disons que la nouvelle est que nous avons repris l'affaire, répondit Rider. Je me présente : inspecteur Rider, et voici l'inspecteur Bosch. Nous travaillons à l'unité des Affaires non résolues de Parker Center.

C'était d'un commun accord qu'ils avaient décidé de se montrer prudents avec les renseignements qu'ils donneraient aux membres de la famille Verloren. Avant de bien connaître la situation, il valait mieux prendre que donner.

— Y a-t-il du nouveau ? demanda Muriel d'un ton urgent.

— C'est-à-dire que... nous ne faisons que commencer, lui répondit Rider. Nous revoyons une grande partie du dossier et nous tentons de nous mettre au courant. Nous voulions juste vous dire que nous avions repris l'affaire.

Elle eut l'air un rien dépitée. Elle avait dû se dire qu'il y avait du nouveau pour que la police revienne frapper à sa porte après tant d'années. Bosch éprouva un pincement de culpabilité de lui cacher qu'ils avaient une piste solide avec la correspondance ADN, mais il sentit que c'était ce qu'il y avait de mieux à faire pour le moment.

— Il y a deux ou trois choses, dit-il en parlant pour la première fois. Tout d'abord ce cliché sur lequel nous sommes tombés en parcourant les rapports.

Il sortit de sa poche la photo de Roland Mackey à dix-huit ans et la posa devant elle sur

152

la table basse. Elle se pencha aussitôt en avant pour la regarder.

— Nous ne sommes pas très sûrs de savoir en quoi ça concerne l'affaire, reprit-il, et nous pensions que vous pourriez peut-être reconnaître cet homme et nous dire si vous l'aviez rencontré à cette époque.

Elle continua d'examiner le cliché sans rien dire.

— Cette photo remonte à 1988, enchaîna Bosch pour la pousser à réagir.

— Qui est-ce ? finit-elle par lui répondre.

— Nous ne savons pas trop. Il s'appelle Roland Mackey et il a un casier judiciaire plein de petits délits commis après la mort de votre fille. Nous ne savons pas très bien pourquoi ce cliché se trouvait dans le dossier. Reconnaissez-vous cet homme ?

— Avez-vous posé la question à Ron ou à Art ?

Bosch allait lui demander de qui il s'agissait lorsqu'il comprit.

— En fait, l'inspecteur Green a pris sa retraite et il est mort il y a longtemps. L'inspecteur Garcia, lui, est devenu contrôleur. Nous lui en avons parlé, mais il n'a pas été en mesure de nous aider. Et vous ? Cet homme aurait-il pu faire partie des connaissances de votre fille ? Le reconnaissez-vous ?

— Il aurait pu, oui. Il a quelque chose que je crois reconnaître.

Bosch hocha la tête.

— Savez-vous d'où vous le reconnaissez et comment ?

— Non, je ne me rappelle pas. Pourquoi ne me dites-vous pas ? Ça pourrait me rafraîchir la mémoire.

Bosch jeta un rapide coup d'œil à Rider. Cette réaction n'était pas totalement inattendue, mais cela compliquait toujours les choses quand les parents d'une victime étaient tellement empressés à aider qu'il finissaient par demander ce que la police voulait qu'ils lui disent. Muriel Verloren avait attendu dix-sept ans pour que la justice fasse la lumière sur l'assassin de sa fille. Il était on ne peut plus clair qu'elle n'allait pas choisir des réponses qui puissent nuire à cette possibilité. Au point où elle en était, que cette lumière soit fausse pouvait même n'avoir aucune importance. Les années qui s'étaient écoulées depuis avaient été très cruelles pour elle et le souvenir de sa fille. Il était toujours aussi nécessaire que quelqu'un paie.

— Nous ne pouvons pas vous le dire parce que nous ne le savons pas, madame Verloren, répondit Bosch. Réfléchissez-y et avertissez-nous si cela vous revient.

Elle hocha tristement la tête, comme si pour elle c'était encore une occasion de ratée.

— Madame Verloren, reprit Rider, comment gagnez-vous votre vie ?

La question parut sortir la femme qu'ils avaient devant eux de ses désirs et souvenirs.

— Je vends des trucs, dit-elle d'un ton neutre. En ligne.

Ils attendirent qu'elle précise, mais rien ne vint.

— Vraiment ? insista Rider. Qu'est-ce que vous vendez ?

— Tout ce que je peux trouver. Je vais dans des vide-greniers. J'y trouve des choses. Des livres, des jouets, des habits. Les gens sont prêts à acheter n'importe quoi. Ce matin, j'ai vendu deux ronds de serviette pour cinquante dollars. Ils étaient très vieux.

— Nous aimerions interroger votre mari sur cette photo, dit alors Bosch. Savez-vous où nous pourrions le trouver ?

Elle hocha la tête.

— Quelque part là-bas en bas, au pays des jouets. Je n'ai pas entendu parler de lui depuis très longtemps.

Un lugubre instant de silence passa. Les trois quarts des refuges pour sans-abri du centre-ville de Los Angeles se trouvaient sur le pourtour du « Toy District » où, sur plusieurs rues, travaillaient des fabricants et marchands de jouets en gros, parfois même quelques revendeurs au détail. Il n'y avait rien d'inhabituel à voir un sans-abri dormir sur le pas de porte d'un magasin de jouets.

— Quand avez-vous divorcé ? demanda Rider.

— Nous n'avons jamais divorcé. J'ai toujours dû croire qu'un jour ou l'autre Robert finirait par se réveiller et comprendre qu'aussi loin qu'on se sauve il n'y a pas moyen d'échapper à ce qui nous arrive. Ce moment ne s'est pas produit.

— Pensiez-vous connaître tous les amis de votre fille ? demanda Bosch.

Elle réfléchit longuement à la question.

— Jusqu'au matin de sa disparition, oui, je le pensais. Mais après, nous avons appris des choses. Elle avait ses secrets. Pour moi, c'est peut-être ce qui me chagrine le plus. Pas qu'elle nous cachait des choses, non, mais qu'elle croie nécessaire de le faire. Je pense que si elle s'était ouverte à nous, tout aurait pu être différent.

— Vous voulez dire... pour la grossesse ?

Elle acquiesça d'un signe de tête.

— Qu'est-ce qui vous fait croire que ç'ait quelque chose à voir avec ce qui lui est arrivé ?

— Juste l'instinct d'une mère. Je n'en ai aucune preuve. C'est juste que pour moi, c'est parti de là.

Bosch hocha la tête, mais reprocher à Becky ses secrets lui était impossible. Lorsqu'il avait son âge il était seul, sans parents véritables. Il n'avait aucune idée de ce que pouvait être ce genre de relations.

— Nous nous sommes entretenus avec le contrôleur Garcia, reprit Rider. Il nous a appris qu'il y a plusieurs années de cela il vous a rendu le journal intime de votre fille. L'avez-vous encore ?

Muriel eut l'air brusquement très inquiète.

— J'en lis des passages tous les soirs. Vous n'allez pas me le reprendre ? C'est ma bible !

— Nous avons besoin de vous l'emprunter et d'en faire une photocopie. C'est ce qu'aurait dû faire le contrôleur Garcia à l'époque, mais il ne l'a pas fait.

— Je ne veux pas le perdre.

— Vous ne le perdrez pas, madame Verloren.

Je vous le promets. Nous en ferons une photo-copie et nous vous le rendrons tout de suite.

— Vous le voulez maintenant ? Il est près de mon lit.

— Oui... si vous pouviez aller le chercher.

Muriel Verloren les quitta et disparut dans un couloir qui conduisait au côté gauche de la maison. Bosch jeta un coup d'œil à Rider et haussa les sourcils comme pour lui demander ce qu'elle en pensait. Rider haussa les épaules pour lui signifier qu'ils en reparleraient plus tard.

— Une fois, ma fille a voulu avoir un autre chat, murmura Bosch. Mon ex a dit non, un seul suffisait. Maintenant je sais pourquoi.

Rider souriait d'une façon inconvenante lorsque Muriel revint dans la pièce avec à la main un petit livre à la couverture fleurie et portant l'ins-cription « Mon journal » en lettres dorées en relief. L'or avait commencé à s'effriter. Le volume avait été beaucoup manipulé. Elle le tendit à Rider qui se donna beaucoup de mal pour le prendre avec révérence.

— Madame Verloren, lui dit Bosch, si ça ne vous gêne pas, nous aimerions pouvoir jeter un coup d'œil alentour afin de relier ce que nous avons vu et lu dans le livre au plan général de la maison.

— Quel livre ?

— Oh, je vous demande pardon. C'est de l'argot de flic. Tous les dossiers d'enquête d'une affaire sont gardés dans un grand classeur. Nous appelons ça « le livre ».

— Le livre du meurtre.

— C'est ça, madame. Cela vous gêne-t-il que nous jetions un coup d'œil à la maison ? J'aimerais bien examiner la porte de derrière et ce qu'il y a à l'arrière de la maison.

Elle leur indiqua d'un geste la direction qu'ils devaient prendre. Bosch et Rider se levèrent.

— Le quartier a changé, dit Muriel. À l'époque, il n'y avait pas de maisons sur la colline. On sortait par la porte de derrière et on pouvait monter tout droit dans la montagne. Mais ils ont tout mis en terrasses et maintenant il y a des maisons partout. Des maisons qui valent des millions de dollars. Ils ont construit un vrai château à l'endroit où mon bébé a été retrouvé. Je le hais.

Comment trouver à y redire ? Bosch se contenta de hocher la tête et la suivit le long d'un petit couloir qui les conduisit à la cuisine. Une porte percée d'une fenêtre donnait sur le jardin de derrière. Muriel la déverrouilla et tous sortirent. Le jardin était en pente raide et menait à un bosquet d'eucalyptus. À travers les branches, Bosch découvrit le toit de tuiles à l'espagnole d'une grande bâtisse.

— Autrefois, ici, c'était complètement dégagé, enchaîna Muriel. Il n'y avait que des arbres. Maintenant il y a des maisons. Et un portail. Ils ne me laissent plus monter comme avant. Ils me prennent pour une clodo parce que j'aime bien aller me promener là-haut et faire un pique-nique à l'endroit où Becky a été retrouvée.

Bosch hocha la tête et réfléchit un instant : une mère qui pique-nique à l'endroit où sa fille a été

158

assassinée ? Il essaya d'oublier cette idée pour se concentrer sur l'aspect de la colline. D'après l'autopsie Becky Verloren pesait quarante-trois kilos. Même aussi légère, il n'aurait pas été facile de la porter pour gravir une pente pareille. Il se demanda s'il n'aurait pas pu y avoir plusieurs tueurs. Il repensa à Bailey Sable en train de dire « les ».

Il regarda Muriel Verloren qui se tenait toujours immobile et silencieuse, les yeux clos. Elle avait incliné la tête pour que le soleil de cette fin d'après-midi lui réchauffe le visage. Bosch se demanda s'il ne s'agissait pas d'une forme de communion avec sa fille décédée. Comme si elle sentait qu'ils l'observaient, elle se mit à parler, les yeux toujours fermés.

— J'adore cet endroit. Je n'en partirai jamais.

— Pourrions-nous voir la chambre de votre fille ? demanda Bosch.

Elle rouvrit les yeux.

— Essuyez vos pieds quand nous rentrerons dans la maison.

Elle leur fit retraverser la cuisine et reprendre le couloir. L'escalier démarrait près de la porte qui donnait dans le garage. Celle-ci étant ouverte, Bosch entrevit un mini-van délabré entouré de piles de boîtes et d'objets que Muriel Verloren avait ramassés dans ses tournées. Il remarqua aussi combien l'escalier était proche de la porte et se demanda si cela avait un sens particulier. Puis il se rappela que les conclusions du dossier laissaient entendre que l'assassin s'était caché quelque part dans la maison et avait attendu que tout le monde s'endorme. Le garage était l'endroit le plus vraisemblable pour ça.

L'escalier était étroit tant il y avait, sur un côté et jusqu'en haut des marches, de boîtes pleines d'objets achetés dans des vide-greniers. Rider s'y engagea la première. Muriel fit signe à Bosch de la suivre et au moment où il passait devant elle, elle lui murmura :

— Vous avez des enfants ?

Il acquiesça d'un signe de tête. Sa réponse, il le savait, lui ferait mal.

— Oui, dit-il, une fille.

Elle lui renvoya son signe de tête.

— Ne la lâchez jamais des yeux.

Il ne lui dit pas qu'elle habitait chez sa mère, très loin de ses yeux à lui. Il se contenta de hocher à nouveau la tête et commença à monter les marches.

Au premier se trouvait un palier sur lequel donnaient deux chambres reliées par une salle de bains. Celle de Becky Verloren était à l'arrière et munie de fenêtres ouvrant sur la colline.

La porte était fermée, Muriel l'ouvrit, ils entrèrent comme dans des temps révolus. La chambre n'avait pas changé depuis les photos vieilles de dix-sept ans que Bosch avait étudiées dans le dossier. Le reste de la maison était encombré de cochonneries et de tous les détritus d'une vie désintégrée, mais la pièce où Becky Verloren avait dormi, parlé au téléphone et écrit dans son journal intime demeurait inchangée. De fait, elle avait maintenant été préservée plus

160

longtemps que ce qu'avait duré la vie de la jeune fille.

Bosch entra plus avant dans la pièce et regarda autour de lui sans rien dire. Même le chat ne faisait pas intrusion dans cette chambre. L'air y sentait bon et propre.

— C'est resté dans l'état où c'était le matin où elle a disparu, dit Muriel. Il n'y a que le lit que j'ai refait.

Bosch regarda le couvre-lit aux petits chats. Il débordait du lit, le volant semblant mousser jusque par terre.

— Votre mari et vous dormiez de l'autre côté de la maison, c'est bien ça ? demanda-t-il.

— Oui. Rebecca avait atteint l'âge où elle voulait s'isoler. Il y a deux chambres en bas, de l'autre côté de la maison. Dont la première qu'elle a occupée. Mais quand elle a eu quatorze ans, elle est montée ici.

Bosch hocha la tête et regarda autour de lui avant de passer à autre chose.

— Vous venez souvent ici, madame Verloren ? demanda Rider.

— Tous les jours. Des fois, quand je ne peux pas dormir, ce qui arrive souvent, je viens ici et je m'allonge. Mais je ne me mets pas sous les couvertures. Je tiens à ce que ça reste son lit.

Bosch se rendit compte qu'il hochait encore la tête, comme si ce qu'elle venait de dire avait une espèce de sens à ses yeux. Il gagna la coiffeuse. Il y avait quelques photos glissées dans le cadre du miroir. Bosch y reconnut celle d'une jeune Bailey Sable. Il y avait aussi une photo de Becky devant la tour Eiffel. Elle portait un béret noir. Aucun autre élève du Club d'art graphique ne figurait sur le cliché.

Sur le miroir se trouvait aussi une photo de Becky avec un garçon à côté d'elle. On aurait dit qu'ils étaient allés faire un tour de manège à Disneyland ou sur la jetée de Santa Monica.

— Qui est-ce ? demanda-t-il.

Muriel s'approcha pour regarder.

— Le garçon ? C'est Danny Kotchof. Son premier petit ami.

Bosch hocha la tête. Le garçon qui avait déménagé à Hawaii.

— Quand il est parti, ça lui a brisé le cœur, ajouta-t-elle.

— Et c'était quand, exactement ?

— L'été d'avant, en juin. Juste après sa seconde à elle et sa première à lui. Il avait un an de plus qu'elle.

— Savez-vous pourquoi la famille a déménagé ?

— Le père de Danny travaillait pour une société de location de voitures et a été transféré dans une nouvelle succursale à Maui. C'était une promotion.

Bosch jeta un coup d'œil à Rider pour voir si elle avait remarqué l'importance du renseignement que Muriel venait de leur donner. Rider hocha à peine la tête. Elle ne comprenait pas. Bosch décida de pousser plus avant.

— Danny fréquentait-il Hillside Prep ? demanda-t-il.

— Oui. C'est là qu'ils se sont rencontrés.

162

Bosch regarda la coiffeuse et y découvrit un souvenir bon marché : une petite boule à neige avec une tour Eiffel à l'intérieur. Une partie de l'eau s'étant évaporée, le sommet de la tour pointait dans la bulle d'air qui s'y était développée.

— Danny faisait-il partie du Club d'art graphique ? demanda-t-il. A-t-il fait le voyage à Paris avec elle ?

— Non. Ils avaient déménagé avant. Il est parti en juin et le Club est allé à Paris la dernière semaine d'août.

— A-t-elle revu Danny ou eu de ses nouvelles après ?

— Oh oui. Ils se sont écrit et il y a eu des coups de fil. Au début ils ont commencé à se téléphoner, mais c'est vite devenu trop cher. Après, il a été le seul à appeler. Tous les soirs avant qu'elle aille se coucher. Ça a duré presque jusqu'à ce que... jusqu'à ce qu'elle disparaisse.

Bosch tendit la main, ôta la photo du bord du miroir et regarda Danny Kotchof de plus près.

— Que s'est-il passé quand votre fille a été enlevée ? Comment Danny l'a-t-il appris ? Quelle a été sa réaction ?

— Eh bien... nous avons appelé Hawaii et nous avons averti son père de façon à ce qu'il puisse faire asseoir son fils avant de lui annoncer la mauvaise nouvelle. On nous a dit qu'il l'avait mal pris. Comme s'il était possible de bien le prendre !

— C'est son père qui le lui a appris ? Vous ou

votre mari vous êtes-vous jamais entretenus avec Danny de vive voix ?

— Non, mais il m'a écrit une longue lettre pour me parler de Becky et me dire combien elle était importante à ses yeux. C'était très triste et très gentil... Toute sa lettre.

— J'en suis sûr. Est-il venu à l'enterrement ?

— Il n'est pas venu, non. Ses euh... ses parents ont pensé qu'il valait mieux pour lui qu'il reste aux îles. Le traumatisme, vous comprenez ? C'est M. Kotchof qui nous a appelés pour nous dire qu'il ne viendrait pas.

Bosch hocha la tête. Il se détourna du miroir et glissa la photo dans sa poche sans que Muriel s'en aperçoive.

— Et après ? enchaîna-t-il. Après la lettre, je veux dire. A-t-il cherché à vous contacter ? Vous a-t-il téléphoné ? A-t-il voulu vous parler ?

— Non. Je ne crois pas avoir eu de ses nouvelles depuis. Plus depuis cette lettre.

— L'avez-vous encore ? demanda Rider.

— Bien sûr. J'ai tout gardé. J'ai un tiroir plein de lettres sur Rebecca. Elle était très aimée.

— Madame Verloren, reprit Bosch, nous allons avoir besoin de vous emprunter cette lettre. Il se peut aussi que nous ayons à lire tout ce qu'il y a dans ce tiroir.

— Pourquoi ?

— Parce qu'on ne sait jamais.

— Parce que nous ne voulons rien laisser au hasard, précisa Rider. Nous savons que c'est dur, mais, je vous en prie, n'oubliez pas ce que nous

164

essayons de faire. Nous voulons trouver l'individu qui a fait ça à votre fille. Ça remonte à loin, mais ça ne veut pas dire que ce type devrait pouvoir s'en tirer sans encombre.

Muriel Verloren acquiesça d'un signe de tête. Sans s'en rendre compte elle s'était emparée d'un petit oreiller décoratif posé sur le lit et le triturait à deux mains devant sa poitrine. Il aurait pu être fabriqué par sa fille bien des années auparavant : c'était un petit carré bleu avec un cœur en velours rouge cousu au milieu. En le tenant, Muriel Verloren avait tout d'une cible.

13

Pendant qu'il conduisait, Rider lut la lettre que Danny Kotchof avait envoyée aux Verloren après le meurtre de Becky. Longue d'une seule page, elle était essentiellement pleine des bons souvenirs qu'il avait gardés de leur fille disparue.

— « Tout ce que je peux vous dire, c'est que je suis navré que ç'ait dû arriver. Elle me manquera toujours. Mes amitiés, Danny. » Et c'est tout.

— Que dit le cachet de la poste ?

Elle retourna l'enveloppe et le regarda.

— Maui, 29 juillet 1988.

— Il a drôlement pris son temps pour l'écrire, cette lettre !

— Ce n'était peut-être pas facile. Pourquoi t'accroches-tu à lui, Harry ?

— Mais je ne m'accroche pas ! C'est juste que Garcia et Green l'ont écarté de la liste des suspects sur un simple coup de fil. Tu te rappelles ce qu'il y a dans le dossier ? Seulement que d'après le patron du gamin, celui-ci lavait des voitures à l'agence de location la veille et le lendemain du meurtre. Donc, pas le temps de prendre l'avion pour aller tuer Becky à L.A. et en revenir à temps pour reprendre le boulot.

— Oui et alors ?

— Et alors, voilà qu'on découvre par Muriel que son père dirigeait une agence de location de voitures. Ce qui ne figurait pas au dossier. Garcia et Green le savaient-ils ? Combien tu paries que c'est papa qui dirigeait l'agence où le fiston lavait des voitures ? Combien tu paries que le patron qui a donné cet alibi audit fiston travaillait pour son papa ?

— Putain, et moi qui plaisantais sur la possibilité d'un voyage gratuit à Paris ! On dirait que toi, tu te mets en lice pour aller faire un tour à Maui.

— C'est juste que je n'aime pas le travail bâclé. Ça laisse des trucs en l'air. Ce Danny Kotchof, c'est nous qui allons devoir le rayer de la liste des suspects. Si c'est encore possible après toutes ces années.

— AutoTrack, mon chou.

— Ça pourra nous le retrouver, mais ça ne nous dira pas s'il est hors du coup.

— Imaginons même qu'on lui casse son alibi, qu'est-ce que tu nous dis ? Que ce gamin de seize ans serait venu d'Hawaii en douce pour

166

zigouiller son ancienne petite amie et rentrer à la maison sans que personne ne le voie ?

— Peut-être que ce n'était pas le plan. Et il avait dix-sept ans... d'après Muriel, il avait un an de plus qu'elle.

— Ah oui, c'est vrai : dix-sept ans, répéta-t-elle d'un ton sarcastique comme si ça changeait tout.

— Quand j'avais dix-huit ans j'étais au Vietnam et j'ai eu une permission pour aller à Hawaii. On n'avait pas le droit de débarquer sur le continent. Dès que je suis arrivé, j'ai changé de vêtements, je me suis acheté une valise de civil et je suis passé sous le nez de la PM pour prendre un avion pour L.A. Je suis persuadé qu'un gamin de dix-sept ans aurait très bien pu le faire.

— Bon, d'accord, Harry.

— Écoute, tout ce que je dis, c'est que ç'a été du travail bâclé. D'après le dossier, Green et Garcia ont écarté ce gamin sur un simple coup de fil. Je n'ai rien vu qui prouverait qu'ils aient vérifié auprès des compagnies aériennes et maintenant il est trop tard. Ça me fait suer.

— Je comprends. Mais rappelle-toi... On a un triangle logique à compléter. On n'a pas de mal à relier Danny à Becky et le pistolet relie Becky à Mackey. Mais qu'est-ce qui relie Danny à Mackey ?

Bosch hocha la tête. C'était bien vu. Mais ça ne lui faisait pas plus aimer Danny Kotchof.

— Il y a autre chose, reprit-il. Ce qu'il a écrit dans cette lettre. Il dit qu'il est navré que ç'ait dû lui arriver. Que ç'ait « dû » lui arriver... qu'est-ce que ça veut dire ?

— C'est juste une figure de style, Harry. Tu peux quand même pas bâtir un dossier sur ça !

— Je ne te parle pas de ça. Je me demande seulement pourquoi il a choisi de le dire comme ça.

— S'il est encore vivant, on le trouvera et tu pourras le lui demander.

Ils étaient passés sous la 405 et se retrouvaient dans Panorama City. Bosch ayant laissé tomber la discussion sur Danny, Rider embraya sur Muriel Verloren.

— Elle est complètement pétrifiée, dit-elle.

— Ouais.

— C'est lamentable. Il n'y avait aucune raison pour qu'ils emmènent la fille dans la colline. Ils auraient tout aussi bien pu tuer tout le monde dans la maison. Mais c'est quand même ça qu'ils ont fait.

Bosch songea que c'était une façon un peu cruelle de voir les choses, mais il garda le silence.

— « ils » ? finit-il par dire à la place.

— Quoi ?

— Tu as dit qu'il n'y avait aucune raison pour qu'« ils » emmènent la fille dans la colline. On dirait Bailey Sable.

— Je ne sais pas. Rien qu'à regarder la pente... La porter n'aurait pas été facile pour un seul type. Elle est raide, cette pente.

— Oui. C'est ce que je me dis moi aussi. Donc, deux personnes.

— Ton idée de faire peur à Mackey commence à me plaire davantage. S'il y était, il pourrait

168

nous conduire au deuxième type... que ce soit Kotchof ou un autre.

Bosch prit vers le sud, dans Van Nuys Boulevard, et s'arrêta devant un bâtiment locatif qui couvrait la moitié du pâté de maisons. L'ensemble avait nom Panorama View Suites. Un panneau « Bureau de location » était apposé à gauche des portes en verre de l'entrée. Il indiquait qu'il y avait des appartements libres payables au mois ou à la semaine. Bosch enclencha la vitesse « parking ».

— Harry, reprit Rider, à qui penses-tu d'autre en dehors de Kotchof ?

— Je me disais que j'aimerais assez retrouver les deux autres copines. Tu pourrais peut-être te charger de la lesbienne. Mais pour moi, la priorité, c'est le père... si on arrive à le retrouver.

— Bon d'accord : tu prends le père et je prends la lesbienne. Peut-être que j'arriverai à me faire payer un voyage à San Francisco.

— C'est à Hayward. Et si tu as besoin d'aide, j'y connais un inspecteur qui pourrait la retrouver et économiser le voyage au LAPD.

— T'es vraiment pas marrant, Harry ! J'aimerais bien aller traîner avec mes sœurs du Nord, moi !

— Le chef savait pour toi ?

— Pas au début. Et quand il l'a appris, ça lui a été égal.

Bosch hocha la tête. Rien que pour ça, le chef lui plaisait.

— Quoi d'autre ? demanda Rider.

— Sam Weiss.

— Qui est-ce ?

— La victime du cambriolage. Celui dont l'arme a servi à tuer Becky.

— Pourquoi lui ?

— Ils n'avaient pas de Roland Mackey à se mettre sous la dent à l'époque. Ça vaudrait peut-être le coup de lui demander s'il le connaissait.

— On vérifiera.

— Et après, je crois qu'on pourra tenter le coup avec Mackey, histoire de voir comment il réagit.

— Bon. On règle tout ça au plus vite et après, on va causer à Pratt.

Ils ouvrirent leurs portières en même temps et descendirent de voiture. Bosch avait fait le tour du 4 × 4 lorsqu'il sentit qu'elle le regardait d'un air curieux.

— Quoi ? demanda-t-il.

— Il y a autre chose.

— Qu'est-ce que tu veux dire ?

— Toi. Quand tu as ta petite ride au-dessus du sourcil gauche, je sais qu'il se passe des trucs.

— Mon ex m'a toujours dit que je ferais un mauvais joueur de poker. Trop d'indices qui me trahissent.

— Oui, bon, alors... de quoi s'agit-il ?

— Je ne sais pas encore. Ç'a à voir avec la chambre.

— Là-bas ? La chambre de Becky ? Tu veux dire... ça t'a donné la chair de poule qu'elle la conserve dans cet état ?

— Non, en fait, qu'elle la garde comme ça ne me gêne pas. Je crois comprendre. C'est autre chose. Il y a quelque chose qui cloche, quelque chose de différent. Je vais y réfléchir et je te dirai dès que je saurai.

— Parfait, Harry. T'es plutôt bon de ce côté-là.

Ils franchirent les portes en verre des Panorama View Suites. Il leur fallut moins de dix minutes pour avoir la confirmation de ce qu'ils savaient déjà en entrant : Mackey avait filé peu de temps après la fin de sa conditionnelle.

Et comme il fallait s'y attendre, il n'avait pas laissé d'adresse où faire suivre son courrier.

14

Assis à son bureau, Abel Pratt mangeait un mélange de yaourt et de corn-flakes dans un récipient en plastique. Les craquements et les bruits de succion qu'il faisait tapaient sur les nerfs de Bosch. Cela faisait une demi-heure qu'ils étaient avec lui, à le mettre au courant de ce qu'ils avaient accompli pendant la journée.

— Et merde ! lança Pratt en avalant sa dernière cuillerée. J'ai encore faim.

— C'est quoi ? voulut savoir Bosch. Le régime South Beach ?

— Non, non. C'est juste mon régime à moi. Ce qu'il me faut, ça serait plutôt le régime South Bureau.

— Vraiment ? Et c'est quoi ?

Bosch sentit que Rider se raidissait. Le South

Bureau couvrait la plus grande partie des quartiers noirs. Pas moyen de ne pas se demander si ce que venait de dire Pratt n'était pas une manière d'insulte raciale détournée. Bosch avait souvent vu l'éthique du « nous contre eux » prendre de telles proportions dans la police que des flics blancs se permettaient des commentaires douteux devant des collègues noirs ou latinos parce qu'ils croyaient qu'à la base la religion des hommes en bleu l'emportait sur la couleur de leur peau. Rider allait enfin savoir si Pratt faisait partie de ces individus.

— Vous pouvez baisser l'antenne, reprit-il. Tout ce que je dis, c'est que j'ai travaillé dix ans dans le South et que j'ai jamais eu à me soucier de mon poids. Après, je suis entré aux Vols et Homicides et j'ai pris huit kilos en deux ans. C'est triste.

Rider se détendit et Bosch en fit autant.

— On se bouge le cul et on cogne aux portes, dit ce dernier. C'était la règle à Hollywood.

— Sauf qu'ici on gagne les gros sous, lâcha Rider.

— Ben tiens !

C'était une blague : en tant que patron, Pratt n'avait pas droit aux heures supplémentaires. Au contraire de ceux qui travaillaient pour lui, certains de ses propres inspecteurs pouvant ainsi gagner plus que lui alors même qu'ils étaient sous ses ordres.

Pratt pivota dans son fauteuil et ouvrit une glacière posée par terre à côté de lui. Et en sortit un autre récipient plein de yaourt.

— Bordel de merde ! lança-t-il en se redressant et en l'ouvrant.

Il n'y ajouta pas de corn-flakes cette fois. Bosch n'eut plus qu'à supporter ses bavouillis tandis qu'il s'enfournait cette espèce de mélasse blanchâtre dans le gosier.

— Bien, revenons à nos moutons, continua Pratt la bouche pleine. Ce que vous me racontez-là, c'est qu'on peut enfin relier l'arme à ce nullard de Mackey. Il a fait feu avec. Mais comme vous n'avez encore rien qui le relie à la victime, vous ne pouvez pas l'accuser d'avoir tiré le coup fatal.

— Entre autres choses, dit Rider.

— Ce qui fait que si j'étais avocat de la défense, enchaîna Pratt, je dirais à Mackey de plaider coupable pour cambriolage vu que le délai de prescription est dépassé depuis longtemps. Il n'aurait qu'à dire que le pistolet l'a mordu quand il l'a essayé et qu'il s'en est débarrassé... bien avant le meurtre. Il n'aurait qu'à ajouter : « Non, je n'ai pas tué cette jeune fille avec et vous ne pourrez jamais prouver le contraire. Vous ne pourrez même pas prouver que j'ai posé les yeux sur elle. »

Bosch et Rider acquiescèrent d'un signe de tête.

— Bref, vous n'avez rien.

Ils hochèrent à nouveau la tête.

— Pas mal après une journée de boulot. Et comment comptez-vous réparer ça ?

— On aimerait le mettre sur écoutes, répondit Bosch. Disons, en deux ou trois endroits. On écoute son portable, le téléphone de la station-service et chez lui dès qu'on le retrouve et qu'on

173

sait s'il a un numéro. En plus, on fait passer un article dans le journal comme quoi on a repris le dossier. Et on s'assure qu'il le lit. Après, on l'écoute pour savoir s'il en parle à quelqu'un.

— Et qu'est-ce qui vous fait croire qu'il aura envie de parler à quelqu'un d'un meurtre qu'il aurait ou n'aurait peut-être pas commis dix-sept ans plus tôt ?

— Parce que, comme nous vous l'avons dit, pour l'instant nous ne pouvons pas le relier à la fille. Nous nous disons donc qu'il y a quelqu'un d'autre au milieu. Ou bien il l'a tuée pour le compte de quelqu'un d'autre ou bien c'est lui qui a piqué l'arme pour que ce quelqu'un d'autre puisse l'assassiner.

— Il y a une troisième possibilité, ajouta Rider. Il a peut-être donné un coup de main. La fille a été portée dans une pente extrêmement raide. Il fallait donc que le type soit costaud ou qu'il y ait quelqu'un pour l'aider.

Pratt avala deux cuillerées de yaourt et fit la grimace en regardant le fond du récipient avant de réagir.

— Bon d'accord, dit-il enfin, et pour l'article ? Vous allez pouvoir le faire passer quelque part ?

— Nous le croyons, oui, répondit Rider. Nous allons nous servir du contrôleur Garcia du Valley Bureau. C'est lui qui a été chargé de l'affaire au début. « Nous sommes hantés par ce type qui s'en est tiré sans encombre, blablabla », vous voyez le topo. Il dit avoir un contact au *Daily News*.

174

— Bon, ça m'a l'air de tenir la route. Rédigez-moi les demandes de mandats et donnez-les-moi. C'est au capitaine de les approuver avant qu'on puisse les envoyer au district attorney qui devra dire oui avant que ça arrive au juge. Ça va prendre du temps. Dès qu'on aura l'aval d'un juge, on débauchera les autres équipes et on les mettra aux écoutes pendant que vous surveillerez notre bonhomme.

Bosch et Rider se levèrent en même temps, Bosch sentant une petite montée d'adrénaline dans ses veines.

— Il n'est pas possible que ce Mackey soit sur un coup en ce moment même, n'est-ce pas ? demanda Pratt.

— Que voulez-vous dire ? lui renvoya Bosch.

— Non, c'est juste que si on pouvait bâtir un truc comme quoi il serait sur le point de commettre un crime, on pourrait obtenir nos mandats beaucoup plus vite.

Bosch réfléchit.

— Non, dit-il enfin, on n'a pas encore ce qu'il faut. Mais ça pourrait se travailler.

— Parfait. Ça nous aiderait.

15

Des deux, c'était Rider qui écrivait. Elle était à l'aise avec les ordinateurs et le langage de la loi. Bosch l'avait déjà vue mettre à l'œuvre ces talents lors de plusieurs enquêtes. Ils n'eurent donc même pas besoin de décider. C'était elle qui rédigerait les demandes pour obtenir l'autorisation de surveiller Roland Mackey et d'écouter les appels qu'il passerait ou recevrait sur son portable, au bureau de la station-service où il travaillait et chez lui, s'il avait le téléphone. Ce serait un travail méticuleux ; elle devrait bâtir un réquisitoire contre Mackey et s'assurer que l'enchaînement des faits et l'établissement des causes probables ne seraient pas pleins de trous. Son travail devrait convaincre Pratt, puis le capitaine Norona, puis encore un district attorney adjoint qui aurait pour tâche de s'assurer que la police locale n'avait piétiné les droits civiques de personne – et enfin un juge municipal qui aurait les mêmes responsabilités, mais devrait en plus rendre des comptes au corps électoral s'il devait commettre une erreur qui lui pète à la figure. Ils ne pourraient s'y reprendre à deux fois et devaient donc faire tout comme il faut. Enfin... elle, Rider.

Mais tout cela ne pourrait démarrer qu'une fois franchi l'obstacle qui consistait à découvrir tous ces numéros de téléphone sans que le suspect se rende compte de l'enquête qui était en train de se monter contre lui.

Ils commencèrent par la Tampa Towing, qui avait mis une demi-page de pub dans les Pages jaunes, avec deux numéros de téléphone vingt-quatre heures sur vingt-quatre. Un appel au service de l'annuaire leur permit ensuite d'établir que Mackey n'avait pas de ligne fixe à son nom, sur liste rouge ou pas. Cela signifiait qu'il n'y avait pas de téléphone chez lui ou qu'il vivait dans un endroit où la ligne était sous un autre nom. On pourrait s'occuper de ça plus tard, dès qu'on connaîtrait son lieu de résidence.

Le dernier travail, et le plus difficile, était de trouver son numéro de portable. Le service de l'annuaire n'avait pas ces numéros-là. Appeler les différents serveurs et vérifier dans leurs listings pourrait prendre des journées, voire des semaines entières, tous exigeant une réquisition du juge avant de donner le numéro d'un client privé. Au lieu de cela, les enquêteurs recouraient à des ruses pour obtenir les numéros dont ils avaient besoin. Cela impliquait souvent de laisser des messages innocents sur le lieu de travail du suspect de façon à pouvoir enregistrer son numéro de portable dès qu'il rappelait. La méthode la plus populaire était celle, parfaitement standard, du « rappelez-nous donc pour avoir votre prix », le prix étant un poste de télé ou un lecteur de DVD donné aux cent premières personnes qui rappelleraient. Cela nécessitait néanmoins de monter une ligne hors police et pouvait susciter des attentes interminables sans aucune garantie de succès si la cible masquait son numéro de portable. Et Bosch et Rider ne pouvaient pas se payer le luxe d'attendre. Ils devaient agir vite pour atteindre leur but.

— Ne t'inquiète pas, dit Bosch à Rider. J'ai un plan.

— Bon alors, je me renverse dans mon fauteuil et j'observe le maître ?

Sachant que Mackey était de service au garage, Bosch se contenta d'appeler pour dire qu'il avait besoin d'un remorquage. On lui demanda de rester en ligne, une voix qu'il pensa être celle de Roland Mackey finissant par lui répondre.

— Vous avez besoin d'être remorqué ?

— Remorqué, ou qu'on me fasse repartir le moteur.

— Où êtes-vous ?

— Dans le parking d'Albertson, Topanga Boulevard, près de Devonshire.

— On est à l'autre bout de la ville, dans Tampa Avenue. Vous pouvez trouver quelqu'un de plus près.

— Je sais, mais je ne jure que par vous. C'est en retrait de Roscoe Boulevard, derrière l'hôpital.

— Bon d'accord. Vous avez quoi, comme voiture ?

Bosch repensa au véhicule dans lequel ils l'avaient vu un peu plus tôt. Il décida de s'en servir pour le convaincre.

— Une Camaro 72.

— Restaurée ?

— On y travaille.

— Ça devrait prendre une quinzaine de minutes avant que j'arrive.

— OK, génial. Comment vous vous appelez ?

— Ro.

— Ro ? Ro comme dans rodéo ?

— Non, Ro comme Roland, mec. Je démarre.

Il raccrocha. Bosch et Rider attendirent un

178

quart d'heure, pendant lequel Bosch lui expliqua son plan et le rôle qu'elle allait y jouer. Le but ? Obtenir deux choses : le numéro de portable de Mackey et son fournisseur d'accès de façon à ce qu'une réquisition de mise sur écoutes puisse être adressée à la société qui convenait.

Sur les recommandations de Bosch, Rider appela la station-service Chevron et demanda un rendez-vous à l'atelier de mécanique en décrivant avec force détails tous les grincements qui se produisaient lorsqu'elle actionnait ses freins. Elle était au milieu de ses explications lorsque Bosch appela le garage sur l'autre ligne donnée dans l'annuaire. Comme prévu, Rider fut mise en attente. Quelqu'un ayant décroché pour répondre à son appel, Bosch posa sa question :

— Vous auriez pas un numéro où je pourrais joindre Ro ? Il est en route pour me faire démarrer ma voiture et j'ai réussi à la remettre en marche.

— Essayez sur son portable, lui répondit le collègue de Mackey.

Et il lui donna le numéro, Bosch faisant aussitôt signe à Rider qu'il avait gagné. Elle termina son appel sans éventer sa ruse et raccrocha.

— Un problème de réglé, passons au suivant, dit Bosch.

— T'avais le plus facile, lui renvoya-t-elle.

Le numéro de Mackey à la main, Rider reprit la direction des opérations pendant que Bosch écoutait sur un autre poste. Mettant comme un glacis bureaucratique sur sa voix, elle appela le numéro et, lorsque Mackey décrocha – sans doute en cherchant une Camaro 72 qui avait calé dans le parking d'un centre commercial –, elle lui annonça que le serveur AT&T qu'elle représentait avait une bonne nouvelle à lui annoncer : il allait pouvoir faire des économies sur ses communications longue distance.

— Arrêtez vos conneries ! lui lança Mackey en plein milieu de son baratin.

— Je vous demande pardon ?

— J'ai dit : arrêtez vos conneries. C'est encore un truc à la con pour me faire changer de fournisseur.

— Je ne comprends pas, monsieur. Vous êtes sur la liste de mes clients AT&T. Ce ne serait pas le cas ?

— Et comment que ça l'est pas, bordel ! J'ai un abonnement Sprint, moi, et ça me plaît ! En plus, je ne veux absolument pas d'un service appels longue distance. Alors, vous allez vous faire foutre, d'accord ? Vous m'entendez ?

Il raccrocha et Rider se mit à rire.

— En colère, le monsieur, dit-elle.

— Ben, faut voir qu'il s'est tapé toute la traversée de Chatsworth pour rien, lui renvoya Bosch. Moi aussi, je serais en colère.

— Donc, il a un abonnement Sprint. Résultat, je peux commencer à rouler pour les demandes.

Ils parlèrent encore un peu de leur plan et décidèrent qu'elle ne travaillerait que sur les demandes ce soir-là et le lendemain et qu'elle en assurerait le suivi à toutes les étapes du parcours. Elle exigea qu'il l'accompagne lorsqu'ils seraient au dernier feu vert. Être tous les deux présents

180

dans le cabinet du juge aiderait à emporter le morceau. Jusqu'à ce moment-là, Bosch poursuivrait le travail de terrain – retrouver les dernières personnes de la liste à interroger et mettre en route l'histoire de l'article dans le journal. Le timing serait essentiel. Il n'était pas question de faire sortir l'article avant que toutes les écoutes soient effectives. Jouer le coup en douceur serait la clé de la réussite.

— Je rentre chez moi, dit Rider. Je peux commencer la rédaction sur mon ordinateur portable.

— Amuse-toi bien.

— Qu'est-ce que tu vas faire ?

— J'ai deux ou trois trucs à régler ce soir. Je vais peut-être aller faire un tour dans le Toy District.

— Tout seul ?

— C'est que des sans-abri.

— Ben voyons, et quatre-vingts pour cent d'entre eux le sont parce qu'ils ont une case en moins ou la tuyauterie qui déconne. Fais attention. Tu ferais peut-être bien d'appeler Central Division pour voir s'ils pourraient pas t'envoyer une voiture. Qui sait ? Peut-être même qu'ils pourraient te garder le sous-marin allemand.

Voiture réservée à un seul officier, le « sous-marin allemand » servait surtout à balader le chef de la sûreté. Mais Bosch ne pensait pas avoir besoin d'un chaperon. Il assura Rider que tout irait bien et ajouta qu'elle pourrait partir dès qu'elle lui aurait montré comment se servir du logiciel AutoTrack.

— Bien, dit-elle. La première chose est d'avoir un ordinateur. Moi, j'ai fait ça à partir de mon portable.

Il passa de son côté du bureau et la regarda ouvrir le site web d'AutoTrack, entrer les mots de passe et arriver à la page recherche de noms.

— Par qui veux-tu commencer ?

— On dit Robert Verloren ?

Elle entra le nom et les paramètres de la recherche.

— Ça va vite ? voulut-il savoir.

— Très.

En quelques minutes, elle avait une piste d'adresses pour le père de Rebecca Verloren. Mais celle-ci s'arrêtait net à la maison de Chatsworth. Robert Verloren n'avait pas renouvelé son permis de conduire, n'avait acheté aucun bien, ne s'était pas fait inscrire sur les listes électorales et n'avait effectué aucune demande de carte de crédit ou de fourniture de gaz ou d'électricité depuis dix ans. Robert Verloren n'était plus qu'un blanc électronique. Il avait disparu – de la Toile au minimum.

— Il doit être encore à la rue, dit Rider.

— S'il est toujours vivant.

Rider entra les noms de Tara Wood et de Daniel Kotchof dans la machine et se retrouva à la tête de quantité de réponses pour l'un et pour l'autre. En intégrant leurs âges approximatifs et en se concentrant sur la Californie et sur Hawaii, ils réduisirent les recherches à deux pistes d'adresses qui, à leur avis, étaient bien celles de Tara Wood et de Daniel Kotchof. Wood n'était peut-être pas allée à la réunion de sa promotion, mais ce n'était pas parce qu'elle était partie s'installer au diable. Elle n'avait jamais fait que franchir les collines pour passer de la Valley à Santa Monica. Il semblait bien que Daniel Kotchof, lui, soit revenu de Hawaii bien des années auparavant, qu'il ait vécu quelques années à Venice et qu'il soit enfin retourné à Maui, où se trouvait son adresse actuelle.

Le dernier nom qu'il demanda à Rider de retrouver grâce à l'ordinateur fut celui de Sam Weiss, l'homme qui s'était fait voler l'arme qui avait servi à tuer Rebecca Verloren. Ils eurent droit à des centaines de réponses, mais n'eurent pas de mal à retrouver le Sam Weiss qu'ils cherchaient. Il n'avait jamais quitté la maison où il s'était fait cambrioler. Il n'avait même pas changé de numéro de téléphone. Il avait tenu bon. Rider imprima tous ces renseignements pour Bosch et lui donna aussi le numéro de Grace Tanaka, qu'ils avaient obtenu un peu plus tôt par Bailey Sable. Puis elle rassembla tout ce dont elle aurait besoin pour travailler aux demandes de réquisitions chez elle.

— Si tu as besoin de quoi que ce soit, envoie-moi un message, lui dit-elle en glissant son ordinateur dans un étui rembourré.

Après son départ, Bosch jeta un coup d'œil à la pendule accrochée au-dessus de la porte de Pratt et s'aperçut qu'il était à peine plus de six heures. Il décida de rester une petite heure à traquer des noms avant de descendre dans le Toy District pour se mettre en quête de Robert Verloren. Il savait très bien que ce n'était que repousser le moment où il devrait se lancer dans une recherche en pleine zone de déchets humains et que cette recherche ne manquerait pas de le déprimer. Il jeta un deuxième coup d'œil à la pendule et se jura de ne pas passer plus d'une heure au téléphone.

Il décida de commencer par les appels locaux, mais se heurta vite au néant. Les coups de fil qu'il donna aussi bien à Tara Wood qu'à Sam Weiss restèrent sans autre réponse que celles de systèmes automatisés. Dans le message qu'il laissa à Tara Wood, il donna son nom et son numéro de téléphone et indiqua que son appel concernait Becky Verloren. Il espérait que mentionner le nom de celle qui avait été son amie suffirait à susciter sa curiosité et la pousserait à répondre. Pour Weiss, il se contenta de laisser son nom et son numéro de téléphone – il ne voulait pas lui faire savoir à l'avance que son appel concernait un événement qui risquait de culpabiliser celui qui, involontairement, avait fourni l'arme avec laquelle on avait assassiné une jeune fille de seize ans.

Puis il appela Grace Tanaka à Hayward, celle-ci décrochant au bout de six sonneries. Au début elle donna l'impression d'être dérangée par l'appel, comme s'il interrompait quelque chose d'important, mais sa voix et ses manières brutales s'adoucirent dès qu'elle comprit qu'il voulait lui poser des questions sur Rebecca Verloren.

— Ah, mon Dieu, s'écria-t-elle, il s'est passé quelque chose ?

— La police s'intéresse beaucoup à la réouverture du dossier, lui dit-il. Et un nom a fait surface. C'est celui d'un individu qui est peut-être impliqué dans ce qui s'est passé en 1988 et nous essayons de voir s'il est en quelque manière que ce soit lié à Becky ou à l'un ou l'une quelconque de ses amis.

— Quel est ce nom ? demanda-t-elle aussitôt.

— Roland Mackey. Il avait deux ou trois ans de plus que Becky. Il ne fréquentait pas Hillside, mais il n'habitait pas loin, à Chatsworth. Ce nom vous évoque-t-il quoi que ce soit ?

— Pas vraiment, non. Je ne me rappelle pas. Quel était ce lien ? C'était le père ?

— Le père ?

— D'après la police, Becky aurait été enceinte. Enfin je veux dire... qu'elle l'avait été.

— Non, nous ne savons pas si le lien est de cette nature ou pas. Et donc, vous ne reconnaissez pas ce nom ?

— Non.

— Il se faisait aussi appeler « Ro », en abrégé.

— Non, ça ne me dit toujours rien.

— Et vous me dites que vous n'étiez pas au courant de sa grossesse, c'est bien ça ?

— Non, je ne savais pas. Personne ne le savait. Enfin, je veux dire... personne de ses amies.

Bosch hocha la tête en sachant pourtant qu'elle ne pouvait pas le voir. Puis il garda le silence en espérant que ça la mette mal à l'aise et l'oblige à dire quelque chose d'intéressant.

185

— Euh... vous auriez une photo de ce type ? finit-elle par lui demander.

Ce n'était pas ce qu'il cherchait.

— Oui, répondit-il. Je vais essayer de trouver le moyen de vous la faire parvenir pour que vous puissiez y jeter un coup d'œil, histoire de voir si ça déclenche des souvenirs.

— Vous pourriez la scanner et me l'envoyer par e-mail ?

Il comprit ce qu'elle lui demandait de faire et certes il en serait incapable, mais il pensa que Rider, elle, pourrait s'en acquitter.

— Oui, dit-il, je crois qu'on pourrait. C'est ma collègue qui est l'experte en ordinateurs, mais elle n'est pas ici pour le moment.

— Je vais vous donner mon adresse e-mail, comme ça elle pourra m'envoyer la photo dès son retour.

Il nota l'adresse dans son petit carnet et lui promit qu'elle aurait le cliché dès le lendemain matin.

— Autre chose, inspecteur ?

Il savait qu'il pouvait mettre un terme à la conversation et donner à Rider la possibilité de faire amie-amie avec Grace Tanaka après lui avoir envoyé le cliché. Mais il décida de ne pas rater l'occasion de susciter émotions et souvenirs en elle. Qui sait s'il n'en sortirait pas quelque chose ?

— J'ai juste deux ou trois questions de plus à vous poser, dit-il. Euh, cet été-là... comment qualifieriez-vous les relations que vous aviez avec Becky ?

— Que voulez-vous dire ? Nous étions amies. Je la connaissais depuis la onzième.

— Oui, bon, mais diriez-vous que vous étiez la plus proche d'elle ?

— Non, ça, ç'aurait été Tara.

Une fois de plus il avait la confirmation que sur la fin Tara Wood avait été l'amie la plus intime de Becky.

— Ce qui fait qu'elle ne s'est pas confiée à vous lorsqu'elle a découvert qu'elle était enceinte.

— Non, je vous l'ai déjà dit. Ça, je ne l'ai appris qu'après sa mort.

— Et vous ? Vous confiiez-vous à elle ?

— Bien sûr !

— En tout ?

— Où allez-vous avec ça, inspecteur ?

— Savait-elle que vous étiez gay ?

— Je ne vois pas le rapport.

— J'essaie seulement de me faire une image du groupe. Le Club des chatonnes, c'est bien comme ça que s'appelait votre quatuor...

— Non, lui répliqua-t-elle abruptement. Elle ne savait pas. Aucune d'elles ne savait. Je ne pense pas que je le savais moi-même à l'époque. Ce sera tout, inspecteur ?

— Excusez-moi, madame Tanaka. J'essaie seulement de me faire la meilleure idée possible. J'apprécie votre franchise. Une dernière question... Imaginons Becky à la clinique après l'intervention. Elle a besoin qu'on la ramène à la maison parce qu'elle ne se sent pas de conduire, qui aurait-elle appelé ?

Il y eut un long instant de silence avant qu'elle réponde.

— Je ne sais pas, inspecteur. J'aurais espéré qu'elle fasse appel à moi, j'étais ce genre d'amie, mais... Il est évident que ç'a été quelqu'un d'autre.

— Tara Wood ?

— Il faudra que vous le lui demandiez. Bonsoir, inspecteur Bosch.

Elle raccrocha, Bosch ouvrit aussitôt l'album de promotion pour pouvoir regarder sa photo. Petite et de type asiatique, elle ne correspondait pas, même sur ce cliché qui remontait à tant d'années, à l'espèce de brutalité dans la voix qu'il venait d'entendre au téléphone.

Il rédigea un message à l'intention de Rider avec l'adresse e-mail de Tanaka, lui demanda de scanner la photo de Mackey et de la lui envoyer. Il y ajouta un petit mot pour l'avertir de la résistance que lui avait opposée Tanaka lorsqu'il lui avait parlé de son orientation sexuelle. Puis il glissa le tout sur son bureau afin que ce soit la première chose qu'elle découvre le lendemain matin en arrivant.

Il ne lui restait plus qu'un appel à passer : celui à Daniel Kotchof qui, à s'en tenir aux indications d'AutoTrack, habitait à Maui où il était deux heures plus tôt.

Il appela le numéro donné par AutoTrack, ce fut une femme qui décrocha. Elle lui dit être l'épouse de Daniel Kotchof et l'informa que son mari se trouvait au Four Seasons Hotel, où il travaillait en qualité de « manager hospitalité ».

Bosch appela au numéro qu'elle lui avait donné et fut mis en relation avec lui. Celui-ci l'avertit qu'il ne pourrait lui accorder que quelques minutes et le mit en attente pendant au moins cinq d'entre elles tandis qu'il cherchait un coin plus tranquille où pouvoir parler. Lorsque enfin il reprit la ligne, l'appel ne donna pas grand-chose. Pas plus que Grace Tanaka, il ne reconnaissait le nom de Roland Mackey. Et lui aussi donna l'impression que cet appel l'agaçait ou interrompait quelque chose. Il expliqua qu'il était marié, qu'il avait trois enfants et qu'il était rare qu'il repense à Becky Verloren. Puis il rappela à Bosch que ses parents et lui avaient quitté le continent un an avant la mort de la jeune fille.

— Mais on m'a laissé entendre qu'après votre départ pour Hawaii vous avez continué à vous téléphoner assez souvent, lui renvoya Bosch.

— Je ne sais pas qui vous a dit ça, répondit Kotchof. Bon, c'est vrai qu'on s'est parlé. Surtout au début. C'était moi qui devais l'appeler parce que ses parents, paraît-il, lui disaient que c'était trop cher pour qu'elle m'appelle. Je trouvais ça plutôt bidon. Tout ce qu'ils voulaient, c'est que je ne sois plus dans le tableau. Bref, c'était moi qui devais appeler, mais bon... à quoi ça servait, hein ? J'étais à Hawaii et elle à L.A. C'était fini, mec. Et très vite je me suis trouvé une copine ici – de fait, elle est devenue ma femme – et j'ai cessé de lui téléphoner. Ç'a été fini jusqu'au moment où... vous savez... plus tard... j'ai appris ce qui s'était passé et où l'inspecteur m'a appelé.

— Étiez-vous au courant avant qu'il vous téléphone ?

— Oui, je l'avais appris. Mme Verloren avait appelé mon père et c'est lui qui m'a annoncé la nouvelle. J'ai aussi reçu des appels là-dessus de certains de mes amis là-bas. Ils savaient que j'aurais voulu savoir. C'était vraiment bizarre, mec ! Cette fille que je connaissais et qui se fait liquider comme ça...

— Oui.

Bosch réfléchit à ce qu'il pouvait lui demander d'autre. Son histoire ne collait pas tout à fait avec le récit de Muriel Verloren. Il comprit qu'à un moment donné il allait devoir les accorder. Sans parler du fait que l'alibi de Kotchof continuait de le turlupiner.

— Écoutez, inspecteur, lança Kotchof, va falloir que j'y aille. Je suis au boulot. Y a autre chose ?

— Juste deux ou trois questions. Vous rappelez-vous combien de temps s'est écoulé entre le moment où vous avez cessé d'appeler Becky Verloren et celui où elle est morte ?

— Euh... je ne sais pas, non. Vers la fin de ce premier été. Quelque chose comme ça. Ça faisait longtemps, presque un an.

Bosch décida de l'échauffer un peu, histoire de voir ce qui en sortirait. C'était là quelque chose qu'il aurait préféré essayer en face à face, mais il n'y avait ni le temps ni l'argent pour aller faire un tour à Hawaii.

— Bref, vos relations avaient pris fin lorsqu'elle est morte.

— Absolument.

Il songea qu'il y avait fort peu de chances qu'on puisse récupérer les archives téléphoniques de l'époque.

— Quand vous l'appeliez, était-ce toujours à une heure fixe ? Vous voyez... comme un rendez-vous ?

— En quelque sorte, oui. Comme elle avait deux heures d'avance sur moi, je ne pouvais pas appeler trop tard. D'habitude, je passais mon coup de fil juste avant le dîner, ce qui, pour elle, était le moment où elle allait se coucher. Mais, comme je vous l'ai dit, ça n'a pas duré longtemps.

— Bon. Et maintenant, je vais devoir vous poser une question passablement intime. Couchiez-vous avec Rebecca Verloren ?

Il y eut une pause.

— Je ne vois pas le rapport.

— Je ne peux pas vous l'expliquer, Dan. Ça fait partie de l'enquête, mais ça pourrait avoir son importance dans l'histoire. Ça vous ennuierait de me répondre ?

— Non.

Bosch attendit, mais Kotchof n'ajouta rien.

— C'est votre réponse ? demanda-t-il enfin. Vous n'avez jamais couché ensemble ?

— Non, jamais. Elle disait qu'elle n'était pas prête et je n'insistais pas. Écoutez, faut que j'y aille.

— D'accord. Juste une ou deux questions. Je suis sûr que vous aimeriez bien qu'on attrape le mec qui a fait ça, n'est-ce pas ?

— Oui, exact, c'est juste que je suis au boulot.

— Oui, oui, vous l'avez déjà dit. Mais une question : quand avez-vous vu Rebecca pour la dernière fois ?

— Je ne me rappelle pas la date exacte, mais c'était... le jour où on est partis. Quand on s'est dit au revoir. Ce matin-là.

— Et vous n'êtes jamais revenu de Hawaii à partir du moment où votre famille a déménagé ?

— Non, pas au début. Enfin, je veux dire... je suis revenu depuis. J'ai vécu deux ou trois ans à Venice après la fin de mes études, mais après je suis revenu ici.

— Mais vous n'êtes pas retourné à L.A. entre le moment où votre famille a déménagé et celui où Rebecca a été assassinée. C'est bien ça que vous me dites ?

— C'est bien ça.

— Ce qui fait que si un autre témoin auquel j'ai parlé me disait vous avoir vu en ville ce weekend du 4-Juillet, juste avant la disparition de Rebecca, il se tromperait ?

— Oui, il se tromperait. Mais... ça veut dire quoi, ça ? Je vous l'ai déjà dit : je ne suis jamais retourné à L.A. J'avais une autre petite copine. Enfin quoi ! Je ne suis même pas allé à l'enterrement ! Qui vous a dit m'avoir vu ? Grace ? Elle m'a jamais aimé, c'te gouine. Elle essayait toujours de me causer des ennuis avec Beck.

— Je ne peux pas vous dire de qui il s'agit, Dan. De la même manière que si vous vouliez me dire quelque chose en secret, je le respecterais.

— Je ne sais pas qui c'est, mais c'est une menteuse, lui rétorqua Kotchof d'un ton criard. C'est un mensonge, bordel ! Faudrait quand même lire le dossier, mec ! Un alibi, j'en ai un ! Je travaillais le jour où elle a été enlevée et je travaillais aussi le lendemain. Comment j'aurais fait pour aller là-bas et revenir, hein ? Je sais pas qui vous a dit ça, mais c'est du bidon, bordel !

— C'est votre alibi qui est bidon, Dan. Votre père aurait très bien pu mettre votre patron dans le coup. Ce n'était pas difficile.

— Je ne sais pas de quoi vous parlez. Mon père n'a mis personne dans aucun coup et ça, c'est un fait. On avait les cartes de pointage, mon patron a parlé aux flics et ç'a été fini. Et vous, vous débarquez avec ce genre de merdes dix-sept ans après les faits ?! Vous vous foutez de moi ?

— Bon d'accord, Dan, on se calme. On peut se tromper, non ? Surtout quand on revient sur une histoire aussi ancienne.

— M'entraîner là-dedans ! Comme si j'avais besoin de ça. J'ai une famille, moi, ici.

— J'ai dit on se calme. On ne vous entraîne dans rien du tout. C'est juste un coup de fil que je vous passe. Une conversation, d'accord ? Bon et maintenant, avez-vous autre chose à me dire ou que vous voudriez que je sache et qui pourrait nous aider dans cette affaire ?

— Non. Je vous ai dit tout ce que je savais et je ne savais rien. Et maintenant faut que j'y aille. C'est l'heure, quoi !

— Ce qui fait que vous avez été drôlement chamboulé quand Rebecca vous a dit qu'elle était enceinte et que, pour vous, c'était clair que c'était d'un autre.

Au début ce fut le silence, et Bosch tenta de serrer la vis encore un peu plus fort.

— Surtout dans la mesure où elle ne voulait pas avoir de relations sexuelles avec vous quand vous étiez ensemble.

Il comprit aussitôt qu'il était allé trop loin et qu'il avait dévoilé son jeu. Kotchof lui aussi se rendit compte que Bosch lui faisait le coup du gentil flic-méchant flic tout en un. Lorsqu'il répondit enfin, ce fut d'un ton calme et posé.

— Elle ne m'a jamais rien dit de semblable, lâcha-t-il. Je ne le savais pas avant que ça éclate au grand jour.

— Vraiment ? Et qui vous en a informé ?

— Je ne me rappelle pas. Un copain, j'imagine.

— Vraiment ? Non, parce que Rebecca tenait un journal. Et que vous y figurez à toutes les pages. Même qu'elle écrit vous l'avoir dit et que ça ne vous a pas fait trop plaisir.

Kotchof se mettant à rire, Bosch sut qu'il avait vraiment merdé.

— Vous êtes un p'tit rigolo, vous ! C'est vous qui mentez ! C'est nul, mec. Moi aussi, je regarde « Law and Order », vous savez ?

— Et « CSI »[1] ?

— Oui, et alors ?

— Eh bien, on a l'ADN de l'assassin. Qu'on trouve la correspondance avec quelqu'un et ce

_____
1. Soit « police scientifique ». (N.d.T.)

194

quelqu'un va avoir de sales ennuis. L'ADN, il n'y a rien de mieux pour clore définitivement une affaire.

— Génial. Ben, vous n'avez qu'à vérifier le mien et peut-être que tout sera fini pour moi.

Bosch comprit que, cette fois, c'était lui qui faisait machine arrière. Il fallait mettre un terme à la conversation.

— OK, Dan, on vous tiendra au courant pour l'ADN. En attendant, merci pour le coup de main. Une dernière question : qu'est-ce que c'est un « manager hospitalité » ?

— Quoi ? Vous voulez dire ici, à l'hôtel ? Je m'occupe des groupes, des conférences, des noces, ce genre de trucs. Je m'assure que tout marche bien quand tous ces gens débarquent ici.

— Bon, je vous laisse y retourner. Bonsoir.

Bosch raccrocha et s'assit à son bureau en repensant à cet entretien. Il avait honte de s'être fait percer à jour par Kotchof. Il savait que ses talents d'interrogateur n'avaient pas été mis à l'épreuve pendant trois ans, mais cela n'apaisait pas la brûlure. Il comprit qu'il allait devoir s'améliorer, et vite.

En dehors de cela, le contenu de l'entretien ne manquait pas d'éléments à envisager. La colère de Kotchof lorsqu'il lui avait annoncé que quelqu'un l'avait vu à L.A., juste avant le meurtre, n'avait guère d'intérêt. Après tout, il avait inventé ce témoin de toutes pièces et que Kotchof se soit mis en rogne pouvait se justifier. Ce qu'il y avait de remarquable, c'était la façon dont sa hargne s'était focalisée sur Grace Tanaka. Leurs relations valaient peut-être le coup d'être examinées plus à fond – par l'intermédiaire de Kiz ?

Il songea aussi à la réaction de Kotchof lui disant ignorer la grossesse de Rebecca Verloren. D'instinct, il le croyait. Tout compte fait, si ça ne le rayait pas de la liste des suspects, ça le rejetait dans les tout derniers. Il allait falloir discuter de toutes ces réponses avec Rider et voir si elle était d'accord avec lui.

Les renseignements les plus utiles qu'il avait glanés dans cette conversation concernaient les contradictions entre les souvenirs de Kotchof et ceux de Muriel Verloren. D'après cette dernière, Kotchof aurait religieusement appelé sa fille jusqu'à sa mort. Kotchof, lui, niait avoir jamais rien fait de pareil. Bosch ne voyait d'ailleurs aucune raison pour qu'il ait menti sur ce point. Et s'il ne mentait pas, c'était que Muriel Verloren se trompait dans ses souvenirs. Ou alors, c'était sa fille qui avait menti sur l'identité de celui qui l'appelait tous les soirs avant qu'elle aille se coucher. Étant donné qu'elle avait caché sa relation amoureuse et la grossesse qui en avait résulté, il semblait raisonnable de penser que s'ils se répétaient effectivement tous les soirs, ces coups de fil ne venaient pas de Kotchof. Ils émanaient de quelqu'un d'autre que Bosch baptisa aussitôt « Monsieur X ».

Il chercha le numéro de téléphone de Muriel Verloren dans le dossier d'enquête et l'appela. Il s'excusa de la déranger et l'informa qu'il avait encore quelques questions à lui poser. Elle lui répondit que son appel ne la gênait pas.

— Que voulez-vous savoir ?

— J'ai vu le téléphone sur la table de nuit de votre fille, dit-il. C'était un poste de votre ligne ou bien un numéro à elle ?

— Elle avait sa ligne.

— Ce qui fait que lorsque Daniel Kotchof l'appelait le soir, c'était elle qui décrochait, c'est ça ?

— Oui, elle décrochait dans sa chambre. Il n'y avait pas de poste supplémentaire.

— Et donc, ce n'est que par elle que vous saviez que Danny l'appelait.

— Non, des fois j'entendais sonner. Il appelait.

— Ce que je veux dire par là, c'est que vous ne décrochiez jamais et que vous n'avez jamais parlé à Danny Kotchof en personne, exact ?

— Exact. C'était sa ligne à elle.

— Ce qui fait que lorsque ça sonnait et qu'elle parlait à quelqu'un, la seule façon que vous aviez de savoir qui était son correspondant était qu'elle vous le dise. Je me trompe ?

— Euh, non, ça doit être ça. Mais... voulez-vous me dire que ce n'était pas Danny qui l'appelait ?

— Je n'en suis pas encore certain. Mais j'ai parlé avec Danny à Hawaii et, à l'entendre, il aurait cessé d'appeler votre fille bien avant qu'on l'enlève. Il avait une nouvelle petite amie, voyez-vous ? À Hawaii.

Cette information fut reçue dans un grand silence. Pour finir, ce fut Bosch qui reprit.

— Madame Verloren, dit-il, avez-vous une idée de la personne à qui elle pouvait parler ?

Deuxième silence avant qu'elle lui donne faiblement une réponse.

— Une de ses copines ?

— Ça se peut. Quelqu'un d'autre à qui vous penseriez ?

— Je n'aime pas beaucoup ça, dit-elle vite. C'est comme si je recommençais à apprendre des choses !

— Je suis désolé, madame Verloren. Je n'ai aucune envie de vous infliger ce genre d'épreuve à moins que ce soit nécessaire. Mais là, je crois que ça l'est. Votre mari et vous êtes-vous jamais arrivés à une conclusion sur cette grossesse ?

— Que voulez-vous dire ? Nous ne l'avons su qu'après.

— Je comprends. Ce que je veux dire par là... vous êtes-vous dit que c'était le résultat d'une relation qu'elle vous cachait ou alors une erreur qu'elle avait commise, enfin, vous voyez... avec quelqu'un qu'elle ne voyait pas vraiment ?

— Vous voulez dire... une liaison sans lendemain ? C'est ça que vous êtes en train de me dire sur ma fille ?

— Non, madame. Je ne porte pas de jugement sur votre fille. Je me contente de poser des questions. Je ne veux pas vous faire de mal, mais je veux trouver l'individu qui a tué Rebecca. Et pour ça j'ai besoin de savoir tout ce qu'il faut savoir.

— Nous n'avons jamais pu nous l'expliquer, inspecteur, lui répondit-elle d'un ton glacial. Elle n'était plus là, nous avons décidé de ne pas chercher plus loin. Nous avons tout laissé entre les mains de la police et nous nous sommes contentés de ne pas oublier la fille que nous avions connue et aimée. Vous m'avez dit avoir une fille. J'espère que vous comprendrez.

— Je crois comprendre, madame. Je vous remercie pour vos réponses. Une dernière question, et je ne vous mets pas la pression, mais... seriez-vous prête à parler de votre fille et de l'affaire à un journaliste ?

— Pourquoi voudriez-vous que je fasse une chose pareille ? Je ne l'ai pas fait avant. Je ne crois pas qu'il faille étaler ces choses-là en public.

— Et je vous admire pour ça. Sauf que cette fois j'aimerais que vous le fassiez parce que ça pourrait faire sortir le loup du bois.

— Vous voulez dire que ça pourrait obliger l'individu qui a fait ça à sortir à découvert ?

— Exactement.

— Alors je le ferai sans hésiter.

— Merci, madame Verloren. Je vous tiendrai au courant.

16

Ayant enfilé sa veste de costume, Abel Pratt sortit de son bureau. Il remarqua Bosch assis à son bureau dans son box – il tapait avec deux

doigts son rapport sur la conversation téléphonique qu'il venait d'avoir avec Muriel Verloren.
Il avait fini ceux sur les entretiens téléphoniques
avec Grace Tanaka et Daniel Kotchof et les avait
posés sur le bureau.

— Où est Kiz ? demanda Pratt.

— Chez elle. Elle travaille sur les demandes de
réquisitions. Elle réfléchit mieux là-bas.

— Moi, chez moi, je suis incapable de
réfléchir. Tout ce que je peux faire, c'est réagir.
J'ai des jumeaux.

— Bonne chance !

— Ça, j'en ai besoin ! Bon, j'y vais, justement.
Je vous retrouve demain, Harry.

— OK.

Mais Pratt ne s'éloignait pas. Bosch leva les
yeux de dessus la machine à écrire pour le
regarder. Quelque chose qui n'allait pas ? La
machine à écrire ?

— J'ai trouvé ce truc-là sur un bureau de
l'autre côté, dit-il. Je n'ai pas eu l'impression
qu'on s'en servait.

— C'est exact. La plupart des gens se servent
d'ordinateurs aujourd'hui. Vous êtes vraiment de
la vieille école, Harry.

— Faut croire, oui. En général, c'est Kiz qui
rédige les rapports, mais comme j'ai un peu de
temps à tuer...

— Vous travaillerez tard ?

— Faut que j'aille dans le Nickel[1].

_____
1. Allusion à *Alice au pays des merveilles*. (*N.d.T.*)

— Quoi ? Dans la 5e Rue ? Qu'est-ce que vous voulez y faire ?

— Voir le père de notre victime.

Pratt hocha la tête d'un air sombre.

— Encore un. On a déjà vu ça.

Bosch acquiesça d'un signe de tête.

— Les ondes de choc, dit-il.

— Voilà, les ondes de choc, acquiesça Pratt.

Bosch songeait à lui proposer de faire un bout de chemin avec lui, voire de bavarder pour mieux le connaître, mais son portable se mit à sonner. Il le décrocha de sa ceinture et vit le nom de Sam Weiss s'afficher à l'écran.

— Cet appel-là, vaudrait mieux que je le prenne, dit-il.

— D'accord, Harry. Mais faites attention là-bas.

— Merci, chef.

Il ouvrit son téléphone.

— Inspecteur Bosch à l'appareil, lança-t-il.

— « Inspecteur » ?

Bosch se rappela qu'il n'avait laissé aucun renseignement sur son message à Weiss.

— Monsieur Weiss, reprit-il, je m'appelle Harry Bosch et je suis inspecteur de police au LAPD. J'aimerais vous poser quelques questions pour une enquête que je suis en train de mener.

— J'ai tout le temps que vous voudrez, inspecteur. C'est pour mon pistolet ?

La question le prit au dépourvu.

— Pourquoi me posez-vous cette question, monsieur Weiss ?

— Eh bien, parce que je sais qu'on s'en est

servi dans un meurtre qui n'a jamais été résolu. Sinon, je ne vois vraiment pas pourquoi le LAPD voudrait me poser des questions.

— En effet, monsieur, ça concerne votre arme. Puis-je vous en parler ?

— Si cela veut dire que vous essayez de trouver l'individu qui a tué cette jeune fille, alors oui, vous pouvez me poser toutes les questions que vous voudrez.

— Merci. Avant tout, j'aimerais que vous me disiez quand et comment vous avez appris ou été informé que l'arme qu'on vous avait volée avait servi dans un homicide.

— On en a parlé dans les journaux... du crime, je veux dire... je n'ai eu qu'à réfléchir. J'ai appelé l'inspecteur enquêtant sur le cambriolage, je lui ai posé la question et j'ai obtenu la réponse que je n'avais aucune envie d'entendre.

— Pourquoi ça, monsieur Weiss ?

— Parce que depuis, je dois vivre avec.

— Mais vous n'avez rien fait de mal, monsieur.

— Je sais, mais ça ne m'aide pas à me sentir mieux. J'avais acheté cette arme parce que j'avais des ennuis avec une bande de petits voyous. Je voulais me protéger. Et l'arme que j'achète finit par tuer cette jeune fille ? Croyez-moi, j'aurais voulu récrire l'histoire. Je veux dire... et si je n'avais pas été aussi têtu ? Et si je m'étais contenté de déménager et de filer ailleurs au lieu d'acheter ce truc ? Vous voyez ce que je veux dire ?

— Je vois, oui.

— Bien, ceci posé, que puis-je vous dire d'autre, inspecteur ?

— Je n'ai que deux ou trois questions à vous poser. Je vous appelle un peu au jugé. Je me dis que ça sera peut-être plus facile que de m'y retrouver dans dix-sept ans de paperasse. J'ai sous les yeux le premier procès-verbal de votre cambriolage. D'après ce document, l'enquêteur aurait été John McClellan. Vous souvenez-vous de lui ?

— Bien sûr que je m'en souviens.

— A-t-il bouclé l'affaire ?

— Pas que je sache. Au début, John a cru que ça pouvait être lié aux petits voyous qui m'avaient menacé.

— Et ça l'était ?

— John m'a dit que non. Mais je n'en ai jamais été certain. Les cambrioleurs avaient tout cassé chez moi. Ce n'est pas comme s'ils avaient vraiment cherché des trucs à voler. En fait, ils se sont contentés de tout détruire... tout ce qui m'appartenait. Je suis rentré chez moi et j'ai été pris d'une colère folle.

— Pourquoi parlez-vous de cambrioleurs au pluriel ? La police pensait-elle qu'ils étaient plusieurs ?

— Pour John ils étaient au moins deux ou trois. Je ne m'étais absenté qu'une heure... pour aller faire des courses. Un seul type n'aurait jamais pu faire autant de dégâts en si peu de temps.

— D'après le rapport, on vous aurait pris l'arme, une collection de pièces et un peu de liquide. Vous a-t-on volé autre chose dont vous vous seriez rendu compte plus tard ?

— Non, c'est tout. C'était suffisant. Au moins ai-je retrouvé mes pièces et c'était ce qui avait le plus de valeur. C'était la collection de mon père quand il était enfant.

— Comment l'avez-vous récupérée ?

— Par John McClellan. Il me l'a rapportée deux ou trois semaines plus tard.

— Vous a-t-il dit où il l'avait retrouvée ?

— Dans un mont-de-piété de West Hollywood. Et après, bien sûr, nous savons ce qu'il est advenu du pistolet. Mais lui, on ne me l'a pas rendu. De toute façon, je n'en aurais pas voulu.

— Je comprends, monsieur. L'inspecteur McClellan vous a-t-il dit qui vous avait cambriolé, à son avis ? Avait-il des idées là-dessus ?

— À ses yeux, c'était juste une bande de petits voyous, vous voyez ? Pas les « Huit de Chatsworth ».

Ce nom rappela quelque chose à Bosch, mais il n'aurait su dire quoi.

— Monsieur Weiss, enchaîna-t-il, faites comme si je ne savais rien. Qui étaient les « Huit de Chatsworth » ?

— C'était un gang de la Valley. Tous de jeunes Blancs. Des skins. En 88, ils ont commis un certain nombre de crimes. Des « crimes de haine ». C'est comme ça qu'on les appelait dans les journaux. C'était le nouveau terme pour désigner les crimes à mobile racial ou religieux.

— Et vous étiez la cible de ce gang ?

— Oui. J'ai commencé à recevoir des coups de fil. Le truc classique, « on va te tuer, sale Juif ».

— Mais après, la police vous a dit que ce n'était pas eux qui vous avaient cambriolé ?

— C'est ça.

— Bizarre, non ? Ils n'ont pas vu de liens ?

— C'est ce que je me suis dit à l'époque, mais c'était lui l'inspecteur, pas moi.

— Qu'est-ce qui a fait que les Huit vous ont pris pour cible, monsieur Weiss ? Je sais que vous êtes juif, mais qu'est-ce qui les a poussés à vous choisir, vous ?

— C'est simple. Un de ces petits merdeux était un gamin qui vivait dans mon quartier, Billy Burkhart. Il habitait à quatre maisons de chez moi. J'avais mis une menora à ma fenêtre pour les fêtes de Hanoukka et c'est là que tout a commencé.

— Qu'est-il advenu de Burkhart ?

— Il est allé en prison. Pas pour ce qu'il m'a fait, non, pour ce qu'il a fait à d'autres. Ils l'ont attrapé, lui et les autres, pour d'autres crimes. Ils avaient brûlé une croix à quelques rues de chez moi. Sur la pelouse d'une maison où habitait une famille noire. Et ils n'ont pas fait que ça. C'était méchant, du pur vandalisme. Ils ont aussi essayé de brûler une synagogue.

— Mais ce ne sont pas eux qui vous ont cambriolé.

— Voilà. C'est ce que m'a dit la police. Il n'y avait pas de graffitis, voyez-vous, rien qui aurait pu indiquer une motivation religieuse. Ils ont simplement tout foutu en l'air. C'est pour ça que l'affaire n'a pas été qualifiée de « crime de haine ».

Bosch hésita et se demanda s'il y avait d'autres questions à poser. Il décida qu'il n'en savait pas assez pour en poser d'intelligentes.

— Bien, monsieur Weiss, dit-il. Je vous remercie de m'avoir accordé de votre temps. Et je suis désolé d'avoir réveillé de mauvais souvenirs.

— Ne vous inquiétez pas, inspecteur. Croyez-moi, ils n'étaient pas en sommeil.

Bosch referma son portable et se demanda qui il pourrait bien contacter pour en savoir plus long sur cette histoire. Il ne connaissait pas John McClellan et les chances que celui-ci soit toujours à la division du Devonshire dix-sept ans après les faits étaient minces. Enfin cela lui vint : Jerry Edgar. Avant d'être affecté à la division d'Hollywood, son ancien coéquipier avait travaillé à celle du Devonshire. Il devait y être en 1988.

Il appela le bureau des Homicides d'Hollywood, mais eut droit au répondeur. Tout le monde avait filé tôt. Il appela le numéro du central des inspecteurs et demanda si Edgar se trouvait dans les parages. Il savait qu'il y avait un tableau de service à la réception. L'employé l'informa qu'Edgar était parti pour la journée.

Son troisième coup de fil fut pour le portable d'Edgar. Son ancien collègue répondit tout de suite.

— On dirait que les gars d'Hollywood sont pressés de rentrer chez eux ! lui lança Bosch.

— Bordel, mais qui c'est... ? Harry, c'est toi ?

— C'est moi, oui. Comment ça se passe, Jerry ?

— Je me demandais quand j'allais avoir de tes nouvelles. T'as commencé aujourd'hui ?

— Le bleu le plus vieux du monde, que je suis. Et j'ai déjà un dossier du tonnerre. Kiz et moi travaillons sur une affaire qui risque de se régler.

Edgar ne répondant pas, Bosch comprit qu'il avait fait une erreur en mentionnant Rider. Non seulement le fossé qui les séparait était toujours là, mais il semblait aussi qu'il ait complètement gelé.

— Bon, bref, j'ai besoin de consulter ta grosse cervelle. Ça remonte à l'époque du Club Dev.

— Ouais, et plus précisément ?

— À 1988. Les Huit de Chatsworth. Tu te rappelles ?

Il y eut un moment de silence pendant qu'Edgar réfléchissait.

— Oui, je me rappelle ces mecs. Une bande de petits branleurs qui croyaient qu'avoir le crâne rasé et des tatouages partout faisait d'eux des hommes. Ils ont foutu un sacré bordel avant de se faire rétamer.

— Te souviens-tu d'un certain Roland Mackey ? Il devait avoir dix-huit ans à ce moment-là.

Une autre pause s'ensuivit, au bout de laquelle Edgar lui dit ne pas s'en souvenir.

— Qui c'était qui bossait sur eux ?

— Pas le Club, mec. Tout ce qui les concernait descendait droit au Trou du Lapin.

— Quoi, la PDU ?

— C'est ça même.

La Public Disorder Unit était une brigade du centre-ville passablement mystérieuse qui s'occupait de rassembler des renseignements sur des conspirations, mais ne déférait guère d'affaires aux tribunaux. En 1988, cette unité avait dû être sous l'égide du contrôleur de l'époque, Irvin Irving. Elle avait été dissoute depuis lors. Dès qu'il était passé chef de police adjoint, Irving s'était empressé de la démanteler, beaucoup se disant alors qu'il n'avait pris cette mesure que pour couvrir ses activités et s'en distancier.

— Ça ne va pas m'aider, ça, dit Bosch.

— Désolé. Tu travailles sur quoi ?

— L'assassinat d'une jeune fille à Oat Mountain.

— Celle qui s'était fait enlever chez elle ?

— Oui.

— Cette affaire-là aussi, je m'en souviens. Je n'ai pas bossé dessus... je venais juste d'arriver aux Homicides, mais je ne l'ai pas oubliée. Et tu dis que les Huit auraient été dans le coup ?

— Non. Seulement qu'un nom vient de sortir qui pourrait avoir un lien avec eux. Qui pourrait... Et cette appellation correspond à ce que je crois ?

— Oui, mec, huit pour la lettre H. 88 pour H.H. Et H.H. pour Heil...

— ... Hitler. Oui, c'est ce que je pensais.

C'est alors que Bosch se rappela que Kiz Rider avait eu raison de croire que l'année du crime avait un sens. L'assassinat et les autres crimes commis par les Huit de Chatsworth s'étaient produits en 1988. Tout cela faisait partie d'un ensemble de petits détails qui commençaient à se recouper. Et voilà qu'Irvin Irving et la PDU étaient mêlés à l'affaire ? Cette correspondance ADN avec un petit loser qui conduisait une dépanneuse pour gagner sa vie était en train de donner naissance à quelque chose de nettement plus important.

— Jerry, te rappelles-tu d'un certain John McClellan qui travaillait au Devonshire ?

— John McClellan ? Non, je ne vois pas. Qu'est-ce qu'il y faisait ?

— J'ai trouvé son nom sur un procès-verbal de cambriolage.

— En tout cas, il n'était pas aux cambriolages parce que moi, avant de passer aux Homicides, j'y travaillais et il n'y avait pas de John McClellan aux cambriolages. Qui est-ce ?

— C'est comme je t'ai dit, juste un nom qui apparaît dans un rapport. Je trouverai.

Bosch avait compris qu'il y avait de fortes chances pour que McClellan ait fait partie de la PDU et que l'enquête sur le cambriolage de Sam Weiss ait été jointe à celle sur les Huit de Chatsworth. Et ça, il n'avait pas envie d'en discuter avec Edgar.

— Jerry, tu venais bien d'arriver aux Homicides à l'époque, non ?

— Si.

— Connaissais-tu bien Green et Garcia ?

— Pas vraiment. Je venais juste d'arriver et ils ne sont pas restés longtemps après. Green a remis son tablier et Garcia est passé lieutenant presque tout de suite.

— Et d'après ce que tu as vu, ils te faisaient quelle impression ?

— Comment ça ?

— En tant qu'inspecteurs des Homicides ?

— C'est-à-dire que j'étais un petit jeunot à l'époque. Je ne savais vraiment pas grand-chose. J'apprenais encore. Mais j'en pensais que c'était Green qui avait le pouvoir. Garcia, lui, n'était que l'intendant. D'après certains, il n'aurait même pas été foutu de trouver un étron dans sa moustache avec un peigne et un miroir.

Bosch ne réagit pas. En le traitant d'intendant, Edgar lui faisait comprendre que Garcia jouait la carte de son coéquipier. Le vrai flic des Homicides, c'était Green, Garcia se contentant de le soutenir et de tenir les dossiers à jour et en ordre. Beaucoup de ces relations à deux se réduisaient vite à ça. Le chien alpha et son assistant.

— Faut croire qu'il n'en avait pas besoin, reprit Edgar.

— Qu'il n'avait pas besoin de quoi ?

— De trouver les étrons dans sa moustache. Ce mec faisait sacrément son chemin. Il est passé lieutenant et adios. Tu sais qu'il est le patron en second de la Valley, non ?

— Oui, je sais. Même que si tu le vois, tu ferais peut-être bien de ne pas lui parler de cette histoire de moustache.

— Peut-être bien, oui.

Bosch réfléchit un peu au sens que ç'avait pu avoir dans l'enquête sur l'affaire Verloren. Une

210

petite fissure commençait à se dessiner sous la surface des choses.

— Hé, Harry ! C'est tout ?

— Non. J'ai appris que Green avait bouffé son flingue peu après s'être mis en retraite.

— Oui, moi aussi. Et je ne me rappelle pas en avoir été surpris. Il me faisait toujours l'impression d'un mec qui s'en trimballait un paquet. Dis, Harry, tu comptes t'attaquer à la PDU ? Tu sais que c'était la brigade d'Irving, non ?

— Oui, Jerry, je sais. Je ne pense pas aller voir de ce côté-là.

— Mais fais gaffe à toi si jamais tu y allais.

Bosch eut envie de changer de sujet avant de raccrocher. Edgar était depuis toujours une véritable commère qui savait tout sur le LAPD. Harry ne voulait pas que son ancien coéquipier commence à raconter qu'il allait s'attaquer à Irving maintenant qu'il avait retrouvé son badge.

— Alors, comment ça se passe à Hollywood ? demanda-t-il.

— On vient juste de réintégrer le bureau après le réaménagement dû au tremblement de terre. Tu as raté tout ça. On est restés coincés là-haut, à la salle de rassemblement, pendant pratiquement un an.

— Comment c'est ?

— On dirait une agence d'assurances. On a comme des cellules avec des filtres à bruits entre les bureaux. Tout ça en gris administratif. Chouette, mais c'est plus pareil.

— Je comprends.

— Après, ils ont donné des doubles bureaux

aux inspecteurs de classe trois... c'est des bureaux avec des tiroirs des deux côtés. Nous, on n'a droit qu'à des tiroirs sur un seul côté.

Bosch sourit. Les petites humiliations de ce genre étaient beaucoup grossies dans la police et les administratifs qui prenaient ces décisions n'en mesuraient jamais la portée. C'était la même chose que lorsque les trois quarts des Affaires internes[1] ayant quitté Parker Center pour emménager dans l'ancien Bradbury Building, la rumeur s'était répandue que le capitaine, lui, avait une cheminée dans son bureau.

— Et donc, qu'est-ce que tu vas faire, Jerry ?

— La même chose qu'avant, voilà ce que j'vais faire. Je vais me bouger le cul et aller frapper aux portes.

— J't'entends, mec.

— Surveille tes arrières, Harry.

— J'oublie jamais.

Après avoir raccroché, Bosch resta quelques instants immobile à son bureau et réfléchit à la conversation qu'il venait d'avoir et au nouvel éclairage que cela donnait à l'affaire. S'il y avait effectivement un lien avec la PDU, la partie changeait du tout au tout.

Il baissa les yeux sur le dossier resté ouvert à la page du procès-verbal de cambriolage et contempla la signature qu'y avait gribouillée John McClellan. Puis il décrocha son téléphone, appela le Centre opérationnel de Parker Center et demanda à l'officier de service de lui indiquer

---

1. Équivalent américain de la police des polices. (*N.d.T.*)

les coordonnées d'un certain John McClellan dont il lui lut le numéro d'insigne porté dans le rapport. Aussitôt mis en attente, il songea que John McClellan devait être depuis longtemps à la retraite. Dix-sept ans s'étaient écoulés depuis les faits.

Mais lorsqu'il reprit la ligne, l'officier de service lui annonça que le John McClellan avec le numéro d'insigne que Bosch venait de lui donner était passé lieutenant et travaillait maintenant au bureau du Planning stratégique. Dans son cerveau, Bosch sentit les synapses s'embraser dans l'instant. Dix-sept ans plus tôt, McClellan travaillait donc pour Irving, à la PDU. Aujourd'hui ses tâches et son rang avaient changé, mais il travaillait toujours pour lui. Et comme par hasard Irving lui était rentré dedans à la cafétéria de Parker Center le jour même où il héritait d'un dossier impliquant la PDU.

— *High jingo*, se marmonna-t-il à lui-même en raccrochant.

Tel un croiseur qui entreprend de virer de bord, lentement, sûrement et surtout irrémédiablement, l'affaire prenait une tout autre direction. Bosch sentit quelque chose monter dans sa poitrine. Il repensa à la coïncidence qui avait voulu qu'Irving croise son chemin. Mais en était-ce une ? Il se demanda si à ce moment-là le chef adjoint savait déjà dans quel dossier ils avaient trouvé une correspondance et où cela ne pouvait pas manquer de conduire.

Il ne se passait pas de jour que la police n'enterre quelque secret. C'était une donnée de base.

213

Cela étant, qui aurait pu croire qu'une analyse chimique effectuée dix-sept ans auparavant dans un labo du ministère de la Justice de Sacramento finirait par remuer des tas de cochonneries et retourner le passé pour en ramener ce secret au grand jour ?

17

En revenant chez lui en voiture, Bosch songeait aux nombreuses ramifications qui commençaient à apparaître autour du cadavre de Rebecca Verloren. Il comprit qu'il lui faudrait ne pas dévier de sa trajectoire. Trouver des preuves tangibles serait la clé de la réussite. Éléments de telle ou telle ligne politique, corruption possible et tentatives d'étouffement, tout cela constituait ce qu'on appelait le *high jingo* dans le langage de la police. Cela pouvait être menaçant et distraire l'enquêteur du but qu'il cherchait à atteindre. S'il devait l'éviter, il devait aussi ne pas oublier d'en tenir compte.

Bosch arriva enfin à écarter l'ombre portée d'Irving sur l'enquête et à rester calé sur l'affaire. Dieu sait comment, ses pensées le ramenèrent à la chambre de Rebecca et à la manière dont sa mère l'avait préservée du passage du temps. Il se demanda si c'était d'avoir perdu sa fille ou si c'était à cause des circonstances dans lesquelles elle l'avait perdue. Que se passait-il quand, causes naturelles, accident ou divorce, on perdait un enfant ? Il avait lui-même une fille qu'il voyait rarement et cela lui pesait. Il savait que, près ou loin, elle faisait de lui quelqu'un de complètement vulnérable, que lui aussi pourrait très bien finir comme cette mère qui avait fait de la chambre de sa fille morte un musée ou comme ce père qui, lui, était depuis longtemps perdu au monde.

Mais, plus encore que cette question, il y avait quelque chose qui le troublait dans cette chambre. Il n'arrivait pas à mettre le doigt dessus, mais il savait qu'il y avait quelque chose et ça le turlupinait. Il leva les yeux de l'autoroute aérienne et regarda sur sa gauche, de l'autre côté d'Hollywood. Il y avait encore un peu de lumière dans le ciel, mais le soir commençait à tomber. Les ténèbres avaient attendu assez longtemps comme ça. Des lumières que, il le savait, on pouvait situer au croisement d'Hollywood Boulevard et de Vine Street s'entrecroisaient à l'horizon. Pour lui c'était bien. Pour lui, c'était comme d'être chez lui.

En arrivant à la maison qu'il avait dans la colline, il ouvrit son courrier, écouta son répondeur et ôta le costume qu'il s'était acheté pour retourner au travail. Il l'accrocha soigneusement dans sa penderie en se disant qu'il pourrait le mettre encore au moins une fois avant de devoir l'apporter chez le teinturier. Il passa un blue-jean, des baskets noires et une chemise-pull-over noire. Puis il enfila une veste de sport élimée à l'épaule droite : dépenser de

215

l'argent pour des vêtements ne l'intéressait pas. Il y transféra son arme, son badge et son porte-feuille, remonta dans sa voiture et prit le chemin du Toy District.

Il décida de se garer dans le parking du musée de Japantown, de façon à ne pas avoir à s'inquiéter qu'on lui vandalise sa voiture ou qu'on y entre par effraction. De là, il gagna la 5e Rue et, ce faisant, croisa de plus en plus de sans-abri. Les grands campements de sans-logis de la ville et les missions qui les secouraient s'étendaient sur cinq rues, au sud de Los Angeles Street. Les trottoirs devant les missions et les hôtels bon marché étaient couverts de cartons et de caddies remplis des maigres biens qui restent aux gens perdus. On aurait dit qu'une espèce de bombe à désagrégation sociale y avait explosé, ses éclats d'existences endommagées et sans plus aucun droit ayant été projetés alentour. Du haut en bas de la rue, c'étaient des hommes et des femmes qui hurlaient, leurs cris inintelligibles ou d'une sinistre incohérence s'élevant dans la nuit. Cela ressemblait à une ville régie par une raison et des lois qui lui étaient propres, une ville meurtrie, une ville aux blessures si profondes que les pansements qu'y appliquaient les missions étaient incapables d'arrêter le sang qui s'en écoulait.

Tout en marchant, Bosch remarqua que personne ne lui demandait de l'argent, des cigarettes ou toute autre espèce de cadeau. L'ironie de la chose ne lui échappa point. Tout se passait comme si l'endroit de la ville où il y avait la plus

216

forte concentration de sans-abri était aussi celui où le citoyen était le mieux protégé contre leurs supplications, sans parler du reste.

C'était là que la Los Angeles Mission et l'Armée du salut avaient leurs plus grands centres d'aide. Bosch décida de commencer par ces derniers. Il avait la photo de permis de conduire de Robert Verloren – elle remontait à douze ans – et un cliché encore plus ancien où on le voyait à l'enterrement de sa fille. Il les montra aux gens qui dirigeaient les centres d'aide et à ceux qui, jour après jour, mettaient de la nourriture dans des centaines d'assiettes. Il n'obtint que peu de réactions jusqu'au moment où un des types qui travaillaient à la soupe populaire se rappela que Verloren avait été un de ses « clients » et que, quelques années auparavant, il l'avait vu assez souvent dans la queue.

— Mais ça fait un bout de temps, ajouta l'homme. Je ne le vois plus.

Après avoir passé une heure dans chaque asile de nuit, Bosch se mit à descendre la rue en s'arrêtant dans tous les petits centres de secours et hôtels borgnes pour y montrer ses photos. Il y rencontra bien quelques individus qui reconnaissaient Verloren, mais rien de récent, rien qui aurait pu le conduire à l'homme qui avait complètement décroché des années auparavant. Il travailla ainsi jusqu'à vingt-deux heures trente et décida de revenir le lendemain pour finir ses recherches. En regagnant Japantown, il se sentit déprimé par ce dans quoi il venait de s'immerger et de voir se réduire les espoirs qu'il avait de retrouver Robert Verloren. Marchant la tête basse et les mains dans les poches, il ne vit pas les deux hommes avant qu'eux l'aient repéré. Ils sortirent des entrées de deux boutiques de jouets adjacentes au moment même où il passait devant elles. Le premier lui barra le passage, tandis que le second se glissait derrière lui. Bosch s'immobilisa.

— Hé, toi, le missionnaire ! lui lança celui qu'il avait devant lui.

Dans la lumière incertaine qui tombait du réverbère placé presque une rue plus loin, Bosch vit l'éclat métallique d'une lame tenue près du corps. Il se tourna légèrement pour regarder le type derrière lui. Celui-là était plus petit. Sans en être sûr, Bosch pensa qu'il n'avait qu'un bloc de ciment dans la main. Un morceau de rebord du trottoir. Spectacle ordinaire dans cette partie de la ville, les deux hommes disparaissaient sous des couches et des couches de vêtements. L'un était noir, l'autre blanc.

— Toutes les cuisines sont fermées et on a encore faim, lui lança l'homme au couteau. T'aurais pas quelques dollars pour nous ? Comme quoi qu'on pourrait te les emprunter, tu vois ?

— Pas vraiment, non, répondit Bosch en hochant la tête.

— « Pas vraiment » ? T'en es sûr, gamin ? J'ai plutôt l'impression que t'as un gros portefeuille sur toi. Vaudrait mieux rien nous cacher.

Bosch se sentit pris d'une colère noire. En une seconde de parfaite clarté, il sut ce qu'il était capable de faire – et ferait. Il allait dégainer son arme et les cribler de balles l'un comme l'autre. Au même instant, il sut aussi qu'il s'en sortirait après une enquête de pure forme. L'éclat de la lame de couteau le sauverait, et il le savait. Les deux types qui le serraient ne savaient pas dans quoi ils venaient de mettre les pieds. Il eut l'impression de se retrouver dans les tunnels du Vietnam bien des années auparavant. Tout se rétrécit en un espace minimal. Tuer ou se faire tuer, il n'y a plus rien d'autre. Et cela a quelque chose d'absolument pur – aucune zone de gris, aucune place pour quoi que ce soit d'autre.

Mais soudain tout changea. Bosch s'aperçut que l'homme au couteau l'observait avec attention, qu'il lisait quelque chose dans ses yeux – le prédateur qui prend la mesure d'un autre prédateur. L'homme au couteau parut diminuer d'une manière presque imperceptible. Déjà il reculait, même s'il ne le faisait pas physiquement.

Certaines personnes, Bosch le savait, sont considérées comme de vrais télépathes. De fait, ce sont plutôt les visages qu'ils lisent. Leur talent consiste à interpréter les myriades d'agencements musculaires des yeux, de la bouche et des sourcils des gens qu'ils observent. C'est dans tout cela qu'ils décodent leurs intentions. Bosch n'était pas sans aptitudes dans ce domaine. Son ex gagnait sa vie en jouant au poker parce que les siennes étaient encore meilleures. Et l'homme au couteau n'était pas nul non plus. C'est sûrement ce qui lui sauva la vie cette fois-ci.

— Bon, t'occupe, dit-il en reculant d'un pas vers l'entrée de la boutique. Bonne nuit, le missionnaire, ajouta-t-il en disparaissant dans le noir.

Bosch se retourna entièrement et fixa l'autre. Sans un mot, celui-ci réintégra lui aussi son trou pour s'y cacher et attendre sa prochaine victime.

Bosch regarda la rue. Elle paraissait complètement déserte. Il se retourna et repartit vers sa voiture. Tout en marchant, il sortit son portable et appela le bureau des patrouilles de la division centrale. Il décrivit au sergent de garde les deux hommes qu'il venait de rencontrer et lui demanda d'envoyer une voiture.

— Ce genre de truc se produit à tous les coins de rue dans ce trou à rats, dit le sergent. Que voulez-vous que j'y fasse ?

— Je veux que vous envoyiez une voiture et que vous me les chassiez de là. Qu'ils y réfléchissent à deux fois avant de faire du mal à quelqu'un.

— Eh bien mais... pourquoi n'avez-vous rien fait vous-même ?

— Parce que je travaille sur une affaire, sergent, et que je ne peux pas la lâcher pour faire votre boulot ou m'occuper de votre paperasse.

— Écoute, mec, tu me dis pas comment faire mon boulot, d'accord ? Vous êtes tous pareils, les flics en costard. Vous vous imaginez que...

— Écoute, sergent, dès demain matin je consulte la main courante. Si je découvre que quelqu'un s'est fait rosser là-bas et que les suspects sont un Blanc et un Noir qui font équipe,

220

des flics en costard, t'en auras tellement autour de toi que t'auras l'impression d'être dans un magasin de confection. Je te le garantis.

Sur quoi, il referma son portable et coupa net une énième protestation qui montait de la bouche du sergent de garde. Puis il retrouva son rythme de marche, regagna sa voiture et repartit en direction de l'autoroute 101. Et remonta enfin vers la Valley.

18

Se mettre à couvert tout en gardant le contact visuel avec la Tampa Towing n'était pas facile. Les galeries marchandes situées aux deux autres coins de rue étaient fermées et leurs parkings déserts. Il se verrait comme le nez au milieu de la figure s'il se garait dans l'un ou dans l'autre. La station-service concurrente, au troisième coin de rue, était encore ouverte et donc inutilisable pour toute surveillance. Après avoir analysé la situation, Bosch se gara une rue plus loin, dans Roscoe Boulevard, et revint à pied vers le croisement. Puis, reprenant l'idée de ses apprentis détrousseurs moins d'une heure auparavant, il trouva dans une des galeries marchandes un recoin sombre d'où observer la station-service. Il savait que tout le problème serait de pouvoir regagner le 4 × 4 assez rapidement pour ne pas perdre Mackey de vue lorsque celui-ci quitterait son service. Dans l'encart publicitaire qu'il avait trouvé un peu plus tôt dans l'annuaire téléphonique, la Tampa Towing offrait ses services vingt-quatre heures sur vingt-quatre. Il n'était pas loin de minuit et Bosch était prêt à parier que Mackey, qui avait attaqué à quatre heures de l'après-midi, n'allait pas tarder à dételer. Il serait alors remplacé ou devrait continuer toute la nuit durant.

C'était à ces moments-là qu'il songeait à se remettre à la cigarette. Fumer faisait passer le temps plus vite et atténuait l'anxiété qui ne manque jamais de grandir pendant une planque. Mais cela faisait maintenant plus de quatre ans qu'il avait arrêté et il ne voulait pas briser son élan. Apprendre deux ans plus tôt qu'il était père l'avait aidé à surmonter de tels moments de faiblesse passagère. Il se dit que, sans sa fille, il s'y serait probablement remis. Au mieux, il contrôlait son addiction. Il ne l'avait absolument pas vaincue.

Il sortit son portable, l'inclina de façon à ce qu'on ne puisse pas en voir l'écran lumineux depuis la station-service et composa le numéro personnel de Kiz Rider. Elle ne décrocha pas. Il essaya sur son portable et n'obtint pas plus de réponse. Il se dit qu'elle avait dû bloquer ses téléphones pour pouvoir se concentrer sur la rédaction des demandes de réquisitions. C'est ainsi qu'elle avait toujours procédé par le passé. Il savait qu'elle laissait son biper allumé en cas d'urgence, mais ce que lui avaient appris les coups de fil qu'il avait passés dans la soirée n'avait pas ce caractère. Il décida d'attendre le lendemain pour lui donner les nouvelles de vive voix.

Il remit son portable dans sa poche et porta les jumelles à ses yeux. À travers les vitres du bureau de la station-service il n'eut pas de peine à voir Mackey assis à un bureau gris qui en avait pas mal vu. À côté de lui se trouvait un autre individu, lui aussi en uniforme bleu clair sur bleu foncé. La soirée devait être plutôt calme. Ils avaient tous les deux mis les pieds sur le bureau et regardaient quelque chose au-dessus de la vitrine de devant. Bosch n'arrivait pas à voir sur quoi ils concentraient leurs regards, mais la lumière changeante qui émanait de la pièce lui indiqua qu'il s'agissait d'un poste de télévision.

La sonnerie de son portable se déclenchant, il le sortit de sa poche et répondit sans baisser ses jumelles. Il ne regarda pas l'écran d'affichage – c'était sûrement Rider qui venait de s'apercevoir qu'il l'avait appelée.

— Hé ! lança-t-il.

— Inspecteur Bosch ?

Ce n'était pas Rider. Il abaissa ses jumelles.

— Oui, reprit-il. Que désirez-vous ?

— Tara Wood à l'appareil. J'ai bien reçu votre message.

— Ah, oui ! Je vous remercie de me rappeler.

— On dirait que je vous joins sur votre portable[1]. Je suis désolée de vous appeler si tard. Je

_____
1. Aux États-Unis, la numérotation ne permet pas de savoir si on a obtenu un numéro de portable ou de ligne fixe. (*N.d.T.*)

223

viens juste de rentrer. Je songeais à vous laisser un message à votre bureau, mais...

— Pas de problème. Je suis toujours de service.

Il reprit la même technique d'interrogatoire qu'avec les autres. Au moment où il mentionnait Roland Mackey, il regarda ce dernier avec ses jumelles. Il n'avait pas bougé et regardait toujours la télé. Comme les autres amies de Rebecca Verloren, Tara Wood ne reconnut pas le nom du conducteur de dépanneuses. Y allant d'une question supplémentaire, Bosch lui demanda si elle se rappelait les Huit de Chatsworth, mais là encore les souvenirs de Tara Wood étaient vagues. Pour finir, il lui demanda s'il pourrait poursuivre cet entretien le lendemain et lui montrer une photo de Mackey. Elle accepta, mais l'informa qu'il devrait passer aux studios de télévision de CBS, où elle travaillait comme publicitaire. Bosch savait que les bureaux de la chaîne se trouvaient près du Farmer's Market, un des endroits qu'il aimait le plus à Los Angeles. Il décida aussitôt qu'il pourrait faire le voyage et se payer une assiette de gumbo pour le déjeuner avant d'aller la voir, lui montrer la photo de Mackey et l'interroger sur la grossesse de Rebecca Verloren. Il lui demanda un rendez-vous pour treize heures, elle accepta de se trouver dans son bureau à cette heure.

— C'est une affaire qui remonte à loin, reprit-elle. Vous faites partie d'une brigade qui reprend les vieux dossiers ?

— Oui, la brigade des Affaires non résolues.

— Vous savez qu'on a une émission intitulée « Affaires en souffrance ». Ça passe le dimanche soir. C'est une des émissions sur lesquelles je travaille. Je me disais donc... et si vous veniez faire un tour sur le plateau pour y rencontrer quelques-uns de vos homologues télévisuels ? Je suis sûre qu'ils seraient ravis de vous voir.

Il comprit qu'elle était peut-être en train de monter un coup publicitaire. Avec ses jumelles, il regarda Mackey qui avait toujours les yeux rivés sur la télé et songea un instant à intéresser son interlocutrice aux écoutes qu'ils allaient déclencher. Mais il écarta vite cette idée en se disant qu'il serait plus facile de lancer la partie avec un article dans les journaux.

— Oui, peut-être, répondit-il, mais je crois qu'il va falloir attendre un peu. Nous travaillons assez dur sur cette affaire et pour l'instant j'aurais juste besoin de pouvoir vous parler demain.

— Pas de problème. J'espère vraiment que vous allez retrouver le type que vous cherchez. Je n'ai pas cessé de penser à Rebecca dès qu'on m'a donné cette émission. Vous savez bien... je me demandais s'il se passait des choses. Et tout d'un coup, vous m'appelez. C'est bizarre, mais d'une manière qui me plaît. À demain, inspecteur.

Bosch lui souhaita bonne nuit et raccrocha.

Quelques minutes plus tard, à minuit, toutes les lumières de la station-service s'éteignirent. Bosch savait bien qu'offrir ses services vingt-quatre

heures sur vingt-quatre ne signifiait pas forcément que la station devait elle aussi demeurer
ouverte vingt-quatre heures sur vingt-quatre.
C'était plutôt que Mackey ou un autre chauffeur
devait rester près du téléphone toute la nuit.

Il se glissa hors de sa cachette et descendit
Roscoe Boulevard à toute allure pour regagner
son 4 × 4. Au moment même où il y arrivait, il
entendit le grondement sourd de la Camaro de
Mackey. Il fit démarrer son moteur, déboîta du
trottoir et revint vers le croisement. Il y arrivait
et s'arrêtait au feu rouge lorsqu'il vit la Camaro
aux ailes peintes en gris traverser le carrefour
et prendre Tampa Avenue vers le sud. Il attendit
quelques instants, vérifia qu'il n'y avait personne
et grilla le feu pour le suivre.

Le premier arrêt de Mackey fut pour un bar,
le Side Pocket. Celui-ci se trouvait à Van Nuys,
dans Sepulveda Boulevard, près des voies de
chemin de fer. Petit, l'endroit était signalé par
une enseigne au néon bleue et muni de vitres à
barreaux peintes en noir. Bosch sut tout de suite
à quoi l'établissement devait ressembler à l'intérieur et le genre d'individus qui devaient le fréquenter. Avant de quitter sa voiture, il ôta sa
veste de sport, y glissa son arme, ses menottes et
son chargeur de rab et posa le tout par terre,
devant le siège passager. Puis il descendit du
4 × 4, en verrouilla les portières et se dirigea vers
le bar en sortant sa chemise de son jean.

L'intérieur de l'établissement était tout à fait
ce à quoi il s'attendait. Deux ou trois tables de
billard, un comptoir où l'on se tient debout et

une rangée de box délabrés. Bien que fumer soit interdit, un épais nuage bleu se répandait dans l'air et semblait stagner tel un fantôme sous les abat-jour des tables de billard. Personne ne s'en plaignait.

Les trois quarts des clients descendaient leurs potions d'un coup, et debout. La plupart d'entre eux avaient des chaînes à leurs portefeuilles et des tatouages aux avant-bras. Même avec l'air qu'il s'était donné, Bosch savait qu'il ferait tache, peut-être même au point de montrer qu'il n'appartenait pas au club. Il repéra un coin dans l'ombre, à l'endroit où le comptoir s'incurvait sous le poste de télévision installé dans l'angle du mur. Il s'y glissa et se pencha sur le comptoir en espérant qu'on ne remarquerait pas son aspect.

La serveuse – elle avait l'air usée et portait un gilet en cuir par-dessus son T-shirt – l'ignora un bon moment, mais cela ne le gêna pas : il n'était pas venu pour boire. Il regarda Mackey poser des pièces sur une des tables de billard et attendre son tour de jouer. Lui non plus n'avait rien commandé.

Mackey passa dix minutes à examiner les queues de billard rangées aux râteliers, jusqu'au moment où il en trouva une qui lui plaisait. Alors il commença à attendre en bavardant avec certains des types qui se tenaient autour du billard. Cela ne semblait pas dépasser le cadre d'une conversation à bâtons rompus, tout se déroulant comme s'il ne les connaissait que pour avoir déjà joué avec eux.

Tout en attendant, observant et faisant durer la bière et le petit verre de whisky que la serveuse avait fini par lui apporter, Bosch se dit que lui aussi on l'observait, mais il comprit vite qu'en réalité les clients ne faisaient que regarder l'écran de télé qu'il avait moins de trente centimètres au-dessus de sa tête.

Mackey ayant enfin trouvé un adversaire, il s'avéra qu'il jouait plutôt bien. Il eut assez vite le contrôle de la table et vainquit sept challengers – qui tous lui donnèrent de l'argent et lui payèrent des bières. Au bout d'une demi-heure, il parut se lasser de la faiblesse de ses adversaires et se relâcha. Son huitième challenger le battit après qu'il eut raté un coup sans difficulté sur la huit. Mackey le prit bien et posa un billet de cinq dollars sur le tapis avant de s'éloigner. Bosch estima qu'il avait gagné un minimum de vingt-cinq dollars et de trois bières dans sa soirée.

Mackey apportant sa Rolling Rock au comptoir, il fut temps pour Bosch de quitter les lieux. Il déposa un billet de dix dollars sous son petit verre de whisky vide et se tourna sans jamais lui montrer son visage. Il quitta le bar et regagna sa voiture. La première chose qu'il fit alors fut de remettre son arme à sa hanche droite, plaquettes en avant. Il lança le moteur du 4 × 4, passa dans Sepulveda Boulevard et roula vers le sud, jusqu'au croisement suivant. Puis il fit demi-tour et se gara le long du trottoir, devant une bouche d'incendie. Tout en surveillant la porte du Side Pocket, il pourrait suivre la voiture de Mackey si celui-ci prenait vers le nord dans Sepulveda

Boulevard afin de gagner Panorama City. S'il avait changé d'appartement après sa conditionnelle, Bosch ne s'attendait pas à ce qu'il ait emménagé au diable.

L'attente ne fut pas longue. Il semblait bien que Mackey ne boive que les bières qu'on lui payait. Il quitta le bar dix minutes après Bosch, monta dans sa Camaro et prit vers le sud.

Bosch s'était trompé : Mackey roulait déjà dans la direction opposée à celle de Panorama City et de la Valley. Bosch allait devoir faire demi-tour dans un boulevard pratiquement désert pour pouvoir le rattraper et, dans le rétroviseur de Mackey, cette manœuvre ne passerait pas inaperçue. Il attendit donc et regarda la Camaro se faire de plus en plus petite dans son rétroviseur latéral.

Dès qu'il vit le clignotant de la Camaro se mettre en marche, il écrasa l'accélérateur et fit faire cent quatre-vingts degrés au 4×4. Il faillit tout rater en tournant trop sec, mais parvint à redresser et s'élança dans l'artère. Il prit à droite dans Victory Boulevard et rattrapa la Camaro au feu rouge de l'autopont de la 405. Mackey ne s'y engagea pas et continua de rouler vers l'ouest, dans Victory Boulevard.

Bosch recourant à toutes sortes de manœuvres pour ne pas se faire repérer, Mackey fit tout le chemin qui conduisait aux collines de Woodland. Arrivé à Mariano Street, une rue assez large proche de l'autoroute 101, il se gara dans une contre-allée, à côté d'une petite maison. Bosch dépassa cette dernière, se gara plus loin, descendit du 4 × 4 et revint vers la maison à toute allure. Il en vit la porte de devant se refermer, puis la lumière s'éteindre au-dessus de l'entrée.

Il regarda autour de lui et s'aperçut qu'il était arrivé dans un quartier de « lotissements en drapeau ». Lorsque les plans du secteur avaient été dessinés plusieurs décennies auparavant, les propriétés avaient été découpées en grands pans, l'idée étant d'en faire des ranches à chevaux et de petites exploitations maraîchères. Mais, la ville gagnant peu à peu sur le quartier, les chevaux et les légumes s'étaient fait squeezer. Les lots avaient alors été divisés, une maison donnant sur la rue et une allée étroite courant tout le long jusqu'à la propriété située à l'arrière – comme un drapeau et son mât.

Cela rendait toute surveillance assez difficile. Bosch se faufila le long de l'allée en regardant la maison de devant et celle, toute petite, de Mackey à l'arrière. Celui-ci avait garé sa Camaro près d'un pick-up Ford 150. Mackey avait-il un colocataire ?

Arrivé plus près, Bosch s'arrêta pour noter l'immatriculation du Ford 150. Sur le pare-chocs de ce dernier, il remarqua un vieil autocollant qui disait : « Que le dernier Américain à quitter L.A. amène au moins les couleurs. » Encore une petite touche qui précisait le tableau qu'il commençait à se faire du personnage.

En faisant le moins de bruit possible, Bosch gagna un petit chemin empierré qui longeait la maison. Celle-ci s'élevait sur des pilotis qui lui arrivaient aux genoux et mettaient les fenêtres bien trop haut pour qu'il puisse regarder à l'intérieur. Parvenu à l'arrière de la maison, il entendit des voix, les lueurs bleutées qui tremblaient sur les rideaux de la pièce de derrière lui faisant comprendre que la télé était allumée. Il avait commencé à traverser la cour de derrière lorsqu'il entendit sonner son portable. Il l'attrapa à toute vitesse et coupa le son en même temps qu'il reprenait le chemin empierré vers l'allée. Qu'il remonta aussitôt jusqu'à la rue en écoutant tous les bruits derrière lui. Il n'en entendit aucun. Lorsqu'il déboucha dans la rue, il se retourna vers la maison, mais ne vit rien qui aurait pu indiquer que la sonnerie de son portable avait été entendue à l'intérieur, au-dessus de la télé.

Il l'avait échappé belle, il le savait. Il était à bout de souffle. Il regagna son 4 × 4 en essayant de reprendre sa respiration et de se remettre de cette quasi-catastrophe. Après l'interrogatoire raté de Daniel Kotchof, cela montrait qu'il s'était bien rouillé. Il avait tout simplement oublié de couper son portable avant de se faufiler vers la maison. C'était une erreur qui aurait pu tout foutre en l'air, voire le mettre nez à nez avec un suspect. Cela ne lui serait jamais arrivé trois ans plus tôt, avant qu'il lâche l'uniforme. Il repensa à Irving lui disant qu'il n'était qu'un pneu rechapé qui ne manquerait pas de lâcher aux rainures et d'exploser.

Une fois remonté dans sa voiture, il vérifia la liste des coups de fil qu'on lui avait passés et s'aperçut que le dernier émanait de Kiz Rider. Il la rappela aussitôt.

— Harry, dit-elle, j'ai regardé ma liste d'appels et je me suis aperçue que tu m'avais téléphoné il y a un petit moment. Qu'est-ce qui se passe ?

— Pas grand-chose. Je t'appelais pour savoir comment ça allait.

— Eh bien, ça va. J'ai tout structuré et j'ai rédigé les trois quarts de l'affaire. Je finis demain matin et j'envoie dans les tuyaux.

— Bien.

— Bon, j'allais me coucher. Et toi ? As-tu trouvé Robert Verloren ?

— Pas encore, non. Mais j'ai une adresse pour toi. J'ai suivi Mackey après le boulot. Il a une petite maison à Woodland Hills, près de l'autoroute. Il y a peut-être une ligne téléphonique qu'il faudra ajouter à la liste des écoutes.

— Bien. Tu me donnes l'adresse ? Ça devrait être facile à vérifier. Mais te voir suivre le suspect tout seul, je sais pas trop. C'est pas malin, Harry.

— Il fallait qu'on trouve l'adresse.

Pas question de lui raconter son presque fiasco. Il lui donna l'adresse et attendit un instant qu'elle la note.

— J'ai aussi d'autres trucs, reprit-il. J'ai passé quelques coups de fil.

— Pour ta première journée de revenant, tu n'as pas chômé, dis-moi. Alors, qu'est-ce que tu as ?

Il lui relata les appels qu'il avait passés et reçus après qu'elle avait quitté le bureau. Elle ne lui posa aucune question et garda le silence quand il eut fini.

— Voilà, maintenant tu sais tout, dit-il. Qu'est-ce que tu en penses, Kiz ?

— J'en pense qu'il y a peut-être un tableau qui commence à se dessiner, Harry.

— Oui, c'est ce que je me dis, moi aussi. Sans parler de l'année, 1988. Je crois que tu avais vu juste sur ce point. Il n'est pas impossible que ces trouducs aient voulu prouver quelque chose cette année-là. Le problème, c'est que tout a disparu à la PDU. Qui saura jamais où sont passés tous ces trucs ? Irving a probablement tout jeté à l'incinérateur des Scellés.

— Pas tout, non. Dès son arrivée, le nouveau chef a demandé un audit. Il voulait savoir où étaient passés les squelettes. Je n'étais pas dans le coup, mais j'en ai entendu parler et j'ai appris que bon nombre de dossiers avaient été conservés après la dissolution de l'unité. Irving en a entreposé une grande partie aux Archives spéciales.

— Aux Archives spéciales ? C'est quoi, ça ?

— C'est une expression qui signifie que l'accès en est restreint. Il faut avoir le feu vert du haut commandement. Tout se trouve dans les caves de Parker Center. Il s'agit essentiellement d'enquêtes internes. De trucs politiques. Dangereux. Et ton affaire de Chatsworth ne m'a pas l'air d'entrer dans cette catégorie, à moins qu'elle soit liée à autre chose.

— Du genre ?

— Du genre que ça toucherait quelqu'un de la police ou de la ville.

233

Soit, pour la ville, quelqu'un de puissant à la mairie.

— On peut y entrer et voir s'il existe encore des dossiers là-dessus ? Par ton copain du sixième ? Peut-être pourrait-il...

— Je peux essayer.

— Alors, vas-y.

— Dès demain matin. Et toi ? Je croyais que tu allais chercher Robert Verloren et maintenant tu me dis avoir suivi notre suspect ?

— Je suis descendu dans le Nickel, oui. Mais je ne l'ai pas trouvé.

Il la mit au courant de sa petite virée dans le Toy District – en laissant de côté sa rencontre avec les apprentis détrousseurs. Cet incident et le fiasco du portable derrière la maison de Mackey n'étaient pas des choses qu'il avait envie de partager avec elle.

— J'y retourne demain matin, conclut-il.

— D'accord, Harry. Ça me semble un bon plan. Je devrais avoir les réquisitions quand tu arriveras. Et je vais vérifier pour les dossiers de la PDU.

Il hésita, puis décida de ne pas lui cacher ses inquiétudes. Il jeta un coup d'œil à la rue enténébrée de l'autre côté du pare-brise. Il entendait le sifflement de l'autoroute proche.

— Kiz, dit-il, fais attention.

— Qu'est-ce que tu veux dire, Harry ?

— Tu sais ce qu'est une affaire *high jingo* ?

— Bien sûr. Ça signifie que le haut commandement a les doigts dans le gâteau.

— Voilà.

— Et donc ?

— Fais attention. Irving est partout dans ce dossier. Ce n'est pas évident, mais il y est.

— Tu crois que la petite visite qu'il t'a rendue à la machine à café n'avait rien d'une coïncidence ?

— Je ne crois pas aux coïncidences. Pas comme ça.

Il y eut un petit silence avant que Rider réponde.

— OK, Harry, dit-elle enfin. Je vais faire gaffe à mes fesses. Mais on ne recule pas, d'accord ? On suit les pistes jusqu'au bout quelles que soient les conséquences. Tout le monde compte ou personne, tu te rappelles ?

— Oui, je me rappelle. On se retrouve demain.

— Bonne nuit, Harry.

Elle raccrocha, il resta longtemps assis dans sa voiture avant de mettre le contact.

19

Enfin il lança le moteur, fit lentement demi-tour dans Mariano Street et repassa devant l'allée qui conduisait à la maison de Mackey. Tout y semblait calme. Il n'y avait pas de lumière aux fenêtres.

Il coupa vers l'autoroute, la prit en direction de l'est, traversa la Valley et gagna le col de Cahuenga. Chemin faisant, il sortit son portable, appela le dispatching central et fit vérifier le numéro du pick-up Ford près duquel Mackey avait garé sa Camaro. Le véhicule appartenait à un certain William Burkhart. Âgé de trente-sept ans, celui-ci avait un casier qui remontait à la fin des années 80, mais n'avait plus été condamné depuis. Le dispatcher lui donna aussi les numéros d'article du code pénal de Californie pour ses arrestations – c'était ainsi qu'elles figuraient à l'ordinateur.

Bosch y reconnut aussitôt les chefs d'accusation de recel et d'agression à main armée. Mais il y avait aussi, pour l'année 1988, un numéro d'article qu'il ne connaissait pas.

— Vous avez quelqu'un qui pourrait me dire de quoi il s'agit ? demanda-t-il en espérant que tout soit assez calme au dispatching pour que l'agent effectue lui-même les recherches.

Il savait qu'il y avait toujours des exemplaires du code pénal au centre, les officiers de police appelant souvent pour qu'on leur en donne les termes exacts lorsqu'ils étaient en vadrouille.

— Vous attendez une seconde ?

Il attendit. Et en profita pour prendre la sortie de Barham Avenue et s'engager dans Woodrow Wilson Drive qui remontait jusque chez lui dans les collines.

— Inspecteur ?

— Oui ?

— C'est pour un crime raciste.

— Bien. Merci d'avoir cherché.

— Pas de problème.

Il se gara sous son auvent et coupa le moteur.

Le propriétaire ou colocataire de Mackey avait été accusé de crime raciste en 1988 – la même année que le meurtre de Rebecca Verloren. Ce William Burkhart avait toutes les chances d'être l'individu que Sam Weiss avait identifié comme étant un voisin qui le harcelait. Bosch n'était pas sûr que tout cela colle bien ensemble, mais il n'y avait aucun doute que cela faisait partie du même tableau général. Il regretta de ne pas avoir emporté le dossier pénitentiaire de Mackey, mais se sentit trop fatigué pour redescendre le chercher. Il décida de laisser tomber pour l'instant et de le lire d'un bout à l'autre dès qu'il retrouverait son bureau le lendemain. Il en profiterait pour demander le dossier d'arrestation de William Burkhart pour crime raciste.

Tout était calme lorsqu'il entra chez lui. Il attrapa le téléphone, prit une bière dans le frigo et se dirigea vers la terrasse pour contempler la ville. Chemin faisant, il alluma aussi le lecteur de CD. Il y avait déjà un CD dedans, bientôt il entendit la voix de Boz Scaggs chanter *For all we know*[1] dans les haut-parleurs extérieurs.

La chanson le disputait aux bruits étouffés de l'autoroute en dessous. Il scruta les ténèbres et s'aperçut qu'aucun projecteur n'illuminait le ciel à la hauteur des studios Universal. Il était déjà trop tard. Il n'empêche : la vue était fascinante comme elle ne pouvait l'être qu'une fois la nuit tombée. Los Angeles scintillait comme un million de rêves, pas tous des plus beaux.

---

1. Soit « Pour ce que nous savons ». (*N.d.T.*)

Il songea à rappeler Kiz Rider pour lui parler de l'angle William Burkhart, mais décida d'attendre jusqu'au matin. Il regarda encore une fois la ville et, certes, il se sentit content de ce qu'il avait fait et réussi dans la journée, mais un rien déstabilisé aussi. Rien de tel qu'une affaire *high jingo* pour produire ce genre d'effets.

L'homme au couteau ne s'était pas beaucoup trompé en le traitant de missionnaire. En fait, c'était presque ça. Bosch savait qu'il avait une mission dans la vie et voilà qu'au bout de trois ans il reprenait la ronde. Cela dit, il ne parvenait pas à croire que tout était bien. Il y avait là-bas, au-delà des rêves et des lumières qui scintillaient, quelque chose qu'il n'arrivait pas à voir. Et ce quelque chose l'attendait.

Il décrocha le téléphone et eut droit à une tonalité ininterrompue. Il n'avait pas de messages. Il composa quand même son numéro de service et se repassa un message qu'il avait sauvegardé la semaine précédente. C'était la toute petite voix de sa fille enregistrée le soir où sa mère et elle étaient parties loin, très loin de lui.

« Bonjour, Daddy, disait-elle. Bonne nuit, Daddy. »

C'était tout ce qu'elle avait dit, mais cela lui suffisait. Il sauvegarda le message pour la prochaine fois où il en aurait besoin et coupa la communication.

Deuxième partie

High jingo

20

Le lendemain matin à sept heures cinquante, Bosch avait déjà retrouvé le Nickel. Il observait la queue au Metro Shelter[1] et ne lâchait pas des yeux Robert Verloren qui se trouvait au fond de la cuisine, derrière les tables chauffantes. Il avait eu de la chance. Tôt ce matin-là, tout s'était passé comme s'il y avait eu relève chez les sans-abri. Ceux qui patrouillaient dans les rues la nuit dormaient pour oublier leurs échecs nocturnes. Ils avaient été remplacés par le premier service des SDF, à savoir tous ceux qui étaient assez malins pour éviter la rue dès la nuit tombée. Bosch avait songé à recommencer par les grands centres et voir où ça le menait. Mais en se frayant un chemin dans le quartier après s'être à nouveau garé à Japantown, il s'était mis à montrer la photo de Verloren aux plus lucides et avait presque aussitôt suscité des réactions. Les gens du jour le reconnaissaient. Certains disaient même l'avoir vu dans le coin, mais ajoutaient qu'il avait beaucoup vieilli. Pour finir, Bosch était tombé sur quelqu'un qui avait déclaré le plus naturellement du monde : « Oui,

1. Soit « l'asile de nuit de la zone métropolitaine ». (*N.d.T.*)

c'est le chef », avant de l'aiguiller sur le Metro Shelter.

C'était un des plus petits asiles regroupés autour des bâtiments de l'Armée du salut et de la Los Angeles Mission. Il avait pour fonction de traiter le surplus de sans-abri, surtout pendant les mois d'hiver où la météo de Los Angeles attirait nombre d'entre eux affluant d'endroits plus froids dans le nord de l'État. Moins grands que les autres, ces centres n'avaient pas les moyens de fournir trois repas par jour et, suite à un accord, se spécialisaient dans un seul service. Au Metro Shelter, c'était le petit déjeuner, celui-ci débutant tous les jours à sept heures. Lorsque Bosch y était arrivé, la file d'hommes et de femmes vacillants et mal peignés s'étirait jusqu'à l'extérieur du bâtiment, toutes les tables de pique-nique alignées dehors étant déjà occupées. La rumeur voulait que le Metro Shelter serve le meilleur petit déjeuner du Nickel.

Bosch était entré en montrant son insigne et avait très vite repéré Verloren dans la cuisine, derrière les tables de service. Verloren ne semblait pas occupé à une tâche particulière. Il donnait plutôt l'impression de surveiller la préparation de plusieurs plats. D'être le responsable des cuisines. Il était habillé d'une veste croisée blanche par-dessus un pantalon noir, d'un tablier d'un blanc immaculé qui lui tombait au-dessous des genoux et d'une grande toque blanche de cuisinier.

Le petit déjeuner consistait en une ration d'œufs brouillés avec des poivrons verts et rouges, des pommes de terre sautées, du gruau de maïs et des rondelles de saucisse. Bosch trouva que tout cela avait bonne allure et sentait bon – il était parti de chez lui sans manger parce qu'il voulait démarrer vite. À droite de la queue se trouvait un coin café équipé de deux grandes cafetières en self-service avec, à côté, des râteliers pleins de tasses en porcelaine épaisse qui avaient jauni et s'étaient ébréchées au fil du temps. Bosch en prit une et la remplit d'un café noir et bouillant qu'il commença à siroter en attendant. Lorsque Verloren s'avança vers la table en se servant du revers de son tablier pour tenir un grand plateau d'œufs, il attaqua.

— Hé, chef ! lança-t-il par-dessus le tintamarre des grandes cuillères et des voix.

Verloren se tourna vers lui, Bosch vit aussitôt qu'il ne lui trouvait pas des airs de « client ». Comme la veille au soir, Bosch s'était habillé simplement, mais il se dit que Verloren avait peut-être deviné qu'il était flic. Verloren s'écarta de la table et s'approcha de lui, mais s'arrêta en chemin. À croire qu'il y avait par terre une ligne invisible qui séparait la cuisine de l'endroit où on mangeait. Verloren ne la franchit pas. Il resta immobile, son tablier lui servant maintenant à tenir le plateau presque vide qu'il avait pris sur la table de chauffe.

— Vous désirez ?

— Vous avez une minute ? J'aimerais vous parler.

— Non, je n'ai pas le temps. Je suis en plein milieu du petit déjeuner.

— C'est à propos de votre fille.

Bosch vit une lueur vaciller dans ses yeux. Verloren les baissa un bref instant, puis il releva la tête.

— Vous êtes de la police ?

Bosch acquiesça d'un signe de tête.

— Je peux finir le coup de feu ? On en est aux derniers plateaux.

— Pas de problème.

— Vous voulez manger quelque chose ? Vous m'avez l'air d'avoir faim.

— Euh...

Bosch regarda autour de lui. Toutes les tables étant occupées, il ne vit pas où il pourrait s'asseoir. Il savait que ces endroits où l'on mangeait avaient le même genre de règlement tacite que dans les prisons. Ajoutez-y la forte proportion de malades mentaux chez les sans-abri et il aurait très bien pu franchir une ligne blanche en choisissant telle place plutôt que telle autre.

— Venez avec moi, reprit Verloren. Nous avons une table derrière.

Bosch se retourna vers le chef du petit déjeuner, mais celui-ci se dirigeait déjà vers la cuisine. Bosch le suivit, traversa la partie cuisine et préparation des plats et arriva dans une arrière-salle où se trouvait une table en acier inoxydable avec un cendrier plein de mégots posé dessus.

— Asseyez-vous.

Verloren ôta le cendrier et le tint dans son dos. Ce n'était pas comme s'il le cachait. C'était plutôt comme si, garçon ou maître d'hôtel, il voulait que la table soit parfaite pour son client. Bosch le remercia et s'assit.

— Je reviens tout de suite, dit Verloren.

Moins d'une minute plus tard, lui sembla-t-il, Verloren apportait un plateau chargé de tout ce que Bosch avait vu sur la table de service. Il posa les couverts, Bosch s'apercevant alors que sa main tremblait.

— Je vous remercie, mais je me demandais... il y en aura assez ? Je veux dire... pour les gens qui passent ici ?

— Nous ne repousserons personne aujourd'hui. Du moment qu'ils arrivent à l'heure... Comment est votre café ?

— Bien, merci. Ce n'est pas que je ne voulais pas m'asseoir avec eux, vous savez ? Je ne voyais tout simplement pas où me mettre.

— Je comprends. Et vous n'avez pas à vous justifier. Permettez que j'enlève ces plateaux, nous pourrons parler après. Avez-vous arrêté quelqu'un ?

Bosch le regarda. Il y avait un air d'espoir, voire de supplication dans les yeux de Verloren.

— Pas encore, répondit-il. Mais nous approchons de quelque chose.

— Je reviens aussi vite que possible. Mangez. J'appelle ça « les œufs brouillés Malibu ».

Bosch baissa les yeux sur son assiette, tandis que Verloren regagnait la cuisine.

Les œufs étaient bons. Comme tout le reste du petit déjeuner. Il n'y avait pas de toasts, mais ç'aurait été trop demander. L'aire de repos où il était assis se trouvait entre l'endroit de la cuisine où l'on préparait les plats et la grande salle où deux hommes étaient en train de charger un lave-vaisselle industriel. C'était bruyant, le vacarme de droite et de gauche partant en ricochets sur les murs en carrelage gris. Une double porte donnait dans l'allée de derrière. Un des battants étant ouvert, de l'air frais entrait dans la pièce et tenait en respect la chaleur de la cuisine et la vapeur qui montait du lave-vaisselle.

Après avoir vidé son assiette et fait descendre avec le reste de son café, Bosch se leva et sortit dans l'allée pour donner un coup de fil loin du bruit. Les murs arrière des missions d'un côté et des hangars à jouets de l'autre étaient d'un bout à l'autre comme tapissés de cabanes en toile et en carton. L'endroit était calme. Il s'agissait sans doute d'abris de fortune pour la nuit. Ce n'était pas qu'il n'y aurait pas eu de place pour eux dans les dortoirs des missions, mais pour en occuper les lits il fallait obéir à certaines règles de base et les gens de l'allée ne voulaient pas s'y plier.

Bosch appela Kiz sur son portable, celle-ci décrochant aussitôt. Elle était déjà arrivée à la salle 503 et avait déposé les demandes de mise sur écoutes. Bosch lui parla à voix basse.

— Je viens de trouver le père, dit-il.

— Beau boulot, Harry. T'as pas perdu la main. Qu'est-ce qu'il t'a dit ? A-t-il reconnu Mackey ?

— Je ne lui ai pas encore parlé.

Il lui expliqua la situation et lui demanda s'il y avait du nouveau de son côté.

— Les demandes sont sur le bureau du capitaine. Abel va l'aiguillonner si on n'a pas de réponse avant dix heures et après, ça remontera la chaîne.

— Tu es arrivée tôt ?

— Oui. Je voulais que ce soit fait.

— As-tu eu l'occasion de jeter un œil au journal intime de la demoiselle ?

— Oui, je l'ai lu au lit. Ça ne nous aidera pas des masses. Ce sont des confidences de collégienne. Amours à sens unique, coups de foudre hebdomadaires, tu vois le genre. Elle y parle de MTL, mais ne dit rien qui permettrait de l'identifier. Ça pourrait même être un pur fantasme tant elle le décrit comme un être à part. Je crois que Garcia a eu raison de rendre ce truc à sa mère. Ça ne va pas nous aider.

— Ce MTL est-il du genre masculin ?

— Astucieux, ça, Harry. Je n'ai pas remarqué. J'ai le journal avec moi, je vais vérifier. Tu saurais des trucs que j'ignore ?

— Non, c'est juste histoire de couvrir toutes les bases. Et Danny Kotchof ? Il y figure ?

— Au début, oui. Elle donne son nom en entier. Jusqu'au moment où il disparaît au profit du mystérieux MTL.

— Monsieur X...

— Écoute, je monte au sixième dans quelques minutes. Je vais voir si on peut avoir accès aux vieux dossiers dont nous parlions.

Il remarqua qu'elle n'avait pas dit qu'ils appartenaient à la PDU. Il se demanda si, Pratt ou un autre se trouvant dans les parages, elle devait faire attention à ce qu'elle disait.

— Kiz, t'as quelqu'un à côté ?

— Exact.

— Tu prends toutes les précautions utiles, d'accord ?

— Bien vu.

— Bon. Alors, bonne chance. À propos... as-tu trouvé un numéro de téléphone pour la maison de Mariano Street ?

— Oui. Il y a bien un numéro ; la ligne est au nom de William Burkhart. Ça doit être un colocataire. Le type a quelques années de plus que Mackey et un casier judiciaire où figure un crime raciste. Rien récemment, mais le crime raciste remonte à 88.

Bosch reconnut le nom.

— Devine un peu, Kiz. Ce type était aussi le voisin de Sam Weiss. J'ai dû oublier de te le dire hier soir.

— Ça fait trop de renseignements d'un coup.

— Oui, et je me posais justement des questions. Comment se fait-il qu'AutoTrack n'ait pas donné le numéro de portable de Mackey ?

— Là, je suis en avance sur toi. J'ai vérifié le numéro et ce n'est pas son portable. L'appareil est au nom de Belinda Messier. Adresse dans Melba Avenue, là encore dans le secteur de Woodland Hills. Rien au casier, juste des infractions au code de la route. C'est peut-être sa copine.

— Peut-être.

— Dès que j'ai un moment, je remonte la piste. Je sens des trucs de ce côté-là, Harry. Tout ça commence à prendre forme, tous ces trucs qui tournent autour de 88... J'ai essayé de sortir le dossier du crime racial, mais...

— La PDU ?

— Exactement. C'est pour ça que je monte au sixième.

— Bien. Autre chose ?

— J'ai vérifié aux Scellés. Ils n'ont toujours pas retrouvé la boîte avec les pièces à conviction. Et on n'a toujours pas l'arme du crime. Je commence à me demander si on l'a égarée ou si quelqu'un l'a fauchée.

— Moi aussi, dit Bosch qui pensait la même chose.

Si l'affaire avait des ramifications dans la police, il n'était pas du tout impossible que les pièces à conviction aient été volontairement et définitivement perdues.

— Bien, reprit-il. Revenons un peu au journal avant que j'interroge Verloren. Y est-il fait allusion à sa grossesse ?

— Non, elle n'en parle pas. Les entrées sont datées et ça s'arrête à la fin avril. C'est peut-être à ce moment-là qu'elle s'est aperçue de ce qui lui arrivait. Pour moi, il est possible qu'elle ait cessé d'écrire en se disant que ses parents lisaient peut-être son journal en cachette.

— Mentionne-t-elle des lieux de prédilection ? Tu vois, des coins où elle aurait traîné...

— Elle parle beaucoup de cinéma, lui répondit Rider. Elle ne dit pas avec qui elle y allait, simplement qu'elle a vu tel ou tel film et l'effet que ça lui a fait. À quoi penses-tu ? Acquisition de la cible ?

Ils avaient besoin de savoir où Rebecca Verloren et Mackey s'étaient croisés. Quels que soient les mobiles, cela restait un trou noir dans le dossier. Où Mackey était-il entré en contact avec Verloren afin de la prendre pour cible ?

— Donc, des cinémas, dit-il. C'est peut-être là qu'ils se sont croisés.

— Exactement. Et je crois que tous ceux de la Valley se trouvent dans des centres commerciaux. Ce qui élargit considérablement la zone où ils ont pu se croiser.

— Ça vaut la peine d'y réfléchir.

Bosch lui ayant promis de passer au bureau après son entretien avec Robert Verloren, ils raccrochèrent. Bosch regagna la salle de repos, où le vacarme des lave-vaisselle lui parut encore plus fort. Le service étant pratiquement fini, on claquait tous les hublots des machines. Il se rassit à la table et remarqua qu'on avait débarrassé son assiette vide. Il repensa à la conversation qu'il venait d'avoir avec Rider. Un centre commercial offrant des tas d'endroits où se rencontrer, il n'y avait aucune difficulté pour un type comme Mackey à y croiser le chemin d'une fille comme Rebecca Verloren. Il se demanda si le crime n'était pas dû à une rencontre de hasard – yeux et cheveux, Mackey découvre une fille au visage de métisse et... Se pouvait-il que ça l'ait énervé au point qu'il la suive jusque chez elle et revienne plus tard seul ou avec d'autres pour l'enlever et la tuer ?

Ça lui semblait tiré par les cheveux, mais la plupart des théories commençaient comme ça. Il repensa à la première enquête et se demanda si elle n'avait pas été trafiquée par la police elle-même. Rien dans le dossier ne suggérait la possibilité d'un quelconque aspect racial. Cela dit, en 1988 la police aurait tout fait pour ne pas s'y intéresser. Police et municipalité, tout le monde avait un sérieux angle mort dans ces questions. En 1988 les antagonismes raciaux couvaient sous la surface, mais on regardait ailleurs. La peau qui recouvrait toutes ces blessures purulentes ayant fini par céder quelques années plus tard, trois jours durant la ville avait été déchirée par des émeutes, les pires du dernier quart de siècle. Il fallait bien envisager que l'enquête sur le meurtre de Rebecca Verloren ait été étouffée afin de contenir la maladie.

— Vous êtes prêt ?

Bosch leva la tête et découvrit Robert Verloren debout à côté de lui. Le visage couvert de sueur tant il était fatigué, il tenait maintenant sa toque à la main. Il avait encore un léger tremblement dans le bras.

— Oui, bien sûr. Vous voulez vous asseoir ?

Verloren s'installa sur la chaise en face de lui.

— C'est toujours comme ça ? enchaîna Bosch. Il y a toujours autant de monde ?

— Tous les matins, oui. Aujourd'hui nous avons servi cent soixante-deux assiettes. Beaucoup de gens comptent sur nous. Non, en fait, cent soixante-trois. Je vous avais oublié. Comment était-ce ?

— C'était drôlement bon. Merci, j'avais besoin de carburant.

— Ma spécialité.

— Ça change de la cuisine pour Johnny Carson et la clientèle de Malibu, non ?

— Ça ! Mais ça ne me manque pas. Pas le moins du monde. C'était juste une étape sur la route qui m'a conduit à ma vraie place. Mais maintenant, que Dieu soit loué, j'y suis et c'est bien là que je veux être.

Bosch acquiesça d'un signe de tête. Intentionnellement ou pas, Verloren lui faisait comprendre que c'était par la foi qu'il était arrivé à cette existence nouvelle. Bosch avait plus d'une fois remarqué que c'était ceux qui en parlaient le plus qui s'y tenaient le moins.

— Comment m'avez-vous retrouvé ? demanda Verloren.

— Ma coéquipière et moi nous sommes entretenus avec votre femme hier. C'est elle qui nous a dit que, la dernière fois qu'elle avait entendu parler de vous, c'est ici que vous étiez. J'ai commencé à chercher dès hier soir.

— À votre place, je ne me promènerais pas dans ces rues la nuit.

Il y avait de légères intonations des Caraïbes dans sa voix. Il semblait pourtant qu'elles aient diminué d'intensité avec le temps.

— Je m'attendais à vous voir faire la queue, reprit Bosch. Pas à la nourrir.

— Eh bien... il n'y a pas si longtemps que ça, c'est là que j'étais, à la queue. Il a fallu que je commence par la faire pour me trouver du côté où je suis aujourd'hui.

Bosch acquiesça de nouveau d'un signe de

tête. Il avait déjà entendu ces mantras du « à chaque jour suffit sa peine ».

— Vous ne buvez plus depuis combien de temps ? demanda-t-il.

Verloren sourit.

— Cette fois ? Un peu plus de trois ans.

— Écoutez, je n'ai pas envie de vous faire revivre le traumatisme que vous avez subi il y a dix-sept ans, mais nous avons rouvert le dossier.

— Pas de problème, inspecteur. Ce dossier, je le rouvre tous les soirs en fermant les yeux et tous les matins en faisant ma prière à Jésus.

Bosch acquiesça une fois de plus.

— Vous voulez qu'on parle ici, qu'on aille se promener ou qu'on se rende à Parker Center où on aura une pièce tranquille pour nous ?

— Ici, ça me va. Je suis bien ici.

— D'accord, alors permettez que je vous dise un peu ce qui se passe. Je travaille dans l'unité des Affaires non résolues. Nous sommes en train de réexaminer l'assassinat de votre fille parce que nous sommes en possession de nouveaux éléments.

— Lesquels ?

Bosch décida de recourir à une autre approche. Alors qu'il avait gardé certains renseignements par-devers lui avec la mère, il décida de tous les donner au père.

— Nous avons découvert une correspondance entre du sang trouvé dans l'arme du crime et celui d'un individu qui, nous en sommes à peu près sûrs, habitait à Chatsworth à l'époque du meurtre. C'est une correspondance ADN. Savez-vous ce que c'est ?

Verloren acquiesça de la tête.

— Je sais. Comme dans l'affaire O. J. Simpson.

— Sauf que là, c'est du solide. Cela ne signifie pas que c'est cet individu qui a tué Rebecca, mais cela signifie qu'il tournait autour et que nous, nous sommes plus près de la solution.

— Qui est-ce ?

— J'y viendrai dans une minute. Mais d'abord, je voudrais vous poser quelques questions sur vous et sur cette affaire.

— Moi ? Qu'est-ce que vous voulez savoir ?

Bosch sentit que la tension montait. Autour des yeux de Verloren, la peau s'était tendue. Bosch se rendit compte qu'il s'était peut-être montré inconsidéré avec cet homme en prenant son travail à la cuisine pour un signe de bonne santé et en oubliant l'avertissement de Rider sur les sans-abri.

— Eh bien, j'aimerais en savoir plus sur ce qui vous est arrivé dans les années qui ont suivi l'enlèvement de Rebecca.

— Je ne vois pas le rapport.

— Il n'y en a peut-être aucun, mais je veux savoir.

— Ce qui m'est arrivé, c'est que j'ai trébuché et que je suis tombé dans un trou noir. Et que j'ai mis longtemps avant de voir la lumière et le chemin de la sortie. Vous avez des enfants ?

— Oui. Une fille.

— Alors vous savez ce que je veux dire par là. Vous perdez un enfant comme moi j'ai perdu ma fille et c'est fini, mon ami. Vous n'êtes plus qu'une bouteille vide qu'on a jetée par la fenêtre. La voiture continue sa route, mais vous, vous restez sur le bord de la chaussée, en mille morceaux.

Bosch acquiesça d'un signe de tête. Il connaissait. L'existence qu'il menait était d'une criante vulnérabilité. Il savait que ce qui pouvait se passer dans une ville lointaine le mettait entre la vie et la mort et risquait de le pousser dans le même trou noir que Verloren.

— Vous avez perdu le restaurant après sa mort, c'est ça ?

— C'est ça. C'est même la meilleure chose qui ait pu m'arriver. J'avais besoin de ça pour découvrir qui j'étais vraiment. Et faire le chemin qui m'a conduit ici.

Bosch n'ignorait pas que ce genre de défenses émotionnelles était fragile. En suivant la logique de Verloren, on aurait pu dire que la mort de sa fille était la meilleure chose qui ait pu lui arriver dans la mesure où, entraînant la perte du restaurant, elle avait déclenché toutes les merveilleuses découvertes qu'il avait faites sur lui-même. Ce n'était que des conneries et, l'un comme l'autre, ils le savaient ; sauf que l'un des deux ne pouvait tout simplement pas l'admettre.

— Monsieur Verloren, reprit Bosch, laissez donc toutes ces leçons d'efforts sur soi-même pour vos réunions et tous les gens en haillons qui font la queue ici. Dites-moi plutôt la manière dont vous avez trébuché. Comment vous êtes tombé dans ce trou noir.

— J'y suis tombé, un point c'est tout.

— Tous les gens qui perdent un enfant ne s'enfoncent pas si loin, monsieur Verloren. Vous n'êtes pas le seul à qui ce malheur soit arrivé. Il y en a qui terminent à la télé, d'autres qui se présentent aux élections. Que vous est-il arrivé, à vous ? Pourquoi êtes-vous si différent des autres ? Et ne me dites pas que c'est parce que vous aimiez davantage votre enfant. Nos enfants, nous les aimons tous.

Verloren garda le silence un instant. Puis il serra les lèvres en se composant un autre visage. Bosch comprit qu'il l'avait mis en colère. Mais ce n'était pas grave. Il fallait faire avancer les choses.

— Bien, finit par dire Verloren. Bien, bien.

Mais ce fut tout. Bosch vit les muscles de ses mâchoires se durcir. La douleur de ces dix-sept années se marquait sur son visage et Bosch pouvait la lire comme un menu. Entrée, plat de résistance, dessert. Frustration, colère, sentiment de perte irrémédiable.

— Bien bien quoi, monsieur Verloren ?

Verloren hocha la tête. Et fit sauter la dernière protection.

— Je pourrais tout vous reprocher à vous autres, mais moi aussi, je suis responsable. J'ai abandonné ma fille dans la mort, inspecteur. Après, le seul endroit où je pouvais me cacher de ma trahison a été la bouteille. C'est elle qui a ouvert le trou noir. Vous comprenez ?

— J'essaie, répondit Bosch en hochant la tête.

Qu'entendez-vous exactement par «vous autres» ?
Parlez-vous de la police ? Des Blancs en général ?

— Je parle de tout.

Il se tourna sur son siège de façon à avoir le dos contre le mur carrelé près de la table. Puis il regarda la porte qui donnait dans l'allée. Il avait cessé de fixer Bosch des yeux. Bosch avait besoin de ce contact oculaire, mais était prêt à laisser filer tant que Verloren continuerait de parler.

— Bien, dit-il. Commençons donc par les flics. Pourquoi les accusez-vous ? Qu'ont-ils fait ?

— Vous espérez m'entendre parler de ce que vous avez fait ?

Bosch réfléchit soigneusement avant de répondre. C'était, il le sentait, le moment où tout risquait de se briser dans l'interrogatoire et cet homme, c'était clair, avait quelque chose d'important à lui dire.

— Nous commencerons donc par le fait que vous aimiez votre fille, n'est-ce pas ? dit-il enfin.

— Évidemment.

— Eh bien sachez, monsieur Verloren, que ce qui lui est arrivé n'aurait jamais dû se produire. Je ne peux plus rien y faire. Ce que je peux faire, c'est essayer de parler en son nom. C'est pour ça que je suis ici. Ce que les flics ont fait il y a dix-sept ans n'est pas ce que moi, je vais faire. Les trois quarts d'entre eux sont morts de toute façon. Si vous aimez encore votre fille, si vous aimez son souvenir, vous devez me dire ce qui s'est passé. Ça m'aidera à parler en son nom. C'est la seule façon que vous ayez de rattraper ce que vous avez fait à ce moment-là.

Bosch en était encore à la moitié de sa supplique lorsque Verloren commença à hocher la tête. Il savait qu'il le tenait et qu'il allait enfin s'ouvrir à lui. C'était de rédemption qu'il s'agissait. Le nombre d'années qui avaient passé depuis lors n'avait aucune importance. La rédemption était toujours le prix convoité.

— Je me suis préféré à elle et j'ai quand même fini par me perdre, dit-il.

— Comment cela s'est-il produit ?

Verloren se couvrit la bouche de la main comme s'il voulait empêcher que tous ces secrets se répandent. Enfin il l'ôta et se mit à parler.

— Un jour j'ai lu dans le journal que ma fille avait été tuée avec une arme provenant d'un cambriolage. Green et Garcia ne m'en avaient rien dit. J'ai donc posé des questions à l'inspecteur Green qui m'a répondu que le propriétaire de l'arme se l'était procurée parce qu'il avait peur. Il était juif et avait reçu des menaces. J'ai cru...

Il s'arrêta, Bosch devant le pousser à poursuivre.

— Vous vous êtes dit que Rebecca avait peut-être été prise pour cible parce qu'elle était métisse ? Parce que son père était noir ?

Verloren acquiesça d'un hochement de tête.

— Je l'ai cru, oui, parce que de temps en temps j'entendais des gens faire des remarques. Ce n'était pas tout le monde qui voyait la beauté de ma fille. Pas comme nous. Je voulais vivre dans le Westside, mais Muriel était de là-haut. C'était son territoire.

— Que vous a dit Green ?

— Il m'a dit que ce n'était pas ça. Ils avaient vérifié et ce n'était pas possible. Ce n'était pas... ça ne me semblait pas normal. J'avais l'impression qu'ils ignoraient ce facteur. Je n'arrêtais pas d'appeler et de poser des questions. J'insistais. Pour finir, je suis allé voir un client du restaurant qui travaillait à la commission de la police, je lui en ai parlé et il m'a dit qu'il vérifierait.

Il hocha la tête, plus pour lui-même qu'à l'adresse de Bosch. Il essayait de fortifier sa foi en ce qu'il avait tenté de faire en sa qualité de père demandant justice pour sa fille.

— Et que s'est-il passé ? insista Bosch.

— J'ai reçu la visite de deux policiers.

— Qui n'étaient ni Green ni Garcia ?

— Voilà. C'était d'autres flics. Ils se sont pointés au restaurant.

— Comment s'appelaient-ils ?

Verloren hocha la tête.

— Ils ne me l'ont jamais dit. Ils se sont contentés de me montrer leurs badges. Je crois qu'ils étaient inspecteurs. Ils m'ont dit que je me trompais dans ce que j'essayais de faire comprendre à Green. Puis ils m'ont dit d'arrêter, que ça faisait des vagues. Voilà, c'est ce qu'ils m'ont dit ! Ça faisait des vagues. Comme s'il était question de moi et pas de ma fille !

Il hocha violemment la tête, la colère était toujours aussi forte en lui après toutes ces années. Bosch lui posa une question évidente – évidente parce qu'il savait parfaitement comment travaillait le LAPD à cette époque.

259

— Vous ont-ils menacé ?

Verloren eut un rire sec.

— Oui, ils m'ont menacé, répondit-il calmement. Ils m'ont dit savoir que ma fille avait été enceinte, mais ignorer le nom de la clinique où elle s'était rendue pour mettre un terme à sa grossesse. Bref, ils n'avaient aucun tissu pour identifier le père. Pas moyen de savoir qui c'était ou n'était pas. Ils ont ajouté qu'il leur suffirait de poser deux ou trois questions sur elle ou sur moi, disons à mon client de la commission, pour que les rumeurs commencent à circuler. Pour eux, deux ou trois questions posées aux bons endroits suffiraient à ce qu'on pense que le père, c'était moi.

Bosch se garda de l'interrompre. Il sentit sa propre colère lui serrer la gorge.

— Ils ont précisé que j'aurais du mal à garder mon restaurant si tout le monde se mettait à penser que... que j'avais fait ça à ma fille...

Des larmes se mirent à couler sur son visage. Il ne fit rien pour les arrêter.

— J'ai donc fait ce qu'ils voulaient. J'ai renoncé et j'ai laissé tomber. J'ai cessé de faire des vagues. Je me suis dit que ça n'avait pas d'importance, que ça ne nous ramènerait pas Becky. Je n'ai plus appelé l'inspecteur Green... et l'affaire n'a jamais été résolue. Au bout d'un certain temps, j'ai commencé à boire pour oublier ce que j'avais perdu et fait, pour oublier que j'avais fait passer ma fierté, ma réputation et mon restaurant avant ma fille. Et il n'a pas fallu longtemps avant que je tombe dans le trou noir dont je vous ai parlé. Je suis tombé dedans et je suis toujours en train d'essayer d'en sortir.

Au bout d'un moment il se tourna vers Bosch et le regarda.

— Qu'est-ce que vous dites de cette histoire, inspecteur ?

— J'en dis que ça me navre, monsieur Verloren. Je suis désolé que ce soit arrivé. Je suis désolé pour tout.

— C'est ça que vous vouliez entendre, inspecteur ?

— Je voulais juste savoir la vérité. Vous me croyez si vous voulez, mais ça va m'aider. Ça va m'aider à parler au nom de votre fille. Pourriez-vous me dire comment étaient ces deux hommes qui sont venus vous voir ?

Verloren hocha la tête.

— Ça remonte à loin. Je ne les reconnaîtrais probablement pas si je les avais devant moi. Tout ce que je me rappelle, c'est qu'ils étaient blancs. L'un d'eux m'a toujours fait penser à M. Propre parce qu'il avait la tête rasée et se tenait les bras croisés comme le type sur la bouteille.

Bosch acquiesça de la tête et sentit la colère se répandre dans les muscles de ses épaules. M. Propre, il savait qui c'était.

— Qu'est-ce que votre femme savait de tout cela ? demanda-t-il calmement.

Verloren hocha la tête.

— Muriel n'en savait rien. Je le lui cachais. Ce fardeau, c'était à moi de le porter.

Il s'essuya les joues et donna l'impression

d'être un peu soulagé d'avoir enfin pu dire son histoire.

Bosch porta la main à sa poche revolver, en sortit la vieille photo de Roland Mackey et la posa sur la table, devant Verloren.

— Reconnaissez-vous ce gamin ?

Verloren examina longuement le cliché avant de hocher la tête pour dire non.

— Je devrais ? Qui est-ce ?

— Il s'appelle Roland Mackey. Il avait deux ou trois ans de plus que votre fille en 1988. Il ne fréquentait pas le lycée de Hillside, mais il habitait à Chatsworth.

Bosch attendit une réaction, mais rien ne vint. Verloren continuait de fixer la photo sur la table.

— C'est une photo de la police, dit-il enfin. Qu'est-ce qu'il a fait ?

— Vol de voiture. Mais son casier dit aussi qu'il traînait avec les extrémistes du pouvoir blanc. Il n'arrête pas d'aller en prison et d'en sortir. Ce nom vous dit-il quoi que ce soit ?

— Non. Il devrait ?

— Je ne sais pas. Je vous pose seulement la question. Votre fille a-t-elle jamais mentionné son nom ou parlé d'un certain Ro ?

Verloren hocha la tête.

— Nous essayons de déterminer s'ils n'auraient pas pu se croiser quelque part. La Valley est très vaste. Ils auraient pu...

— Quelle école fréquentait-il ?

— Il est allé à Chatsworth High, mais il n'a pas fini ses études. Il a eu une équivalence.

— Rebecca est allée à Chatsworth High pour

suivre des cours de code de la route l'été avant son kidnapping.

— Vous voulez dire en 87 ?

Verloren acquiesça.

— Je vais vérifier.

Mais, pour Bosch, ce n'était pas forcément une bonne piste. Mackey avait laissé tomber avant l'été 87 et n'était pas revenu travailler à son équivalence avant 88. Il n'empêche : ça valait le coup de regarder ça de plus près.

— Et le cinéma ? reprit-il. Votre fille aimait-elle aller au cinéma et au centre commercial ?

Verloren haussa les épaules.

— Elle avait seize ans. Bien sûr qu'elle aimait le cinéma ! Les trois quarts de ses copines avaient des voitures. Dès qu'elles ont eu seize ans et le droit de conduire, elles sont allées absolument partout. Le ciné, le centre commercial et Madonna, comme disait ma femme.

— Quel centre commercial ? Quels cinémas ?

— Elles allaient au centre commercial de Northridge parce que c'était tout près, vous voyez ? Elles aimaient aussi aller au drive-in de Winnetka Avenue. Ça leur permettait de rester dans la voiture et de bavarder pendant le film. Une de ces filles avait une décapotable et elles aimaient la prendre pour aller se balader.

Bosch se concentra tout de suite sur le drive-in. Il l'avait oublié en parlant des cinémas à Rider. Et Roland Mackey avait été arrêté en plein cambriolage de ce même drive-in. Ce point de rencontre devenait soudain tout à fait possible.

— Rebecca et ses amies allaient-elles souvent à ce drive-in ?

— Je crois qu'elles aimaient bien y aller le vendredi soir quand ils changeaient les programmes.

— Y retrouvaient-elles des garçons ?

— Je dirais que oui. Sauf que tout ça, je ne fais que le deviner. Il n'y avait rien de mal ou d'anormal à ce que notre fille aille au cinéma avec ses amies et qu'elle y rencontre des garçons et le reste. Ce n'est qu'après coup, lorsque le pire est arrivé, qu'on demande : « Pourquoi ne savez-vous pas avec qui elle était ? » Nous pensions que tout allait bien. Nous l'envoyions à la meilleure école que nous avions trouvée. Ses amies sortaient des meilleures familles. Nous ne pouvions pas la surveiller vingt-quatre heures sur vingt-quatre. Le vendredi soir... presque tous les soirs, oui ! je travaillais tard au restaurant.

— Je comprends. Je ne vous juge pas en tant que parent, monsieur Verloren. Je ne vois rien de mal dans tout ça, d'accord ? Je ne fais que jeter des filets. Je rassemble autant de renseignements que possible parce qu'on ne sait jamais ce qui pourrait devenir important un jour.

— Oui, bon, sauf que ces filets se sont pris dans les rochers et qu'ils s'y sont déchirés depuis longtemps.

— Peut-être pas.

— Vous pensez que ce Mackey est le coupable ?

— Il est lié à l'affaire, c'est tout ce que nous savons avec certitude. Nous en saurons plus dans peu de temps. Ça, je vous le promets.

Verloren se tourna et, pour la première fois

depuis le début de l'entretien, regarda Bosch droit dans les yeux.

— Et quand vous en serez là, vous parlerez en son nom, n'est-ce pas, inspecteur ?

Bosch hocha lentement la tête. Il croyait comprendre ce que Verloren lui demandait.

— Oui, monsieur, je parlerai pour elle.

21

Kiz Rider était assise à son bureau les bras croisés, comme si elle avait passé toute sa matinée à l'attendre. Elle avait l'air sombre et Bosch devina qu'il se passait quelque chose.

— Tu as récupéré le dossier de la PDU ? lui demanda-t-il.

— J'ai pu le voir, mais je n'ai pas été autorisée à l'emporter.

Il hocha la tête et se glissa sur le siège en face d'elle.

— Des trucs intéressants ?

— Ça dépend de la façon dont on voit les choses.

— Ben, moi aussi, j'ai des trucs.

Il regarda autour de lui. La porte d'Abel Pratt était ouverte, il le vit dans la pièce, penché sur la petite glacière qu'il gardait près de son bureau. Il était à portée d'oreille. Ce n'était pas que Bosch ne lui faisait pas confiance. Au contraire. Il ne voulait pas le mettre dans le cas d'entendre quelque chose qu'il n'avait pas envie ou ne se sentait pas d'entendre. Tout comme Rider, lorsqu'ils s'étaient parlé au téléphone un peu plus tôt.

Il reporta les yeux sur sa coéquipière.

— Tu veux aller faire un tour ?

— Oui, volontiers.

Ils se levèrent et se dirigèrent vers la sortie. En passant devant le bureau de Pratt, Bosch passa la tête par la porte. Le chef était au téléphone. Bosch attira son attention, lui mima quelqu'un qui boit dans une tasse et le pointa du doigt. Pratt hocha la tête pour refuser son offre de café, mais lui montra un gros pot de yaourt comme pour lui indiquer ce dont il avait besoin. Bosch aperçut des petits machins verts dans le liquide gluant. Il essaya de penser à un fruit vert et ne trouva que le kiwi. Aussitôt il s'éloigna, en se disant qu'il n'y avait pas meilleur moyen de rendre le yaourt encore plus immonde que d'y ajouter du kiwi.

Ils prirent l'ascenseur pour descendre dans le hall et sortirent devant l'immeuble, près de la fontaine commémorative.

— Alors, où veux-tu aller ? demanda Kiz.

— Ça dépend de la quantité de choses qu'on a à se dire.

— Ça devrait faire pas mal.

— La dernière fois que j'ai travaillé à Parker Center, je fumais. Quand j'avais besoin de me promener pour réfléchir, j'allais à la gare, à Union Station, et j'y achetais des clopes dans un magasin. J'aimais bien cet endroit. Il y a des fauteuils tout à fait confortables dans le grand hall. Enfin... il y avait.

— Ça me semble bien.

Ils partirent dans cette direction en prenant Los Angeles Street vers le nord. Le premier bâtiment qu'ils longèrent fut le building de l'Administration fédérale et Bosch remarqua que les plots en ciment installés devant en 2001, afin d'empêcher d'éventuelles voitures piégées de s'en approcher, étaient toujours en place. La menace ne semblait pas inquiéter la file de gens qui s'étirait devant l'immeuble. On attendait de pouvoir entrer dans les bureaux du service de l'immigration en serrant son dossier dans sa main et en se préparant à convaincre de son désir de devenir citoyen américain. On attendait sous la mosaïque de la façade, celle où l'on voit des gens habillés comme des anges, des gens avec les yeux tournés vers le ciel, des gens qui attendent le paradis.

— Et si tu commençais, Harry, dit-elle. Parle-moi de Robert Verloren.

Bosch fit encore quelques pas avant de commencer.

— Il me plaît bien, ce type, dit-il. Il est en train de se sortir de l'abîme. Il prépare une bonne centaine de repas dans son truc. J'en ai mangé une assiette et c'était drôlement bon.

— Et je suis sûre que c'est sacrément moins cher qu'au Pacific Dining Car. Qu'est-ce qu'il t'a dit qui t'a foutu pareillement en colère ?

— De quoi tu parles ?

— Tu me lis à livre ouvert, mais moi aussi, Harry. Je sais très bien qu'il t'a dit quelque chose qui te fout en rogne.

Bosch acquiesça d'un signe de tête. Il ne semblait vraiment pas qu'il se soit passé trois ans depuis qu'ils avaient travaillé ensemble pour la dernière fois.

— Irving, dit-il. Enfin... je crois que c'est lui qu'il m'a donné.

— Raconte.

Bosch lui rapporta l'histoire que Verloren lui avait relatée moins d'une heure auparavant. Il la termina sur le signalement que celui-ci lui avait donné (et certes il avait ses limites) des deux hommes à insignes qui s'étaient pointés dans son restaurant et l'avaient menacé afin qu'il cesse de les importuner avec l'angle racial de l'affaire.

— Moi aussi, ça me fait penser à Irving, dit Rider.

— À Irving et à un de ses caniches. Peut-être McClellan.

— Peut-être. Tu penses donc que Verloren est franc du collier ? Ça fait longtemps qu'il zone.

— Je crois. Il dit ne plus boire depuis trois ans. Sauf que tu sais bien qu'à force de ruminer quelque chose pendant dix-sept ans, les perceptions qu'on a ont vite tendance à devenir des faits. Il n'empêche : tout ce qu'il raconte semble coller avec les bases de l'affaire. L'enquête partait dans une direction et ils l'ont fait dévier dans une autre. Peut-être savaient-ils ce qui allait se passer... que la ville allait brûler. L'essence, ce

268

n'était pas Rodney King. Lui n'a été que l'allumette. Ça commençait à chauffer et il se peut que les autorités en place aient analysé le dossier et se soient dit que, pour le bien de tout le monde, il valait mieux regarder ailleurs. Pour Rebecca Verloren, c'est la justice qui a été sacrifiée.

Ils s'étaient engagés sur la passerelle de Los Angeles Street pour traverser l'autoroute 101. Sous eux, c'était huit voies de voitures roulant au pas qui fumaient. Il faisait grand soleil, la lumière s'en réfléchissait sur les pare-brise, les bâtiments et le ciment. Bosch chaussa ses Ray-Ban.

Le vacarme de la circulation était tel que Rider dut hausser la voix.

— Ça ne te ressemble pas, Harry, dit-elle.

— Qu'est-ce qui ne me ressemble pas ?

— Chercher les bonnes raisons qu'ils auraient pu avoir de se conduire aussi mal. Tu aurais plutôt tendance à chercher le lugubre.

— Tu es en train de me dire que c'est du lugubre que tu as trouvé dans le dossier de la PDU ?

Elle acquiesça d'un air sombre.

— Je crois, oui, dit-elle.

— Et ils t'ont laissée entrer et te servir comme ça ?

— Je suis montée au sixième tôt ce matin. Je lui avais apporté une tasse de café de chez Starbucks... il déteste la lavasse de la cafète. C'est ça qui m'a ouvert la voie. Après, je lui ai dit ce qu'on avait et ce que je voulais faire et bon... au fond, il me fait confiance. Bref, en gros il m'a laissée aller fourrer mon nez dans les Archives spéciales.

— La PDU avait vécu bien avant qu'il arrive. Il en avait entendu parler ?

— Je suis sûre qu'on l'a mis au courant dès qu'il a pris le boulot. Peut-être même avant.

— Lui as-tu parlé précisément de Mackey et des Huit de Chatsworth ?

— Pas précisément, non. Je lui ai juste dit que notre affaire avait des liens avec une vieille enquête de la PDU et que j'avais besoin d'aller chercher un dossier aux Archives spéciales. Il m'a fait accompagner par le lieutenant Hohman. On est entrés, on a trouvé le dossier et j'ai été obligée de le consulter avec Hohman assis en face de moi. Tu sais quoi, Harry ? Il y en a un sacré paquet de ces dossiers, aux Archives spéciales !

— C'est là qu'on enterre tous les squelettes...

Il eut envie d'ajouter quelque chose, mais ne fut pas très sûr de savoir comment. Elle le regarda et lut dans ses pensées.

— Qu'est-ce qu'il y a, Harry ?

Il commença par se taire, mais elle attendit patiemment.

— Kiz, tu m'as dit que le type du sixième te faisait confiance. Mais toi, tu as confiance en lui ?

— Aussi fort que j'ai confiance en toi, lui répondit-elle en le regardant droit dans les yeux. OK ?

Il lui retourna son regard.

— Ça me suffira.

270

Elle faisait mine de tourner dans Arcadia Street lorsqu'il lui montra le vieux *pueblo*, l'endroit même où la Cité des Anges avait été fondée. Il eut envie de prendre par le plus long et de traverser la place.

— Ça fait longtemps que je ne suis pas venu ici, dit-il. On regarde un peu ?

Ils coupèrent à travers la place ronde où les *padres* bénissaient les animaux à Pâques et longèrent l'Instituto cultural mexicano. Ils empruntèrent ensuite les arcades pleines de boutiques de souvenirs bon marché et de stands de *churros*. Des airs de mariachis enregistrés montaient de haut-parleurs invisibles, le contrepoint étant le chant d'une guitare *live*.

Ils trouvèrent le musicien assis sur un banc, devant l'Avila Adobe[1]. Ils s'arrêtèrent pour écouter le vieil homme jouer une ballade mexicaine que Bosch crut avoir déjà entendue, mais ne put identifier.

Il étudia la structure des murs de boue derrière le musicien et se demanda si Don Francisco Avila avait conscience de ce qu'il aidait à mettre en marche lorsqu'il avait revendiqué la possession de ce lieu en 1818. Car c'était une cité entière qui allait grandir à partir de cet endroit. Une cité tout aussi géniale qu'une autre. Et tout aussi méchante. Une cité où l'on voudrait vivre, une cité qui s'inventerait et réinventerait sans

---

1. Construite en 1818 par Don Francisco Avila, cette maison est la plus ancienne de Los Angeles et se trouve dans Olvera Street. (*N.d.T.*)

cesse. Un lieu où le rêve semblerait aussi facile à atteindre que le panneau installé en haut de la colline, mais un lieu où la réalité serait toujours différente : la route qui conduit à ce panneau dans la colline est barrée par un portail cadenassé.

Los Angeles était maintenant une ville pleine de nantis et de démunis, de stars du cinéma et de figurants, de meneurs et de menés, de prédateurs et de proies. Les grassouillets et les affamés, avec peu de place entre les deux. Une ville qui, malgré tout cela, amenait des gens à faire la queue et jour après jour à attendre derrière les protections antibombes pour pouvoir entrer.

Bosch sortit une liasse de billets de sa poche et en jeta un de cinq dans le panier du vieux musicien. Puis ils coupèrent à travers les vieux Chais de Cucamonga avec leurs anciennes salles de foudres reconverties en galeries artistiques et retrouvèrent Alameda Street. Ils traversèrent la rue pour gagner la gare, face à la tour de l'Horloge. Sur le trottoir, ils s'arrêtèrent devant un cadran solaire portant l'inscription suivante gravée dans son piédestal en granit :

LA VISION À DÉCOUVRIR
LA FOI POUR CROIRE
LE COURAGE DE FAIRE

Union Station avait été dessinée pour refléter la ville qu'elle desservait et la manière dont elle

272

était censée fonctionner. C'était un vrai melting-pot de styles architecturaux – espagnol, colonial, mission, moderne épuré, Art déco, South-western[1] et mauresque, tous les motifs y fleurissaient. Mais, au contraire du reste de la ville où ledit melting-pot avait tendance à bouillir et déborder, les styles de cette gare se mélangeaient agréablement pour donner naissance à quelque chose d'unique et de beau. C'était pour ça que Bosch l'adorait.

Ils franchirent les portes en verre du bâtiment et entrèrent dans le hall caverneux, un passage voûté haut de trois étages les conduisant à l'énorme salle d'attente. En la redécouvrant, Bosch se rappela qu'il n'y venait pas seulement pour acheter des cigarettes, mais aussi pour se ressourcer. Se rendre à Union Station, c'était comme aller à l'église, entrer dans une cathédrale où dessin, fonctions et fierté civique, tout se croisait en des lignes élégantes. Dans la salle d'attente centrale, les voix des voyageurs montaient dans de grands espaces aériens et là se muaient en un chœur de chuchotements languissants.

— J'adore cet endroit, dit Rider. Tu as vu *Blade Runner* ?

Bosch acquiesça de la tête. Il l'avait vu.

— C'était bien le poste de police, non ? demanda-t-il.

— Oui.

---

1. Soit « l'architecture du sud-ouest des États-Unis ». (*N.d.T.*)

— Et *Sanglantes Confessions* ?

— Non. C'était bien ?

— Oui. Tu devrais le voir. C'est un nouveau point de vue sur l'affaire du Dahlia noir et les conspirations du LAPD.

Elle grogna.

— Merci, mais je ne crois pas que ce soit ce dont j'ai besoin en ce moment.

Ils s'achetèrent un gobelet de café au Union Bagel et entrèrent dans la salle d'attente où les sièges en cuir s'alignaient comme de luxueux bancs d'église. Comme il en avait alors toujours envie, Bosch leva la tête. Douze mètres au-dessus d'eux, six énormes lustres s'alignaient sur deux rangées. Rider leva elle aussi la tête vers eux.

Bosch lui indiqua deux sièges côte à côte, près du kiosque à journaux. Ils s'assirent sur le cuir rembourré et posèrent leurs gobelets sur les grands accoudoirs en bois.

— Alors, tu es prêt à me parler de tout ça ? demanda Rider.

— Si tu l'es toi aussi, lui renvoya-t-il. Qu'est-ce qu'il y avait dans le dossier des Archives spéciales ? Qu'est-ce qu'il y avait de si sinistre ?

— Et d'un, j'y ai trouvé la trace de Mackey.

— Mackey comme suspect dans l'affaire Verloren ?

— Non. Le dossier n'a rien à voir avec Verloren. Verloren n'est même pas un écho sur ce radar-là. Tout le dossier concerne une enquête bouclée bien avant que Rebecca Verloren soit enlevée, bien avant même qu'elle soit enceinte.

— Bon d'accord, mais... le rapport avec nous ?

— Il n'y en a peut-être pas... ou alors tout est lié. Tu te rappelles le type avec lequel vit Mackey ? William Burkhart ?

— Oui.

— Lui aussi figure au dossier. Sauf qu'à l'époque il était plus connu sous le nom de Billy Blitzkrieg. C'était son pseudo dans le gang des Huit.

— Bon.

— Et en avril 88 Billy Blitzkrieg a écopé d'un an de taule pour avoir saccagé une synagogue de North Hollywood. Dégâts au bâtiment, graffitis, défécation, tout le bazar.

— Le crime raciste, quoi. Il a été le seul à se faire serrer ?

Elle acquiesça d'un signe de tête.

— Ils ont récupéré des traces papillaires sur une bombe de peinture retrouvée dans une bouche d'égout à une rue de la synagogue. C'est ça qui l'a fait tomber. Il a préféré plaider coupable, sans quoi ils auraient fait un exemple et il le savait.

Bosch hocha la tête. Il ne voulait pas dire quoi que ce soit qui puisse l'interrompre.

— Dans les rapports et dans la presse, ce Burkhart, Billy Blitzkrieg ou autre, tu l'appelles comme tu veux, est décrit comme le chef des Huit. D'après tous, il voulait que 1988 soit une année de révolte raciale en l'honneur de leur cher Adolf Hitler, tu vois le genre... Ils se baladaient en chandails frappés au sigle des Minnesota Vikings, les Vikings étant apparemment une race pure. Et tous arboraient le chiffre 88.

— Je vois le tableau.

— Bon, bref, ils avaient des tas de trucs sur lui. Ils le tenaient pour la synagogue et les fédéraux n'attendaient qu'une occasion pour lui piétiner la gueule avec un petit procès en droits civiques. Il faut dire que les Huit avaient des tas de crimes et délits à leur actif. Ils avaient commencé par saluer la nouvelle année en faisant brûler une croix sur la pelouse d'une famille de Noirs à Porter Ranch. Après quoi ils en avaient fait brûler d'autres et avaient passé des coups de fil de menaces et déclenché des alertes à la bombe. Sans parler du saccage de la synagogue. Ils sont même allés jusqu'à démolir une crèche juive à Encino. Tout ça rien qu'en janvier. Après, ils se sont postés au coin des rues et ont commencé à kidnapper des manœuvres mexicains qu'ils emmenaient dans le désert pour les rosser ou les y abandonner, l'un ou l'autre, mais en général les deux. Pour reprendre leur terminologie, ils « fomentaient un désordre » qui, croyaient-ils, aiderait à une séparation des races.

— Oui, je connais la chanson.

— Bon, d'accord, comme je t'ai dit, ils étaient prêts à faire de ce Burkhart leur tête d'affiche. Si la justice avait été saisie, ce type aurait pu se taper un minimum de dix ans de pénitencier fédéral.

— Donc, c'est pas compliqué à comprendre, il a négocié sa peine.

Elle acquiesça d'un signe de tête.

— Il a pris un an à Wayside plus cinq de mise à l'épreuve, et le reste a été oublié. Y compris les

Huit. La bande a été dissoute et les menaces ont cessé, tout ça se terminant à la fin avril, soit bien avant l'affaire Verloren.

En réfléchissant à tout ce qu'elle lui disait, Bosch regardait une femme très pressée qui tirait une fillette par la main en se dirigeant vers les quais de la Metroline. Elle traînait aussi une grosse valise derrière elle, toute son attention centrée sur le quai. La fillette, elle, se laissait tirer et, tête en l'air, regardait le plafond. Quelque chose la faisait sourire. Bosch leva la tête et découvrit un ballon coincé dans un des caissons voûtés du plafond. Orange et blanc, il avait la forme d'un poisson dans lequel Bosch reconnut aussitôt un personnage du film *Nemo*, à cause de sa propre fille. Dans l'instant il la vit dans une sorte de flash, mais tout aussi vite il repoussa cette image afin de rester concentré. Il se tourna vers Rider.

— Bon, et Mackey dans tout ça ? demanda-t-il. Où était-il ?

— Lui, ce n'était que le dernier chiot de la portée, lui répondit Rider. Un sous-fifre et rien de plus. La recrue la plus parfaite qui soit : il avait laissé tomber l'école et n'avait rien dans sa vie, aucune perspective d'avenir. Il était en liberté surveillée pour cambriolage et son casier de délinquant juvénile regorgeait d'arrestations pour vol de voitures, cambriolage et trafic de drogue. Tout à fait le genre de type qu'ils cherchaient. Le loser dont on peut faire un guerrier blanc. Mais dès qu'ils l'ont embarqué, ils ont découvert à qui ils avaient affaire... « à un nègre à peine tombé du bateau » pour reprendre l'expression de Burkhart. Il était tellement nul qu'ils ont dû l'empêcher de prendre part aux expéditions graffitis parce qu'il n'était même pas capable d'épeler correctement leurs injures racistes ! De fait, ils ont fini par lui donner le surnom de Wej. « Wej » comme « Jew » à l'envers : c'est comme ça qu'il avait bombé ce mot sur le mur d'une synagogue.

— Dyslexique ?

— On dirait.

— Même avec tous les indices de l'affaire Verloren, je ne le vois pas en suspect.

— Moi non plus. Je pense qu'il y a eu un rôle, mais pas de premier plan. Il n'a tout simplement pas ce qu'il faut entre les oreilles.

Bosch décida de laisser tomber Mackey et de revenir au rapport de Rider.

— Sauf que si les flics avaient tous ces renseignements sur ces types, pourquoi Burkhart a-t-il été le seul à tomber ?

— J'y viens.

— C'est là qu'on se retrouve face au *high jingo* ?

— T'as tout pigé. Il faut comprendre que s'il en était un des chefs, Burkhart n'était pas le grand patron des Huit.

— Ah.

— Le grand patron a été identifié comme étant un certain Richard Ross. Il était plus vieux que les autres. Un vrai croyant. Il avait vingt et un ans. Parce qu'il parlait bien, c'est lui qui a recruté Burkhart et les trois quarts des autres, et a fait démarrer tout le truc.

Bosch acquiesça d'un signe de tête. Richard Ross n'était certes pas un nom extraordinaire, mais il sut tout de suite où on allait.

— Ce Richard Ross ne serait pas notre Richard Ross Junior ?

— Exactement. Le prodige du bon capitaine Ross.

Celui-ci avait longtemps été le patron des Affaires internes, au moment où Bosch entamait sa carrière dans la police. Il y avait maintenant une éternité qu'il avait pris sa retraite.

Bosch comprit comment tout s'était agencé.

— On s'est donc démerdé pour tenir le fiston hors de l'affaire et ainsi épargner pas mal d'embarras à papa et à toute la police, dit-il. On a tout mis sur le dos de Burkhart, qui n'était que l'adjoint du patron et a été envoyé à Wayside, le reste du groupe étant aussitôt dissous. Une erreur de jeunesse, c'est bien ça ?

— T'as tout pigé.

— Et voyons un peu... tous les renseignements venaient de Ross Junior.

— T'es bon, tu sais ? Ça faisait partie du marché. Ross Junior a donné tout le monde et la PDU n'a pas eu besoin de plus pour dissoudre très discrètement la bande. Ce qui a permis à Junior de repartir la tête haute.

— Et tout ça en une journée de travail de ce cher Irving.

— Et tu sais ce qu'il y a de drôle ? Je crois qu'Irving est un nom juif.

Bosch hocha la tête.

— Que c'en soit un ou pas, pour moi ce n'est pas drôle, dit-il.

— Non, je sais.

— Pas si Irving a trouvé la faille.

— Moi, à lire entre les lignes du dossier, je dirais qu'il les a toutes trouvées.

— C'est ce deal qui lui a donné le contrôle des Affaires internes. J'étais déjà sous ses ordres à ce moment-là, mais ce dont je te parle, c'est d'un contrôle réel et absolu sur les gens sur qui on allait ou n'allait pas ouvrir des enquêtes et sur la façon dont on les mènerait. Il s'était mis Ross dans la poche, et tout au fond. Ça explique pas mal de choses sur ce qui se passait à l'époque.

— C'était essentiellement avant que j'arrive.

— Et donc, ils règlent le problème des Huit et Irving a droit à une belle récompense en passant un collier de gentil toutou à Richard Ross Senior, dit Bosch en réfléchissant à haute voix. Sauf que Rebecca Verloren est tuée avec une arme volée à un des types que les Huit n'ont pas cessé de harceler, une arme, qui plus est, très probablement volée par un des petits merdeux qu'ils ont laissés courir en liberté. Tout leur petit arrangement risque alors de voler en éclats si l'on s'aperçoit que le meurtre peut être attribué à l'un des Huit et donc à eux par ricochet.

— C'est ça. Voilà pourquoi ils entrent en lice, poussent l'enquête et la font dévier de façon à ce que personne ne tombe.

— Les enfoirés ! marmonna Bosch.

— Mon pauvre Harry ! Tu dois être encore

280

passablement rouillé après ta mise à la retraite !
Tu croyais qu'ils avaient dévié l'enquête parce
qu'ils essayaient d'empêcher que Los Angeles
s'embrase ? Ça n'avait rien d'aussi héroïque,
Harry.

— Non. Ils essayaient seulement de sauver
leurs fesses et les postes que le deal avec Ross
leur avait donnés, enfin... qu'il avait donnés à
Irving.

— Attention, il ne s'agit que de suppositions,
l'avertit Rider.

— Oui, mais même en ne faisant que lire entre
les lignes...

Il avait brusquement envie d'une cigarette
comme jamais encore depuis au moins un an. Il
jeta un regard au kiosque à journaux et vit tous
les paquets alignés sur le râtelier derrière le
comptoir. Il détourna le visage, regarda le ballon
coincé au plafond et eut l'impression de comprendre ce que pouvait ressentir Nemo tout là-
haut.

— Quand Ross a-t-il pris sa retraite ? demanda-
t-il.

— En 91. Il a continué jusqu'au moment où il
a eu vingt-cinq ans de service... c'est ça qu'ils lui
ont accordé... et il est parti à la retraite. J'ai
vérifié... il s'est installé dans l'Idaho. J'ai aussi
passé Junior à l'ordi et il y avait déjà précédé
papa. Sans doute dans une de ces enclaves
blanches avec murs d'enceinte où il se sentait
comme chez lui.

— Et il a dû rire à en crever en voyant Los

Angeles partir en couilles après l'affaire Rodney King en 92.

— Y a des chances, mais pas pour longtemps. Il s'est tué dans un accident de voiture en 93 : conduite en état d'ivresse. Il rentrait d'un rassemblement antigouvernemental au fin fond de la cambrousse. Faut croire que tout finit par se payer.

Bosch eut l'impression de recevoir un coup de poing à l'estomac. Il commençait à aimer l'idée de Richard Ross Junior en assassin de Becky Verloren. Il aurait très bien pu se servir de Mackey pour se procurer l'arme et, qui sait ? l'aider à porter la victime dans la colline. Sauf que maintenant il était mort. Se pouvait-il que leur enquête les conduise à pareille impasse ? Allaient-ils devoir retourner voir les parents de Rebecca pour leur dire que leur fille depuis longtemps disparue leur avait été enlevée par quelqu'un qui lui aussi avait disparu depuis longtemps ? Quel genre de justice cela serait-il ?

— Je sais à quoi tu penses, reprit Rider. Ç'aurait pu être notre suspect. Mais je ne crois pas. D'après l'ordi, il a obtenu son permis de conduire de l'Idaho en mai 88. Censément, il était donc déjà là-bas quand Becky a été assassinée.

— Tu l'as dit : censément.

Une simple vérification au fichier du DMV ne le convainquait pas. Il repassa tous ces renseignements dans ses filtres pour voir si rien d'autre ne lui sautait aux yeux.

— OK, dit-il, revoyons un peu tout ça, que je

sois sûr d'avoir tout compris comme il faut. En 88 on a une bande de garçons de la Valley qui se font appeler les Huit et cavalent partout en maillot de football américain dans l'espoir de faire démarrer une guerre raciale. La police jette un œil et découvre assez vite que le cerveau du groupe n'est autre que le fils de notre capitaine des Affaires internes, Ross Senior. Le contrôleur Irving prend le vent et se dit : « Tiens, tiens, mais je pourrais tourner ce truc à mon avantage. » Il arrête les conneries, pas question de coincer Ross Junior, on sacrifiera William alias « Billy Blitz » aux dieux de la justice. Les Huit sont dissous, un à zéro pour les bons. Ross junior s'esbigne, un à zéro pour Irving parce que maintenant il s'est mis Ross Senior dans la poche. Et ils vécurent heureux et eurent... J'aurais manqué quelque chose ?

— En fait, c'est Billy Blitzkrieg qu'il s'appelait.

— Blitzkrieg, soit. Et tout ça est bouclé au début du printemps, c'est bien ça ?

— À la fin mars. Et au début mai, Richard Ross Junior est déjà dans l'Idaho.

— Parfait. Et donc, en juin, quelqu'un entre chez Sam Weiss par effraction et lui pique son arme. Et en juillet... le lendemain de notre fête nationale, rien que ça... une métisse est enlevée de chez elle et assassinée. Pas violée, seulement assassinée, ce qu'il est important de ne pas oublier, le meurtre étant déguisé en suicide. Sauf que c'est du boulot bâclé et que tout indique que c'est l'œuvre d'un débutant. Garcia et Green héritent du dossier, finissent par comprendre et mènent une enquête qui ne les conduit nulle part dans la mesure où, qu'ils en soient conscients ou pas, on les pousse dans l'impasse. Mais voilà que, dix-sept ans plus tard, l'arme du crime est reliée, et sans qu'il y ait l'ombre d'un doute, à quelqu'un qui à peine quelques mois avant le meurtre s'affichait partout avec les Huit. J'aurais sauté quelque chose ?

— Non, je crois que tu as tout.

— Bref, la question pourrait être : est-il possible que les Huit n'aient pas mis fin à leur carrière ? Qu'ils aient continué à fomenter la haine, mais en masquant leur signature ? Et qu'ils aient monté la mise jusqu'à l'assassinat ?

Rider hocha lentement la tête.

— Tout est possible, mais ça n'a pas grand sens. Les Huit cherchaient surtout à faire parler d'eux, à prendre position publiquement. En faisant brûler des croix et en barbouillant des synagogues. Et assassiner quelqu'un en essayant de déguiser ça en suicide, ça n'a pas grand-chose d'une déclaration publique.

Bosch acquiesça d'un signe de tête. Elle avait raison. La logique de tout ça n'allait pas de soi.

— Cela dit, ils savaient quand même qu'ils avaient le LAPD aux fesses. Et si certains d'entre eux avaient continué de fonctionner, mais dans une espèce de mouvement clandestin ?

— Je te l'ai dit, tout est possible.

— Bien. On a donc Ross Junior censément dans l'Idaho et Burkhart à la prison de Wayside.

Les deux chefs. Qui manque-t-il encore, en dehors de Mackey ?

— Il y a cinq autres noms dans le dossier. Aucun d'eux ne m'a sauté aux yeux.

— Pour le moment, c'est tous les suspects qu'on a. Il va falloir les passer au fichier et voir où ils ont filé après... Minute, minute... Burkhart était-il encore à Wayside ? Tu as bien dit qu'il en avait pris pour un an, n'est-ce pas ? Ça veut dire qu'il serait sorti au bout de six mois à moins d'avoir eu d'autres ennuis là-bas. Quand a-t-il été incarcéré exactement ?

Rider hocha la tête.

— Non, dit-elle, il a dû entrer à Wayside à la fin avril. Il n'aurait pas pu...

— Ce n'est pas la date à laquelle il est entré à Wayside qui m'importe. C'est celle où il s'est fait gauler. Quand a eu lieu le truc de la synagogue ?

— En janvier. À la fin janvier. J'ai la date exacte dans le dossier.

— Bien, on dira donc la fin janvier. Et tu m'as dit que ce sont des empreintes sur une bombe de peinture qui ont conduit les flics à Burkhart. Combien de temps cela prenait-il en 88 quand ils devaient encore faire les recherches à la main... une semaine quand c'était du brûlant comme ça ? S'ils l'ont serré dans les premiers jours de février et qu'il n'a pas eu de caution...

Il écarta grand les mains, permettant ainsi à Rider de finir à sa place.

— On lui a compté le temps qu'il avait passé en taule avant d'entrer à Wayside, dit-elle, tout excitée. Et six mois à partir du début février, ça nous donne le début juillet !

Bosch acquiesça d'un signe de tête.

— Ça m'a l'air bon, Harry.

— Peut-être un peu trop. Va falloir serrer les boulons.

— Dès qu'on rentre, je fonce à l'ordi et je cherche à savoir quand il est sorti de Wayside. Ce qui nous donnerait quoi pour les écoutes ?

Bosch réfléchit un instant à la question de savoir s'il fallait ralentir la procédure.

— Non, je crois qu'il faut continuer avec les écoutes. Si la date de Wayside colle avec notre histoire, on surveille Burkhart et Mackey. Mackey auquel on fout la trouille parce que c'est le faible. On fait ça quand il est au boulot, loin de Burkhart. Si on ne s'est pas gourés, il l'appellera.

Il se leva.

— Mais il faut quand même voir pour les autres noms, les autres membres des Huit, ajouta-t-il.

Rider resta assise et le regarda.

— Tu crois que ça va marcher ?

Il haussa les épaules.

— C'est obligé, dit-il.

Il regarda autour de lui en examinant les visages, en cherchant des regards qui pourraient vite se détourner du sien. Il s'attendait à moitié à découvrir Irving dans la foule des voyageurs. M. Propre entre en scène. C'était toujours ce qu'il se disait lorsque Irving arrivait sur une scène de crime.

Rider se leva enfin. Ils jetèrent leurs gobelets

vides dans une poubelle proche et regagnèrent la sortie de la gare. Lorsqu'il y arriva, Bosch regarda encore une fois derrière lui pour voir si on ne les suivait pas. Il savait qu'ils ne pouvaient plus faire autrement que d'envisager pareilles possibilités. L'endroit qui vingt minutes plus tôt lui semblait si accueillant et douillet n'était plus maintenant que repoussant et suspect. Les voix qui s'y faisaient entendre n'avaient plus rien d'un chuchotement plein de grâce. Elles avaient quelque chose de dur. De furibond.

— Je suis désolée, Harry, dit-elle.

— Désolée de quoi ?

— Je me disais que ce serait différent avec toi qui reviens. Mais maintenant nous y sommes, c'est ton premier dossier et qu'est-ce qu'on récolte ? Une affaire avec du *high jingo* partout.

Bosch hocha la tête alors qu'ils repassaient sur le trottoir devant la gare. Il revit le cadran solaire et les mots qu'on avait gravés dans le granit au-dessous. Il s'arrêta sur la dernière ligne.

LE COURAGE DE FAIRE

— Ça ne m'inquiète pas, dit-il. Mais eux, ça devrait.

287

22

— Y a plus qu'à démarrer, répondit le contrôleur Garcia lorsque Bosch lui demanda s'il était prêt.

Ce dernier hocha la tête et se dirigea vers la porte pour faire entrer les deux femmes du *Daily News*.

— Bonjour, je m'appelle McKenzie Ward, lança celle qui ouvrait la marche.

Manifestement, c'était elle la journaliste. L'autre portait un sac photo et un trépied.

— Moi, c'est Emmy Ward, dit la photographe.

— Vous êtes sœurs ? leur demanda Garcia bien que la réponse fût évidente tant les deux femmes, l'une et l'autre âgées d'une vingtaine d'années, se ressemblaient.

Blondes et séduisantes toutes les deux, elles arboraient un grand sourire.

— C'est moi l'aînée, précisa McKenzie. Mais pas de beaucoup.

Tous se serrèrent la main.

— Comment se fait-il que deux sœurs aient fini par travailler dans le même journal et sur la même histoire ? reprit Garcia.

— J'étais déjà au journal depuis quelques années quand Emmy a fait sa demande. Ça n'a rien d'extraordinaire. On a beaucoup travaillé ensemble. Celui ou celle qui fait les photos est choisi au hasard. Aujourd'hui, c'est nous deux. Demain, ce sera peut-être différent.

— Ça vous gênerait qu'on commence par

prendre quelques clichés ? demanda Emmy. J'ai un boulot qui m'attend juste après celui-ci.

— Bien sûr que non, répondit Garcia, toujours aussi obligeant. Où voulez-vous que je me mette ?

Emmy Ward arrangea une prise avec Garcia assis à la table de réunion, le dossier du meurtre ouvert devant lui. Bosch le lui avait apporté pour qu'on s'en serve comme accessoire. Tandis que la séance s'organisait, Bosch et McKenzie se mirent en retrait et parlèrent de tout et de rien. Plus tôt, ils s'étaient longuement entretenus par téléphone. Elle avait accepté le deal. Si elle faisait passer l'article dès le lendemain matin, elle serait la première à avoir les faits lorsqu'ils arrêteraient le meurtrier. Elle ne s'était pas laissé convaincre facilement. Garcia s'était montré maladroit dans sa façon de l'approcher et avait fini par confier la négociation à Bosch. Celui-ci était assez sage pour savoir qu'aucun journaliste n'accepte que les flics lui dictent la date de publication et le contenu d'un papier. Il s'était donc concentré sur la date et pas sur le fond. Il était parti du principe que McKenzie Ward pourrait écrire un article qui l'aiderait et qu'elle le ferait. Il avait juste besoin que le papier sorte le plus tôt possible. Kiz Rider avait rendez-vous avec un juge l'après-midi même. Si la demande de mise sur écoutes était acceptée, ils pourraient démarrer dès le lendemain matin.

— Avez-vous parlé à Muriel Verloren ? demanda McKenzie.

— Oui. Elle sera chez elle tout l'après-midi et elle est prête à parler.

— J'ai ressorti toutes les coupures de journaux de l'époque et j'ai tout lu... je devais avoir huit ans à ce moment-là... on y parle plusieurs fois du père et de son restaurant. Il y sera, lui aussi ?

— Je ne crois pas, répondit Bosch. Il est parti. De toute façon, je crois que ça tourne plus autour de la mère. C'est elle qui a laissé la chambre de sa fille dans le même état depuis dix-sept ans. Elle m'a promis que vous pourriez la photographier si vous le désiriez.

— Vraiment ?

— Vraiment.

Bosch la regarda observer la mise en scène du cliché avec Garcia. Il savait ce qu'elle se disait. La mère dans cette chambre comme figée dans le temps ferait une bien meilleure photo qu'un vieux flic assis devant un dossier posé sur une table. Elle se mit à le regarder en commençant à fouiller dans son sac.

— Il va falloir que j'appelle pour voir si je peux garder Emmy avec moi.

— Faites.

Elle quitta le bureau, sans doute parce qu'elle ne voulait pas que Garcia l'entende dire à un rédacteur en chef qu'elle avait besoin de garder Emmy avec elle car elle avait une bien meilleure photo à faire avec la mère.

De retour trois minutes plus tard, elle fit un signe de tête à Bosch, celui-ci y voyant qu'elle avait obtenu son autorisation.

— Et donc, c'est bon pour demain ? demanda-t-il, rien que pour s'en assurer encore une fois.

— Fenêtre centrale... tout dépendra du cliché. Mon rédac chef voulait qu'on garde tout ça pour dimanche, on en aurait fait un grand article de fond, mais je lui ai dit qu'il y avait de la concurrence. Dès qu'on peut doubler le *Times* sur quelque chose, on le fait.

— Oui, mais qu'est-ce qu'il dira en voyant que le *Times* ne fait rien ? Il comprendra que vous l'avez trompé.

— Non, il se dira que le *Times* a rangé son article en s'apercevant qu'on les avait coiffés au poteau. Ça arrive tout le temps.

Bosch hocha la tête d'un air pensif, puis demanda :

— Que voulez-vous dire par « fenêtre centrale » ?

— Nous publions tous les jours une chronique avec une photo en première page. On appelle ça « la fenêtre » parce que c'est au milieu de la page. Et aussi parce que c'est la photo qu'on voit dans les distributeurs de journaux sur les trottoirs. C'est au meilleur endroit.

— Parfait.

Bosch était tout excité par le rôle qu'allait avoir l'article.

— Mais si vous me niquez la gueule sur ce coup-là, je ne l'oublierai jamais, ajouta-t-elle calmement.

Il y avait de la menace dans sa voix – la journaliste sans pitié refaisait surface. Bosch écarta grand les mains comme s'il n'avait rien à cacher.

— Ça ne se produira pas, dit-il. C'est vous qui aurez l'exclusivité. Dès qu'on coince quelqu'un, je vous appelle, vous et personne d'autre.

— Merci. Bon et maintenant on revoit les règles du jeu : je peux vous citer nommément dans l'article, mais vous ne voulez pas de photos... c'est bien ça ?

— C'est bien ça. Il se peut que je sois obligé de passer en plongée dans cette affaire. Je ne veux pas avoir ma gueule dans les journaux.

— Compris. Mais... en plongée ?

— On ne sait jamais. Je préfère ne pas m'en interdire la possibilité. Sans parler du fait que, pour la photo, le contrôleur fait bien mieux l'affaire. Il connaît l'histoire depuis bien plus longtemps que moi.

— Bah, je pense avoir déjà les trois quarts de ce que je veux dans mes coupures de journaux et ce que vous m'avez dit plus tôt par téléphone. Il n'empêche, j'aimerais bien vous retenir encore quelques minutes.

— Tout ce que vous voulez.

— Fini ! lança Emmy quelques minutes plus tard.

Elle commença à démonter son équipement.

— Appelle la section photo, lui dit sa sœur. Je crois qu'il y a un changement et que tu vas rester avec moi.

— Oh ? dit Emmy sans avoir l'air d'en être embêtée.

— Et si tu passais ton coup de fil dehors, le temps que je commence l'interview ? lui suggéra

McKenzie. Je veux pouvoir entamer la rédaction de ce truc dès que possible.

Bosch et la journaliste s'assirent à la table avec Garcia pendant que la photographe passait dehors pour s'informer de la tâche qu'on allait lui donner. McKenzie commença par demander à Garcia ce qui lui était resté en travers de la gorge pendant si longtemps dans cette affaire et ce qui l'avait poussé à la reprendre par l'intermédiaire de l'unité des Affaires non résolues. Tandis que Garcia se répandait sur les affaires qui hantent la conscience, Bosch sentit le mépris l'envahir. Il savait quelque chose qu'ignorait la journaliste – que, sciemment ou pas, Garcia avait permis que dix-sept ans plus tôt l'enquête soit envoyée sur une voie de garage. Pour lui, le fait que Garcia ne sache pas qu'on avait trafiqué son enquête était le moindre des péchés dont on pouvait l'accuser. Peut-être n'était-il pas un type corrompu ou qui cède aux pressions de la hiérarchie, mais il avait, au minimum, fait preuve d'une grande incompétence.

Après avoir posé quelques questions de plus à Garcia, la journaliste se tourna vers Bosch et lui demanda ce qu'il y avait de neuf dans le dossier dix-sept ans plus tard.

— Le plus important est qu'on a l'ADN du tireur, répondit-il. Des tissus organiques et du sang retrouvés dans l'arme du crime avaient été conservés au laboratoire de la police scientifique. Nous espérons que les analyses entreprises permettront de les relier à un suspect dont nous avons déjà la fiche ADN dans les banques de données du ministère de la Justice ou que nous pourrons recourir à des comparaisons pour éliminer ou identifier des suspects. Nous avons déjà commencé à revoir tous les gens concernés. Tout individu qui pourrait faire un suspect verra son ADN comparé à celui que nous avons. C'est là quelque chose que le contrôleur Garcia ne pouvait pas faire en 1988. Nous espérons que cela changera tout.

Il expliqua encore comment l'arme prélevait de l'ADN sur la personne qui tirait avec. La journaliste parut beaucoup s'intéresser à ce phénomène et prit des notes détaillées.

Bosch était content. C'était le coup de l'arme et de l'ADN qu'il voulait faire passer dans le journal. Il voulait que Mackey lise l'article et sache que son ADN se baladait quelque part dans les labos de la police. Qu'on était en train de l'analyser et de procéder à des comparaisons. Alors il saurait qu'un bout de lui-même se trouvait déjà dans la base de données du ministère de la Justice. L'espoir était que ça le fasse paniquer. Que peut-être il essaie de filer, qu'il commette une erreur et passe un coup de fil où il parlerait du meurtre. Une erreur et une seule, il n'en faudrait pas plus.

— Dans combien de temps aurez-vous les résultats du ministère de la Justice ? demanda McKenzie.

Bosch se tortilla. Il essaya de ne pas lui mentir trop ouvertement.

— Euh... c'est difficile à dire, répondit-il. Le ministère classe les demandes de comparaisons

294

par ordre de priorité et il y a toujours du retard. Nous devrions avoir quelque chose d'un jour à l'autre.

Il était content de sa réponse lorsque la journaliste lui balança une deuxième grenade.

— Et le côté racial ? lâcha-t-elle. J'ai relu tous les articles et il semblerait que, dans un sens ou dans l'autre, on n'ait jamais réfléchi au fait que cette jeune fille était métisse. Pensez-vous que cela ait joué dans les motivations de l'assassin ?

Bosch jeta un coup d'œil à Garcia en espérant qu'il réponde le premier.

— L'affaire a été complètement analysée sous cet angle en 1988, dit-il effectivement, et nous n'avons rien trouvé qui conforte cette hypothèse. C'est sans doute pour cela que vous n'avez rien là-dessus dans vos coupures de presse.

La journaliste se tourna vers Bosch pour avoir la vision qu'on s'en faisait aujourd'hui.

— Nous avons bien étudié le dossier d'enquête, répondit-il, et nous n'y avons rien trouvé qui pourrait indiquer des motivations racistes. Il est clair que nous avons repris l'affaire en son entier et que nous entendons bien chercher tout ce qui aurait pu jouer dans les motivations de l'assassin.

Il la regarda. Et se tendit en pensant qu'elle allait refuser sa réponse et pousser plus loin. Il songea même à laisser entendre qu'il y avait peut-être quelque chose de racial dans l'affaire : qui sait si cela n'accroîtrait pas les chances de voir réagir Mackey ? Mais cela pouvait tout aussi bien faire comprendre à ce dernier qu'ils l'avaient déjà dans le collimateur. Il décida de ne rien ajouter. Au lieu d'insister, la journaliste referma vivement son carnet de notes.

— Je crois avoir tout ce dont j'ai besoin pour l'instant, dit-elle. Je vais aller voir Mme Verloren et après, il faudra que je me dépêche de rentrer écrire ce truc pour que ça passe demain. Avez-vous un numéro où on peut vous joindre, inspecteur Bosch ? Vous joindre vite... si j'en ai besoin ?

Bosch comprit qu'elle le tenait. Il lui donna son numéro de portable à contrecœur – cela voulait dire, il le savait, qu'elle aurait accès à lui et qu'elle n'hésiterait pas à s'en servir pour n'importe quelle autre affaire ou article. C'était le dernier paiement dans le deal qu'ils avaient conclu.

Tout le monde se levant de table, Bosch remarqua qu'Emmy Ward était revenue dans le bureau sans faire de bruit et qu'elle était restée assise près de la porte pendant toute la durée de l'interview. Garcia et lui remercièrent les deux femmes d'être venues et leur dirent au revoir, Bosch restant ensuite dans le bureau avec Garcia.

— Pour moi, ça s'est bien passé, dit celui-ci après que la porte se fut refermée.

— Je l'espère, parce que moi, ça m'a coûté un numéro de portable. Ce numéro-là, je l'ai depuis trois ans. Et maintenant, il va falloir que je le change et que j'en avertisse tout le monde. Ça me fait sacrément chier.

Garcia ignora sa plainte.

— Comment pouvez-vous être sûrs que ce Mackey verra l'article ?

— On n'en est pas sûrs. En fait, on pense qu'il est dyslexique. Il est possible qu'il ne sache même pas lire.

Garcia en resta bouche bée.

— Mais alors c'est quoi, ce qu'on fait là ?

— On a un plan pour être sûrs qu'il sache qu'il y a un article. Ne vous inquiétez pas pour ça. On s'en est occupés. Il y a un autre nom qui a fait surface depuis hier. Celui d'un associé, passé et présent, dudit Mackey. Un certain William Burkhart. À l'époque où vous étiez en charge du dossier, il était plus connu sous le nom de Billy Blitzkrieg. Ça vous dit quelque chose ?

Garcia prit son meilleur air de penseur, celui qu'il avait réservé à la photo, et remua derrière son bureau. Puis il hocha la tête.

— Je ne crois pas l'avoir vu, non.

— Non, vous vous en seriez souvenu.

Garcia resta debout, mais se pencha sur son bureau pour regarder son emploi du temps.

— Voyons voir, dit-il. Qu'est-ce que j'ai après ?

— Moi, chef. C'est moi que vous avez.

Garcia le regarda.

— Je vous demande pardon ?

— J'ai besoin de deux ou trois minutes de plus pour éclaircir ces nouveaux trucs.

— Quels nouveaux trucs ? Vous voulez dire... ce nouveau type ? Ce... Blitzkrieg ?

— Voilà. Et ce que la journaliste nous demandé et à quoi nous avons répondu par des mensonges : l'angle racial.

Il regarda Garcia devenir de marbre.

— Je n'ai pas plus menti à cette femme aujourd'hui qu'à vous hier. Nous n'avons rien trouvé de ce côté-là. Nous n'avons jamais rien vu de racial dans cette affaire.

— Nous ?

— Mon coéquipier et moi.

— Vous en êtes sûr ?

Le téléphone sonna sur le bureau. En colère, Garcia décrocha vivement et lança un « Ni appels ni interruptions » dans le combiné avant de le reposer sur sa fourche.

— Inspecteur, je tiens à vous rappeler à qui vous vous adressez, reprit-il d'un ton égal. Et maintenant qu'est-ce que c'est que ce « Vous en êtes sûr », bordel ?! Qu'est-ce que vous voulez dire ?

— Avec tout le respect que je dois à votre rang, chef, l'aspect racial a été volontairement écarté de l'affaire en 88. Je vous crois quand vous dites ne pas l'avoir vu. Sans ça, je ne vois pas pourquoi vous auriez téléphoné à Pratt aux Affaires non résolues pour lui rappeler qu'il restait de l'ADN. Sauf que si vous, vous ne saviez pas ce qui se passait, votre coéquipier, lui, le savait certainement. Vous a-t-il parlé de pressions qu'il aurait subies dans cette affaire, de pressions venant du haut commandement ?

— Ron Green est le meilleur inspecteur que j'aie jamais connu et pratiqué. Je ne permettrai pas que vous salissiez sa réputation.

Ils restèrent un instant debout à quelques pas

l'un de l'autre, les yeux dans les yeux, comme au combat.

— Les réputations ne m'intéressent pas, lui renvoya Bosch. Ce qui m'intéresse, c'est la vérité. Vous m'avez dit hier que Ron Green avait mangé son flingue quelques années après cette affaire. Pourquoi, chef ? A-t-il laissé un mot d'explication ?

— La culpabilité, inspecteur. Il ne pouvait plus supporter. Il était hanté par tous les criminels qui s'en étaient sortis.

— Y compris ceux qu'il avait laissés filer ?

Garcia le pointa du doigt.

— Comment osez-vous, nom de Dieu ! Vous marchez en terrain miné, inspecteur Bosch. Je pourrais très bien passer un coup de fil au sixième, qui vous renverrait à la rue avant le coucher du soleil. Me comprenez-vous bien ? Je vous connais, Bosch. Vous sortez à peine de la retraite et cela fait de vous quelqu'un qu'on peut jeter d'un seul coup de téléphone. Vous comprenez ?

— Bien sûr que je comprends.

Bosch se rassit dans un des fauteuils posés devant le bureau en espérant que cela détendrait un peu l'atmosphère. Garcia hésita, puis s'assit à son tour.

— Ce que vous venez de me dire est extrêmement insultant, reprit-il d'une voix encore pleine de colère.

— J'en suis navré, chef. J'essayais seulement de voir ce que vous saviez.

— Je ne comprends pas.

— Excusez-moi de vous le dire, chef, mais il est indéniable que l'enquête a été truquée par la hiérarchie. Je n'ai aucune envie de vous donner des noms pour l'instant. Certaines de ces personnes sont encore en service. Mais je crois que l'affaire était de type racial – les liens avec Mackey, et aujourd'hui avec Burkhart, le prouvent. À l'époque, vous n'aviez ni Mackey ni Burkhart, mais vous aviez l'arme et il y avait d'autres indices. Je voulais seulement savoir si vous étiez de mèche avec la hiérarchie. Votre réaction me dit que non.

— Mais vous, vous me dites que mon co-équipier l'était et qu'il me l'a caché.

Bosch acquiesça d'un signe de tête.

— C'est impossible ! protesta Garcia. Ron et moi étions proches.

— Tous les coéquipiers sont proches, chef. Mais pas tant que ça. D'après ce que je comprends, c'est vous qui vous occupiez du dossier, Green se chargeant de faire avancer l'enquête. Il est tout à fait possible que, rencontrant de la résistance au sein du haut commandement, il ait choisi de ne rien vous en dire. Et je crois que c'est ce qu'il a fait. Peut-être pour vous protéger, mais peut-être aussi parce qu'être incapable de résister à ces pressions l'humiliait.

Garcia baissa les yeux et contempla son bureau. Bosch sut tout de suite que le contrôleur repensait à certaines choses. Sur son visage de marbre quelque chose céda brusquement.

— Oui, je crois m'être dit qu'il y avait quelque

chose de bizarre, lâcha-t-il calmement. À peu près au milieu de l'enquête.

— Comment ça ?

— Au début, on avait décidé de se partager les parents. Ron avait pris le père et moi la mère. Vous savez bien... pour établir des liens. Ron avait des problèmes avec le père. Celui-ci était versatile. Alors qu'il s'était montré passif, tout d'un coup il n'a plus lâché Ron parce qu'il voulait des résultats. Mais il y avait encore autre chose et ça, Ron me le cachait.

— Lui avez-vous posé la question ?

— Oui, je lui ai demandé. Il m'a juste dit que le père lui donnait du fil à retordre. À l'entendre, il était parano sur le côté racial. Pour lui, sa fille avait été tuée à cause de ça. Et un jour Ron m'a dit quelque chose que je n'ai jamais oublié. Il m'a dit : « Mais là, c'est chasse gardée. » C'est tout ce qu'il a dit, mais ça m'est resté parce que ça ne ressemblait pas du tout au Ron Green que je connaissais. Pour celui que je connaissais, il n'y avait pas de chasses gardées. Il n'était pas question de ça avec lui. Enfin... jusqu'à cette affaire.

Il leva les yeux et regarda Bosch qui hocha la tête – sa façon de le remercier de s'être ainsi ouvert à lui.

— Vous pensez que ç'a un rapport avec ce qui s'est passé après ? demanda Bosch.

— Vous voulez dire le suicide ?

— Oui.

— Peut-être. Je ne sais pas. Tout est possible. Après cette affaire, on est partis comme qui dirait chacun de notre côté. Le problème avec les coéquipiers, c'est qu'une fois que le boulot est terminé, ils n'ont pas grand-chose à se dire.

— C'est vrai.

— J'étais à une réunion de l'état-major à la 77ᵉ Rue... où on m'avait nommé quand je suis passé lieutenant. C'est là que j'ai appris sa mort. Une note à l'état-major en faisait mention. Ça montre assez à quel point nous nous étions éloignés. J'ai découvert qu'il s'était suicidé une semaine après les faits.

Bosch se contenta de hocher la tête. Il n'y avait rien à répondre à ça.

— Et justement, je crois avoir une réunion d'état-major à l'instant même, reprit Garcia. C'est le moment d'y aller, inspecteur.

— Je sais, chef. Mais je me disais que pour pouvoir faire pression sur Ron Green avec une force pareille, ils devaient avoir de quoi le tenir. Ça vous rappellerait quelque chose ? Aurait-il eu un problème avec les Affaires internes à ce moment-là ?

Garcia secoua la tête. Pas pour répondre négativement à la question de Bosch. C'était autre chose.

— Vous savez qu'ici il y a toujours plus de flics pour enquêter sur les collègues que sur des meurtres. Je m'étais toujours dit que si j'arrivais tout en haut, je changerais ça.

— Vous voulez dire qu'il y avait effectivement une enquête en cours ?

— Je dis qu'à l'époque, il était rare d'avoir un dossier vierge quand on était dans la police.

Un dossier sur Ron, bien sûr qu'il y en avait un. On l'accusait d'avoir agressé un suspect. Des conneries, oui ! Le gamin s'était cogné la tête et avait eu besoin de quelques points de suture quand Ron l'avait embarqué. La belle affaire ! Mais il s'est avéré que le gamin avait des relations et les Affaires internes n'étaient pas prêtes à laisser tomber.

— Ce qui fait qu'ils auraient pu se servir de ça pour faire pression sur lui ?

— Ils auraient pu, oui. Tout dépend de la force avec laquelle on croit aux conspirations.

Moi, si c'est du LAPD qu'on parle, les conspirations, j'y crois, songea Bosch, mais il n'en dit rien.

— Bien, chef, je crois avoir tout le tableau, lança-t-il à la place. Je file.

Il se leva pour partir.

— Je comprends que vous ayez besoin de savoir tout ça, reprit Garcia. C'est seulement que je n'ai pas apprécié la manière dont vous avez cherché à me coincer.

— Je suis désolé, chef.

— Non, inspecteur Bosch, vous ne l'êtes pas. Pas vraiment.

Bosch ne répondit pas. Il gagna la porte et l'ouvrit. Puis il se tourna vers le contrôleur et chercha quelque chose à lui dire. Rien ne lui vint. Il se retourna et quitta la pièce en refermant la porte derrière lui.

23

Kiz Rider était toujours à attendre devant le bureau du juge municipal Ann Demchak lorsque Bosch la rejoignit. Il s'était retrouvé coincé dans les embouteillages en revenant de Van Nuys au centre-ville et pensait avoir raté l'entretien. Rider lisait un magazine, mais Bosch se dit aussitôt qu'au point où il en était dans cette affaire feuilleter paresseusement une revue serait au-dessus de ses forces. Il n'était pas question de se déconcentrer. Il ne pensait plus qu'à une chose. Assez bizarrement, cela lui rappela le surf, occupation à laquelle il ne s'était plus livré depuis l'été 64 où il s'était échappé d'un foyer d'accueil pour aller vivre sur la plage. Bien des années s'étaient écoulées depuis lors, mais il se rappelait encore le tunnel sous l'eau. Le but était de se glisser dans le rouleau, à l'endroit où l'eau s'enroule autour du surfer, à l'endroit où il n'y a plus que l'eau et la glisse. C'était là qu'il était maintenant. Seule comptait l'affaire.

— Ça fait longtemps que tu es là ? demanda-t-il à Rider.

Elle consulta sa montre.

— Un peu plus d'une demi-heure.

— Et elle n'est pas sortie de son bureau ?

— Non.

— Ça t'inquiète ?

— Non. Je l'ai déjà vue une fois. Pour une affaire à Hollywood, après ton départ. Elle ne laisse rien au hasard, c'est tout. Elle lit toute la

304

requête de A à Z. Ça prend du temps, mais elle fait partie des bons.

— L'article sera publié demain. Il faut qu'elle nous donne son accord aujourd'hui.

— Je sais, Harry. Calme-toi. Assieds-toi.

Il resta debout. Les juges de garde pour les demandes de réquisition alternaient. Tomber sur Demchak était dû au hasard.

— Je n'ai jamais travaillé avec elle, dit-il. Elle a été district attorney ?

— Non. Elle était de l'autre côté. Avocat commis d'office.

Il grogna. Son expérience lui disait que les avocats de la défense qui passaient juges restaient au minimum très attachés aux droits des accusés.

— On va avoir des ennuis, reprit-il.

— Mais non ! lui renvoya-t-elle. Ça ira. Je t'en prie, assieds-toi. Tu m'énerves.

— Judy Champagne officie-t-elle toujours ? On pourrait peut-être aller la voir.

Ancienne avocat général, Judy Champagne était mariée à un ancien flic. On disait qu'il se chargeait de les coincer et elle de leur faire la peau. Dès qu'elle était passée juge, Bosch l'avait préférée à tous les autres pour lui signer ses demandes.

— Oui, elle est toujours juge, mais on n'a pas le droit d'aller à la pêche et tu le sais, Harry. Et maintenant, tu veux bien t'asseoir ? S'il te plaît ? J'ai quelque chose à te montrer.

Il s'assit dans un fauteuil à côté d'elle.

— C'est quoi ?

— J'ai les papiers de conditionnelle de Burkhart.

Elle sortit un dossier de son sac, l'ouvrit et le glissa sur la table basse devant Bosch. Et du doigt elle lui indiqua une ligne sur le formulaire de levée d'écrou. Bosch se pencha en avant pour lire.

— Libéré de la prison de Wayside le 1er juillet 1988. S'est présenté au contrôle de Van Nuys le 5 juillet.

Il se redressa et la regarda.

— Bref, il est bon.

— Absolument. Ils l'avaient enfermé pour l'affaire de la synagogue le 26 janvier. Il n'a pas obtenu de libération sous caution, mais avec ce qu'il avait déjà fait de taule, il est sorti de Wayside six mois plus tard. C'est un candidat sérieux dans notre affaire, Harry.

Tout semblant s'organiser comme il fallait, Bosch sentit l'excitation le gagner.

— Bon, parfait, dit-il. As-tu amendé la requête pour l'inclure dans les motifs ?

— Oui, mais pas trop. Le lien direct, c'est toujours Mackey. À cause du flingue.

Il acquiesça d'un signe de tête et regarda, de l'autre côté de la salle, le bureau vide où le greffier devait normalement se tenir. Le nom apposé sur la plaque était Kathy Chrzanowski. Il se demanda comment ça se prononçait et où se trouvait la dame. Puis il décida de ne plus essayer de savoir ce qui se passait dans le cabinet du juge.

— Tu veux les dernières nouvelles du contrôleur Garcia ? demanda-t-il à Rider.

Elle était en train de remettre son dossier dans son sac.

— Bien sûr.

Il passa les dix minutes suivantes à lui relater sa visite au bureau du contrôleur, l'interview pour le journal et les révélations de Garcia un peu plus tard.

— Tu crois qu'il t'a tout dit ? lui demanda Rider.

— Tu veux dire sur ce qu'il savait à l'époque ? Non. Mais il m'a dit tout ce qu'il avait envie de me dire.

— Pour moi, il a trempé dans le deal, c'est pas possible autrement. Je ne vois pas un coéquipier passer un accord dans le dos de son collègue. Surtout pas un accord pareil.

— Sauf que s'il était dans le coup, pourquoi appeler Pratt pour lui dire d'envoyer l'ADN au ministère de la Justice ? Tu crois pas qu'il aurait préféré continuer à étouffer l'affaire, même après dix-sept ans ?

— Pas forcément. Les voies de la mauvaise conscience sont impénétrables, Harry. Il n'est pas impossible que ça l'ait travaillé lui aussi pendant toutes ces années et qu'il ait décidé d'appeler Pratt pour pouvoir se sentir mieux. Sans compter que... disons qu'à l'époque il était dans le coup avec Irving. Il s'est peut-être senti assez en sécurité pour passer son coup de fil une fois qu'Irving s'est fait mettre sur la touche par le nouveau patron.

Bosch repensa à la réaction qu'avait eue Garcia lorsqu'il lui avait dit que Green avait peut-être été hanté par les criminels qu'il avait laissés filer. Et s'il s'était échauffé parce que lui aussi, il se sentait hanté ?

— Je ne sais pas, répondit-il. Peut-être...

Son portable se mit à sonner. Comme il le sortait de sa poche, Rider lui lança :

— Tu ferais mieux d'éteindre ce truc avant qu'on entre. Le juge Demchak n'aime pas que ça sonne quand on est avec elle. Je me suis laissé dire qu'elle avait même confisqué un portable à un district attorney.

Bosch hocha la tête, ouvrit son portable et dit « allô ? »

— Inspecteur Bosch ?

— Oui.

— Tara Wood à l'appareil. Je croyais qu'on avait rendez-vous.

Avant même qu'elle ait fini sa phrase il comprit qu'il avait oublié le rendez-vous à CBS et l'assiette de gumbo qu'il s'était promis de déguster avant d'y aller. Il n'avait même pas eu le temps de déjeuner.

— Tara, dit-il, je suis vraiment désolé. Il y a eu du nouveau et nous avons été obligés de suivre. J'aurais dû vous appeler, mais ça m'est sorti de l'esprit. Je vais devoir vous demander un nouveau rendez-vous, si du moins vous acceptez de me parler encore après ça.

— Euh, bien sûr, pas de problème. C'est juste que j'avais deux ou trois rédacteurs de l'émission avec moi. Ils voulaient essayer de vous parler.

— Quelle émission ?

— « Affaires en souffrance », vous vous rappelez ? Je vous avais dit que nous avions...

— Ah oui, l'émission. Écoutez, je suis vraiment désolé pour ça...

En fait, il ne souffrait pas trop. Elle avait essayé de se servir de cet entretien pour monter un coup publicitaire. Il se demanda si elle éprouvait encore quoi que ce soit pour Rebecca Verloren. Comme si elle lisait dans ses pensées, elle lui demanda où on en était de l'affaire.

— Ça avance ? C'est pour ça que vous n'avez pas pu venir ?

— En quelque sorte. Nous avançons, mais je ne peux rien vous dire tout de... en fait si, il y a quelque chose. Avez-vous repensé au nom que je vous ai donné hier soir ? Roland Mackey ? Ça vous dit quelque chose ?

— Non, toujours rien.

— J'en ai un autre. William Burkhart. Peut-être que celui-là...

Un long silence s'installa pendant que Wood cherchait dans sa mémoire.

— Non, désolée. Je ne crois pas le connaître.

— Et si je vous disais Billy Blitzkrieg ?

— Billy Blitzkrieg ? Vous plaisantez, non ?

— Non, pourquoi ? Vous le reconnaissez ?

— Pas du tout. On dirait le nom d'une star heavy metal !

— Ça n'en est pas une. Mais vous êtes bien sûre qu'aucun de ces noms ne vous évoque quoi que ce soit ?

— Je suis désolée, inspecteur, mais c'est non.

Bosch releva la tête et vit une femme leur faire signe de la porte du cabinet. Rider le regarda et se passa un doigt en travers de la gorge.

— Écoutez, Tara, reprit Bosch, il faut que j'y aille. Je vous appelle dès que possible pour reprendre un rendez-vous. Je m'excuse encore et je vous rappelle. Merci.

Il referma son téléphone avant qu'elle puisse répondre, puis il l'éteignit. Il suivit Rider qui franchissait la porte que lui tenait une femme – Kathy Chrzanowski, pensa Bosch.

À l'autre bout de la pièce les rideaux étaient tirés en travers des fenêtres qui montaient du sol jusqu'au plafond. Une seule lampe éclairait le cabinet. Derrière le bureau, Bosch découvrit une femme qui semblait approcher des soixante-dix ans. Elle avait l'air toute petite derrière ce grand bureau en bois. Elle avait un visage aimable qui donna à Bosch l'espoir de ressortir du cabinet avec les réquisitions en poche.

— Inspecteurs, dit-elle, entrez donc et asseyez-vous. Je suis désolée de vous avoir fait attendre.

— Pas de problème, madame le juge, dit Rider. Nous sommes heureux que vous étudiiez à fond cette requête.

Bosch et Rider s'assirent dans des fauteuils devant le bureau. Le juge ne portait pas sa robe noire. Bosch vit que celle-ci pendait à un porte-manteau dans un coin. Juste à côté une photo encadrée de Demchak avec un juge de la Cour suprême plus que large d'esprit était accrochée au mur. Il sentit son estomac se nouer. Sur le

bureau, il découvrit deux autres photos encadrées. La première représentait une fillette de
neuf-dix ans en train de faire de la balançoire.
Les couleurs commençaient à se faner. La photo
était ancienne. Sa fille ? Il pensa que ce lien avec
les enfants ferait peut-être la différence.

— Vous semblez très pressés d'agir, lança le
juge. Vous avez une raison ?

Bosch regarda Rider, qui se pencha en avant
pour répondre. C'était elle qui avait pris les
choses en main. Il n'était là qu'en renfort, pour
montrer au juge que l'affaire était importante. Il
y avait des moments où les flics devaient faire
du lobbying.

— Oui, madame le juge, nous en avons deux,
commença Rider. La plus importante est qu'il
devrait y avoir un article dans le *Daily News*
de demain. Cet article pourrait obliger notre
suspect numéro un, Roland Mackey, à entrer en
contact avec d'autres suspects – dont un cité
dans notre requête –, afin de parler du meurtre.
Comme vous pouvez le voir dans notre demande,
nous pensons que plusieurs individus sont
impliqués dans ce crime, mais pour l'instant
nous ne pouvons faire le lien qu'avec un seul,
Mackey. Si nous avons déjà fait démarrer les
écoutes lorsque cet article sera publié, nous
serons peut-être à même d'identifier les autres
suspects en analysant ses appels et ses conversations.

Le juge hocha la tête, mais sans les regarder.
Elle avait baissé les yeux sur la demande et les

formulaires d'autorisation. Elle avait l'air tellement sérieuse que Bosch commença à avoir de mauvais pressentiments.

— Et la deuxième raison ? demanda-t-elle après quelques instants de silence.

— Ah oui, dit Rider, qui semblait avoir oublié. La deuxième raison, c'est que, pour nous, Roland Mackey pourrait être encore en activité. Nous ne savons pas très bien ce qu'il fabrique en ce moment, mais nous pensons que plus vite nous pourrons l'écouter, plus vite nous serons à même de le savoir et d'empêcher qu'il y ait d'autres victimes. Comme vous pouvez le voir dans notre requête, nous savons qu'il est déjà impliqué dans au moins un assassinat. Nous pensons qu'il ne faut pas perdre de temps.

Bosch admira. Soigneusement formulée, la réponse de Rider mettait fort la pression sur le juge. Après tout, elle était un fonctionnaire élu. Elle devait donc envisager tous les tenants et aboutissants d'un refus. Si Mackey commettait un crime qu'on aurait pu empêcher en écoutant ses conversations téléphoniques, elle pouvait en être tenue responsable par un électorat qui se moquerait pas mal de savoir qu'elle avait voulu préserver les droits constitutionnels d'un assassin.

— Je vois, reprit Demchak d'un ton glacial. Et quelle est la cause probable qui vous fait croire à son implication actuelle dans des activités criminelles puisque vous ne pouvez en nommer une précisément ?

— Plusieurs choses, madame le juge. M. Mackey a terminé la conditionnelle à laquelle il avait été condamné pour un délit sexuel commis il y a dix-huit mois et s'est empressé de déménager à une nouvelle adresse où son nom n'apparaît ni sur un acte de vente ni sur un contrat de location. Il n'a laissé aucune adresse où faire suivre son courrier. Il habite dans la même résidence qu'un ex-condamné avec lequel il a déjà commis plusieurs crimes parfaitement répertoriés. Cet individu s'appelle William Burkhart et figure, lui aussi, dans notre requête. Et comme vous pouvez le constater, Mackey utilise un téléphone qui n'est pas déclaré à son nom. Il est clair qu'il fait profil bas, madame le juge. Tous ces éléments nous disent qu'il prend ses précautions afin de masquer ses activités criminelles.

— Et s'il cherchait seulement à éviter une intrusion de l'État ? lui renvoya le juge. Vos arguments sont bien minces, inspecteur. Vous avez autre chose ? Ça ne serait pas de trop.

Rider se tourna vers Bosch et le regarda avec des yeux ronds. La confiance dont elle avait fait preuve dans la salle d'attente la quittait rapidement. Bosch savait qu'elle avait tout mis dans sa requête et dans les remarques qu'elle venait de faire. Que leur restait-il donc ? Il s'éclaircit la gorge et se pencha en avant pour parler pour la première fois.

— Les activités criminelles auxquelles Mackey s'est livré avec l'homme chez qui il habite ont à voir avec le racisme, madame le juge. Ces types ont menacé et blessé beaucoup de gens. Beaucoup, beaucoup.

Il se renversa dans son siège en espérant avoir fait encore monter la pression.

— Et à quand remontent ces crimes ?

— Ils ont fait l'objet d'une enquête à la fin des années 80, répondit Bosch. Mais qui sait combien de temps ça a continué ? Il est clair que leur association, elle, ne s'est pas arrêtée.

Le juge garda le silence quelques instants, semblant lire et relire le résumé du document rédigé par Rider. Une petite ampoule rouge s'alluma sur le côté de son bureau. Bosch savait ce que cela voulait dire : au tribunal on était prêt pour l'audience. Tous les avocats et parties en présence étaient là.

Le juge Demchak finit par hocher la tête.

— Je ne crois pas que vous ayez ce qu'il faut, inspecteurs. Vous avez bien Mackey avec l'arme, mais vous ne l'avez pas sur les lieux du crime. Il aurait très bien pu se servir de cette arme des jours, voire des semaines avant l'assassinat, dit-elle en écartant d'un geste les documents étalés devant elle. Cette histoire selon laquelle il aurait cambriolé un drive-in fréquenté par la victime et ses amies est faiblarde. Vous me mettez beaucoup dans l'embarras en me demandant d'accepter des preuves qui ne sont tout simplement pas là.

— Elles y sont, lui renvoya Bosch. Nous le savons.

Rider posa la main sur son bras – elle l'avertissait de ne pas perdre la tête.

— Je ne les vois pas, inspecteur, dit Demchak. Ce que vous me demandez, c'est de vous donner un coup de main. Vous n'avez pas de motifs suffisants et vous me demandez de faire la différence. Je ne peux pas. Pas avec ce dossier.

— Madame le juge, dit Rider, si vous ne nous signez pas ce document, nous ne pourrons pas exploiter l'article du journal.

Demchak lui sourit.

— Cela ne me regarde pas, inspecteur, et cela n'a rien à voir avec ce que je dois faire. Vous le savez. Je ne suis pas le bras armé de la police. Je suis indépendante et ne dois considérer que les faits qu'on me présente.

— La victime était une métisse, lui rétorqua Bosch. Ce type est un raciste avéré. C'est lui qui a volé l'arme et il s'en est servi pour tuer une jeune métisse. Le lien est là, madame le juge.

— Le lien, mais pas la preuve, inspecteur. Tout cela n'est que présomptions.

Il la dévisagea un instant, elle le dévisagea en retour.

— Avez-vous des enfants, madame le juge ? lui demanda-t-il.

Les joues du juge s'empourprèrent.

— Je ne vois pas le rapport.

— Madame le juge, dit Rider, nous reviendrons vous soumettre cette demande plus tard.

— Non ! s'écria Bosch. Il n'est pas question de revenir. Nous avons besoin de votre aval tout de suite, madame le juge. Ce type est libre comme l'air depuis dix-sept ans. Et si ç'avait été votre fille, hein ? Vous pourriez regarder ailleurs ? Rebecca Verloren était fille unique.

Les yeux du juge Demchak s'assombrirent.

Lorsqu'elle parla, ce fut avec calme et colère tout à la fois.

— Je ne me détourne de rien, inspecteur. Il se trouve même que je suis la seule à regarder sérieusement ce dossier dans cette pièce. Je pourrais même ajouter que si vous continuez à m'insulter et à mettre en doute mes décisions, je vous expédie en prison pour outrage à magistrat. Je peux avoir un huissier ici dans les cinq secondes. Ce petit séjour en prison vous permettrait peut-être d'analyser ce qui fait défaut à votre requête.

Bosch ne se laissa pas démonter.

— La mère n'a pas quitté la maison, reprit-il. La chambre dans laquelle sa fille a été enlevée est dans l'état même où elle se trouvait le jour où elle a été assassinée. Même couvre-lit, mêmes oreillers, même tout. La chambre... et la mère... sont comme figées dans le temps.

— Sauf que ces faits n'ont pas de rapport avec ce qui nous occupe.

— Le père, lui, est devenu alcoolique. Il a perdu son affaire, puis sa femme et sa maison. Je suis allé lui rendre visite dans la 5e Rue ce matin. Parce que c'est là qu'il vit maintenant. Je sais que ça n'a aucun rapport non plus, mais je me disais que vous aimeriez peut-être le savoir. Il faut croire que nous n'avons pas assez de faits avérés pour vous, madame le juge, mais des ondes de choc, nous en avons à revendre.

Le juge soutenant son regard, Bosch comprit qu'il sortirait du bureau ou bien pour aller en prison ou bien avec l'ordre de réquisition signé.

Il n'y avait pas de solution intermédiaire. Au bout d'un moment, il vit la douleur se marquer dans les yeux du juge. Tous ceux qui ont passé un certain temps dans les tranchées de la justice pénale – d'un côté ou de l'autre – finissent par avoir ce regard.

— Très bien, inspecteur, dit-elle enfin.

Elle baissa les yeux et gribouilla sa signature au bas de la dernière page de la requête et se mit en devoir de remplir les cases où était précisée la durée des écoutes.

— Cela dit, je ne suis toujours pas convaincue, reprit-elle d'un ton sévère. Je ne vous donne donc que soixante-douze heures.

— Madame le juge ! s'écria Bosch.

Mais déjà Rider reposait la main sur son bras pour l'empêcher de faire qu'un oui devienne un non. Puis elle parla.

— Madame le juge, dit-elle, soixante-douze heures est un temps extrêmement court pour ce que nous avons à faire. Nous espérions avoir au moins une semaine.

— Vous ne m'avez pas dit que l'article paraîtrait demain ?

— Seulement qu'il est censé paraître, mais...

— Vous saurez donc quelque chose très rapidement. Si vous éprouvez le besoin de prolonger ce mandat, revenez me voir vendredi et tentez de me convaincre. Soixante-douze heures et je veux un rapport d'activité tous les matins. Si je ne l'ai pas, je vous fais coffrer tous les deux pour outrage à magistrat. Il n'est pas question que je vous autorise à aller à la pêche. Et si vos rapports sont vagues, je vous stoppe tout de suite. Est-ce clair ?

— Oui, madame le juge ! lancèrent-ils à l'unisson.

— Bien. Et maintenant j'ai un calendrier de procédure qui m'attend en salle d'audience. Il est temps que vous filiez et que moi, je retourne à mon travail.

Rider rassembla ses documents et les deux inspecteurs la remercièrent. Ils se dirigeaient vers la porte lorsqu'elle leur lança :

— Inspecteur Bosch ?

Bosch se retourna et la regarda.

— Oui, madame le juge ?

— Vous avez vu la photo, n'est-ce pas ? La photo de ma fille. Et vous avez deviné que je n'ai qu'un enfant.

Bosch la regarda un instant avant de hocher la tête.

— Je n'en ai qu'un moi aussi, dit-il. Je sais ce que c'est.

Elle soutint son regard un moment avant de parler.

— Vous pouvez y aller, dit-elle.

Bosch acquiesça d'un signe de tête et suivit Rider qui franchissait la porte.

24

Ils ne se parlèrent pas en sortant du tribunal. Tout se passait comme s'ils voulaient sortir de là sans se porter la poisse, comme si risquer un seul mot sur ce qui s'était passé pouvait se répercuter dans tout le bâtiment et faire que Demchak change d'avis et les rappelle. Enfin ils avaient sa signature, ils n'avaient plus qu'une envie : déguerpir.

Une fois sur le trottoir devant ce tribunal à l'aspect monolithique, Bosch regarda Rider et sourit.

— On l'a échappé belle, dit-il.

Elle lui renvoya son sourire et acquiesça d'un hochement de tête.

— Les ondes de choc, hein ? T'étais à deux doigts de franchir la ligne jaune. Un moment, j'ai cru que j'allais devoir descendre déposer une caution pour toi.

Ils commencèrent à marcher vers Parker Center. Bosch sortit son téléphone de sa poche et le remit en marche.

— Ça, pour l'avoir échappé belle ! s'écria-t-il. Mais on a le papier. Tu veux dire à Abel d'organiser la réunion avec les autres ?

— Oui, je vais le lui dire. J'allais attendre qu'on y soit.

Bosch vérifia son portable et s'aperçut qu'il avait un message et qu'il avait manqué un appel. Il ne reconnut pas le numéro, mais remarqua qu'il était précédé de l'indicatif 818 – celui de la

Valley. Il se passa le message et entendit une voix qu'il n'avait aucune envie d'entendre.

— Inspecteur Bosch ? McKenzie Ward au *Daily News*. J'ai besoin de vous parler de Roland Mackey aussi vite que possible. Répondez-moi ou je vais devoir arrêter l'article. À tout de suite.

— Merde ! s'écria Bosch en effaçant le message.

— Quoi ? voulut savoir Rider.

— C'est la journaliste. J'avais dit à Muriel Verloren de ne pas lui parler de Mackey. On dirait que ça lui a échappé. C'est ça ou notre journaliste a d'autres sources.

— Merde ! lança-t-elle.

— C'est ce que je disais.

Ils marchèrent encore un peu sans rien dire. Bosch réfléchissait à la meilleure façon de se débrouiller de la journaliste. Il fallait taire le nom de Mackey, sinon celui-ci risquait de disparaître dans la nature sans se donner la peine d'appeler quiconque.

— Qu'est-ce que tu vas faire ? demanda enfin Rider.

— Je ne sais pas. Essayer de la convaincre de ne rien dire. Lui mentir si c'est nécessaire. Il ne faut absolument pas qu'elle mentionne son nom dans l'article.

— Peut-être, mais il faut aussi qu'elle le publie, cet article. Nous n'avons que soixante-douze heures.

— Je sais. Laisse-moi réfléchir.

Il ouvrit son portable et appela Muriel Verloren. Elle décrocha, il lui demanda comment s'était déroulée l'interview. Elle lui répondit que ça s'était bien passé et qu'elle était contente que ça soit fini.

— Elles ont pris des photos ?

— Oui, elles en voulaient de la chambre. Ça ne m'a pas beaucoup plu de la leur ouvrir comme ça... Mais je l'ai fait.

— Je comprends. Merci de l'avoir fait. N'oubliez pas que cet article va nous aider. Nous approchons du but, Muriel, et ce papier va activer pas mal de choses. Nous apprécions ce que vous avez fait.

— Si ça peut aider, je serai contente de l'avoir fait.

— Bon. Que je vous demande autre chose... Avez-vous parlé de Roland Mackey à la journaliste ?

— Non, vous m'aviez dit de ne pas le faire. Donc, je ne l'ai pas fait.

— Vous êtes sûre ?

— Plus que sûre, oui. Elle m'a demandé de lui rapporter ce que vous m'aviez dit, mais je n'ai absolument pas parlé de lui. Pourquoi ?

— Non, rien. Je voulais juste m'en assurer, c'est tout. Merci, Muriel. Je vous rappelle dès que j'ai du nouveau.

Il referma son portable. Il ne pensait pas que Muriel Verloren lui aurait menti. La journaliste avait d'autres sources.

— Quoi ? demanda Rider.

— Elle ne lui a rien dit.

— Alors, qui c'est ?

— Bonne question.

Le portable commença à vibrer et bourdonner alors qu'il le tenait encore dans sa main. Il regarda l'écran et reconnut le numéro.

— C'est elle... la journaliste. Faut que je prenne l'appel.

Il décrocha.

— Inspecteur Bosch ? McKenzie Ward à l'appareil. Je suis au bouclage et il faut qu'on parle.

— Oui. J'ai reçu votre message. J'avais fermé mon portable parce que j'étais au tribunal.

— Pourquoi ne m'avez-vous pas parlé de Roland Mackey ?

— De quoi parlez-vous ?

— De Roland Mackey. On m'a dit que vous aviez déjà un suspect. Ce Roland Mackey.

— Qui vous a dit ça ?

— Ça n'a pas d'importance. Ce qui en a, c'est que vous m'avez caché un renseignement. Roland Mackey est-il votre suspect numéro un ? Laissez-moi deviner... vous jouez double jeu et vous avez filé ça au *Times*.

Il fallait réfléchir vite. La journaliste avait l'air sous pression et en colère. Et une journaliste en colère peut poser des problèmes. Il fallait tout à la fois calmer le jeu et sortir Mackey du bouillon. Le seul point positif était qu'elle n'avait pas parlé de lien ADN entre Mackey et le pistolet. Sa source d'information n'était sans doute pas la police. C'était donc quelqu'un qui ne savait pas grand-chose.

— Et d'un, je n'ai jamais parlé de ça au *Times*. À condition que l'article paraisse demain, il n'y a que vous sur l'histoire. Et de deux, savoir d'où vous vient ce nom est important parce que ce renseignement est faux. J'essaie de vous aider, McKenzie. Vous commettriez une grave erreur en glissant ce nom dans votre papier. Vous pourriez même avoir un procès sur le dos.

— Alors c'est qui, ce type ?

— Qui est votre source ?

— Vous savez bien que je ne peux pas vous le dire.

— Pourquoi ?

Il jouait la montre en essayant de réfléchir. Pendant que la journaliste lui débitait la réponse standard sur la confidentialité et la protection des sources d'information, il dressa la liste des individus – leurs collègues exceptés – auxquels ils avaient parlé de Mackey. Il y avait les trois copines de Rebecca Verloren – Tara Wood, Bailey Sable et Grace Tanaka –, plus Robert Verloren et Gordon Stoddard, le principal du lycée, et encore Mme Atkins, la secrétaire qui avait cherché le nom de Mackey dans les registres de l'établissement.

Il y avait aussi le juge Demchak, mais Bosch écarta cette idée : trop tiré par les cheveux. Ward avait laissé le message sur son répondeur pendant qu'il se trouvait dans le cabinet du juge avec Rider. Imaginer que Demchak ait pu décrocher son téléphone et appeler la journaliste alors qu'elle s'était enfermée seule dans son cabinet pour étudier la demande de mandat semblait bien improbable. Elle ignorait l'exis-tence d'un article à publier rapidement, et encore davantage le nom de la journaliste qui s'en était vu confier la rédaction.

Il se dit ensuite que, vu les contraintes de temps, McKenzie avait dû rentrer au journal tout de suite et passer quelques coups de fil à droite et à gauche pour compléter son article. C'est là que quelqu'un lui avait donné le nom de Mackey. Il était peu probable qu'elle ait pu localiser, et encore moins contacter, Robert Verloren pendant les quelques heures qui s'étaient écoulées après l'interview. Il écarta aussi Grace Tanaka – elle n'était pas dans la région. Ça lui laissait Tara Wood et le lycée soit Stoddard, Sable ou la secrétaire. La solution la plus évidente était quelqu'un du lycée, étant donné que c'était le lien le plus manifeste qu'on pouvait établir avec Mackey. Il se sentit mieux et comprit qu'il pourrait contenir la menace.

— Inspecteur ? Vous êtes toujours là ?

— Oui, excusez-moi, j'essayais d'éviter la circulation.

— Bref, votre réponse ? Qui est Roland Mackey ?

— Un rien du tout. Un détail inexpliqué, enfin... qui l'est resté un moment. Mais maintenant, on a l'explication.

— Vous voulez me dire ?

— Écoutez, ce dossier, nous en avons hérité, d'accord ? Et, les années passant, il avait été remisé, repris, reremisé, etc., d'innombrables fois. Il y a eu des trucs qui se sont mélangés. Une de nos tâches a consisté à y remettre de l'ordre. Nous avons trouvé une photo de ce type qui se baladait dans le dossier et pendant un temps nous ne savions pas trop de qui il s'agissait et ce qu'il venait faire dans l'histoire. Quand nous avons commencé à interroger des gens, nous avons montré ce cliché à plusieurs personnes en leur demandant de nous dire qui c'était et ce qu'il fabriquait dans l'affaire. À aucun moment nous n'avons dit à quiconque que c'était un suspect de premier plan. Et ça, c'est la vérité. Ou bien vous exagérez, ou bien c'est la personne qui vous a parlé de Mackey qui exagérait.

Un silence s'ensuivant, Bosch se dit qu'elle devait se repasser l'entretien qu'elle avait eu avec l'individu qui lui avait donné le nom de Mackey.

— Bien, mais alors qui est-ce ? reprit-elle.

— Juste un jeune qui habitait à Chatsworth à l'époque et avait un casier. Il traînait à l'ancien drive-in de Winnetka Avenue, qu'apparemment Rebecca et ses copines fréquentaient aussi. Mais il se trouve qu'en 1988 il a été mis hors de cause dans cette histoire. Nous ne l'avons découvert qu'après avoir montré sa photo à plusieurs personnes.

Tout cela n'était qu'habile mélange de vérités et de semi-vérités. Encore une fois la journaliste se tut, évaluant sa réponse.

— Qui vous a parlé de ce type ? insista-t-il. Gordon Stoddard ou Bailey Sable ? Nous avons apporté la photo à l'école pour voir s'il pouvait coller dans l'histoire et nous avons découvert qu'il n'avait même pas fréquenté l'établissement. C'est là qu'on a laissé tomber.

— Vous en êtes sûr ?

— Écoutez, vous faites ce que vous voulez, mais si vous mettez le nom de ce type dans votre article pour la seule raison que nous avons posé des questions sur lui à droite et à gauche, vous risquez de recevoir des appels de ce monsieur et de son avocat. Des questions, nous en posons beaucoup et sur des tas de gens, McKenzie. C'est notre boulot.

Le silence reprenant, il se dit qu'il avait réussi à désamorcer la bombe.

— Nous sommes allés à l'école pour jeter un œil aux albums de promos et en faire des copies, dit-elle enfin. Nous avons découvert que vous aviez pris le seul exemplaire de 88 qu'ils avaient encore en bibliothèque.

C'était sa façon à elle de lui confirmer, mais sans lui donner sa source, qu'il ne s'était effectivement pas trompé.

— Désolé, lui répondit-il. Cet album, je l'ai sur mon bureau. Je ne sais pas combien de temps il vous reste, mais vous pouvez envoyer quelqu'un le prendre si vous le désirez.

— Non, je n'ai plus le temps. Nous avons pris une photo de la plaque commémorative apposée sur le mur de l'école. Ça suffira. Sans compter que j'ai aussi trouvé une photo de la victime dans nos archives. Nous nous servirons de ça.

— Moi aussi, j'ai vu la plaque. Elle est belle.

— Ils en sont très fiers.

— Bon, on est donc tous d'accord sur la marche à suivre, McKenzie ?

— Oui, oui, pas de problème. C'est juste que

je me suis un peu excitée en croyant que vous nous cachiez un truc important.

— On n'a rien de bien important à vous dire. Pour l'instant.

— Bon. Vaudrait mieux que je retourne finir mon article.

— C'est toujours pour la fenêtre de demain ?

— À condition que j'arrive à le finir. Appelez-moi demain pour me dire ce que vous en pensez.

— Je n'y manquerai pas.

Il referma son portable et regarda Rider.

— Je crois qu'on est à l'abri, dit-il.

— Putain, Harry, t'es vraiment en forme aujourd'hui ! Monsieur Évitement Roublard en personne. Tu devrais pouvoir faire sortir un zèbre de ses rayures si t'avais à le faire !

Il sourit. Puis il leva les yeux sur l'annexe de la mairie, dans Spring Street. C'était là qu'opérait Irvin Irving depuis son bannissement de Parker Center. Bosch se demanda si M. Propre était en train de les regarder derrière une des fenêtres du bureau de la planification stratégique. Puis il pensa à quelque chose.

— Kiz ? dit-il.

— Quoi ?

— Tu connais McClellan ?

— Non, pas vraiment.

— Mais tu sais à quoi il ressemble, non ?

— Bien sûr. Je l'ai rencontré à des réunions de l'état-major. Irving a cessé d'y assister dès qu'il s'est fait virer à l'annexe. La plupart du temps, c'était McClellan qu'il envoyait pour le représenter.

— Ce qui fait que tu pourrais le reconnaître ?

— Évidemment. Mais de quoi tu parles, Harry ?

— On ferait peut-être bien d'aller lui causer. Disons... de lui foutre la trouille de façon à ce qu'il envoie un message à Irving.

— Tu veux dire... tout de suite ?

— Pourquoi pas ? Nous y sommes, non ? dit-il en lui montrant le bâtiment.

— On n'a pas le temps, Harry. Et puis... pourquoi chercher une bagarre qu'on peut éviter ? Ne nous occupons pas d'Irving avant d'y être obligés.

— Bon, d'accord, Kiz. Mais il faudra bien le faire à un moment ou à un autre. Je le sais.

Chacun restant concentré sur l'affaire, ils ne se parlèrent plus avant d'arriver à la Maison de verre et d'y entrer.

25

Abel Pratt avait convoqué dans la salle d'appel tous les membres de l'unité des Affaires non résolues, plus quatre inspecteurs des Vols et Homicides prêtés à l'unité pour organiser la surveillance. La direction de la réunion avait été confiée à Bosch et Rider qui racontèrent toute l'affaire en une demi-heure. Sur le panneau d'affichage derrière eux, ils avaient punaisé des agrandissements des photos d'identité tirées des permis de conduire les plus récents de William Burkhart et de Roland Mackey. Les inspecteurs leur ayant posé quelques questions, ils rendirent la direction de la réunion à Pratt.

— Bien, dit ce dernier, on va avoir besoin de tout le monde sur ce coup-là. Nous travaillerons en doubles six. Deux paires aux écoutes, deux paires sur Mackey et deux paires sur Burkhart. Je veux que les équipes des Affaires non résolues s'occupent de Mackey et de la salle d'écoutes. Les quatre inspecteurs prêtés par les Vols et Homicides surveilleront Burkhart. Kiz et Harry avaient le droit de choisir et ont décidé de prendre le deuxième poste sur Mackey. Aux autres de s'entendre pour les postes restants. On commence demain à six heures, à peu de chose près au moment où le journal arrivera dans les kiosques.

Tout cela donnait six paires d'inspecteurs effectuant des services de douze heures. Changement de postes à six heures du matin et six heures du soir. L'affaire leur appartenant, Bosch et Rider avaient eu le droit de choisir leurs postes en premier et avaient décidé de surveiller Mackey tous les soirs à partir de six heures. Cela voulait dire qu'ils allaient devoir travailler toute la nuit, mais Bosch avait dans l'idée que si Mackey faisait quelque chose ou appelait quelqu'un, ce serait le soir. Et il voulait être là quand ça se passerait.

Ils devaient travailler en alternance avec une autre équipe. Les deux équipes restantes des Affaires non résolues se relaieraient à la City of

Industry, où une entreprise privée appelée ListenTech[1] avait installé l'équivalent d'un centre d'écoutes auquel avaient recours toutes les forces de l'ordre du comté de Los Angeles. Planquer dans une camionnette garée à côté d'un poteau téléphonique supportant la ligne qu'on surveille était une chose du passé. ListenTech offrait maintenant une salle calme et climatisée avec des consoles électroniques capables de suivre et d'enregistrer des appels donnés ou reçus sur tous les fixes et portables du comté. Il y avait une cafétéria avec des distributeurs automatiques et du café frais. On pouvait même se faire livrer des pizzas si nécessaire.

Le système ListenTech était capable de mener jusqu'à quatre-vingt-dix écoutes simultanées. Rider avait dit à Bosch que la société avait fait des petits en 2001, lorsque les forces de l'ordre avaient commencé à profiter de l'élargissement des lois portant sur les écoutes. Une société privée qui avait repéré ce besoin grandissant était entrée dans la danse en fournissant des centres d'écoutes régionales aussi connus sous le nom de « salles de sonorisation ». Ces installations facilitaient le travail. Il n'en restait pas moins certaines règles à observer.

— On va avoir un os à la salle de sono, dit Pratt. Selon la loi, une personne ne peut écouter qu'une seule ligne à la fois... pas question d'écouter deux lignes en même temps. Sauf que

1. Soit « TechÉcoute ». (*N.d.T.*)

nous, nous avons trois lignes à écouter, avec seulement deux bonshommes parce qu'on n'en a pas plus. Et donc... comment fait-on pour y arriver tout en respectant la loi ? On alterne. Une des lignes est le portable de Roland Mackey. Celle-là, on l'écoute tout le temps. Les deux autres lignes sont secondaires. C'est là qu'on écoute en alternance. Ce sont celles de la baraque où il vit et de l'endroit où il bosse. Bref, on se cale sur la première quand il est chez lui et, de seize heures à minuit, quand il est au boulot, on passe sur sa ligne au travail. Mais quelles que soient les lignes qu'on écoutera effectivement, on aura un suivi papier vingt-quatre heures sur vingt-quatre pour les trois.

— On pourrait pas avoir un autre inspecteur des Vols et Homicides pour écouter la troisième ? demanda Rider.

Pratt hocha la tête.

— Le capitaine Norona nous a donné quatre bonshommes et c'est tout, dit-il. On n'en manquera pas lourd. Et, comme je vous l'ai dit, on aura les suivis papier.

Les suivis papier faisaient partie du processus d'écoute. Pendant la période où les enquêteurs avaient le droit d'écouter les conversations sur les lignes désignées, l'équipement permettait aussi d'enregistrer tous les appels entrants et sortants passés sur toutes les lignes répertoriées par le mandat, même si elles n'étaient pas écoutées. Cela donnait aux enquêteurs une liste comprenant les heures des appels et leurs durées, ainsi que les numéros appelés ou composés.

— Des questions ? reprit Pratt.

Bosch ne pensait pas qu'il y en aurait d'autres. Le plan était des plus simples. Mais Renner, des Affaires non résolues, ayant levé la main, Pratt lui fit signe d'y aller.

— Tout ça est autorisé combien de temps ?

— Comme on vous l'a déjà signalé, lui répondit Pratt, nous n'avons droit qu'à soixante-douze heures à partir de maintenant.

— Ben, espérons que ça durera les soixante-douze, lui renvoya Renner. Faut que j'arrive à payer la colonie de vacances de Malibu à mon fils.

Tout le monde rit.

Tim Marcia et Rick Jackson se portèrent volontaires pour constituer la deuxième patrouille avec Bosch et Rider. Les quatre autres furent affectés à la salle de sono, Renner et Robleto prenant le service de jour et Robinson et Nord le même service que Bosch et Rider. Le centre ListenTech était certes beau et agréable, mais certains flics n'aimaient pas être enfermés quelles que soient les circonstances. Certains, tels Marcia et Jackson, choisissaient toujours la patrouille et Bosch savait qu'il était comme eux.

Pratt mit fin à la réunion en distribuant des photocopies d'une liste comprenant les numéros de portable de chacun et l'indication du canal radio qu'ils devraient utiliser pendant la surveillance.

— Pour les patrouilles, j'ai des radios portables retenues dans la salle d'équipement, reprit-il. Assurez-vous que votre radio de bord est toujours allumée. Harry, Kiz... j'ai oublié quelque chose ?

— Non, je crois que tout est couvert, dit Rider.

— Étant donné qu'on n'a pas beaucoup de temps sur ce coup-là, dit Bosch, Kiz et moi travaillons à un truc qui devrait accélérer les choses si nous n'avons toujours rien demain soir. On a l'article dans le journal et il faut être sûr qu'il le voie.

— Comment va-t-il faire pour le lire s'il est dyslexique ? demanda Renner.

— Il a un GED, lui répondit Bosch. Il devrait y arriver. Tout ce qu'il faut, c'est s'assurer que ça lui tombe sous le nez.

Tout le monde ayant acquiescé d'un signe de tête, Pratt leva la séance.

— OK, les gars, c'est tout, dit-il. Je resterai en contact avec tout le monde jour et nuit. Restez calmes et faites gaffe à ce mec. On n'a pas envie que ça nous pète au nez. Ceux qui prennent le premier service auront peut-être envie de rentrer chez eux dormir un bon coup. N'oubliez pas : la pendule nous bouffe le mandat. Nous avons jusqu'à vendredi soir et après, c'est fini. Donc on se défonce et on attrape ce qu'il faut. On boucle les dossiers, nous. Alors, on boucle celui-là.

Bosch et Rider se levèrent et parlèrent pendant encore quelques minutes de l'affaire avec les autres, puis Bosch rejoignit son box. Il prit le double photocopié de la chemise de conditionnelle dans la pile de dossiers qui s'étaient accumulés sur son bureau. Il n'avait pas encore eu l'occasion de la lire à fond et l'heure était venue de le faire. Le dossier était du type à compléter, ce qui signifiait qu'au fur et à mesure que Mackey se faisait arrêter et poursuivait son périple à travers le système pénal, on se contentait d'y ajouter rapports et décisions de justice. Par conséquent aussi, tout y était classé en ordre chronologique inverse. Bosch s'intéressait surtout au début de sa carrière. Il repartit donc de la fin du dossier pour avancer dans le temps.

La première arrestation de Mackey adulte s'était produite à peine un mois après ses dix-huit ans. En août 1987, il avait été pris pour un vol de voiture à l'occasion de ce que les rapports d'enquête qualifiaient de « rodéo ». Mackey vivait encore chez ses parents à l'époque et avait volé la Corvette d'un voisin. Ce dernier l'ayant laissée devant chez lui, moteur allumé, pour aller chercher une paire de lunettes de soleil qu'il avait oubliée, Mackey avait sauté dans la voiture et filé avec.

Il avait plaidé coupable, les attendus du jugement contenus dans le dossier faisant état de son casier de délinquant juvénile, mais ne disant rien des Huit de Chatsworth. En septembre 1987, le jeune voleur de voitures avait été condamné à un an de prison avec sursis et mise à l'épreuve par un juge de la Cour supérieure qui avait essayé de le convaincre de renoncer à une vie tout entière consacrée au crime.

La transcription de l'audience avait été versée au dossier. Bosch lut les deux pages de la leçon de morale que le juge lui avait faite et dans laquelle il lui disait avoir vu des centaines de fois des jeunes gens comme lui. Pour lui, Mackey se tenait au bord du même précipice que les autres. Un seul crime pourrait lui servir de leçon pour sa vie entière, ou être la première marche d'une longue spirale descendante. Il l'avait enfin pressé de ne pas se tromper de chemin, de bien réfléchir et de prendre la bonne décision.

L'avertissement était manifestement tombé dans les oreilles d'un sourd. Six semaines plus tard, Mackey se faisait arrêter pour avoir cambriolé la maison d'un autre voisin pendant que celui-ci et son épouse étaient au travail. Il avait bien bloqué l'alarme, mais la coupure de courant avait été remarquée par la société de gardiennage qui avait aussitôt dépêché une voiture de patrouille. Lorsque Mackey était ressorti par la porte de derrière avec une caméra vidéo, du matériel électronique assorti et des bijoux comme butin, deux officiers de police l'attendaient l'arme au poing. Parce qu'il avait bénéficié d'une conditionnelle avec mise à l'épreuve pour le vol de voiture, il avait été placé en détention à la prison du comté dans l'attente de son jugement. Au bout de trente-six jours de préventive, il s'était retrouvé devant le même juge et, à lire les minutes du procès, avait supplié qu'on lui accorde une deuxième chance. Cette fois, les attendus du jugement mentionnaient que, d'après les tests, Mackey était accro à la marijuana et qu'il traînait beaucoup avec un groupe de jeunes gens peu recommandables de la région de Chatsworth.

Bosch comprit qu'il s'agissait très probablement des Huit. On était alors au début décembre, à peine quelques semaines les séparaient de ce qu'ils avaient projeté de faire pour terroriser les populations et rendre hommage à Adolf Hitler. Sauf que rien de tout cela ne se trouvait dans les minutes du procès. On y lisait seulement que Mackey avait de mauvaises fréquentations. Au moment où il le condamnait ainsi, le juge ne savait pas à quel point elles l'étaient.

Mackey avait écopé de trois ans de prison avec sursis. Plus deux ans de mise à l'épreuve. Parce qu'il savait que la prison ne lui servirait jamais qu'à obtenir son diplôme de criminel avéré, le juge lui laissait une porte de sortie en même temps qu'il essayait de le casser. Mackey était ressorti libre du tribunal, mais sa mise à l'épreuve lui imposait de sérieuses restrictions. Il devait, entre autres obligations, subir un test de dépistage de drogue toutes les semaines, avoir un emploi rémunéré et obtenir son GED sous neuf mois. Le juge lui avait précisé que s'il ne remplissait pas toutes ces obligations sans exception, c'était à la prison d'État qu'on l'enverrait purger ses trois ans.

« — Vous pensez peut-être que je suis sévère, monsieur Mackey, pouvait-on lire dans les attendus du procès, mais je trouve cette condamnation très légère. C'est la dernière chance que je vous donne. Si vous me décevez, vous irez en prison sans l'ombre d'un doute. La société n'aura plus à essayer de vous aider. Elle vous jettera, tout simplement. Est-ce bien compris ?

— Oui, monsieur le juge », avait répondu Mackey.

Le dossier comportait les photocopies des bulletins du lycée de Chatsworth High exigés par le tribunal. Mackey avait obtenu son GED en août 88, soit un peu plus d'un mois après que Rebecca Verloren avait été arrachée à son lit, puis assassinée.

Malgré les efforts admirables qu'avait déployés le juge pour écarter Mackey de la voie du crime, Bosch ne put s'empêcher de se demander si ce n'était pas ce qui avait coûté la vie à la jeune fille. Qu'il ait ou n'ait pas été le tueur, Mackey avait été en possession de l'arme qui l'avait tuée. Était-il raisonnable de penser que la suite d'événements qui avait conduit à ce meurtre aurait été arrêtée si Mackey s'était retrouvé derrière les barreaux ? Bosch n'en était pas certain. Il était aussi possible que Mackey n'ait fait que fournir l'arme du crime. Et si ce n'était pas lui, ç'aurait pu être quelqu'un d'autre. Bosch savait qu'il ne servait à rien de réduire cet enchaînement à des faits qui auraient ou n'auraient pas pu se produire.

— Des trucs ? lui demanda Rider.

Il sortit de ses méditations. Rider se tenait debout derrière son bureau. Il referma son dossier.

— Non, pas vraiment, répondit-il. Je lis son dossier de conditionnelle. Les affaires du début.

Un juge a commencé par s'intéresser à lui, puis il semblerait qu'il ait laissé tomber. Il n'a jamais pu faire plus que l'obliger à passer son GED.

— Pour ce que ça lui a servi !

— Ça ! dit-il, mais il n'ajouta rien.

Lui aussi n'avait qu'une équivalence de diplôme de fin d'études secondaires. Lui aussi s'était retrouvé devant un juge pour vol de voiture. Et la voiture dans laquelle il était allé faire du rodéo était elle aussi une Corvette. Mais pas celle d'un voisin... celle de son père adoptif. Il la lui avait piquée comme pour lui dire d'aller se faire foutre. Sauf que c'était ledit père adoptif qui l'avait envoyé se faire foutre. Bosch s'était retrouvé dans un foyer de jeunes et avait dû se démerder tout seul.

— Ma mère est morte quand j'avais onze ans, dit-il brusquement.

Rider le regarda et y alla de son froncement de sourcils.

— Je sais, dit-elle. Pourquoi tu parles de ça ?

— Je ne sais pas. J'ai passé beaucoup de temps en foyer après ça. C'est vrai que j'allais aussi dans des familles d'accueil, mais ça ne durait jamais longtemps. On m'y renvoyait toujours.

Rider attendit, mais il en resta là.

— Et... ? lui lança-t-elle pour l'encourager.

— Et... il n'y avait pas de gangs au foyer, répondit-il. Cela dit, il y avait quand même une espèce de ségrégation naturelle. Tu sais bien... les Blancs restaient ensemble. Comme les Noirs et les Hispaniques. À cette époque-là, il n'y avait pas d'Asiatiques.

— Qu'est-ce que tu veux dire, Harry ? Que tu as pitié de ce trouduc de Mackey ?

— Non.

— Il a tué ou aidé à tuer une jeune fille, Harry !

— Je le sais, Kiz. Ce n'est pas ce que je veux dire.

— Qu'est-ce que tu veux dire, alors ?

— Je ne sais pas. Je me posais des questions, c'est tout. Je me demandais ce qui fait qu'on prend tel chemin plutôt que tel autre. Comment se fait-il que ce type soit devenu raciste et pas moi ?

— Harry, tu réfléchis trop. Rentre chez toi et fais une bonne nuit. T'en auras besoin parce que demain soir tu n'y auras plus droit.

Bosch acquiesça d'un signe de tête, mais ne bougea pas.

— Dis, tu vas y aller ou quoi ? lui demanda-t-elle.

— Oui, tout à l'heure. Tu t'en vas ?

— Oui, à moins que tu veuilles que je t'accompagne aux Mœurs d'Hollywood.

— Non, ça ira. On se cause demain matin, dès qu'on a le journal.

— D'accord. Je ne sais pas trop où je vais pouvoir trouver un *Daily News* dans le South End. Il se peut que je t'appelle pour te demander de me le lire.

Le *Daily News* était bien distribué dans la Valley, mais on le trouvait parfois difficilement dans le reste de la ville. Rider habitait près d'Inglewood, dans le quartier même où elle avait grandi.

— Pas de problème. Passe-moi un coup de fil, je l'aurai. Il y a un distributeur en bas de la colline.

Rider ouvrit un de ses tiroirs de bureau et en sortit son sac à main. Puis elle regarda Bosch en lui refaisant son froncement de sourcils.

— Tu es sûr de ton coup ? Te faire marquer comme ça...

C'était ce qu'ils avaient prévu de faire pour bousculer Mackey le lendemain. Il acquiesça de la tête.

— Il va falloir que j'arrive à le convaincre, répondit-il. En plus, je pourrai porter des manches longues pendant quelque temps. On n'est pas encore en été.

— Mais... et si ce n'était pas nécessaire ? Et s'il lisait l'article dans le journal, décrochait son téléphone et se mettait à bavasser comme un fou ?

— Quelque chose me dit que ce n'est pas ce qui va se passer. Et d'ailleurs, ça ne reste pas. Vicki Landreth m'a assuré que ça ne restait qu'une quinzaine de jours maximum, selon qu'on prend beaucoup de douches ou pas. Ce n'est pas comme les tatouages au henné que les gamins se font faire à la jetée de Santa Monica. Ceux-là durent plus longtemps.

Elle acquiesça.

— Bien, Harry, dit-elle. On se retrouve demain matin.

340

— À plus, Kiz. Amuse-toi bien.

Elle sortait du box lorsqu'il la rappela.

— Hé, Kiz ! lança-t-il.

— Quoi ? dit-elle en s'arrêtant et se retournant pour le regarder.

— Qu'est-ce que tu penses de tout ça ? T'es contente d'être revenue ?

Elle savait de quoi il parlait : d'être revenue aux Homicides.

— Oh oui, Harry, je suis très contente. Même que je serai folle de joie quand on aura coincé ce cavalier pâle et résolu le mystère.

— Oui.

Après son départ, il réfléchit à ce qu'elle avait voulu dire en traitant Mackey de cavalier pâle. Il pensa que c'était peut-être une référence biblique, mais à quoi, il fut incapable de le dire. Mais c'était peut-être aussi comme ça qu'on appelait les racistes dans le South End. Il décida de le lui demander le lendemain. Il recommença à lire le dossier de conditionnelle, mais renonça vite. Il savait que l'heure était venue de se concentrer sur l'ici et maintenant. Pas sur le passé. Pas sur les choix qu'on a faits et les chemins qu'on n'a pas pris. Il se leva et se coinça le dossier et le classeur sous le bras. Si la planque tirait en longueur, ça pourrait lui donner quelque chose d'intéressant à lire. Il passa la tête dans le bureau d'Abel Pratt pour lui dire au revoir.

— Bonne chance, Harry, lui lança celui-ci. On boucle l'affaire.

— C'est entendu.

26

Bosch se gara dans le parking de derrière et franchit les portes du commissariat de la division d'Hollywood. Cela faisait longtemps qu'il n'y était pas revenu et il y trouva beaucoup de changements. Entreprise après le tremblement de terre, la rénovation dont lui avait parlé Edgar avait apparemment affecté tout le bâtiment. Il découvrit que la salle de la sécurité occupait l'ancien emplacement des cellules et qu'il y avait maintenant une pièce où l'on pouvait rédiger ses rapports alors qu'avant il fallait se trouver un coin au bureau des inspecteurs pour le faire.

Avant de monter aux Mœurs, il devait s'arrêter audit bureau pour voir s'il pourrait y retirer un dossier. Il prit le couloir du fond et passa devant un sergent de patrouille, un certain McDonald, dont il fut incapable de retrouver le prénom.

— Hé, Harry ! lui lança ce dernier. Tu reviens ? Ça fait une paie !

— Oui, je suis de retour, Six.

— Bon plan, ça.

Le chiffre « 6 » était le code radio pour la division d'Hollywood. Appeler ce sergent « Six » était du même esprit que donner du Roy à un inspecteur des Homicides. Ça marcha et permit à Bosch de se dépatouiller de son trou de mémoire plutôt gênant. Arrivé au bout du couloir, il se rappela que le sergent s'appelait Bob.

La brigade des Homicides se trouvait tout au fond de la grande salle des inspecteurs. Edgar ne s'était pas trompé. Ça ne ressemblait à aucun bureau des inspecteurs qu'il ait jamais vu. C'était gris et stérile. On aurait dit un hangar où des vendeurs passent des coups de téléphone au hasard pour dépouiller des sociétés et des petites vieilles en leur vendant des stylos ou des appartements en temps partagé à prix d'or. Il repéra le crâne d'Edgar juste au-dessus d'une des cloisons acoustiques entre deux box. Tout laissait croire qu'il ne restait plus que lui dans toute la brigade. Certes la soirée était déjà avancée, mais pas tant que ça.

Il gagna le box et passa le nez au-dessus de la cloison pour le regarder. Edgar avait la tête baissée et travaillait aux mots croisés du *Times*. Chez lui, cela tenait du rituel depuis toujours. Il faisait les mots croisés tous les jours, n'hésitant pas à emporter sa grille aux toilettes, au resto et pendant les planques. Il n'aimait pas rentrer chez lui sans les avoir finis.

Edgar n'avait pas remarqué la présence de Bosch. Celui-ci recula sans faire de bruit et se glissa dans le box voisin. Puis il sortit précautionneusement la corbeille en fer de son embase et baissa la tête pour ressortir du box et aller se poster juste derrière Edgar. Il se redressa et laissa tomber la corbeille d'une hauteur d'environ un mètre vingt sur le nouveau linoléum gris. Le bruit fut fort et sec, presque comme un coup de feu. Edgar bondit de son siège, son crayon s'envolant vers le plafond. Il allait crier quelque chose lorsqu'il aperçut Harry Bosch.

— Putain, Bosch ! s'écria-t-il.

— Comment va, Jerry ?

Bosch avait du mal à parler tant il riait.

— Putain, Bosch !

— Je sais, tu l'as déjà dit. Faut croire que c'est plutôt calme ce soir.

— Qu'est-ce que tu fous ici, bordel ? Enfin, je veux dire... en dehors de me flanquer la trouille ?

— Je bosse, mec. J'ai rendez-vous avec la dessinatrice des Mœurs au premier. Et toi ?

— Je finissais. J'allais partir.

Bosch se pencha en avant et vit que la grille était presque entièrement remplie. Il y avait des traces de coups de gomme. Edgar ne faisait jamais ses mots croisés à l'encre. Bosch remarqua qu'il avait descendu son vieux dictionnaire rouge de l'étagère et l'avait posé sur son bureau.

— Encore à tricher, hein ? dit-il. Tu sais que tu n'es pas censé te servir du dictionnaire, non ?

Edgar se laissa retomber sur son siège. Il avait l'air exaspéré par la trouille qu'on lui avait faite et les questions qu'on lui posait.

— Des conneries, oui ! Je peux faire ce que je veux. Il n'y a pas de règles, Harry. Et si tu montais à l'étage et que tu me foutais la paix, hein ? Demande-lui donc de te mettre de l'eyeliner et de te renvoyer sur le trottoir.

— Dis, tu rêves ? Tu serais mon premier client !

— D'accord, d'accord. T'as besoin de quelque chose ou t'es juste venu me les briser ?

Enfin il souriait et Bosch comprit que tout allait bien.

— Un peu des deux, répondit-il. J'ai besoin de sortir un vieux dossier. Où est-ce qu'on les garde dans ce beau palais ?

— C'est du vieux ? Ils ont commencé à en descendre en ville pour les microfilmer.

— Ça doit remonter à l'an 2000. Tu te rappelles Michael Allen Smith ?

Edgar acquiesça d'un signe de tête.

— Bien sûr que je me rappelle ! C'est pas un type comme moi qui risque de l'oublier. Qu'est-ce que tu lui veux ?

— Juste sa photo. Le dossier est toujours ici ?

— Oui, tout ce qui est récent n'a pas bougé. Suis-moi.

Il conduisit Bosch jusqu'à une porte fermée. Il avait la clé, bientôt ils se retrouvèrent dans une petite salle couverte de rayonnages bourrés de classeurs bleus. Edgar repéra celui de Michael Allen Smith, le descendit et le tendit à Bosch. Il était lourd. L'affaire n'avait pas été facile.

Bosch emporta le classeur jusqu'au box voisin de celui d'Edgar et en feuilleta les pages jusqu'à une section pleine de photos représentant les pectoraux de Smith et plusieurs de ses tatouages. C'était ces derniers qui avaient permis de le confondre et de l'inculper pour l'assassinat de trois prostitués quelque cinq ans plus tôt. C'étaient Bosch, Edgar et Rider qui avaient mené l'enquête. Smith était un suprématiste blanc qui se faisait en secret des travelos noirs qu'il ramassait dans Santa Monica Boulevard. Après quoi, se sentant coupable d'avoir franchi la ligne jaune tant sexuelle que raciale, il les tuait. La solution était venue lorsque Rider avait trouvé un travelo qui avait vu une des victimes monter dans un van avec un client. Il avait pu lui décrire un tatouage très particulier que le micheton avait sur la main. C'était cet indice qui avait fini par les conduire à un Smith qui s'était fait une collection de tatouages dans les diverses prisons qu'il avait fréquentées. Jugé et condamné, il avait été expédié au couloir de la mort, où il essayait toujours d'éviter la piqûre en interjetant appel sur appel.

Bosch sortit les photos où l'on voyait son cou, ses mains et son avant-bras gauche – le tout couvert de travaux à l'encre de prison.

— Je vais en avoir besoin là-haut, dit-il. Si tu t'en vas et que tu veux fermer la salle des classeurs, je peux te laisser ce truc sur ton bureau ?

Edgar acquiesça de la tête.

— Ça sera parfait. Alors, dans quoi t'es allé te fourrer ce coup-ci, mec ? Tu vas te coller ces merdes sur la peau ?

— C'est ça même. Je veux ressembler à Mike.

Edgar plissa les paupières.

— Ç'a à voir avec les Huit de Chatsworth dont on causait hier ?

Bosch sourit.

— Tu sais quoi, Jerry ? Tu devrais être détective ! T'es vraiment bon, tu sais ?

Edgar hocha la tête comme s'il ne faisait jamais que supporter un énième sarcasme.

— Et tu vas aussi te faire raser le crâne ?

— Non. Je ne pensais pas aller aussi loin. Disons que je vais jouer les skinheads repentis.

— Je vois.

— Bon, dis donc, t'as quelque chose à faire ce soir ? Ça ne devrait pas me prendre très long-temps là-haut. Si tu veux attendre en finissant ta grille, on pourrait aller manger un steak chez Musso.

Rien que de prononcer ces mots, il eut faim. Ça et un martini vodka...

— Non, Harry, faut que je monte dans la colline, au Sportsmen's Lodge où Sheree Riley fait un pot pour son départ à la retraite. C'est pour ça que je tuais le temps ici. J'attendais seulement que la circulation soit meilleure.

Sheree Riley enquêtait aux Crimes sexuels. Bosch avait travaillé avec elle à l'occasion, mais ils n'avaient jamais été proches. Lorsque le sexe et le meurtre allaient de pair, les affaires étaient si brutales et difficiles qu'il n'y avait guère de place pour autre chose que le travail. Bosch ne savait pas qu'elle prenait sa retraite.

— Et si on se mangeait ce steak un autre jour ? demanda Edgar. Ça t'irait ?

— Tout m'irait, Jerry. Amuse-toi bien là-haut et dis-lui bonjour et bonne chance pour moi. Et merci pour les photos. Je te les remettrai sur ton bureau.

Bosch repartait vers le couloir lorsqu'il entendit Edgar qui jurait. Il se retourna et vit son ancien coéquipier se mettre debout et chercher partout dans son box les bras grands ouverts.

— Où qu'il a filé, ce putain de crayon ?! lança-t-il.

Bosch regarda par terre et ne le trouva pas davantage. Pour finir il leva la tête et vit qu'il s'était coincé dans un des panneaux insonorisants du plafond, juste au-dessus d'Edgar.

— Jerry, lui dit-il, y a des fois où ce qui monte ne redescend pas forcément !

Edgar leva la tête à son tour et découvrit son crayon. Il dut sauter deux fois pour l'attraper.

La porte de la brigade des Mœurs était fermée à clé, mais cela n'avait rien d'inhabituel. Bosch frappa, un officier en civil qu'il ne reconnut pas lui ouvrit aussitôt.

— Vicki est là ? Elle m'attend, dit Bosch.

— Entrez.

L'officier s'effaça pour le laisser passer. Bosch s'aperçut que cette salle-là n'avait guère changé depuis le réaménagement à l'ancienne. Toute en longueur, elle était bordée des deux côtés par des plans de travail. Au-dessus de chaque espace de travail se trouvait une affiche de film. À Hollywood, seules les affiches des films qu'on avait effectivement tournés à la division avaient le droit d'orner les murs. Il trouva Vicki Landreth sous une affiche de *Blue Neon Night*[1], un film qu'il n'avait pas vu. Il n'y avait qu'elle et l'autre

---

1. Soit *La Nuit bleu néon*, film dans lequel Michael Connelly décrit son Los Angeles. (*N.d.T.*)

officier dans ce bureau. Il se dit que les autres avaient déjà pris leur service dans les rues.

— Hé, Harry ! lui lança Landreth.

— Salut, Vic. Tu as encore le temps de me faire ce truc ?

— Pour toi, mon chou, du temps j'en trouverai toujours.

Landreth était une ancienne maquilleuse d'Hollywood. Un jour, quelque vingt ans plus tôt, elle s'était laissé convaincre de partir en voiture avec un des officiers de police qui travaillait à la sécurité du plateau en dehors de son service. Le type essayait seulement de la draguer, en espérant peut-être que la balade exciterait assez la dame pour qu'elle veuille aller plus loin. De fait, la balade avait amené Landreth à entrer à l'Académie de police et à devenir officier de réserve – elle faisait deux patrouilles par mois et des remplacements quand c'était nécessaire. Jusqu'au jour où quelqu'un avait découvert le travail qu'elle effectuait pendant la journée et lui avait demandé de faire ses patrouilles aux Mœurs, où on pouvait se servir de ses talents pour que les officiers en civil aient plus l'air de putes, de macs, de camés et autres paumés de la rue. Vicki n'avait pas tardé à trouver son boulot de flic plus intéressant que ce qu'elle faisait pour le cinéma. Elle avait lâché les studios et était devenue flic à plein temps. Ses talents de maquilleuse étant très recherchés, elle s'était fait une place plus que sûre à la division d'Hollywood.

Bosch lui ayant montré les photos des

tatouages de Michael Allen Smith, elle les étudia quelques instants.

— Un gentil petit gars, c'est ça ? dit-elle enfin.

— Un des plus sympas, oui.

— Et tu veux que je te fasse tout ça ce soir ?

— Non. Je pensais seulement aux éclairs sur le cou. Et sur le biceps aussi, si tu pouvais.

— C'est tout du boulot de taulard. C'est pas vraiment artistique. Une seule couleur. Je peux te faire ça, oui. Assieds-toi et enlève ta chemise.

Elle le conduisit à un box de maquillage, où il s'assit à côté d'étagères pleines de teintures et de poudres diverses. Sur celle du haut se trouvaient des têtes de mannequins avec des barbes et des cheveux postiches. Juste en dessous, quelqu'un avait écrit les noms de divers grands patrons de la division.

Bosch ôta sa chemise et sa cravate. Il portait un T-shirt en dessous.

— Je veux qu'on les voie sans que ce soit trop évident, dit-il. Je me disais que tu pourrais peut-être faire en sorte que si je portais un T-shirt comme celui-ci on voie juste des bouts de tatouages. Juste assez pour qu'on les reconnaisse et qu'on sache ce qu'ils veulent dire.

— Pas de problème. Ne bouge plus.

Elle se servit d'un morceau de craie pour marquer les lignes de l'encolure et de l'emmanchure.

— Voilà, ça sera les lignes de visibilité, lui expliqua-t-elle. Tu me dis juste combien t'en veux au-dessus et en dessous.

— Compris.

350

— Et maintenant t'enlèves tout, Harry.

Elle avait dit ça avec une sensualité non déguisée dans la voix. Il passa son T-shirt par-dessus sa tête et le jeta sur une chaise avec sa chemise et sa cravate. Puis il se tourna vers Landreth qui se mit à étudier sa poitrine et ses épaules. Elle se pencha en avant et toucha la cicatrice qu'il avait à l'épaule gauche.

— C'est récent ? dit-elle.

— Non, ancien.

— C'est que ça fait longtemps que je ne t'ai pas vu à poil, Harry.

— Ça doit être ça, oui, dit-il.

— Ça remonte à l'époque où t'étais un bleu et où tu pouvais me convaincre de faire n'importe quoi, y compris d'entrer dans la police.

— Non, moi, je ne t'ai convaincue que de monter dans ma voiture, pas d'entrer chez les flics. Là, tu ne peux t'en prendre qu'à toi-même.

Il se sentit gêné et se mit à rougir. L'aventure qu'ils avaient eue vingt ans plus tôt avait battu de l'aile pour la seule et bonne raison que ni l'un ni l'autre, ils ne cherchaient à s'engager vraiment. Ils avaient fini par partir chacun de leur côté, mais étaient restés amis, surtout lorsque, Bosch ayant été transféré aux Homicides de la division d'Hollywood, ils s'étaient retrouvés à travailler dans le même bâtiment.

— Non mais regardez-moi ça ! Il rougit ! dit-elle. Après toutes ces années...

— C'est que...

Il n'en dit pas plus. Landreth approcha son tabouret. Elle tendit la main vers le haut et frotta son pouce sur le tatouage en forme de rat des tunnels qu'il avait en haut du bras droit.

— Celui-là, par contre, je m'en souviens. Il n'est plus très vaillant, hein ?

Elle avait raison. Ce tatouage, qu'il s'était fait faire au Vietnam, avait perdu de sa netteté au fil du temps et les couleurs s'en étaient fanées. Le rat qui sortait d'une galaxie en tenant un flingue n'était plus reconnaissable. Tout cela ne ressemblait plus guère qu'à un bleu qui fait encore mal.

— Je ne suis plus aussi vaillant moi non plus, Vicki, dit-il.

Elle ignora sa plainte et se mit au travail. Elle commença par se servir d'un crayon à eye-liner pour dessiner les tatouages sur son corps. Michael Allen Smith s'était fait tatouer ce qu'il appelait un collier de la Gestapo autour du cou. De chaque côté de ce dernier on découvrait les deux éclairs de la SS, l'emblème attaché aux pointes de col des uniformes portés par la force d'élite d'Hitler. Landreth les lui dessina vite et facilement sur la peau. Ça chatouillait si fort qu'il eut du mal à rester tranquille. Puis vint le tatouage du biceps.

— Quel bras ? lui demanda-t-elle.

— Je crois que c'est le gauche.

Il pensa au tour qu'il allait jouer à Mackey. Il y avait plus de chances qu'il finisse par s'asseoir à sa droite plutôt qu'à sa gauche. Ce qui voulait dire que ce serait son bras gauche que Mackey aurait dans son champ de vision.

Landreth lui demanda de tenir la photo du bras de Smith près du sien de façon à pouvoir la reproduire. Smith s'était fait tatouer un crâne avec au-dessus un swastika sortant d'un halo. S'il n'avait jamais reconnu les crimes dont on l'accusait, il n'avait jamais caché ni ses opinions racistes ni l'origine de ses tatouages. Le crâne, disait-il ainsi, avait été copié sur une affiche de propagande de la Deuxième Guerre mondiale.

Passer du dessin du cou à celui du bras permit à Bosch de respirer plus librement et à Landreth d'engager la conversation avec lui.

— Alors, qu'est-ce que tu deviens ? lui demanda-t-elle.

— Pas grand-chose.

— Tu t'emmerdais en retraite ?

— On pourrait dire ça, oui.

— Qu'est-ce que tu faisais de ton temps, Harry ?

— J'ai bossé sur deux ou trois vieilles affaires, mais pour l'essentiel j'allais à Las Vegas pour essayer de mieux connaître ma fille.

Elle se redressa et le regarda d'un air étonné.

— Oui, moi aussi, ça m'a surpris quand je l'ai découvert, dit-il.

— Quel âge ?

— Six ans.

— Tu vas pouvoir continuer à la voir maintenant que tu as repris du service ?

— Ça n'a pas d'importance. Elle n'est plus là.

— Ben, elle est où, alors ?

— Sa mère l'a emmenée à Hong Kong pour un an.

— Hong Kong ? Pourquoi ça ?

— Pour un boulot. Elle a signé un contrat d'un an.

— Sans te consulter ?

— Je ne sais pas si « consulter » est le terme qui convient. Elle m'a dit qu'elle partait. J'en ai discuté avec un avocat qui m'a dit que je ne pouvais pas y faire grand-chose.

— C'est pas juste, Harry.

— Oh, je m'en sors. Je lui parle une fois par semaine. Dès que j'aurai gagné un congé, j'irai y faire un tour.

— Ce n'est pas pour toi que je dis que ce n'est pas juste. C'est pour elle. Une fille devrait toujours être près de son père.

Il hocha la tête parce que c'était la seule chose qu'il pouvait faire. Quelques minutes plus tard, Landreth acheva le dessin, ouvrit une valise et en sortit un pot d'encre à tatouage et un applicateur en forme de stylo.

— C'est du Bic Blue, dit-elle. C'est de ça que se servent les trois quarts des taulards. Comme je ne vais pas perforer la peau, ça devrait partir dans deux ou trois semaines.

— Devrait ?

— La plupart du temps, oui, mais une fois j'ai travaillé avec un acteur... je lui avais dessiné un as de pique sur le bras et, le plus drôle, c'est qu'il y a jamais eu moyen de le lui enlever. Je veux dire... complètement. Pour finir, il s'est fait mettre un vrai tatouage par-dessus. Il était pas franchement ravi.

— Je ne le serai pas moi non plus si je passe le reste de mon existence avec des éclairs sur le cou. Et donc, avant que tu commences à me coller ces trucs sur la peau, y aurait pas moyen de...

Il s'arrêta en comprenant qu'elle se payait sa tête.

— Je plaisantais, Harry, dit-elle. C'est du Hollywood Magic. Ça s'en ira au bout de deux trois nettoyages à fond, d'accord ?

— D'accord.

— Alors tiens-toi tranquille et finissons-en.

Elle commença à appliquer l'encre bleu nuit sur son dessin. Elle l'effaçait régulièrement avec un chiffon en lui répétant d'arrêter de respirer, ce dont il se disait incapable. Elle en eut terminé en moins d'une demi-heure. Elle lui tendit un miroir, il s'examina le cou. Ça lui parut bien que ç'ait l'air si vrai. En même temps, il se sentit bizarre d'arborer de tels signes de haine sur sa peau.

— Je peux remettre ma chemise ? demanda-t-il.

— Attends encore deux ou trois minutes.

Elle toucha de nouveau la cicatrice qu'il avait à l'épaule.

— C'est quand tu t'es fait tirer dessus dans le tunnel du centre-ville, n'est-ce pas ?

— Oui.

— Pauvre Harry.

— Vaudrait mieux dire « Lucky Harry ».

Elle commença à ramasser ses instruments pendant qu'il restait torse nu et s'en sentait tout gêné.

— Alors, c'est quoi, le boulot ce soir ? demanda-t-il, plus pour parler qu'autre chose.

— Pour moi ? Rien. Je file.

— T'as fini ?

— Oui, aujourd'hui on était de jour. Les tapineuses qui envahissent l'hôtel près du centre Kodak. Parce que c'est pas tolérable dans le nouvel Hollywood, pas vrai ? On en a coffré quatre.

— Je te demande pardon, Vicki. Je ne savais pas que je t'empêchais de rentrer. Je serais venu plus tôt. J'aurais été moins bavard avec Edgar avant de monter. Tu aurais dû me dire que tu m'attendais.

— C'est pas grave. Ça m'a fait plaisir de te voir. Et je voulais te dire que je suis contente que tu aies repris du service.

Soudain, il pensa à quelque chose.

— Hé, dit-il, tu veux qu'on aille manger un morceau chez Musso ou tu montes au Sportsmen's Lodge ?

— On oublie le Sportsmen's Lodge, tu veux ? Ces trucs-là me rappellent trop les fins de tournage. Et j'aimais pas ça non plus.

— Alors, qu'est-ce que t'en dis ?

— Je sais pas trop si j'ai envie qu'on me voie en compagnie d'un raciste aussi affiché.

Cette fois il comprit tout de suite qu'elle plaisantait. Il sourit, elle lui renvoya son sourire et lui dit que c'était d'accord pour le dîner.

— Mais à une seule condition, précisa-t-elle.

— Oui, quoi ?

— Que tu remettes ta chemise.

27

Sans qu'il ait besoin d'un réveil, il se leva à cinq heures trente le lendemain matin. Chez lui, ça n'avait rien d'inhabituel. Il savait que c'était ce qui arrivait quand on filait dans le « tube » d'une affaire. Les heures de veille l'emportaient sur celles consacrées au sommeil. On faisait tout ce qu'on pouvait pour rester debout sur la planche et continuer à foncer. Il ne serait pas de service avant plus de douze heures, mais il savait que cette journée serait capitale. Il n'était plus question de dormir.

Dans le noir et un environnement qu'il ne connaissait pas, il s'habilla et se dirigea vers la cuisine, où il trouva un bloc pour noter les courses à faire. Il y écrivit un petit mot qu'il laissa devant la machine à café qu'il avait vu Vicki programmer pour sept heures. Il ne lui dit guère plus que merci pour la soirée d'hier et salut. Ni promesses ni à un de ces jours. Il savait qu'elle n'en attendait pas. L'un comme l'autre, ils savaient que peu de choses avaient changé pendant les quinze années qu'ils ne s'étaient pas vus. Ils s'aimaient bien sans doute, mais pas assez pour envisager plus.

Entre la maison de Loz Feliz où habitait Vicki et le col de Cahuenga, les rues étaient grises et envahies de brume. On roulait en code parce qu'on avait déjà roulé toute la nuit ou qu'on croyait que ç'allait peut-être aider à réveiller le monde. L'aurore n'avait rien à envier au crépuscule. Elle arrivait et c'était laid, comme si le soleil était maladroit et pressé. Le crépuscule était plus onctueux, et la lune plus gracieuse. Peut-être parce qu'elle était plus patiente. Dans la vie comme dans la nature, il le pensa, les ténèbres attendent toujours.

Il essaya de repousser les images de la nuit passée pour pouvoir se concentrer uniquement sur l'affaire. Ses collègues allaient se déployer dans Mariano Street et s'installer dans la salle de sono de la ListenTech. Alors que Roland Mackey dormait encore, les forces de la justice commençaient à se refermer sur lui en silence. C'était comme ça que Bosch voyait les choses. Et ça l'électrisait. Pour lui, il était toujours peu probable que Mackey ait pressé la détente. Mais qu'il ait fourni l'arme et qu'il les conduise aujourd'hui même au tueur, William Burkhart ou un autre, ne faisait aucun doute.

Il se gara dans le parking du Poquito Mas, au pied de la colline où il habitait. Il laissa tourner le moteur du 4 × 4 Mercedes, descendit du véhicule et gagna la rangée de distributeurs de journaux. Il vit alors Rebecca Verloren le dévisager à travers la vitre en plastique souillée du distributeur. Il en eut comme un petit sursaut. Peu importait ce que pouvait raconter l'article, enfin la partie commençait.

Il glissa les pièces dans la fente et sortit un journal. Et répéta l'opération pour en avoir un deuxième. Un pour les archives et un pour Mackey. Il ne se donna pas la peine de lire l'article avant d'être remonté chez lui. Il mit une cafetière en route et lut le papier debout dans sa cuisine. La « fenêtre » était occupée par une photo de Muriel Verloren assise sur le lit de sa fille. La chambre était bien rangée et le lit impeccable, jusqu'au volant qui traînait par terre. Dans le coin du haut, il y avait une photo de Rebecca en encart. Il se trouvait que dans ses archives le *Daily News* avait gardé le même cliché que celui de l'album de promo. Au-dessus du cliché un titre :

LA LONGUE VEILLÉE D'UNE MÈRE

C'était Emmy Ward qui avait pris la photo de la chambre, la légende étant cette fois :

Muriel Verloren assise dans la chambre de sa fille. Comme la douleur de Mme Verloren, cette pièce n'a pas changé avec le passage des ans.

Entre la photo et le corps de l'article se trouvait ce qu'un journaliste avait un jour qualifié devant Bosch de titre plate-forme – soit une analyse plus succincte de l'affaire. Sous le mot « HANTÉE » on pouvait ainsi lire :

Muriel Verloren attend depuis dix-sept ans qu'on lui dise qui a tué sa fille. Il se pourrait que, dans sa nouvelle tentative, le LAPD soit près de boucler le dossier.

Bosch trouva l'entrefilet absolument parfait. Si jamais il tombait dessus, Mackey ne pourrait pas ne pas sentir le doigt glacé de la peur lui frapper la poitrine. Bosch poursuivit sa lecture :

Par McKenzie Ward, rédactrice en chef

Il y aura dix-sept ans cet été, une jeune et jolie lycéenne du nom de Rebecca Verloren était kidnappée dans sa maison de Chatsworth et sauvagement assassinée dans Oat Mountain. L'affaire ne fut jamais résolue, laissant dans son sillage une famille brisée, des officiers de police rongés par le remords et une communauté qui attend toujours qu'on referme cette plaie.

Mais, nouvel espoir pour la mère de la victime, le Los Angeles Police Department vient de relancer une enquête qui pourrait bien aboutir et apporter la paix à Muriel Verloren. Car, cette fois, les inspecteurs ont quelque chose qu'ils ne possédaient pas en 1988 : l'ADN de l'assassin.

L'unité des Affaires non résolues a commencé à revoir très sérieusement le dossier après qu'un des premiers inspecteurs affectés à l'affaire – il est aujourd'hui un des contrôleurs de la Valley – eut poussé à la réouverture de l'enquête il y a deux ans de cela, lorsque cette unité fut formée pour reprendre des affaires en sommeil.

« Dès que j'ai su qu'on allait rouvrir de vieux dossiers, je leur ai téléphoné, nous a déclaré hier le contrôleur Arturo Garcia dans son bureau du centre de commandement de la Valley. C'est une affaire dont le souvenir m'a toujours poursuivi. Cette jolie jeune fille enlevée de chez elle comme ça... Aucun assassinat n'est tolérable dans notre ville, mais celui-là m'était encore plus douloureux que les autres. Il n'a pas cessé de me hanter de toutes ces années. »

Il n'a pas davantage cessé de hanter Muriel Verloren. La mère de Rebecca continue en effet d'habiter dans la maison où sa fille de seize ans s'est fait enlever. Et la chambre de Rebecca n'a pas changé depuis la nuit où elle en fut arrachée pour disparaître à jamais.

« Je ne veux rien y changer, nous a dit sa mère en larmes en lissant le couvre-lit de sa fille. C'est ma façon à moi de rester près d'elle. Je ne changerai jamais rien dans cette chambre et je ne quitterai jamais cette maison. »

L'inspecteur Harry Bosch, qui s'est vu affecté à cette nouvelle enquête, nous a dit tenir plusieurs pistes prometteuses dans ce dossier. L'aide la plus précieuse a été fournie par les avancées technologiques effectuées depuis 1988. Du sang qui n'appartenait pas à Rebecca Verloren avait en effet été retrouvé à l'intérieur de l'arme du crime. Bosch nous a expliqué que le chien du pistolet avait « mordu » le tireur à la main et, ce faisant, lui avait pris un bout de peau et du sang. Or, en 1988, ce sang ne pouvait qu'être analysé, classé et conservé. Aujourd'hui on peut l'attribuer à un suspect. Tout le problème est de trouver ce dernier.

« L'affaire avait été très sérieusement étudiée, nous a encore déclaré Bosch. Des centaines de personnes avaient été interrogées et des centaines de pistes remontées. Nous reprenons tout cela à fond, mais notre plus grand espoir réside dans cette identification par ADN. Pour moi, c'est de là que viendra la solution. »

L'inspecteur Bosch nous a aussi expliqué que, si la victime n'a pas été violée, le crime comporte des éléments de nature psychosexuelle. Il y a dix ans, le ministère de la Justice de l'État a mis sur pied une banque de données contenant les fiches ADN de tous les individus condamnés pour des crimes à caractère sexuel. L'ADN retrouvé dans l'affaire Verloren est actuellement analysé aux fins de comparaison avec ces échantillons. Pour l'inspecteur Bosch, il est tout à fait vraisemblable que l'assassinat de Rebecca Verloren ne soit pas un crime isolé.

« Il me semble peu probable que le meurtrier n'ait commis que ce crime et se soit ensuite converti à une existence de citoyen respectueux des lois. La nature de ce crime nous dit qu'il en a très certainement commis d'autres. S'il s'est fait prendre et si sa fiche ADN se trouve dans une banque de données, l'identifier n'est plus qu'une question de temps. »

Rebecca a été enlevée chez elle en pleine nuit, le 5 juillet 1988. Trois jours durant la police, aidée par des membres de la communauté, a tenté de la retrouver. C'est une cavalière qui se promenait dans Oat Mountain qui a découvert le corps derrière un arbre couché. Si l'enquête permit alors de préciser nombre de choses – y compris que Rebecca avait mis fin à une grossesse six semaines environ avant sa mort –, la police n'a jamais pu identifier l'assassin ni comprendre comment il était entré dans la maison.

Au fil des ans, ce crime a affecté bien des vies. Les parents de la victime se sont séparés, Muriel Verloren ne pouvant rester à l'endroit où son mari, Robert Verloren, un ancien restaurateur, a aujourd'hui élu domicile. À l'entendre, la désintégration de leur couple est la conséquence directe des tensions et de la douleur qu'a suscitées l'assassinat de leur fille.

Un des premiers inspecteurs affectés à l'affaire, Ronald Green, a pris sa retraite anticipée et fini par se suicider. D'après Garcia, il semblerait que l'échec de l'enquête ait joué un rôle important dans la décision de son ancien coéquipier de mettre fin à ses jours.

« Ronnie prenait les choses à cœur et je crois que

cette affaire n'a jamais cessé de le troubler »,
nous a déclaré Garcia.

Au lycée de Hillside Prep, où Rebecca Verloren
était très populaire, une plaque rappelle jour
après jour ce que furent sa vie et sa mort. Ce sont
ses camarades de classe qui l'ont fait apposer sur
le mur du grand hall de cet établissement très
sélect.

« Nous n'oublierons jamais quelqu'un comme
elle », nous a confié Gordon Stoddard, le principal de ce lycée, où il enseignait déjà à l'époque
où Rebecca y était élève.

Une des amies et camarades de classe de Rebecca
est aujourd'hui enseignante dans cet établissement. Bailey Koster Sable a passé la soirée
avec la victime seulement deux jours avant le
meurtre. Ce deuil la hante encore. Elle nous a dit
penser à son amie sans arrêt.

« J'y pense parce que j'ai l'impression que ç'aurait
pu arriver à n'importe qui, nous a dit Sable à
la fin de ses cours. Et cela m'amène à me poser
toujours la même question : pourquoi elle ? »
Telle est aussi la question à laquelle la police
de Los Angeles espère enfin pouvoir répondre
bientôt.

Bosch regarda la photo en page intérieure, où
était renvoyé le reste de l'article. On y voyait
Bailey Sable et Gordon Stoddard debout de
part et d'autre de la plaque apposée sur le mur
du lycée. C'était encore une fois Emmy Ward
qui avait pris la photo. La légende était la suivante :

AMIE ET PROFESSEUR

Suivaient ces mots : « Bailey Sable allait à l'école avec Rebecca Verloren, et Gordon Stoddard lui enseignait les sciences. Aujourd'hui à la tête de ce lycée, Stoddard nous a déclaré : "Becky était une fille bien. Ceci n'aurait jamais dû se produire." »

Bosch versa du café dans son mug et relut l'article en sirotant son jus. Puis, tout excité, il attrapa son téléphone sur le plan de travail et appela Kizmin Rider chez elle. Elle lui répondit d'une voix embrumée.

— Kiz, dit-il, l'article est parfait. Elle y a mis tout ce qu'on voulait.

— Harry ? Quelle heure est-il, Harry ?

— Presque sept heures. C'est parti !

— Harry, il va falloir qu'on travaille toute la nuit. Qu'est-ce que tu fous debout à cette heure ? Qu'est-ce qui te prend de m'appeler à sept heures du matin ?

Il comprit son erreur.

— Je te demande pardon, dit-il. C'est juste que je suis tout excité.

— Rappelle-moi dans deux heures.

Et elle raccrocha. Il n'y avait rien d'amène dans le ton de sa voix.

Nullement intimidé, il sortit de la poche de sa veste la feuille de papier avec les numéros de tout le monde, celle que Pratt avait distribuée pendant la réunion générale. Il appela le portable de Tim Marcia.

— Bosch à l'appareil, dit-il. Vous êtes déjà en place ?

— Oui, on y est.

— Rien de neuf ?

— C'est plutôt le Vallon endormi[1] pour l'instant. On se dit que s'il a bossé jusqu'à minuit hier soir il va faire la grasse matinée.

— Sa bagnole est là ? La Camaro ?

— Oui, Harry. Elle est là.

— Parfait. Vous avez vu l'article dans le journal ?

— Pas encore. Mais on a deux équipes sur la baraque, une pour Burkhart et une pour Mackey. On s'apprêtait à dételer pour boire un café et acheter le journal.

— C'est bon, tout ça. Ça va marcher.

— Espérons-le.

Après avoir raccroché, Bosch se rendit compte que jusqu'au moment où Mackey ou Burkhart quitterait la maison de Mariano Street, l'endroit serait sous double surveillance. D'où perte de temps et d'argent, mais il ne voyait pas d'autre solution. Il n'y avait aucun moyen de savoir à quel moment un des deux suspects déciderait de sortir. On ne savait que peu de choses sur Burkhart. Pas même s'il avait du boulot ou non.

Après Marcia, il appela Renner à la salle de sono de la ListenTech. Renner était le plus ancien de la brigade et en avait usé pour décrocher le service de jour à la salle avec son coéquipier.

— Du nouveau ? lui demanda Bosch.

— Pas encore, mais tu seras le premier averti.

<hr>

1. *The Legend of Sleepy Hollow*, ouvrage de Washington Irving, 1783-1859. (*N.d.T.*)

Bosch le remercia et raccrocha. Puis il consulta sa montre. Il n'était pas encore sept heures trente et il savait qu'une longue journée d'attente allait s'écouler avant qu'il prenne son service. Il se resservit du café et jeta un nouveau coup d'œil au journal. La photo où l'on voyait la chambre de la jeune fille assassinée le tracassait sans qu'il puisse dire exactement pourquoi. Il y avait quelque chose qui clochait, mais pas moyen de savoir quoi. Il ferma les yeux, compta jusqu'à cinq et les rouvrit dans l'espoir que ça déclenche quelque chose. La photo ne révéla pas son secret. Un sentiment de frustration commençait à monter en lui lorsque le téléphone sonna.

C'était Rider.

— Génial, ton coup de fil, Harry ! Maintenant je n'arrive plus à me rendormir. T'as intérêt à être frais ce soir parce que moi, ça sera pas ça.

— Je suis désolé, Kiz. Je le serai, c'est promis.

— Lis-moi l'article.

Il s'exécuta et, lorsqu'il eut fini, elle donna l'impression d'avoir été gagnée par son enthousiasme, au moins en partie. Ils savaient tous les deux que l'article était parfait pour faire réagir Mackey. L'essentiel était de s'assurer qu'il le voie et le lise, et ça, ils pensaient avoir ce qu'il fallait pour y parvenir.

— Bien, dit-elle, je vais m'y mettre. J'ai des trucs à faire aujourd'hui.

— OK, Kiz, on se revoit là-haut. On se retrouve à six heures moins le quart dans Tampa

Avenue, disons... une rue après la station-service ?

— J'y serai, à moins qu'il se passe des choses avant.

— Oui, moi aussi.

Il raccrocha, gagna la salle de bains et mit des habits propres et confortables pour une planque qui allait durer toute la nuit. Il fallait aussi qu'ils conviennent au tour qu'il avait prévu de jouer à Mackey. Il choisit un T-shirt blanc qu'il avait lavé et relavé des dizaines de fois et qui avait tellement rétréci qu'il le serrait aux biceps. Avant d'enfiler une chemise, il se regarda dans la glace. Une moitié du crâne tatoué était visible et les éclairs de la SS dépassaient de son col.

Les tatouages avaient l'air plus authentiques que la veille au soir. Il avait pris une douche chez Vicki Landreth et celle-ci lui avait dit que l'eau troublerait un rien l'encre sur sa peau, ce qui était exactement ce qui arrivait en prison. Elle l'avait aussi averti que le tatouage commencerait à disparaître après deux ou trois douches, mais qu'elle pourrait le lui rafraîchir si c'était nécessaire. Il lui avait répondu qu'il ne prévoyait pas de le garder plus d'une journée. Ce serait tout de suite que ça marcherait ou pas quand il passerait à l'attaque.

Il enfila une chemise à manches longues et boutonnée jusqu'en haut par-dessus son T-shirt. Il vérifia dans la glace et crut voir certains détails du crâne à travers le coton. Le gros swastika noir dans le halo était bien visible.

Prêt à y aller alors qu'il lui restait encore

des heures et des heures à attendre, il se mit à arpenter nerveusement son living en se demandant ce qu'il allait faire. Il décida d'appeler sa fille en espérant qu'entendre sa petite voix pleine de joie lui donnerait encore plus d'allant pour la journée.

Il trouva le numéro de l'hôtel Intercontinental de Kowloon sur le Post-it collé sur la porte du frigo et le composa sur le clavier de son téléphone. Il espérait que sa fille serait encore éveillée. Mais lorsque son appel fut transféré à la chambre d'Eleanor Wish, personne ne décrocha. Au bout de six sonneries un répondeur automatique en anglais et en cantonais lui indiqua comment laisser un message. Il en laissa un court et raccrocha.

Puis, sans vouloir s'attarder sur sa fille et sur les endroits où elle pouvait se trouver, il rouvrit le dossier d'enquête et se remit à l'étudier pour y trouver le détail qui lui aurait échappé. Malgré tout ce qu'il avait appris sur l'affaire et la manière dont elle avait été mise sur une voie de garage par les autorités en place, il croyait encore aux vertus du dossier. C'était toujours dans les détails que se trouvait la clé du mystère.

Il avait fini sa lecture et s'apprêtait à passer au dossier de conditionnelle de Mackey lorsqu'il songea à quelque chose et appela Muriel Verloren. Elle était chez elle.

— Avez-vous vu l'article dans le journal ? lui demanda-t-il.

— Oui, et ça me rend triste de voir ça.

— Pourquoi ?

— Parce que c'est redevenu réel alors que j'avais tout enfoui dans ma mémoire.

— Je suis vraiment navré, mais ça va nous aider, je vous le promets. Je suis content que vous ayez fait ça. Merci.

— Tout ce qui peut aider...

— Merci, Muriel. Écoutez... je voulais vous dire que j'ai localisé votre mari. Je lui ai parlé hier matin.

Il y eut un long silence avant qu'elle réponde.

— Vraiment ? Où est-il ? finit-elle par lui demander.

— Dans la 5e Rue. Il tient une soupe populaire pour les sans-abri. Il leur sert le petit déjeuner. Le Metro Shelter, que ça s'appelle. Je me disais que vous auriez peut-être envie de le savoir.

Ce fut à nouveau le silence. Il songea qu'elle voulait peut-être lui poser des questions et s'apprêta à attendre.

— Vous voulez dire qu'il y travaille ? reprit-elle.

— Oui. Il ne boit plus. D'après lui, ça fait déjà trois ans. Je pense qu'il a dû commencer par y aller pour avoir quelque chose à manger et qu'il a fini par y travailler. Maintenant, c'est lui qui dirige les cuisines. Et c'est drôlement bon. J'y ai mangé hier.

— Je vois, dit-elle.

— Euh... j'ai un numéro qu'il m'a donné. Ce n'est pas une ligne directe. Il n'a pas le téléphone dans sa chambre. Mais c'est à la cuisine et je crois qu'il y est le matin. Il m'a dit que ça se calmait après neuf heures.

— Bon, bon.

— Est-ce que vous voulez ce numéro, Muriel ?

La question étant suivie par le plus long de tous ses silences, ce fut Bosch qui finit par y répondre lui-même.

— Bon, écoutez... Ce numéro, je l'ai sur moi. Si vous le voulez, vous n'aurez qu'à m'appeler. Ça vous va ?

— Oui, inspecteur, ça me convient. Je vous remercie.

— Pas de problème. Bien, va falloir que j'y aille. On espère trouver la faille aujourd'hui.

— Appelez-moi.

— Vous serez la première avertie.

Après avoir raccroché, il se rendit compte qu'avoir parlé de petit déjeuner lui avait donné faim. Il était déjà presque midi et il n'avait rien mangé depuis le steak chez Musso la veille au soir. Il décida d'aller se reposer un moment dans sa chambre. Après quoi il prendrait un déjeuner tardif avant de se présenter au commissariat pour la planque. Il irait manger chez Dupar, à Studio City. C'était sur le chemin de Northridge. Il n'y avait rien de mieux que des crêpes avant une nuit de planque. Il allait s'en commander une bonne pile et de bien beurrées. Elles lui resteraient au fond de l'estomac comme de l'argile et le tiendraient éveillé toute la nuit si cela s'avérait nécessaire.

Une fois dans sa chambre, il s'allongea sur le dos et ferma les yeux. Il essaya de réfléchir à l'affaire, mais son esprit le ramena au jour passablement alcoolisé où il s'était fait tatouer le bras dans une boutique crasseuse de Saigon. En glissant peu à peu dans le sommeil, il se rappela le type à l'aiguille, son sourire et son odeur corporelle. Il se rappela aussi ce qu'il lui avait dit :

— Vous êtes sûr ? N'oubliez pas que vous serez marqué à vie avec ce truc-là.

— Marqué, je le suis déjà, lui avait-il répondu en lui renvoyant son sourire.

Puis là, dans son rêve, le visage du type se transforma peu à peu en celui de Vicki. Elle avait du rouge à lèvres barbouillé sur toute la bouche. Dans sa main elle tenait une aiguille électrique qui bourdonnait.

— T'es prêt, Michael ? lui demandait-elle.

— Je ne m'appelle pas Michael, lui répondait-il.

— Pas de problème. Qui tu es n'a aucune importance. L'aiguille, tout le monde cherche à l'éviter. Mais personne ne lui échappe.

28

Kiz Rider était déjà au point de rendez-vous lorsqu'il y arriva. Il descendit de son 4 × 4 et apporta le dossier et les autres chemises à la voiture de sa collègue, une Taurus blanche indéfinissable.

— Tu as de la place dans ton coffre ? lui demanda-t-il avant de monter.

— Oui, il est vide. Pourquoi ?

— Ouvre-le. J'ai oublié de laisser ma roue de secours à la maison.

Il retourna à son 4×4 Mercedes-Benz, en sortit sa roue de secours et la fit passer dans le coffre de Rider. Puis il prit un tournevis dans sa trousse à outils, ôta ses plaques d'immatriculation et les déposa dans le coffre avec le reste. Il monta enfin dans la voiture et ils descendirent Tampa Avenue jusqu'au terre-plein du centre commercial, en face de la station-service où travaillait Mackey. L'équipe de jour – Marcia et Jackson – attendait dans une voiture garée dans le parking.

L'emplacement voisin étant libre, Rider s'y glissa. Tout le monde abaissa sa vitre pour pouvoir parler et se passer les deux radios sans avoir à descendre de voiture. Bosch s'en empara, mais il savait que ni lui ni Rider ne s'en serviraient.

— Alors ? demanda-t-il.

— Alors, rien, lui répondit Jackson. C'est comme si on pompait dans un trou asséché.

— Rien du tout ? insista Rider.

— Il n'y a absolument rien pour indiquer qu'il aurait vu le journal ou que quelqu'un qu'il connaît l'aurait lu. On vérifie avec la salle sono toutes les vingt minutes et ce type n'a pas reçu le moindre coup de fil ayant un rapport quelconque avec notre histoire. En fait, il n'a reçu aucun appel, pas même pour un dépannage.

Bosch hocha la tête. Ça ne l'inquiétait pas encore. Il y avait des moments où les choses avaient besoin d'un petit coup de pouce, et donner un petit coup de pouce était très exactement ce qu'il était prêt à faire.

— J'espère que t'as un bon plan, Harry, lui lança Marcia.

Il se trouvait du côté conducteur dans sa voiture, Bosch étant lui du côté passager dans la voiture de Rider.

— Tu veux rester ? lui renvoya-t-il. C'est pas la peine d'attendre s'il ne se passe rien. Je suis prêt à y aller.

Jackson hocha la tête.

— Ça ne me gêne pas, dit-il. Vous allez avoir besoin de renfort ?

— J'en doute. Je vais juste appâter le client. Mais on ne sait jamais. Ça ne peut pas faire de mal.

— Bien, bien. De toute façon, on va surveiller. Juste au cas où... ça sera quoi, votre signal ?

Bosch n'avait pas réfléchi à la manière dont il faudrait procéder si, les choses tournant mal, il se retrouvait dans l'obligation d'envoyer un signal de détresse.

— Oh, je donnerai sans doute un coup de klaxon, répondit-il. Ce sera ça ou vous entendrez les coups de feu.

Il sourit, tout le monde hocha la tête, Rider quitta l'emplacement en marche arrière et ils redescendirent Tampa Avenue pour regagner la voiture de Bosch.

— T'es sûr de ton coup ? lui demanda Rider en se garant à côté du Mercedes.

— Oui.

En venant il avait remarqué qu'elle avait

apporté un classeur accordéon. Il était posé sur l'accoudoir entre les deux sièges.

— Qu'est-ce que c'est ? demanda-t-il.

— Vu que tu m'as réveillée tôt, j'ai décidé de me mettre au boulot. J'ai remonté la piste des cinq derniers membres des Huit de Chatsworth.

— Beau boulot, ça. Il y en a encore dans le coin ?

— Oui, deux. Mais on dirait qu'ils ont renoncé à leurs prétendues erreurs de jeunesse. Pas de casier. Et ils ont des boulots plutôt convenables.

— Et les autres ?

— Le seul qui donne encore l'impression de défendre la cause est un certain Frank Simmons. Il est descendu de l'Oregon quand il était au lycée. Deux ou trois ans plus tard, il rejoignait les Huit. Aujourd'hui, il habite à Fresno. Mais il a fait deux ans à Obispo pour vente de mitraillettes.

— Ça pourrait me servir. Quand était-il ici ?

— Attends une seconde.

Elle ouvrit son classeur et en feuilleta les pages jusqu'à ce qu'elle tombe sur une chemise en papier kraft portant la mention Frank Simmons. Elle l'ouvrit et lui montra une photo de l'identité judiciaire du bonhomme.

— Ça remonte à six ans, reprit-elle. À sa sortie de taule.

Bosch étudia le cliché pour s'en imprimer les détails dans la mémoire. Simmons avait des cheveux courts et noirs, et les yeux de la même couleur. Sa peau était très pâle et couverte de cicatrices d'acné. Il essayait de les cacher avec un bouc qui lui donnait aussi l'air plus dur.

— Et l'affaire ? Ça s'est joué ici ?

— En fait non. Ça s'est passé à Fresno. Il semblerait qu'il y soit monté après les émeutes de L.A.

— À qui vendait-il ses mitraillettes ?

— J'ai appelé le FBI de Fresno et parlé avec l'agent spécial. Il a refusé de coopérer avec moi avant d'avoir vérifié qui je suis. J'attends toujours qu'il me rappelle.

— Génial.

— J'ai dans l'idée que M. Simmons intéresse toujours le FBI de Fresno et que l'agent spécial n'est pas partageux.

Bosch hocha la tête.

— Où habitait-il à l'époque du meurtre ?

— Pas moyen de savoir. Comme c'était un des plus jeunes de la bande, il devait habiter chez ses parents et AutoTrack n'a rien sur lui avant 90, époque à laquelle il était déjà à Fresno.

— Ce qui veut dire qu'à moins que ses parents aient déménagé après notre affaire, il est probable qu'il se trouvait dans la Valley.

— Ça se peut, oui.

— OK, tout ça est très bon, Kiz. Je vais peut-être pouvoir m'en servir. Tu me suis jusqu'en haut de Balboa Park, près de Woodley Avenue. Pour moi, c'est un bon coin. Il y a un parcours de golf et un parking. Il y aura beaucoup de voitures. Vous pourrez vous y garer et ça sera une bonne couverture. D'accord ?

— D'accord.

— Dis-le aux autres.

Il prit son porte-badge, ses menottes et son pistolet de service et les posa sur le plancher de la voiture.

— Harry, tu as du renfort ?

— Ben, c'est pas toi ?

— Je ne plaisante pas.

— Oui, Kiz, j'ai un petit pétard à la cheville. Je suis paré.

Il descendit de voiture et monta dans la sienne. Puis il rejoignit le parc en revoyant le plan dans sa tête. Il était prêt, et tout excité.

Dix minutes plus tard, il se garait sur le bas-côté de la route du parc, éteignait son moteur et descendait du 4 × 4. Puis il gagna l'avant droit de son Mercedes et ouvrit la valve du pneu. Sachant que certaines dépanneuses étaient équipées de pompes à air comprimé, il sortit son couteau et transperça le pneu à la base de la valve. Le pneu devrait être réparé, pas seulement regonflé.

Prêt à y aller, il ouvrit son portable et appela la station-service où travaillait Mackey pour dire qu'il avait besoin d'un dépannage. On le mit en attente. Une minute entière s'étant écoulée, une autre voix se fit entendre sur la ligne. Celle de Roland Mackey.

— Vous avez besoin de quoi ?

— D'un remorquage. J'ai un pneu à plat et on dirait que quelqu'un m'a baisé la valve.

— C'est quoi, comme voiture ?

— Un 4 × 4 Mercedes noir.

— Pas de pneu de secours ?

— On me l'a volé. Probablement un nèg... J'ai dû aller dans South Central la semaine dernière.

— C'est pas de pot. Vaut mieux pas aller dans ces coins-là.

— J'avais pas le choix. Bon, mais... vous pouvez me remorquer ou pas ?

— Vous énervez pas. Vous êtes où ?

Bosch le lui dit. Cette fois-ci, c'était assez près pour que Mackey n'essaie pas de le convaincre d'appeler quelqu'un d'autre.

— Bon, d'accord, dans dix minutes. Soyez-y quand j'arrive.

— Comme si je pouvais aller autre part !

Bosch referma son portable et ouvrit le hayon arrière. Puis il sortit sa chemise de son pantalon, l'ôta et la posa dans la voiture. Son tatouage était visible en partie. Il s'assit par terre et attendit. Deux minutes plus tard son portable sonna. C'était Rider.

— Les copains ont réussi à me retransmettre ton appel de la salle de sono. Tu m'as semblé parfait.

— Bon.

— J'ai parlé aux autres. Mackey vient de partir. Ils le suivent.

— Bien, je suis prêt.

— Je regrette un peu qu'on t'ait pas mis un micro. On peut pas savoir ce qu'il pourrait avoir envie de te dire.

— Sous un simple T-shirt ? Trop risqué. Sans compter qu'on a à peu près autant de chances de l'entendre dire à un inconnu que c'est lui qui a

377

flingué la fille de l'article que de gagner à la loterie sans acheter de billet.

— Probable.

— Bon, faut que j'y aille, Kiz.

— Bonne chance, Harry. Fais gaffe à toi.

— J'y manque jamais.

Il referma son portable.

29

La dépanneuse ralentit en arrivant près du 4 × 4. Toujours assis à l'arrière, à l'ombre du hayon ouvert, Bosch leva les yeux de son *Daily News*. Puis il agita le journal pour faire signe au chauffeur de la dépanneuse et se leva. Le camion passa devant lui, monta sur le bas-côté, puis recula pour s'arrêter à un bon mètre cinquante du 4 × 4. Le chauffeur descendit de la dépanneuse – c'était bien Roland Mackey.

Il portait des gants en cuir à la paume couverte de cambouis. Sans même dire bonjour à Bosch, il gagna l'avant du 4 × 4 et regarda le pneu à plat. Puis, Bosch arrivant près de lui son journal toujours à la main, il s'agenouilla, regarda la valve et la tira plusieurs fois en avant et en arrière : l'entaille du coup de couteau apparut au grand jour.

— On dirait qu'on vous l'a troué, dit-il.

— C'est peut-être un morceau de verre sur la route.

378

— Et vous avez pas le pneu de secours. C'est vache.

Il leva la tête vers Bosch et cligna des paupières dans la lumière du soleil qui commençait à descendre dans le dos de son client.

— M'en parlez pas ! lui renvoya celui-ci.

— Bon, je peux vous remorquer et demander à mon mécano de vous mettre une valve neuve. Ça prendra environ un quart d'heure dès qu'on sera à l'atelier.

— Parfait. Allez-y.

— Vous mettez ça sur votre compte AAA[1] ou sur une assurance ?

— Je préfère payer en liquide.

Mackey l'informa que ça ferait quatre-vingt-cinq dollars pour la prise en charge, plus trois dollars par kilomètre. Pour la valve à remplacer, ça lui coûterait vingt-cinq dollars de main-d'œuvre en plus de la pièce.

— Parfait. Allez-y, répéta Bosch.

Mackey se releva et se tourna vers lui. Il donna l'impression de regarder un instant son cou, puis il se détourna, mais ne fit aucun commentaire.

— Vous feriez bien de fermer le hayon, dit-il seulement. À moins que vous ayez envie de semer tout sur la route...

Il sourit. Humour de dépanneur.

— Je prends ma chemise et je ferme, lui renvoya Bosch. Ça vous va si je monte avec vous ?

---

1. Automobile Association of America. (*N.d.T.*)

— À moins que vous vouliez appeler un taxi et faire ça grand genre...

— Non, moi, je préfère rouler avec quelqu'un qui cause anglais.

Mackey se marra très fort. Bosch gagna l'arrière du 4 × 4, puis se tint à côté tandis que Mackey procédait à l'amarrage du véhicule. Il fallut moins de dix minutes à ce dernier pour se planter à côté de la dépanneuse et appuyer sur un levier qui souleva l'avant du 4 × 4. Lorsque celui-ci fut à sa hauteur, Mackey vérifia toutes les chaînes et harnais et annonça qu'il était prêt à y aller. Bosch monta dans la cabine. Il avait posé sa chemise sur son bras et tenait le journal plié dans sa main. Et plié de telle façon qu'on ne puisse pas rater la photo de Rebecca Verloren.

— Y a la clim dans votre truc ? demanda-t-il en refermant la portière. J'avais le cul qui fondait là-bas !

— Ben, comme moi, quoi ! Vous auriez dû rester dans votre 4 × 4 avec la clim à fond pendant que vous attendiez. Ce tas de boue est brûlant en été et gelé en hiver. Un peu comme ma nana.

Re-humour de dépanneur, sans doute. Mackey lui tendit une écritoire à pince avec un stylo et un formulaire de renseignements.

— Vous me remplissez ce truc et on peut y aller, dit-il.

— OK.

Bosch commença à y écrire le faux nom et la fausse adresse qu'il s'était inventés un peu plus tôt. Mackey décrocha un micro du tableau de bord et parla dedans.

— Hé, Kenny ? lança-t-il.

Quelques instants plus tard la réponse se fit entendre.

— Vas-y.

— Dis à Spider de pas partir tout de suite. J'amène un pneu où y aura besoin d'une valve.

— Y va pas aimer. Il s'est déjà lavé.

— Tu lui dis et c'est tout. Terminé.

Il raccrocha le micro au tableau de bord.

— Il va rester ? demanda Bosch.

— Vaudrait mieux espérer. Sinon, vous allez devoir attendre jusqu'à demain pour qu'on vous fasse le pneu.

— Ah non, ça, j'peux pas. Faut que je reprenne la route.

— Ah bon ? Z'allez où ?

— Barstow.

Mackey fit démarrer le moteur et se tourna vers la gauche pour regarder dans le rétro et s'assurer qu'il n'y avait pas de danger à déboîter sur la chaussée. Dans la position où il se trouvait, il ne pouvait pas voir son passager. Celui-ci remonta vite la manche gauche de son T-shirt afin qu'on voie plus que la moitié du crâne tatoué.

La dépanneuse étant descendue sur la chaussée, ils se mirent en route. Bosch jeta un coup d'œil par sa vitre et vit les voitures de Rider et de l'autre équipe de surveillance garées dans le parking du parcours de golf. Il posa le coude sur le rebord de sa fenêtre et attrapa le toit de la cabine avec la main. Puis, sans que Mackey puisse le voir, il fit signe aux autres que tout allait bien.

— Y a quoi, à Barstow ? reprit Mackey.

— Ma baraque, c'est tout. J'ai envie d'être chez moi ce soir.

— Et vous y faites quoi, à Barstow ?

— Des trucs.

— Et South Central, hein ? Qu'est-ce que vous faisiez avec tous ces types la semaine dernière ?

Bosch comprit que « tous ces types » lui servait à désigner la population essentiellement composée de minorités de South L.A. Il se tourna vers Mackey comme pour lui signifier qu'il posait un peu trop de questions.

— Des trucs, d'accord ? répéta-t-il d'un ton égal.

— Pas de problème, dit Mackey en ôtant les mains du volant et se renversant dans son siège pour lui montrer qu'il arrêtait.

— Sauf que, quoi que je fasse, y a plus moyen de tenir cette ville, mec ! Plus moyen.

Mackey sourit.

— Je vois ce que vous voulez dire !

Bosch se demanda s'ils n'étaient pas au bord de partager plus que de menus propos. Pour lui, Mackey avait vu les tatouages et tentait de lui soutirer un signal qui lui dirait qui il était. Le moment était peut-être venu d'aborder subtilement l'article du journal.

Il posa ce dernier entre eux sur le siège, en faisant en sorte que la photo de Rebecca Verloren soit toujours visible. Puis il commença à remettre sa chemise, se pencha en avant et tendit les bras pour y arriver. Il n'eut pas besoin de regarder Mackey pour savoir que celui-ci ne pourrait pas rater le crâne tatoué sur son bras gauche. Il enfila la manche droite, fit passer sa chemise dans son dos et enfila la manche gauche. Enfin il se renversa en arrière et commença à se boutonner.

— Ça fait un peu trop tiers-monde pour moi, là-bas en bas, reprit-il.

— Alors là, je suis d'accord !

— Ah bon ? C'est de là que vous êtes ?

— J'y ai passé toute ma vie.

— Ben, mec, faudrait voir à emballer la famille, si vous avez une famille, et aller planter le drapeau ailleurs. Putain, mais faut pas rester là, quoi !

Mackey se mit à rire et hocha la tête.

— J'ai un copain qui dit pareil. Il arrête pas.

— Bah, c'est pas très original non plus comme idée, mais bon.

— Alors là, vous avez raison.

C'est alors que la radio cassa le rythme de la conversation.

— Hé, Ro !

Mackey s'empara du micro.

— Oui, Ken.

— Je vais foncer au Kentucky Fried Chicken pendant que Spider t'attend. Tu veux quelque chose ?

— Non, je sortirai plus tard. Terminé.

Il raccrocha le micro. Ils roulèrent en silence pendant quelques instants, Bosch se demandant comment faire repartir la conversation d'une manière naturelle et dans la bonne direction. Mackey était descendu jusqu'à Burbank Boulevard et avait pris à droite. Ils arrivaient à Tampa Avenue. Il allait tourner à nouveau à droite et après, ce serait tout droit jusqu'à la station-service. Dans moins de dix minutes la balade aurait pris fin.

Ce fut Mackey qui fit repartir la conversation.

— Alors, demanda-t-il soudain, où vous avez purgé votre peine ?

Bosch attendit un instant afin de ne rien trahir de son excitation.

— De quoi vous parlez ? demanda-t-il.

— J'ai vu les marques, mec. C'est pas une affaire. Mais ça, c'est du boulot maison ou fait par un taulard. C'est clair.

Bosch acquiesça d'un signe de tête.

— Obispo. J'y ai tiré cinq ans.

— Ah bon ? Et pourquoi ?

Bosch se tourna vers lui et le regarda de nouveau.

— Des trucs.

Mackey acquiesça d'un signe de tête, apparemment pas le moins du monde rebuté par la répugnance de son passager à parler.

— C'est cool, mec. J'ai un copain qui y a passé un bon bout de temps. Vers la fin des années 90. Il dit que c'était pas trop mal. C'est une taule pour cols blancs. Y a moins de négros qu'ailleurs et c'est déjà ça.

Bosch garda longtemps le silence. Il savait que l'insulte raciale dont venait d'user Mackey tenait du mot de passe. S'il réagissait comme il fallait, il serait accepté. Déchiffrage de codes.

— Ouais, dit-il enfin. Ça rendait les choses un peu plus vivables Mais j'ai dû rater votre copain. Je suis sorti au début 98.

— Frank Simmons, qu'il s'appelle. Lui, il est resté que dix-huit mois ou pas loin. Il était originaire de Fresno.

— Frank Simmons de Fresno, répéta Bosch comme s'il essayait de se rappeler ce nom. Non, je crois pas l'avoir rencontré.

— C'est un mec bien.

Bosch acquiesça d'un signe de tête.

— Y a bien eu un gars qu'est arrivé quelques semaines avant que je me tire et j'avais entendu dire qu'il était de Fresno, mais bon. Il me restait plus grand-chose à tirer et j'avais plus trop envie de rencontrer des gens, si vous voyez ce que j'veux dire.

— Ouais, c'est cool. C'est juste que je m'demandais.

— Il avait pas les cheveux noirs et des tas de cicatrices sur la gueule comme si qu'il avait eu des boutons ?

Mackey se mit à sourire en hochant la tête.

— Ouais, c'est lui ! C'est bien Frank. Face de cratère, qu'on l'appelait, comme le lac[1] !

— Ça devait y plaire un max !

Mackey tourna dans Tampa Avenue et prit vers le nord. Bosch savait qu'il pourrait peut-être lui parler encore un peu à la station-service pendant

_____
1. Crater Lake, dans le parc national de l'Oregon. (_N.d.T._)

qu'on lui réparerait son pneu, mais il n'y avait pas moyen d'en être sûr. Qu'on l'appelle sur un autre dépannage n'était pas à exclure, sans compter des tas d'autres choses qui pouvaient détourner son attention. Bosch devait tenter le coup tout de suite, pendant qu'il était encore seul avec lui. Il ramassa le journal, le posa sur ses genoux et pencha la tête comme s'il lisait les gros titres. Il allait falloir trouver le moyen d'aiguiller la conversation sur l'article et que ça paraisse naturel.

Mackey ôta la main droite du volant et enleva son gant en en mordant un doigt entre ses dents. Bosch songea qu'un enfant n'aurait pas fait autrement. Puis Mackey lui tendit la main.

— À propos, dit-il, moi, c'est Ro.

Bosch lui serra la main.

— Ro ?

— Ro comme Roland. Roland Mackey. Content de vous connaître.

— George Reichert, lui renvoya Bosch en lui donnant le nom qu'il s'était trouvé après y avoir réfléchi soigneusement un peu plus tôt.

— Reichert ? répéta Mackey. C'est pas allemand, ça ?

— Si. Ça veut dire « Le cœur du Reich ».

— Cool, ça. Et ça explique le Mercedes. Vous savez, moi, je m'occupe de bagnoles toute la sainte journée. Ben, on peut savoir des tas de trucs sur les gens rien qu'à la bagnole qu'ils ont et à la façon dont ils s'en occupent.

— Tiens donc, dit Bosch en hochant la tête.

La voie était ouverte. Une fois de plus, c'était Mackey qui l'avait aidé sans le savoir.

— Mécanique allemande, reprit-il. C'est les meilleurs constructeurs de bagnoles au monde ! Qu'est-ce que vous conduisez quand vous êtes pas dans votre camion ?

— En ce moment, je restaure une Camaro de 72. Ça me fera une bonne chiotte quand j'aurai fini.

— C'est vrai que la 72...

— Ouais, mais quand même. Moi, j'ai plus envie d'acheter quoi que ce soit qui sorte de Detroit. Parce que faut voir qui c'est qui nous les fabrique, ces bagnoles, aujourd'hui. Rien que des bronzés. Alors moi, conduire des trucs pareils et y mettre ma famille, ah non !

— En Allemagne, reprit Bosch, on rentre dans l'usine et tous les mecs ont les yeux bleus, vous voyez ce que j'veux dire ? J'ai vu des photos.

Mackey hochant la tête, l'air de comprendre, Bosch se dit que c'était le moment d'aller droit au but. Il déplia le journal sur ses genoux, le leva devant lui de façon à ce que la première page et l'article sur Verloren en soient entièrement visibles.

— Ben tenez ! À propos de bronzés... lança-t-il. Vous avez lu ce truc ?

— Non. Y dit quoi ?

— Ça parle d'une mama qui reste assise sur un lit à pleurnicher sur sa bronzée de fille qui s'est fait buter y a dix-sept ans de ça. Les flics ont repris l'enquête. Comme si on en avait quelque chose à foutre !

Mackey jeta un coup d'œil au journal, y vit la photo de Rebecca Verloren, mais garda le silence, rien dans son visage ne permettant d'affirmer qu'il aurait reconnu la victime. Bosch baissa le journal pour que la manœuvre ne soit pas trop grosse. Puis il le replia et le jeta sur la banquette entre eux deux. Et poussa les feux une deuxième fois.

— Non, parce que mélanger les races comme ça, ça donne quoi, hein ? s'écria-t-il.

— Exactement.

La réponse manquait de vigueur. De fait, elle était presque hésitante, comme si Mackey pensait à autre chose. Bosch se dit que c'était bon signe. Mackey aurait-il senti le doigt glacé de la peur lui descendre dans le dos ? Était-ce la première fois que ça lui arrivait depuis dix-sept ans ?

Bosch décida qu'il avait fait tout ce qu'il pouvait. Pousser encore risquait de lui faire franchir la ligne jaune en paraissant trop évident, et il ne fallait pas se trahir. Il décida de ne plus rien dire pendant le reste du trajet, Mackey semblant prendre la même décision que lui.

Mais, deux ou trois rues plus loin, Mackey passa dans la deuxième file pour dépasser une Pinto qui se traînait sur la route.

— Quand on pense qu'y a encore de ces bagnoles ! dit-il.

En dépassant la petite voiture, Bosch vit un petit homme d'origine asiatique tassé derrière le volant. Un Cambodgien, sans doute.

— Ben tiens ! s'écria Mackey en le voyant à son tour. Regardez ce que j'vais faire !

Il repassa dans la file de droite en serrant la Pinto entre le Mercedes et une rangée de voitures garées le long du trottoir. Le chauffeur de la Pinto ne put faire autrement que de piler dans un hurlement de pneus. Le rire de Mackey noya le pauvre petit coup de klaxon qui monta de la Pinto.

— Va te faire enculer ! hurla Mackey. Remonte dans ton bateau !

Il jeta un coup d'œil à Bosch pour avoir confirmation : Bosch s'était mis à sourire. Il n'avait rien fait de plus difficile depuis bien des années.

— Hé mec ! lança-t-il en faisant semblant de protester. C'est ma bagnole que vous avez presque cognée sur sa chiotte !

— Vous avez fait le Vietnam ?

— Pourquoi ?

— Ben, parce que, mec. Vous avez fait la guerre, non ?

— Et alors ?

— Et alors, j'ai eu un copain qui l'a faite. Il disait qu'ils flinguaient les mecs comme ce Chinetoque là-bas derrière comme si c'était rien du tout. Une douzaine pour le p'tit déj et une autre à midi. Ah putain, qu'est-ce que j'regrette de pas y être allé, c'est tout c'que j'dis.

Bosch se détourna et regarda par la fenêtre. Mackey venait de lui ouvrir la possibilité de parler armes et assassinats. Mais il ne put s'y résoudre. Brusquement, il n'avait plus qu'une envie : filer loin de ce type.

Mais celui-ci continuait.

— J'ai essayé de m'engager pour la guerre du Golfe, la première, mais ils ont pas voulu me prendre.

Bosch reprit du poil de la bête et revint dans la partie.

— Ben, pourquoi ça ? demanda-t-il.

— Je sais pas. Ils devaient avoir une place à remplir par un nègre.

— Ou alors c'est que vous avez un casier.

Il s'était retourné vers lui pour le regarder et songea aussitôt qu'il avait peut-être pris un ton trop accusatoire. Mackey se tourna vers lui et soutint son regard aussi longtemps qu'il put avant de devoir le reporter sur la route.

— Ben oui, j'ai un casier, mec. La belle affaire. J'aurais pu être utile là-bas.

La conversation s'arrêtant, ils entrèrent dans la station-service quelques rues plus loin.

— On aura sans doute pas besoin de le mettre au garage, dit Mackey. Spider aura qu'à enlever la roue pendant que le 4 × 4 est en l'air. Ça ira vite.

— C'est vous qui décidez, dit Bosch. Vous êtes sûr qu'il est pas parti ?

— Non, non. C'est lui, là.

Tandis que la dépanneuse passait devant les deux baies vitrées de l'atelier, un homme sortit de l'ombre et se dirigea vers l'arrière du camion. Il tenait une visseuse à air comprimé dans une main et tirait le tuyau de la pompe à air de

390

l'autre. Bosch découvrit le tatouage en forme de toile d'araignée qu'il avait sur le cou. Du bleu prison. Et quelque chose dans son visage lui sembla aussitôt familier. Dans un bref moment de panique il crut même le reconnaître pour avoir déjà eu affaire à lui. Peut-être l'avait-il arrêté ou interrogé, voire envoyé à la prison où il s'était fait faire ce tatouage.

Il comprit tout de suite qu'il valait mieux rester à l'écart de ce type. Il décrocha son portable de sa ceinture.

— Ça vous gêne pas que je reste dans la cabine pour passer un coup de fil ? demanda-t-il à Mackey qui descendait de la dépanneuse.

— Non, non, allez-y. Ça prendra pas longtemps.

Mackey ayant refermé la portière, Bosch se retrouva seul. La visseuse commençant à ôter les boulons de sa roue dans un grand bruit, il remonta sa vitre et appela Rider.

— Comment ça se passe ? lui demanda-t-elle en guise de salutation.

— Ça marchait comme sur des roulettes jusqu'à ce qu'on arrive à la station, répondit-il à voix basse. Je crois connaître le mécano. Et si lui me connaît on pourrait avoir un problème.

— Comment ça ? Il pourrait savoir que t'es flic ?

— Exactement.

— Merde.

— Exactement.

— Qu'est-ce que tu veux qu'on fasse ? Tim et Rick sont toujours dans les parages.

— Appelle-les et dis-leur ce qui se passe. Dis-leur de pas se tirer avant qu'il n'y ait plus de problème. Je vais rester dans la dépanneuse aussi longtemps que je pourrai. En tenant mon portable comme si je parlais à quelqu'un, je pourrai l'empêcher de voir ma figure.

— D'accord.

— Tout ce que j'espère, c'est que Mackey ne se mettra pas dans l'idée de nous présenter. Je crois l'avoir impressionné comme il faut. Il pourrait avoir envie de me montrer à son pote.

— D'accord, Harry. Garde ton calme. On y va s'il y a be...

— C'est pas pour moi que je m'inquiète. C'est pour le coup qu'on veut jouer avec...

— Hé, il arrive !

Juste au moment où elle l'avertissait, quelqu'un frappa fort à la vitre. Bosch abaissa son portable, se tourna et découvrit Mackey qui le regardait. Il abaissa la vitre.

— C'est fait, dit Mackey.

— Déjà ?

— Ouais. Vous pouvez venir payer au bureau pendant qu'il remet la roue. Vous serez chez vous dans deux ou trois heures.

— Génial.

Sans ôter le portable de son oreille droite, Bosch descendit de la cabine et gagna le bureau sans laisser à Spider la moindre chance de voir correctement son visage, ni cesser de parler à Rider.

— On dirait que je vais m'en sortir, dit-il.

— Parfait. Le type est en train de te remettre ta roue. Fais gaffe en partant.

— T'inquiète.

Arrivé dans le petit bureau, Bosch referma son portable. Mackey était passé derrière un bureau couvert de dossiers et de cambouis. Remorquage plus réparation, il mit plusieurs secondes à faire l'addition toute simple à la calculatrice.

— Ça nous fait cent trente dollars tout rond, dit-il enfin. Six kilomètres de remorquage et la valve se montent à vingt dollars.

Bosch s'assit sur une chaise devant le bureau et sortit son argent.

— Vous pouvez me faire un reçu ?

Il détacha six billets de vingt et un de dix de sa liasse en entendant la visseuse dehors. On lui remettait son pneu. Il tendit les billets à Mackey, mais celui-ci semblait préoccupé par un Post-it qu'il venait de trouver sur son bureau. Il le tenait selon un angle qui permit à Bosch de lire ce qu'on y avait écrit :

Ro... Pour ta gouverne. Visa a appelé pour confirmation boulot sur ta demande.

Bosch lut la note en un rien de temps, mais Mackey la déchiffra pendant un bon moment avant de la reposer sur le bureau et de lui prendre son argent. Il mit les billets dans un tiroir et chercha un carnet à souches. Ça lui prenait un temps fou.

— D'habitude, c'est Kenny qui écrit les reçus,

dit-il. Mais comme il est parti chercher du poulet...

Bosch était sur le point de lui dire de laisser tomber lorsqu'il entendit un bruit de pas dans son dos et comprit que quelqu'un venait d'entrer. Il ne se retourna pas, au cas où ç'aurait été Spider.

— Bon, Ro, dit ce dernier, ça y est. Y a plus qu'à la descendre.

Bosch savait que le moment le plus délicat était arrivé. Mackey allait ou n'allait pas le présenter au mécano.

— OK, Spider, dit Mackey.

— Bon, je dégage.

— C'est bon, mec, merci d'être resté. On se voit demain.

Spider quitta le bureau sans que Bosch se soit retourné. Mackey trouva ce qu'il cherchait dans le tiroir du milieu et y gribouilla quelque chose, qu'il donna à Bosch. Un reçu vierge. Tout en bas il avait gribouillé « $ 130 ») d'une écriture quasi enfantine.

— Vous avez qu'à remplir le reste, dit-il en se levant. Je vous descends la caisse et vous pourrez filer.

Bosch le suivit dehors et se rendit compte qu'il avait oublié le journal sur la banquette de la cabine. Il se demanda s'il devait l'y laisser ou inventer une excuse pour aller le récupérer, voire le laisser au bureau où, il le savait, Mackey regardait la télé pendant les temps morts de son service.

Il décida de le laisser où il était. Il avait appâté

du mieux qu'il avait pu. L'heure était venue de se retirer et de voir comment le poisson allait mordre.

Le 4 × 4 était redescendu. Bosch gagna la portière côté chauffeur. Mackey était en train de ranger le harnais à l'arrière de la dépanneuse.

— Merci, Roland, dit-il.

— Ro, mec, juste ça. Faites gaffe à vos fesses. Et faites-vous plaisir, voulez-vous ? Évitez South Central.

— Z'inquiétez pas pour moi. J'y veillerai.

Mackey sourit et lui décocha un clin d'œil avant d'ôter à nouveau son gant pour lui tendre la main. Bosch la lui serra et lui renvoya son sourire. Puis il regarda leurs deux mains et aperçut une minuscule cicatrice blanche dans la partie charnue entre le pouce et l'index droits de Mackey. Le tatouage du Colt .45.

— À une autre fois ! lança-t-il.

30

Bosch regagna l'endroit où il avait retrouvé Rider au début de la planque. Elle avait repris la même place. Il se gara et monta dans sa Taurus.

— On a eu chaud, dit-elle. Il se trouve que tu connais sans doute ce type. Il s'appelle Jerry Townsend. Ça te dit quelque chose ? On a fait passer les plaques de son pick-up à l'ordinateur central quand il est parti et on a son identité.

— Jerry Townsend ? Non, le nom ne me dit rien. C'est juste que j'ai reconnu sa tête.

— Condamnation pour homicide involontaire en 96. Il a fait cinq ans. Ça ressemble à une histoire de violences conjugales, mais c'est tout ce qu'on a pu tirer de l'ordinateur central. Je parie que si on pouvait avoir le dossier, on y verrait ton nom. C'est pour ça que tu l'as reconnu.

— Tu crois qu'il pourrait avoir un lien avec notre affaire ?

— Ça m'étonnerait. C'est sans doute que le patron de la station-service ne voit pas d'inconvénient à embaucher des anciens taulards. Ça coûte moins cher, tu sais ? Sans compter que s'il trafique les factures de réparations, qui c'est qui va s'en plaindre, hein ?

— Bon, bon. Retournons voir ce qui se passe.

Elle mit en prise et déboîta dans Tampa Avenue pour reprendre la direction de la station-service.

— Comment ça a marché avec lui ? demanda-t-elle.

— Plutôt bien. Il a commencé à poser des questions tout de suite après avoir vu les éclairs. Et tes renseignements sur Simmons m'ont aidé. Il en a parlé dans la conversation. Et, pour ce que ça vaut, il a une cicatrice entre le pouce et l'index de la main droite. La morsure du Colt.

— Harry, mais t'as tout fait ! Y a plus qu'à se renverser dans notre fauteuil et voir ce qui va se passer.

— Les collègues sont partis ?

— Dès qu'on sera revenus à la planque, ils se tirent.

En arrivant au croisement de Tampa Avenue et de Roscoe Boulevard, ils virent la dépanneuse de Mackey déboîter dans Roscoe pour prendre vers l'ouest.

— Ça y est, il bouge, dit Bosch. Comment ça se fait que personne ne nous ait avertis ?

Au moment même où il prononçait ces paroles, le portable de Rider sonna. Elle le passa à Bosch pour pouvoir se concentrer sur la route. Elle prit la file de gauche pour suivre Mackey dans Roscoe Boulevard. Bosch ouvrit le portable. C'était Tim Marcia. Celui-ci lui expliqua que Mackey s'était mis en route sans qu'on l'appelle pour un dépannage. Jackson avait vérifié à la salle de sono. Il n'y avait eu aucun appel sur les lignes qu'ils surveillaient.

— Bien, dit Bosch. Il a parlé d'aller bouffer un truc quand j'étais avec lui dans la dépanneuse. C'est peut-être ça.

— Peut-être, oui.

— OK, Tim, on l'a dans le collimateur. Merci d'être resté un peu. Et remercie Rick de ma part.

— Bonne chance, Harry.

Ils suivirent la dépanneuse jusqu'à un centre commercial et regardèrent Mackey entrer dans un fast-food Subway. Il n'avait pas pris le journal que Bosch avait laissé dans la cabine. Il alla s'installer à une des tables en intérieur et commença à manger dès qu'on lui eut donné ce qu'il voulait.

— Ça va te donner faim, Harry ? demanda Rider. C'est peut-être le bon moment.

— Je me suis arrêté chez Dupar en venant. Ça

ira. À moins qu'il y ait un Cupid dans le coin...
Parce que là...

— Pas question. Ça, c'est un truc dont je me
suis débarrassée après ton départ. Je bouffe plus
de merde dans les fast-foods.

— Qu'est-ce que tu racontes ? On mangeait
bien. On n'allait pas chez Musso tous les jeudis ?

— Si tu penses qu'une tourte au poulet, c'est
sain, alors oui, on mangeait bien. De toute façon,
je te parle de ce qu'on bouffait pendant les
planques. Tu connais l'histoire de Rice et Beans[1]
à Hollywood ?

Rice et Beans était le surnom donné à un
tandem d'inspecteurs des Homicides de la
division d'Hollywood, Choi et Ortega. Ils étaient
déjà là du temps où Harry travaillait à la division.

— Non, qu'est-ce qui s'est passé ?

— Ils surveillaient des mecs qui embarquaient
des putes et Ortega était dans la bagnole en train
de manger un hot-dog. Et voilà que tout d'un
coup il commence à s'étrangler et qu'y a pas
moyen d'arrêter ça. Il devient tout violet et
montre son cou et celui de Choi du doigt comme
s'il voulait dire : « C'est quoi, ce bordel ? » Bref,
Beans finit par sauter de la voiture et Choi par
comprendre ce qui est en train de se passer. Il se
précipite pour l'aider et Beans recrache son hot-
dog sur le capot de la bagnole. Inutile de te dire
que la planque était cuite.

Bosch se mit à rire en imaginant la scène. Il

1. Soit « Riz et Haricots ». (*N.d.T.*)

savait que Rice et Beans ne pourraient jamais se débarrasser de cette histoire. Pas avec des types comme Edgar pour la raconter et reraconter à tous les nouveaux flics transférés à la division.

— Ben, voilà : c'est parce qu'il y a pas de Cupid à Hollywood, lui fit-il remarquer. S'il avait bouffé un bon hot-dog bien juteux de chez Cupid, y aurait jamais eu de problème.

— Je m'en fous, Harry. Pas question de bouffer un hot-dog pendant une planque. Pas de merde. C'est le nouveau règlement, le mien. Je ne veux pas qu'on parle de moi comme ça jusqu'à la fin de mes...

Le téléphone de Bosch se mit à sonner. C'était Robinson qui assurait le service de nuit à la salle de sono avec Nord.

— Ils viennent juste d'avoir un appel à dépanneuse à la station-service. Ils ont appelé Mackey. Il doit plus être à la station.

Bosch lui expliqua la situation et s'excusa de ne pas avoir tenu la salle de sono informée.

— Où ça, ce dépannage ? demanda-t-il.

— C'est un accident dans Reseda Boulevard, à la hauteur de Parthenia Street. La bagnole doit être rétamée. Ils lui ont demandé de la remorquer jusque chez un concessionnaire.

— D'accord, on le suit.

Quelques instants plus tard, Mackey ressortait du fast-food avec un grand soda et une paille qui sortait du gobelet. Ils le suivirent jusqu'au croisement de Reseda Boulevard et de Parthenia Street, où une Toyota avec tout le devant enfoncé avait été poussée sur le côté de la chaussée. Une deuxième dépanneuse était en train d'embarquer l'autre véhicule, un gros 4 × 4 qui s'était fait mettre l'arrière au carré. Mackey s'entretint brièvement avec le chauffeur de l'autre dépanneuse – courtoisie professionnelle oblige – et se mit au boulot. Une voiture de patrouille du LAPD s'était garée dans le parking du terre-plein qui faisait le croisement, l'officier y rédigeant maintenant son rapport. Il n'y avait pas de conducteurs. Bosch se dit qu'on les avait peut-être transportés aux urgences d'un hôpital à cause de leurs blessures.

Mackey remorqua la Toyota au diable, chez un concessionnaire de Van Nuys Boulevard. Pendant qu'il laissait l'épave sur l'aire de service, Bosch reçut un autre appel. Robleto l'informa que Mackey venait d'être appelé sur un autre dépannage. Cette fois au Northridge Fashion Center, où une employée de Border Books & Music avait sa batterie à plat.

— Ce mec va jamais avoir le temps de lire le journal si ça continue comme ça, dit Rider après que Bosch lui eut rapporté ce qu'on venait de lui apprendre par téléphone.

— Je ne sais pas, moi. Je me demande même s'il sait lire.

— Quoi ? À cause de sa dyslexie ?

— Oui, mais y a pas que ça. Je ne l'ai pas vu lire ou écrire quoi que ce soit. Il m'a demandé de remplir le questionnaire pour le dépannage. Et, à la fin, il n'a pas voulu ou n'a pas pu me remplir un reçu. Sans parler du petit mot qu'il avait sur son bureau.

— Quel petit mot ?

— Il l'a pris et l'a regardé longuement, mais je ne suis pas trop sûr qu'il ait compris ce qu'on lui avait écrit.

— Tu as pu le lire, toi ? Ça disait quoi ?

— C'était un mot de l'équipe de jour. Visa a appelé pour avoir confirmation qu'il était bien salarié pour une demande de carte de crédit.

Rider fronça les sourcils.

— Qu'est-ce qu'il y a ? lui demanda Bosch.

— Ça me paraît bizarre, dit-elle. Lui, faire une demande de carte de crédit ? Ça le rend vulnérable à une recherche et je pensais qu'il préférait éviter.

— Peut-être qu'il commence à se sentir en sécurité.

Du concessionnaire Toyota, Mackey gagna le centre commercial où il fit démarrer la voiture de l'employée avec des câbles. Après quoi, il repartit en direction de sa base. Il était presque dix heures lorsqu'il y arriva. Bosch sentit remonter ses espoirs lorsque, en regardant à la jumelle du terre-plein de l'autre côté de la rue, il vit Mackey quitter la dépanneuse pour regagner le bureau.

— Y a des chances qu'on reprenne la partie, lança-t-il à Rider. Il a embarqué le journal.

Ils eurent du mal à repérer Mackey à l'intérieur du bâtiment. Le bureau de devant étant tout en vitres, cela ne posait pas de problème, mais les portes de l'atelier, elles, étaient fermées et Mackey disparaissait souvent dans des zones où Bosch ne pouvait pas le voir.

— Tu veux que je te remplace à l'observation ? lui demanda Rider.

Bosch baissa les jumelles et la regarda. C'est à peine s'il arrivait à la voir dans la pénombre de l'habitacle.

— Non, ça ira. En plus que c'est toi qui conduis sans arrêt... Pourquoi tu ne te reposerais pas un peu ? Je t'ai réveillée tôt ce matin.

Il remonta les jumelles.

— Moi, ça va, dit-elle. Dès que t'auras besoin d'un petit moment de détente...

— Et puis... disons que je me sens un peu responsable pour ce type.

— Qu'est-ce que tu veux dire ?

— Tu sais bien. Tout ça... Parce qu'on aurait pu le serrer et commencer à le faire parler au commissariat, essayer de le casser. Au lieu de quoi, on court dans tous les sens et c'est moi qui ai eu l'idée de ce plan. Je me sens responsable.

— Le faire causer, on pourra toujours, lui répondit-elle. Même que si ce truc ne marche pas, c'est sans doute ce qu'on sera obligés de faire.

Le portable de Bosch se mit à sonner.

— C'est peut-être ce qu'on espère, dit-il en l'ouvrant.

C'était Nord.

— Harry, tu ne nous avais pas dit que ce mec avait une équivalence d'études secondaires ?

— Si, il en a une. Qu'est-ce qui se passe ?

— Il se passe qu'il a dû appeler quelqu'un pour lui lire l'article du journal.

Bosch se redressa un peu. Ils étaient à nouveau dans la partie. Peu importait la manière dont Mackey avait pris connaissance de l'article.

L'essentiel était bien qu'il avait voulu savoir ce qu'il contenait.

— Qui a-t-il appelé ?

— Une dénommée Michelle Murphy. J'ai eu l'impression que c'était une ancienne copine à lui. Il lui a demandé si elle recevait encore le journal tous les matins, comme s'il n'en était plus trop sûr. Elle lui a répondu que oui et il lui a demandé de lui lire l'article.

— Est-ce qu'ils en ont parlé après qu'elle le lui a lu ?

— Oui. Elle lui a demandé s'il connaissait la fille dont parlait l'article. Il lui a répondu que non, mais il a ajouté : « Mais le flingue, oui, je le connaissais. » Carrément. C'est là qu'elle lui a dit qu'elle ne voulait pas en savoir davantage et ç'a été fini. Ils ont raccroché.

Bosch réfléchit à ce qu'il venait d'entendre. Le petit jeu auquel il s'était livré un peu plus tôt avait marché. Cela avait déplacé un rocher qui n'avait pas bougé depuis dix-sept ans. Tout excité, il sentit l'adrénaline monter dans son sang.

— Tu pourrais pas nous rebalancer la conversation ici ? demanda-t-il. J'aimerais bien l'entendre.

— On devrait pouvoir y arriver, répondit Nord. Laisse-moi le temps d'attraper un des techniciens qui traînent dans le coin et... hé ! Harry ! Va falloir que je te rappelle. Mackey est en train de passer un coup de fil.

— Rappelle-moi.

Il referma vite son portable de façon à ce

que Nord puisse reprendre sa surveillance. Tout excité, il rapporta à Rider ce qu'il venait d'apprendre concernant l'appel de Mackey à Michelle Murphy. Il vit que Rider, elle aussi, commençait à s'exciter.

— On le tient peut-être, dit-elle.

Bosch s'était remis à surveiller Mackey avec ses jumelles. Celui-ci s'était assis derrière le bureau et parlait dans son portable.

— Allez, Mackey, chuchota-t-il. Crache-nous-le. Raconte-nous toute l'histoire, quoi !

Mais Mackey referma son portable. Bosch sut que l'appel avait été trop court.

Dix secondes plus tard, Nord le rappelait.

— Il vient d'appeler Billy Blitzkrieg.

— Qu'est-ce qu'il a dit ?

— Il a dit : « Je suis peut-être dans la merde » et « Je vais peut-être avoir besoin de filer », et Burkhart l'a coupé net pour lui dire : « Je me fous de ce que c'est, t'en causes pas au téléphone. » Ils ont convenu de se retrouver dès que Mackey aura fini son service.

— Où ça ?

— Chez eux, j'ai l'impression. Mackey lui a dit : « Tu seras debout ? » et Burkhart lui a répondu que oui. Mackey a insisté : « Et Belinda ? Elle sera encore là ? » Burkhart lui a répondu qu'elle dormirait et qu'il n'y aurait pas à s'inquiéter. Sur quoi ils ont raccroché.

Bosch sentit aussitôt s'effondrer tous les espoirs qu'il avait eus de découvrir la solution dès le soir même. Si c'était chez lui que Mackey devait retrouver Burkhart, ils ne pourraient pas entendre ce qu'ils se diraient. Ils seraient tenus en dehors de tous les aveux pour lesquels ils avaient monté l'opération de surveillance.

— Rappelle-moi si jamais il passe d'autres coups de fil, dit-il très vite avant de raccrocher.

Il regarda Rider qui attendait impatiemment dans la pénombre.

— C'est pas bon ? dit-elle.

Elle avait dû entendre quelque chose dans le ton qu'il avait pris en parlant à Nord.

— Non, c'est pas bon.

Il lui résuma les appels et lui dit l'obstacle qu'ils allaient devoir affronter si Mackey décidait de retrouver Burkhart chez lui pour discuter de ses « problèmes » à huis clos.

— C'est pas si mauvais que ça, Harry, lui dit-elle après avoir tout entendu. Il a reconnu ouvertement quelque chose avec la nénette Murphy et en a laissé entendre d'autres à Burkhart. On approche, Harry. Arrête de déprimer et essayons de comprendre. Qu'est-ce qu'on pourrait faire pour qu'ils se retrouvent à l'extérieur de chez eux ? Disons dans un Starbucks ou autre.

— Ben, voyons. Mackey qui commande un *caffè latte* !

— Tu comprends ce que je veux dire.

— Même si on les virait de chez eux, comment pourrait-on faire pour y arriver ? Y a pas moyen. Ce qu'il nous faut, c'est un appel téléphonique. Dans ce truc, c'est là qu'est notre point aveugle, enfin... le mien.

— Faut juste qu'on tienne bon et qu'on voie ce qui va se passer. C'est tout ce qu'on peut faire pour l'instant. Écoute, c'est vrai que ça serait bien d'avoir une grande oreille dans tout ça, mais c'est peut-être pas la fin du monde. On a déjà Mackey qui dit au téléphone qu'il pourrait avoir à filer. S'il le fait, s'il se barre, ça pourrait être une preuve de culpabilité aux yeux du jury. Et si on ajoute ça à tout ce qu'on a déjà sur bande, ça pourrait suffire à le faire causer quand on finira par le serrer. Et donc, tout n'est pas perdu, d'accord ?

— D'accord.

— Tu veux que je le signale à Abe ? Ça devrait l'intéresser.

— Oui, bien, signale-le-lui. Il n'y a rien à signaler, mais vas-y quand même.

— Calme-toi, Harry, tu veux ?

Bosch l'interrompit net en levant les jumelles pour regarder Mackey. Celui-ci était toujours assis au bureau et semblait perdu dans ses pensées. L'autre employé de nuit – celui que Bosch pensait être Kenny – s'était installé sur une autre chaise, la tête tournée de telle sorte qu'il puisse regarder la télé, où quelque chose le faisait rire.

Mackey, lui, ne regardait pas et ne riait pas davantage. Il se tenait tête baissée. Il pensait à quelque chose.

Les quatre-vingt-dix minutes de planque pour arriver à minuit furent les plus longues que Bosch ait jamais passées. Rien ne se produisit tandis qu'ils attendaient que, la station-service fermant enfin, Mackey se mette en route pour son rendez-vous avec Burkhart. Les téléphones restèrent silencieux et Bosch ne trouva aucune astuce pour influer sur le rendez-vous ou réussir à savoir ce qui s'y dirait. Tout se passa comme s'ils s'étaient figés jusqu'à ce que sonnent les douze coups de minuit.

Enfin les lumières de devant s'éteignirent et les deux hommes fermèrent la station pour la nuit. Mackey sortit en emportant le journal qu'il était incapable de lire. Bosch savait qu'il allait le montrer à Burkhart et très probablement discuter de ce qui le reliait à l'assassinat.

— Et nous n'y serons pas, marmonna-t-il en suivant Mackey avec les jumelles.

Mackey monta dans sa Camaro et fit ronfler fort le moteur après l'avoir mis en marche. Puis il prit Tampa Avenue vers le sud pour se rendre chez lui, où devait se tenir la réunion. Rider attendit le temps qu'il fallait, puis elle quitta le parking, coupa les voies nord de l'avenue et prit, elle aussi, en direction du sud. Bosch appela Nord à la salle de sono et l'informa que Mackey venait de quitter la station-service et qu'ils feraient mieux de se mettre à écouter la ligne de son domicile.

Les feux arrière de la Camaro étaient trois rues devant eux. Il y avait peu de circulation et Rider roulait à bonne distance. Au moment où ils longeaient le parking où Bosch avait laissé sa voiture, celui-ci vérifia que le Mercedes était toujours là.

— Aïe ! s'écria Rider.

Bosch reporta son attention sur la chaussée juste à temps pour voir Mackey effectuer un demi-tour à toute allure. Déjà il fonçait droit sur eux.

— Qu'est-ce que je fais ? demanda Rider.

— Tu ne fais rien. Tu ne fais rien de voyant.

— Mais il nous arrive droit dessus ! Il a dû voir qu'on le suivait !

— Panique pas. Il a peut-être vu mon 4 × 4.

Le grondement de la Camaro s'entendit bien avant qu'elle n'arrive à leur hauteur. Lourd et menaçant, on aurait dit celui d'un monstre qui rugissait en se ruant sur eux.

31

La vieille Camaro les croisa à toute allure. Puis Mackey brûla le feu rouge de Saticoy Street et continua sa route. Bosch regarda ses feux arrière disparaître vers le nord.

— C'est quoi, ça ? demanda Rider. Il sait qu'on le surveille ?

— Je ne...

Son portable sonna et il se dépêcha de répondre. C'était Robinson.

— Il vient juste d'être appelé par l'AAA. Ç'a eu l'air de l'agacer sérieusement, mais ils doivent être obligés de répondre.

— Qu'est-ce que tu veux dire ? Il a un dépannage ?

— Oui. C'était un appel de l'AAA. Pour moi,

s'il ne l'avait pas accepté, l'AAA aurait pris quelqu'un d'autre et ç'aurait pu faire mal. Perdre un client comme l'AAA...

— Où est le dépannage ?

— C'est une voiture en panne sur l'autoroute Reagan, côté ouest, près de l'autopont de Tampa Avenue. Ce n'est pas très loin. Il a dit qu'il se mettait en route.

— D'accord. On le suit.

Il referma son téléphone et dit à Rider de faire demi-tour : leur couverture était toujours intacte, Mackey ne faisait que se dépêcher d'aller reprendre la dépanneuse.

Lorsqu'ils arrivèrent au croisement de Tampa Avenue et de Roscoe Boulevard, Mackey sortait déjà de la station-service. Il ne perdait pas de temps.

Comme ils savaient où il allait, Rider pouvait se payer le luxe de rester très en arrière pour ne plus courir le risque qu'il la repère dans son rétro. Ils prirent Tampa Avenue vers le nord et se dirigèrent vers l'autoroute. À cette hauteur, la Reagan devenait l'autoroute 118 qui traversait le nord de la Valley d'est en ouest. C'était une des rares voies express à ne pas être embouteillées vingt-quatre heures sur vingt-quatre. Dénommée Reagan en l'honneur de feu le gouverneur de Californie et président des États-Unis, la 118 conduisait à la Simi Valley, où se trouvait la bibliothèque contenant les archives présidentielles. Il n'empêche : entendre Robinson l'appeler ainsi avait surpris Bosch. Pour celui-ci, il ne s'agissait depuis toujours que de la 118.

L'entrée de la bretelle ouest permettait de descendre de Tampa Avenue aux dix voies de circulation. Rider ralentit pour se tenir bien en arrière et tous les deux virent la dépanneuse tourner à gauche et disparaître dans la descente. Rider reprit de la vitesse et effectua la même manœuvre. Arrivés à la bretelle, ils avaient à peine amorcé leur descente qu'ils comprirent l'étendue du problème : ils seraient à la hauteur de la dépanneuse en un rien de temps. Celle-ci s'était garée sur le bas-côté, une cinquantaine de mètres devant eux. Ses feux arrière allumés, elle reculait vers une petite voiture rouge qui s'était rangée au bord de la chaussée, warnings enclenchés.

— Qu'est-ce qu'on fait, Harry ? demanda Rider. Si on s'arrête, ça sera trop voyant.

Elle avait raison. Ils bousilleraient leur couverture.

— Tu ne t'arrêtes pas, c'est tout.

Il allait devoir réfléchir vite. Ils savaient qu'une fois sur l'autoroute, ils pourraient se garer sur le bas-côté et y attendre le passage de la dépanneuse avec la voiture en panne en remorque. Mais c'était risqué. Mackey pouvait reconnaître la Taurus de Rider, voire s'arrêter pour leur demander s'ils n'avaient pas besoin d'aide. Et si alors il apercevait Bosch, toute l'opération de surveillance serait fichue.

— Tu as un guide Thomas ?

— Sous le siège.

Rider passa devant la voiture en panne et la dépanneuse au moment où Bosch tendait la main sous le siège pour y attraper l'atlas routier. Dès qu'ils furent hors de vue de la dépanneuse, il alluma le plafonnier et feuilleta rapidement le volume. Le guide Thomas est la bible du conducteur de Los Angeles. Bosch, qui l'avait pratiqué pendant des années, trouva rapidement la page qui les concernait. Il se repéra sans tarder et dit à Rider comment procéder.

— La prochaine sortie est Porter Ranch Drive, dit-il. C'est à moins de quinze cents mètres. On la prend, on tourne à droite et encore à droite, dans Rinaldi Street, ce qui nous ramènera à Tampa Avenue et là, ou bien on surveille du haut de l'autopont ou bien on refait tout le circuit.

— On surveille du haut de l'autopont, dit-elle. Si on n'arrête pas de reprendre la bretelle sans changer de voiture, il pourrait nous remarquer.

— Ça ne me paraît pas un mauvais plan.

— J'aime pas trop, mais on n'a pas le choix.

Il ne leur fallut pas longtemps pour couvrir la distance qui les séparait de la bretelle de Porter Ranch.

— T'as pu jeter un œil à la voiture en panne ? J'étais trop occupé à chercher l'atlas.

— Petite bagnole étrangère, répondit-elle. Apparemment, il n'y avait que le conducteur. Les feux de la dépanneuse étaient trop aveuglants pour qu'on puisse voir autre chose.

Rider maintint sa vitesse jusqu'à ce qu'ils arrivent à l'entrée de la bretelle de Porter Ranch. Comme Bosch le lui avait demandé, elle prit à droite et encore à droite et en un rien de temps ils se retrouvèrent à filer vers Tampa Avenue. Ils furent obligés d'attendre au feu de Corbin Avenue, mais Rider décida de le griller après s'être assurée que la voie était libre. Moins de trois minutes après être passés devant la dépanneuse, ils se retrouvaient dans Tampa Avenue. Rider se rangea sur le bas-côté, au milieu de l'autopont. Bosch ouvrit sa portière.

— Je vais voir, dit-il, et il descendit de voiture.

De l'endroit où il se trouvait, il ne pouvait pas voir la dépanneuse, mais la lumière de sa rampe de gyrophares éclairait fort l'entrée de la bretelle.

— Hé, Harry, lui lança Rider, prends ça !

Bosch repassa la tête dans l'habitacle et prit la radio que lui tendait Rider.

Puis il repartit vers l'autopont. S'il n'était pas encombré, il n'en était pas moins empli du bruit des voitures qui passaient sous lui. Arrivé en haut de la bretelle, il regarda en bas et mit quelques instants à accommoder tant les feux arrière de la dépanneuse étaient aveuglants dans l'obscurité.

Mais, très vite, il remarqua que les warnings du véhicule en panne avaient cessé de clignoter. Il regarda de plus près et s'aperçut que la voiture avait disparu du bas-côté. Il regarda jusqu'à l'entrée de l'autoroute et vit les feux rouges de dizaines de voitures qui filaient au loin vers l'ouest.

Il reporta son regard sur la dépanneuse. Plus rien ne bougeait et il n'y avait plus trace de Mackey.

Il approcha la radio de sa bouche et enclencha le micro.

— Kiz ?

— Oui, Harry.

— Tu ferais bien de venir.

Il commença à descendre la bretelle en sortant son arme, puis en la tenant le long de sa jambe. Trente secondes plus tard, des feux éclairèrent la nuit dans son dos et Rider se gara sur le bas-côté. Elle descendit de voiture avec une lampe torche et tous deux continuèrent d'avancer vers l'autoroute.

— Qu'est-ce qui se passe ? demanda-t-elle.

— Je ne sais pas.

Il n'y avait toujours pas trace de Mackey dans la dépanneuse ou aux alentours. Bosch sentit sa poitrine se serrer. D'instinct, il comprenait que quelque chose n'allait pas. Plus ils approchaient, plus il en était sûr.

— Qu'est-ce qu'on lui raconte s'il est là et que tout va bien ? lui demanda Rider en chuchotant.

— Tout ne va pas bien, Kiz.

La lumière de l'arrière de la dépanneuse était aveuglante et Bosch savait qu'ils étaient maintenant en position vulnérable. Il ne voyait toujours rien à l'avant du camion. Il se déplaça vers la droite de façon à ce que Rider et lui soient bien déployés. Rider ne pouvait pas aller plus loin sur la gauche sans mordre sur la voie de droite de l'autoroute.

Un semi-remorque passa sur la bretelle en rugissant et en laissant dans son sillage une odeur d'essence et une vague de bruit qui fit vibrer le sol comme sous l'effet d'un tremblement de terre. Bosch, lui, marchait dans les mauvaises herbes qui bordaient le bas-côté. Il ne voyait toujours personne devant lui.

Bosch et Rider avaient cessé de se parler. Le bruit des voitures sur l'autoroute se répercutait en écho sous l'autopont. Il leur aurait fallu crier et cela les aurait déconcentrés.

Ils se rapprochèrent en arrivant à la dépanneuse. Bosch jeta un coup d'œil dans la cabine et, non, toujours pas de Mackey. Le moteur tournait encore. Bosch repassa à l'arrière du véhicule et regarda le sol qu'éclairaient les gyrophares. Des traces de pneus noires conduisaient au hayon de la dépanneuse. Et par terre, sur le gravier, se trouvait un des gants en cuir à la paume pleine de cambouis qu'il avait vu Mackey porter un peu plus tôt.

— Tu permets ? demanda-t-il en prenant la lampe torche des mains de Rider.

Il remarqua que c'était un des petits modèles en caoutchouc approuvés par le chef de police après qu'un officier avait été filmé en train de rosser un suspect avec une grande lampe torche en fer.

Bosch en pointa le faisceau sur le hayon de la dépanneuse, puis le fit passer sous la caisse que la forte lumière du gyrophare plongeait dans le noir.

Du sang se voyait très clairement sur l'acier sombre. Impossible de le prendre pour de l'huile : c'était aussi rouge et vrai que la vie. Bosch s'accroupit et dirigea le faisceau de sa lampe sous la carrosserie. Là aussi on ne voyait rien, les ténèbres étant encore plus impénétrables à cause des lumières au-dessus.

Il découvrit le corps de Mackey ratatiné sur le différentiel de l'essieu arrière. Une bonne moitié de son visage était couverte d'un sang qui coulait d'une grande et profonde lacération qu'il avait en travers du côté gauche de la tête. Sa chemise d'uniforme bleue était noire de tout le sang qui suintait d'autres plaies qu'il ne voyait pas. Son entrejambe de pantalon était taché de sang ou d'urine, ou des deux. Le seul bras qu'il pouvait voir était plié d'une drôle de façon à la hauteur de l'avant-bras, un morceau d'os blanc ivoire et en dents de scie saillant de ses chairs. Mackey avait ramené le bras contre sa poitrine, qui se soulevait de manière irrégulière. Il vivait encore.

— Ah, mon Dieu ! s'écria Rider dans le dos de Bosch.

— Appelle une ambulance ! lui ordonna celui-ci en commençant à ramper sous la dépanneuse.

C'est en entendant le gravier crisser sous les pas de Rider qui se précipitait vers la radio de sa voiture qu'il s'approcha le plus possible de Mackey. Il savait qu'il allait peut-être contaminer une scène de crime, mais il fallait absolument qu'il soit plus près.

— Ro, lança-t-il, tu m'entends ? Ro, qui c'est qui t'a fait ça ? Qu'est-ce qui s'est passé ?

Mackey donna l'impression de bouger en entendant son nom. Ses lèvres commencèrent à remuer, Bosch sachant aussitôt qu'il avait la mâchoire brisée ou disloquée. Elle ne bougeait plus que par saccades. On aurait dit qu'il l'essayait pour la première fois.

— Prends ton temps, Ro. Dis-moi qui t'a fait ça. Est-ce que tu l'as vu ?

Mackey murmura quelque chose, mais une voiture qui passait à toute allure noya ses paroles.

— Redis-le-moi, Ro. Répète.

Bosch se poussa en avant et pencha la tête près de la bouche de Mackey. Ce qu'il entendit se réduisit à un mélange de râle et de chuchotement.

— ... sworth...

Il recula et regarda Mackey. Il lui mit le faisceau de la lampe sur la figure dans l'espoir que ça le réveille. Il vit alors que Mackey avait tout le pourtour de l'œil écrasé et qu'il faisait une hémorragie. Il n'allait pas s'en tirer.

— Ro, si tu as quelque chose à dire, c'est maintenant. Est-ce que tu as tué Rebecca Verloren ? Où étais-tu ce soir-là ?

Bosch se pencha en avant. Il n'est pas impossible que Mackey lui ait répondu quelque chose, mais encore une fois sa réponse fut noyée dans le bruit d'une voiture qui passait. Lorsque Bosch recula pour le regarder à nouveau, Mackey lui fit l'impression d'être mort. Il posa deux doigts sur son cou ensanglanté, mais n'y trouva pas de pouls.

— Ro ? Roland, t'es toujours là ?

Mackey avait un œil valide, mais celui-ci n'était qu'à moitié ouvert. Bosch approcha sa lumière, mais n'y décela aucun mouvement de la pupille. Mackey était mort.

Bosch ressortit de dessous la dépanneuse avec précaution. Rider se tenait debout à côté, les bras fermement croisés sur la poitrine.

— L'ambulance arrive, dit-elle.

— Renvoie-la, dit-il en lui rendant la lampe torche.

— Harry, si tu penses qu'il est mort, il faut que les infirmiers le confirment.

— T'inquiète pas pour ça, il est mort. Ils ne feront que se glisser là-dessous et nous bousiller la scène de crime. Renvoie-les.

— A-t-il dit quelque chose ?

— J'ai eu l'impression qu'il disait « Chatsworth ». Mais c'est tout. Le reste, je n'ai pas réussi à l'entendre.

Elle se mit à faire les cent pas, un petit aller-retour après l'autre, nerveusement.

— Eh merde, dit-elle. Je crois que je vais vomir.

— Alors, écarte-toi d'ici.

Elle passa de l'autre côté de sa voiture. Bosch, lui aussi, avait envie de vomir, mais se sentait capable de tenir. Ce n'était pas d'avoir vu le corps brisé et déchiqueté de Mackey qui lui faisait monter la bile à la gorge. Comme Rider, il avait vu bien pire. Non, c'étaient les circonstances qui étaient à vomir. C'était à un assassinat qu'on avait affaire. Et c'était lui, Bosch, qui avait tout déclenché.

S'il avait envie de vomir, c'était parce que Roland Mackey était mort à cause de lui.

Troisième partie

Les ténèbres attendent

32

L'entrée Tampa Avenue de la bretelle d'accès à l'autoroute Ronald-Reagan était fermée et la circulation déviée sur l'entrée Porter Ranch Drive par Rinaldi Avenue. Toute la bretelle croulait sous les véhicules de police. La division de la Police scientifique du LAPD, le SID[1], la patrouille routière de Californie et les services de la morgue, tout le monde était représenté, en plus de certains membres de l'unité des Affaires non résolues. Abel Pratt avait passé des coups de fil et réussi à faire en sorte que ce soit l'unité qui prenne la direction des opérations. Parce que le meurtre de Roland Mackey avait eu lieu sur une bretelle d'accès à l'autoroute, techniquement l'affaire était du ressort de la police routière de Californie, mais celle-ci avait été plus qu'heureuse de s'en débarrasser, surtout dans la mesure où ce décès semblait bien entrer dans le cadre d'une enquête du LAPD. En d'autres termes, on allait autoriser ce dernier à nettoyer le gâchis qu'il avait laissé derrière lui.

Le patron de la police routière du lieu lui ayant proposé de recourir à son meilleur expert ès

----

1. Scientific Investigation Division. (*N.d.T.*)

accidents, Pratt l'avait tout de suite pris au mot. Il avait aussi rassemblé certains des meilleurs légistes du LAPD, tous autant qu'ils étaient tirés du lit en pleine nuit.

Pendant que les spécialistes du labo examinaient la scène de crime, Bosch et Rider passèrent l'essentiel de leur temps sur la banquette arrière de la voiture de Pratt, ce dernier, puis Tim Marcia et Rick Jackson, qu'on avait eux aussi fait venir de chez eux pour prendre la direction de l'enquête, les interrogeant à fond. Bosch et Rider ayant pris part à certains événements et assisté à d'autres, il avait en effet été décidé qu'ils ne pouvaient plus diriger les opérations. Il ne s'agissait là que d'une formalité. En fait, il était clair que, l'un comme l'autre, ils continueraient à enquêter sur l'affaire et, ce faisant, se lanceraient évidemment sur les traces de l'individu qui avait assassiné Roland Mackey.

À trois heures trente du matin, les membres de l'équipe scientifique rassemblèrent les inspecteurs pour leur faire part de leurs découvertes. Le cadavre de Mackey venait d'être retiré de dessous la dépanneuse, la scène de crime ayant été abondamment photographiée, vidéographiée et dessinée. Tout était enfin ouvert et l'on pouvait maintenant se promener absolument partout.

Pratt demanda au patron de la patrouille routière, un grand type qui répondait au nom de David Allmand, d'y aller en premier. Allmand se servit d'une flèche au laser pour montrer les traces de pneus pertinentes dans l'assassinat de Mackey. Il leur montra aussi, à l'arrière de la dépanneuse, les ronds qu'on avait tracés à la craie pour indiquer les endroits où l'épais hayon en acier avait été bosselé ou égratigné. Pour lui, la conclusion était la même que celle à laquelle Bosch et Rider étaient arrivés à peine quelques secondes après avoir découvert Mackey : ce dernier avait bien été victime d'un assassinat.

— Les traces de pneus nous disent que la victime a amené la dépanneuse sur le bas-côté, à environ trente mètres à l'ouest de ce point, dit-il. Probablement pour éviter la voiture en panne déjà garée à cet endroit. La dépanneuse a ensuite reculé jusqu'ici. Sur quoi le conducteur a mis au point mort, puis en position frein avant de sortir de la cabine. S'il était pressé, comme l'indiquent certains détails secondaires, il est possible qu'il se soit tout de suite rendu à l'arrière pour abaisser l'attelage de remorque. Et c'est là qu'il s'est fait buter.

« La voiture en panne ne l'était évidemment pas. Son conducteur a écrasé l'accélérateur, la voiture a bondi en avant et coincé le chauffeur contre l'attelage et l'arrière de la dépanneuse. Afin de préparer le remorquage, la victime avait dû se pencher en avant ici même, afin de dégager le crochet d'amarrage. C'est probablement ce qu'il était en train de faire quand il a été renversé, ce qui expliquerait ses blessures à la tête. Il a en effet plongé tête la première dans l'attelage. Il y a du sang sur un des montants.

Il fit passer le point rouge de son laser sur le crochet d'amarrage de la dépanneuse pour illustrer ses propos.

— C'est là que la voiture a reculé, reprit-il. C'est aussi là qu'on trouve les stries sur l'asphalte. Et le conducteur a de nouveau avancé pour frapper une deuxième fois. Il y a toutes les chances pour que la victime ait déjà été blessée mortellement suite au premier choc. Mais elle n'était pas encore morte. Il est probable qu'elle soit tombée par terre après le premier impact et que, faisant appel à ses dernières forces, elle se soit glissée sous la dépanneuse pour éviter le second. Toujours est-il que la voiture a percuté la dépanneuse une deuxième fois. Et, bien sûr, c'est à ce moment-là que la victime a succombé à ses blessures alors qu'elle se trouvait sous la dépanneuse.

Allmand marqua une pause pour répondre à d'éventuelles questions, mais ses propos ne furent accueillis que par un sombre silence. Bosch ne trouva aucune question à lui poser. Personne ne l'arrêtant, Allmand termina son rapport en pointant sa flèche lumineuse sur deux traces de pneus dans l'asphalte et le gravier.

— Le véhicule qui a frappé n'a pas un très large empattement, reprit-il. Ça réduit un peu le champ des recherches. Il s'agit probablement d'une petite voiture étrangère. J'ai pris les mesures et dès que je pourrai consulter mon catalogue de fabricants, je serai en mesure de vous fournir une liste de véhicules qui pourraient avoir laissé ces traces. Je vous le ferai savoir.

Personne ne disant mot, il se servit encore de

son laser pour indiquer une petite tache d'huile sur l'asphalte.

— Et le véhicule perdait de l'huile, précisa-t-il. Pas énormément, mais si un procureur trouve important de dire combien de temps l'assassin est resté à attendre sa victime, nous pourrons chronométrer la fuite dès que nous aurons récupéré le véhicule et lui donner une estimation du temps qu'il a fallu pour avoir cette petite tache.

Pratt acquiesça d'un signe de tête.

— C'est bon à savoir, dit-il avant de remercier Allmand et de demander à Ravi Patel, le légiste adjoint, de lui faire son rapport suite au premier examen du cadavre.

Patel commença par énumérer tous les os brisés et toutes les blessures qu'on pouvait constater à première vue. Il précisa que l'impact avait probablement fracturé le crâne de la victime, en plus de lui écraser l'arcade sourcilière gauche et de lui disloquer la mâchoire. Mackey avait eu le bassin écrasé ainsi que le côté gauche du torse. Il avait aussi eu le bras et la cuisse gauches fracassés.

— Toutes ces blessures ont vraisemblablement été faites au premier impact, reprit-il. La victime était probablement debout, le choc se faisant par l'arrière droit.

— Aurait-il pu se glisser sous la dépanneuse ? demanda Rick Jackson.

— C'est possible, répondit Patel. On a déjà vu l'instinct de survie pousser des gens à faire des choses incroyables. Je ne le saurai pas avant d'ouvrir le bonhomme, mais que les poumons éclatent sous la pression n'est pas rare. Et là, ils se remplissent de sang. Mais ça prend du temps. Oui, il a très bien pu ramper jusqu'à un endroit où il se croyait en sécurité.

Et finir par se noyer dans son sang au bord de l'autoroute, songea Bosch.

Le rapport suivant fut celui du patron du SID, qui se trouvait être le frère de Ravi Patel, Raj. Pour avoir travaillé avec eux, Bosch savait qu'ils comptaient parmi les meilleurs.

Raj Patel leur donna les éléments de base de l'analyse de la scène de crime et déclara que les efforts qu'avait déployés Mackey pour rester en vie en rampant sous la dépanneuse permettraient sans doute aux enquêteurs d'attraper l'assassin.

— La deuxième collision avec la dépanneuse s'est passée sans que le corps serve d'amortisseur. Bref, métal contre métal. Nous avons donc deux transferts de matière, métal et peinture, et nous en avons prélevé plusieurs échantillons. Trouvez-nous le véhicule qui a fait ça et nous aurons une correspondance exacte à cent pour cent.

Enfin un peu de lumière dans cet océan de ténèbres, songea Bosch.

Après que Patel eut terminé son rapport, la scène de crime se vida, chacun allant s'acquitter des tâches diverses que Pratt voulait voir accomplies avant que toute l'unité se retrouve au Pacific Dining Car à neuf heures afin de discuter de l'affaire.

Marcia et Jackson se virent chargés de fouiller

la maison de Mackey. Cela voulait dire sortir un juge de son lit pour obtenir un mandat de perquisition, Mackey partageant son domicile avec un Burkhart qui était un suspect possible dans le meurtre. Cette maison – et l'on pensait que Burkhart s'y trouvait encore – était sous surveillance au moment où Mackey s'était fait déchiqueter au bord de l'autoroute. Cela dit, Burkhart pouvant très bien avoir demandé à quelqu'un d'autre d'exécuter l'assassinat à sa place, il serait considéré comme suspect jusqu'à ce qu'il soit établi qu'il n'y était pour rien.

Un des premiers coups de fil qu'avaient passés Bosch et Rider après avoir découvert Mackey sous la dépanneuse avait été pour Kehoe et Bradshaw, les deux inspecteurs des Vols et Homicides qui surveillaient la maison de Mariano Street. Ceux-ci s'y étaient rendus aussitôt et avaient placé Burkhart et une dénommée Belinda Messier en garde à vue.

Ils devaient être interrogés au Parker Center, tâche que Pratt avait confiée à Bosch et Rider.

Mais, au moment où ces derniers faisaient demi-tour pour remonter vers la sortie de la bretelle et gagner la voiture de Rider, Pratt leur demanda d'attendre. Puis il les prit à part et leur parla de façon à ce que personne ne puisse les entendre.

— Inutile de vous dire que nous allons avoir les oreilles qui sifflent sur ce coup-là, dit-il.

— On sait, oui, lui répondit Rider.

— Je ne sais pas quelle forme elle revêtira,

mais à mon avis, vous pouvez compter sur une enquête interne.

— On sera prêts.

— Il serait peut-être bon d'en parler en descendant en ville, leur suggéra Pratt. Il vaudrait mieux que tout le monde soit sur la même longueur d'ondes.

Bosch comprit ce qu'il leur disait : il fallait avoir une histoire qui tienne la route de façon à pouvoir la présenter d'une manière uniforme et sous un angle qui serve au mieux leurs intérêts, même s'ils devaient être interrogés séparément.

— On s'en sortira, dit Rider.

Pratt jeta un coup d'œil à Bosch, puis se détourna et reporta son attention sur la dépanneuse.

— Je sais, dit Bosch. Je ne suis qu'un bleu. Si quelqu'un se fait botter le cul pour ça, ce sera moi. Ça ne me gêne pas. L'idée était de moi.

— Harry ! lança Rider. Ce n'est pas...

— C'est moi qui ai conçu ce plan, dit-il en l'interrompant. C'est moi le responsable.

— Bien, bien, mais vous n'avez pas à être le seul, dit Pratt. Plus vite nous aurons résolu tout ça, mieux nous nous porterons. La réussite a le don d'effacer bien des merdes. Et donc, on boucle le dossier avant midi.

— C'est ça même, patron, dit Rider.

Bosch et Rider remontèrent la côte sans rien dire.

33

Parker Center était désert lorsqu'ils y arrivèrent. Bien que plusieurs unités d'enquête opèrent dans les bâtiments du quartier général de la police, ces derniers étaient surtout occupés par le haut commandement et tous ses services annexes. Rien n'y vivait avant le lever du soleil. Au sortir de l'ascenseur Bosch et Rider se séparèrent, Bosch se rendant directement aux Vols et Homicides du troisième étage pour y relever Kehoe et Bradshaw, tandis que Rider passait au bureau des Affaires non résolues pour y prendre le dossier qu'elle avait monté sur William Burkhart un peu plus tôt.

— À tout de suite, lança-t-elle à Bosch lorsqu'il s'éloigna. J'espère que Kehoe et Bradshaw ont fait du café.

Bosch tourna le coin des ascenseurs et longea le couloir jusqu'à la double porte des Vols et Homicides. Une voix s'éleva dans son dos et l'arrêta.

— Qu'est-ce que je vous avais dit sur les rechapés ?

Bosch se retourna. C'était Irving qui arrivait du couloir opposé. Dans cette direction il n'y avait que des services d'ordinateurs. Bosch se dit qu'Irving avait dû l'attendre dans le couloir. Il fit de son mieux pour ne pas paraître surpris qu'Irving soit déjà au courant de ce qui s'était passé sur l'autoroute.

— Qu'est-ce que vous faites ici ?

— Oh, j'avais envie de commencer tôt. La journée risque d'être chargée.

— Ah bon ?

— Et comment ! Que je vous prévienne comme il faut... Dès le début de la matinée les médias seront mis au fait de ce gros caca que vous venez de nous faire. Nous leur dirons comment vous vous êtes servi de ce Mackey comme d'un appât et n'avez réussi qu'à le faire tuer de la plus horrible des façons. Les journalistes demanderont donc comment il se fait qu'un inspecteur à la retraite ait été autorisé à réintégrer la police pour se livrer à... ça. Mais ne vous inquiétez pas. Ces questions seront très vraisemblablement adressées au chef de police qui a mis tout ce truc en route.

Bosch rit en hochant la tête, comme s'il ne sentait pas la menace.

— C'est tout ? demanda-t-il.

— Je vais aussi pousser le patron des Affaires internes à lancer une enquête sur la manière dont vous avez mené vos investigations, inspecteur Bosch. Vous feriez mieux de ne pas trop vous habituer à cette idée de retour dans la police.

Bosch avança sur lui, dans l'espoir de lui renvoyer un peu de ses menaces.

— Très bien, chef, faites donc. J'espère que vous n'oublierez pas non plus de préparer le patron à ce que je vais dire à ses enquêteurs sur votre propre culpabilité dans cette affaire.

Le silence fut long avant qu'Irving morde à l'hameçon.

— Qu'est-ce que c'est encore que ces bêtises ?

— Ce type que vous me reprochez d'avoir utilisé comme appât, c'est vous qui l'avez laissé filer il y a dix-sept ans. Pour pouvoir mener à bien votre petit deal avec Richard Ross. Mackey aurait dû aller en prison. Au lieu de ça, il a utilisé une arme volée pour tuer une innocente de seize ans.

Il attendit, mais Irving ne réagit pas.

— Oh oui, reprit Bosch, j'ai peut-être le sang de Roland Mackey sur les mains, mais vous, c'est celui de Rebecca Verloren que vous avez sur les vôtres. Vous voulez en parler aux médias et aux Affaires internes ? Génial, faites de votre mieux et nous verrons bien ce qu'il en sortira.

Irving eut soudain les traits tirés. Il fit un pas en direction de Bosch, leurs visages en venant presque à se toucher.

— Vous vous trompez, Bosch. À l'époque, tous ces gamins ont été mis hors de cause dans l'affaire Verloren.

— Ah oui ? Et comment ? Qui les a mis hors de cause ? Sûrement pas Green et Garcia. Green et Garcia, vous les avez écartés. Comme vous avez écarté le père de la jeune fille. Vous et vos chiens l'avez terrorisé jusqu'à ce qu'il lâche prise.

Il pointa le doigt vers la poitrine d'Irving et ajouta :

— Vous avez laissé filer des assassins pour pouvoir préserver votre deal.

C'est d'une voix pressante qu'Irving reprit la parole.

— Vous vous trompez complètement ! Vous

croyez vraiment que nous aurions laissé filer des assassins ?

Bosch hocha la tête, recula de quelques pas et faillit rire.

— En fait, oui, je le crois.

— Écoutez-moi, Bosch. Nous avons vérifié les alibis de tous ces gamins. Rien à leur reprocher. Pour certains, nous avons nous-mêmes été leur alibi dans la mesure où nous les avions placés sous surveillance. Nous nous sommes assurés que tous les membres du groupe étaient innocents et, seulement alors, nous avons dit à Green et Garcia de laisser tomber. Idem pour le père, mais lui a refusé.

— Et donc, vous l'avez écrasé, pas vrai, chef ? Vous l'avez acculé dans un trou.

— Il y avait certaines choses à faire. La ville était plus que tendue à l'époque. On ne pouvait pas laisser le père de la victime cavaler partout et dire des choses qui n'étaient pas vraies.

— Épargnez-moi la chanson du « c'était pour le bien de la communauté », chef. Vous avez réussi à conclure votre deal et, pour vous, il n'y avait que ça qui comptait. Vous vous étiez mis Ross et les Affaires internes dans la poche et vous n'aviez aucune envie que ça change. Sauf que vous vous trompiez complètement. L'ADN le prouve. C'était Mackey le coupable et votre enquête ne valait rien.

— Minute, minute. L'ADN ne prouve qu'une chose : que Mackey était en possession de l'arme du crime. Moi aussi, j'ai lu l'article que vous avez fait passer dans la presse. L'ADN le relie à l'arme, pas au meurtre.

Bosch l'écarta d'un geste. Il savait qu'il ne servirait à rien de discuter avec lui. Son seul espoir était que le menacer, lui aussi, de tout rapporter aux médias et aux Affaires internes suffise à le neutraliser. Il fallait mener Irving au pat.

— Qui a vérifié les alibis ? demanda-t-il calmement.

Irving garda le silence.

— Laissez-moi deviner... McClellan. Il est absolument partout dans cette affaire.

Encore une fois Irving ne répondit pas. Il semblait s'être replongé dans les souvenirs d'une époque révolue depuis dix-sept ans.

— Chef, reprit Bosch, je veux que vous appeliez votre chien de garde. Je sais qu'il travaille toujours pour vous. Dites-lui que je suis au courant pour les alibis. Je veux des détails. Je veux les rapports. Je veux tout ce qu'il a avant sept heures du matin ou c'est fini. Nous faisons tous les deux ce que nous avons à faire et on voit ce que ça donne.

Il était sur le point de s'éloigner lorsque Irving se décida enfin à parler.

— Il n'y a pas de rapports sur les alibis, dit-il. Il n'y en a jamais eu.

Bosch entendit arriver l'ascenseur et Rider apparut au coin du couloir quelques instants plus tard, un dossier à la main. Elle pila en voyant l'affrontement entre les deux hommes. Elle se tut.

— Il n'y a pas de rapports ? répéta Bosch.

Alors vaudrait mieux espérer qu'il a bonne mémoire ! Bonsoir, chef.

Bosch pivota sur lui-même et prit le couloir, Rider se dépêchant de le rejoindre. Elle jeta un coup d'œil par-dessus son épaule pour s'assurer qu'Irving ne les suivait pas. Elle attendit qu'ils aient franchi la double porte des Vols et Homicides pour parler.

— On est en danger, Harry ? demanda-t-elle. Il va monter ça contre le chef ?

Bosch la regarda. Le mélange d'inquiétude et d'angoisse sur le visage de Rider lui fit comprendre tout ce que sa réponse avait d'important à ses yeux.

— Pas si je peux l'en empêcher, dit-il.

34

William Burkhart et Belinda Messier avaient été placés dans deux salles d'interrogatoire différentes. Bosch et Rider décidèrent de commencer par Messier pour laisser tout le temps à Burkhart de poireauter en se posant des questions. Cela laisserait aussi le temps à Marcia et Jackson d'aller chercher le mandat et d'entrer dans la maison. Ce qu'ils y trouveraient pourrait être utile à l'interrogatoire de Burkhart.

Ce n'était pas la première fois que le nom de Belinda Messier apparaissait dans l'enquête. Le portable que Mackey avait sur lui était enregistré à son nom. Dans le rapport qu'ils avaient fait à Bosch et Rider en arrivant, Bradshaw et Kehoe l'avaient décrite comme la petite amie de Burkhart. Elle l'avait confirmé sans hésitation lorsque les inspecteurs des Vols et Homicides les avaient embarqués tous les deux. Après quoi elle ne leur avait plus dit grand-chose.

De petite taille, Belinda Messier avait des cheveux blonds qui lui encadraient le visage. Son aspect n'annonçait pas la dure à cuire qu'elle se révéla être par la suite. Au moment même où Rider et Bosch entraient dans la salle, elle demanda à voir un avocat.

— Pourquoi voulez-vous en voir un ? lui demanda Bosch. Vous vous croyez en état d'arrestation ?

— Vous voulez dire que je peux partir ?

Sur quoi, elle se leva.

— Asseyez-vous, lui lança Bosch. Roland Mackey s'est fait tuer tout à l'heure, vous aussi, vous pourriez être en danger. Vous êtes placée sous notre protection. Cela signifie que vous ne pourrez pas sortir d'ici tant que nous n'aurons pas clarifié un certain nombre de choses.

— Je ne sais rien de cette histoire. J'ai passé toute la nuit avec Billy, jusqu'au moment où vous vous êtes pointés.

Pendant les trois quarts d'heure qui suivirent, elle ne leur lâcha des renseignements qu'au compte-gouttes. Elle leur expliqua qu'elle avait connu Mackey par l'intermédiaire de Burkhart et qu'elle avait accepté de faire une demande de portable et de le lui donner parce que son crédit n'était pas suffisant. Elle leur apprit encore que Burkhart ne travaillait pas et vivait sur les dommages et intérêts qu'il avait reçus suite à un accident qui lui était arrivé deux ans plus tôt. Il avait acheté la maison de Mariano Street avec ces indemnités et faisait payer un loyer à Mackey. Elle ajouta qu'elle n'habitait pas avec eux, mais qu'elle passait beaucoup de nuits avec Burkhart. Lorsque Bosch et Rider lui demandèrent si Burkhart et Mackey avaient eu des liens avec des groupes du pouvoir blanc, elle feignit la surprise. Lorsqu'ils lui posèrent des questions sur le minuscule swastika qu'elle s'était fait tatouer entre le pouce et l'index droits, elle leur répondit que pour elle c'était un symbole de chance navajo.

— Savez-vous qui a tué Roland Mackey ? lui demanda Bosch après ce long préambule.

— Non, lui répondit-elle. Tout ce que je sais, c'est que c'était un type vraiment chouette.

— Qu'a dit votre copain quand Mackey l'a appelé ?

— Rien. Il m'a juste dit qu'il allait rester debout et parler d'un truc avec Ro quand celui-ci reviendrait. Il a aussi dit qu'ils sortiraient peut-être pour être plus tranquilles.

— C'est tout ?

— Ouais. C'est tout ce qu'il a dit.

Bosch et Rider prenant et reprenant tour à tour le commandement des opérations, ils la cuisinèrent sans relâche et sous les angles les plus divers, mais l'interrogatoire ne leur donna pas grand-chose d'intéressant pour l'enquête.

Burkhart était le suivant, mais avant de commencer, Bosch appela Marcia et Jackson pour avoir les dernières nouvelles.

— Vous êtes chez lui ? demanda-t-il à Marcia.

— Oui, on est entrés. On n'a rien trouvé pour l'instant.

— Pas de portable ?

— Non, pour le moment rien qui y ressemble.

— Et vous êtes sûrs qu'il ne s'est jamais esbigné ?

— Tout est possible, mais on ne dormait pas. En plus, combien de temps s'est-il écoulé entre le moment où Mackey s'est fait buter et celui où vous nous avez appelés pour nous dire de vous amener Burkhart ?

— Je ne sais pas. Un quart d'heure, maximum.

— Ben voilà. Aller de Porter Ranch sur la 118 à Woodland Hills en un quart d'heure ? C'est hors de question. Ce n'est pas lui. Son alibi, c'est nous.

— Et il n'y a pas de portable dans la maison...

Ils savaient déjà que Burkhart ne s'était pas servi de son fixe pour appeler, sinon le coup de fil aurait été enregistré par ListenTech.

— Non, répondit Marcia. Ni portable ni coup de fil avec le fixe. Je ne crois vraiment pas que ce soit lui.

Bosch n'était toujours pas prêt à en tomber d'accord. Il remercia Marcia, raccrocha et communiqua la mauvaise nouvelle à Rider.

— Alors qu'est-ce qu'on fait de lui ? demanda-t-elle.

— Ben, c'est peut-être pas lui pour Mackey, mais Mackey l'a quand même appelé après qu'on lui a lu l'article du journal. Moi, je le vois encore assez bien pour Verloren.

— Sauf que ça n'a aucun sens. Il faut quand même bien que le type qui a buté Mackey ait été son complice dans le meurtre de Verloren. Sinon, ce que tu dis c'est que ce qui s'est passé sur la bretelle de l'autoroute n'est qu'une coïncidence.

Bosch hocha la tête.

— Non, ce n'est pas ça que je dis. C'est juste qu'il nous manque quelque chose. Il n'est pas possible que Burkhart n'ait pas envoyé un message de cette baraque.

— Tu veux dire, un truc du genre « Allô, tueurs à gages » ? Pour moi, ton scénario ne fonctionne pas, Harry.

Cette fois-ci Bosch acquiesça d'un signe de tête. Il savait qu'elle avait raison. Ça ne s'emboîtait pas comme il fallait.

— Bon, dit-il, alors allons-y et voyons voir ce qu'il a à dire pour sa défense.

Rider étant d'accord, ils passèrent quelques minutes à élaborer une stratégie d'interrogatoire avant de reprendre le couloir derrière la salle de garde et d'entrer dans la pièce où Burkhart les attendait.

Cette dernière sentait si fort l'odeur du prisonnier que Bosch laissa la porte ouverte. Burkhart avait posé la tête sur ses bras croisés. Pour le faire sortir de son faux sommeil, Bosch flanqua un coup de pied dans sa chaise – et dans l'instant Burkhart redressa la tête.

— Haut les cœurs, Billy Blitzkrieg ! lança Bosch.

Burkhart avait des cheveux noirs en bataille qui retombaient autour de son visage d'un blanc pâteux. Il donnait l'impression de ne pas sortir beaucoup, hormis la nuit.

— Je veux un avocat, répondit-il.

— Comme nous tous. Mais... et si on commençait par le début. Je m'appelle Bosch et je vous présente Rider. Vous vous appelez William Burkhart et vous êtes en état d'arrestation parce qu'on vous soupçonne de meurtre.

Rider commença à lui lire ses droits, mais Burkhart l'interrompit.

— Vous êtes fous ? Je n'ai pas quitté ma maison. Et ma copine ne m'a pas lâché de la nuit.

Bosch porta un doigt à ses lèvres.

— Laissez-la finir, Billy. Après, vous pourrez nous mentir tout votre saoul.

Rider acheva de lui lire ses droits inscrits au dos d'une de ses cartes de visite et Bosch reprit la direction des opérations.

— Bien, vous disiez donc ?

— Je disais donc que vous êtes baisés. Je suis resté tout le temps chez moi et j'ai un témoin qui peut le prouver. Sans compter que Ro était mon copain. Pourquoi est-ce que je l'aurais tué ? Vu que tout ça est une grosse plaisanterie, pourquoi vous ne m'amenez pas mon avocat qu'il puisse vous faire déguerpir en rigolant comme un fou, hein ?

— Vous avez fini ? Non, parce que j'ai des trucs à vous dire, moi. Ce n'est pas de Roland Mackey qu'on vous parle. Nous, on vous ramène dix-sept ans en arrière, jusqu'à Rebecca Verloren. Vous vous souvenez ? Vous et Mackey ? La fille que vous avez emmenée dans les collines ? Parce que c'est d'elle qu'on vous parle, Billy.

Burkhart ne montra aucun émoi. Bosch espérait un signe qui le trahirait, quelque chose qui lui dirait qu'il ne faisait pas fausse route.

— Je sais pas de quoi vous causez, lui renvoya Burkhart, le visage de marbre.

— On vous a sur bande. Hier soir, Mackey vous a appelé. C'est fini pour vous, Burkhart. Dix-sept ans de cavale, c'est long, mais là, c'est terminé.

— Vous avez enregistré des clopinettes. Si vous avez une bande, tout ce que vous y entendrez, c'est que je dis à Ro de la fermer. Je n'ai pas de portable parce que j'ai pas confiance en eux. C'est juste une mesure de précaution. S'il voulait me parler de ses problèmes, moi, je ne voulais pas que ça se fasse sur un portable. Et pour ce qui est de votre Rebecca Machinchose, je sais rien. Vous auriez peut-être dû demander à Ro quand vous en aviez l'occasion.

Il regarda Bosch et y alla d'un clin d'œil. Bosch eut envie de lui en coller une par-dessus la table, mais n'en fit rien.

Ils se défièrent pendant encore vingt minutes, mais ni Bosch ni Rider ne parvinrent à entamer

440

sa cuirasse. Burkhart finit par cesser de s'intéresser à l'échange, réclama encore une fois un avocat et refusa de répondre à la moindre question à partir de ce moment-là.

Rider et Bosch quittèrent la salle pour discuter des choix qui s'offraient à eux – ils étaient minimes, ils en convinrent. Ils avaient voulu bluffer Burkhart, celui-ci les avait pris au mot : ou bien ils le coffraient et lui appelaient un avocat ou bien ils devaient le laisser filer.

— On n'a pas ce qu'il faut, Harry, dit Rider. Inutile de nous raconter des histoires. Faut le foutre dehors.

Bosch acquiesça d'un signe de tête. Il savait qu'elle avait raison. Ils n'avaient pas de dossier qui tienne et pourraient très bien ne jamais en avoir un. Mackey, le seul lien direct avec Rebecca Verloren, était mort. Et c'était de la faute de Bosch. Ils allaient devoir remonter dans le temps et chercher quelque chose que la police avait loupé, caché ou ignoré dix-sept ans plus tôt. Tout ce que leur situation avait de déprimant lui tomba dessus comme une chape de plomb.

Il ouvrit son portable et appela Marcia une fois encore.

— Toujours rien ?

— Toujours rien, Harry. Ni téléphone ni indice, rien.

— Bien. Ceci pour que tu saches : on va le foutre dehors. Il risque de se pointer dans pas longtemps.

— Génial. Il va pas trop aimer ce qu'il va trouver.

— Tant mieux.

Bosch referma son téléphone et regarda Rider. Ses yeux disaient tout : c'était le désastre. Il comprit qu'il l'avait déçue. Pour la première fois de sa vie, il se demanda si Irving n'avait pas raison – peut-être aurait-il mieux fait de ne pas revenir dans la police.

— Je vais lui dire qu'il est libre, dit-il.

Il partait lorsque Rider lui lança :

— Je ne t'en veux pas, Harry. (Il se retourna vers elle.) Je t'ai suivi d'un bout à l'autre. C'était un bon plan.

Il hocha la tête.

— Merci, Kiz, dit-il.

35

Bosch rentra chez lui se doucher, mettre des habits propres et, peut-être, fermer l'œil un instant avant de repartir en ville pour assister à la réunion de l'unité. Une fois encore il traversa une ville qui s'éveillait à peine au jour. Une fois encore aussi cette ville lui parut laide, toute en lignes coupantes et scintillements sans pitié. Tout lui semblait laid maintenant.

Il n'avait pas envie d'aller à la réunion. Il savait que les regards seraient braqués sur lui. Dans l'unité, tous comprenaient qu'après la mort de Mackey chacun de leurs actes serait analysé et évalué. Tous comprenaient aussi que si l'on cherchait une raison de les menacer dans leurs carrières, il n'y avait plus à aller chercher bien loin.

Bosch jeta ses clés sur le comptoir et vérifia son répondeur. Pas de messages. Il consulta sa montre et décida qu'il lui restait au minimum deux ou trois heures de repos avant de devoir aller au Pacific Dining Car. Regarder l'heure lui rappela l'ultimatum qu'il avait lancé à Irving au cours de leur confrontation dans le couloir devant la porte des Vols et Homicides. Sauf qu'il douta fort qu'Irving ou McClellan lui donnent de leurs nouvelles. À croire qu'il ne pouvait bluffer personne.

Il savait que dormir deux ou trois heures n'était pas vraiment possible, pas avec tout ce qui lui pesait sur les épaules. Il avait rapporté le classeur et tous les dossiers attenants, il décida de les étudier encore une fois. Il savait que, lorsque rien ne marchait, il y avait toujours et encore le dossier. Ne jamais se laisser distraire. Toujours revenir à l'affaire.

Il mit la cafetière en route, prit une douche de cinq minutes et se replongea dans le dossier tandis qu'une nouvelle version remixée de *Kind of blue* montait des haut-parleurs du lecteur de CD.

L'impression de louper quelque chose qu'il avait pourtant sous le nez l'exaspérait. Il savait que cette affaire le hanterait et qu'il la traînerait derrière lui comme un boulet s'il n'arrivait pas à casser ce qui l'empêchait de voir cet élément manquant. Et il savait que s'il y avait un endroit où chercher, c'était dans le classeur.

Il décida de ne pas lire les documents dans l'ordre où les premiers enquêteurs les avaient classés. Il ouvrit les anneaux du classeur et sortit les pièces. Puis il se mit à les analyser au hasard, en prenant son temps et en veillant à bien digérer tous les noms, mots et photos qu'ils contenaient.

Un quart d'heure plus tard, il était une fois de plus en train de regarder fixement les photos de la chambre de Rebecca Verloren lorsqu'il entendit claquer une portière de voiture devant chez lui. Curieux de savoir qui pouvait bien se garer à cet endroit à pareille heure, il se leva et gagna la porte d'entrée. Par le judas, il vit approcher un homme. Il n'était pas facile de le voir distinctement dans la lentille convexe de l'œilleton, mais il ouvrit quand même sa porte avant que l'inconnu ait le temps de frapper.

L'homme ne semblait pas surpris qu'on ait surveillé son arrivée. Rien qu'à son maintien, Bosch sut qu'il avait affaire à un flic.

— McClellan ?

L'homme acquiesça d'un signe de tête.

— Lieutenant McClellan. Et vous devez être l'inspecteur Bosch.

— Vous auriez pu téléphoner.

Bosch s'écarta pour le laisser entrer. Ni l'un ni l'autre, ils ne se tendirent la main. Bosch trouva plutôt caractéristique d'Irving de lui envoyer son homme de main à domicile. C'était un grand classique de l'intimidation à la « je-sais-où-vous-habitez ».

— Je me suis dit qu'il vaudrait mieux qu'on se parle en face à face, dit McClellan.

— Vous ou le chef Irving ?

Grand et le cheveu d'un blond-roux presque transparent, McClellan avait de grosses joues et le teint florissant. Bosch songea que le terme qui lui allait le mieux était celui de « bien nourri ». Les joues du monsieur s'assombrirent lorsqu'il entendit la question que Bosch venait de lui poser.

— Écoutez, dit-il, je suis ici pour coopérer avec vous, inspecteur.

— Bien. Vous désirez quelque chose à boire ? J'ai de l'eau.

— De l'eau m'ira très bien.

— Asseyez-vous.

Bosch gagna la cuisine, choisit le verre le plus poussiéreux qu'il put trouver dans son armoire, le remplit d'eau du robinet et éteignit la cafetière. Il n'était pas question que McClellan se sente à son aise.

Lorsqu'il revint dans la salle de séjour, celui-ci regardait le paysage à travers la porte coulissante en verre. Au-dessus du col, l'air était propre. Mais il était encore tôt.

— Jolie vue, dit McClellan.

— Je sais, oui. Je ne vois pas de dossier dans vos mains, lieutenant. J'espère que ce n'est pas une visite de courtoisie comme une de celles que vous avez rendues à Robert Verloren il y a dix-sept ans de ça.

McClellan se tourna vers Bosch et accepta son verre d'eau et l'insulte avec le même regard vide.

— Il n'y a pas de dossier, dit-il. S'il y en a jamais eu, il a disparu il y a bien longtemps.

— Et donc quoi ? Vous êtes venu ici pour essayer de me convaincre avec vos souvenirs ?

— Il se trouve qu'effectivement j'ai gardé des souvenirs très précis de cette époque. Il vaudrait mieux que vous compreniez bien quelque chose : j'étais inspecteur de première catégorie affecté à la PDU. Quand on me donnait un boulot, je le faisais. Il n'est pas question de mettre en doute les ordres quand on est dans cette situation. Le faire, c'est chercher à se faire virer.

— Et donc, vous avez été un bon petit soldat qui faisait son boulot et rien de plus. Je comprends. Mais... et les Huit de Chatsworth et l'assassinat de Rebecca Verloren là-dedans ? Et les alibis, hein ?

— Il y avait huit types de premier plan dans les Huit. Je les ai tous disculpés. Et n'allez pas croire que j'aurais voulu le faire. Je l'ai fait, un point c'est tout. On m'avait demandé de voir si l'un quelconque de ces petits cons aurait pu avoir trempé dans le meurtre, j'ai vérifié, ils m'ont tous paru innocents... de ce meurtre en tout cas.

— Parlez-moi de William Burkhart et de Roland Mackey.

McClellan s'assit sur une chaise, à côté du poste de télévision. Il posa son verre d'eau, qu'il n'avait toujours pas bu, sur la table basse. Bosch arrêta Miles Davis en plein milieu de *Freddie the*

Freeloader[1] et, les mains dans les poches, alla se planter devant les portes coulissantes.

— Bien, et d'un, Burkhart n'a pas posé de problème. Cette nuit-là, nous le surveillions tous.

— Expliquez-moi ça.

— Il était sorti de Wayside quelques jours auparavant. Lorsqu'il y était encore, quelqu'un nous avait tuyautés sur le fait qu'il était reparti dans ses trucs de racisme. Nous avions donc jugé plus prudent de l'avoir à l'œil, histoire de voir s'il allait recommencer à foutre le bordel.

— Qui en avait donné l'ordre ?

McClellan se contenta de le regarder.

— Irving, évidemment, répondit Bosch. On se préservait son petit deal. Bon, et donc la PDU surveillait Burkhart. Qui d'autre ?

— Dès sa sortie de taule, Burkhart s'est collé avec deux autres types du groupe. Un certain Withers et un autre qui s'appelait Simmons. Tout semblait indiquer qu'ils préparaient quelque chose, mais le soir en question ils se saoulaient à mort dans une académie de billard de Tampa Avenue. Et c'est du solide. On avait deux flics en civil qui les surveillaient. C'est ce que je suis venu vous dire. Leurs alibis étaient bons, inspecteur.

— Sûr ? Bien, bien, parlez-moi donc de Mackey. Parce que lui, la PDU ne le surveillait pas, si ?

— Pas lui, non.

— Alors, comment se fait-il que son alibi ait été bon ?

---

1. Soit « Freddie le pique-assiette ». (*N.d.T.*)

447

— Ce dont je me souviens, c'est que le soir où la fille a été enlevée il prenait une leçon au lycée de Chatsworth High. Il suivait des cours du soir pour obtenir son diplôme de fin d'études.

— Son équivalence, plutôt. Ce qui n'est pas tout à fait la même chose.

— C'est juste. Un juge le lui avait ordonné pour sa conditionnelle. Sauf qu'il devait réussir et qu'il n'était pas très bon. Il suivait donc des cours les soirs où il n'y avait pas école. Et celui où la fille a été kidnappée, il était avec son prof. C'est moi qui l'ai confirmé.

Bosch hocha la tête. McClellan voulait lui faire avaler une couleuvre.

— Vous voulez dire que Mackey avait eu droit à une leçon en pleine nuit ? Ou bien vous êtes con ou bien vous avez cru aux conneries que vous ont racontées Mackey et son prof. Et d'abord, qui c'était, ce prof ?

— Non, non, ils étaient ensemble en début de soirée. Je ne me rappelle pas le nom du prof, mais ils ont fini à onze heures au plus tard et après, ils sont partis chacun de leur côté. Mackey est rentré chez lui.

Bosch eut l'air stupéfait.

— Mais ça ne nous donne pas un alibi, lieutenant ! La fille est morte après minuit ! Vous ne le saviez pas ?

— Bien sûr que si. Mais l'heure du décès n'est pas le seul élément de l'alibi. On m'avait donné les rapports des types qui s'occupaient de l'affaire et il n'y avait pas eu effraction dans la maison. Et le père avait bien vérifié toutes les

448

portes et fermetures à dix heures du soir. Cela signifie que l'assassin devait déjà être dans la maison. Il devait s'y cacher et attendre que tout le monde s'endorme.

Bosch s'assit sur le canapé et se pencha en avant, les coudes sur les genoux. Il comprit soudain que McClellan avait raison et que maintenant tout était différent. Il avait vu le même rapport que lui dix-sept ans auparavant, mais il n'en avait pas perçu la signification. L'assassin était déjà dans la chambre de Becky à dix heures du soir.

Cela changeait beaucoup de choses, il le savait. Cela changeait la manière dont il fallait voir non seulement la première enquête, mais aussi la sienne propre.

Sans se rendre compte de la tempête qui secouait Bosch, McClellan enchaîna.

— Mackey ne pouvait donc pas être dans la maison vu qu'il était avec son prof. Il était hors de cause. Comme tous les autres petits cons. J'ai fait un rapport verbal à mon patron, qui l'a retransmis aux deux gars qui bossaient sur l'affaire. Et ç'a été la fin de l'histoire jusqu'au coup de l'ADN.

Bosch acquiesça à ce que disait McClellan, mais pensait à d'autres choses.

— Si Mackey est hors du coup, comment expliquez-vous qu'on ait son ADN dans l'arme du crime ? demanda-t-il.

Ce fut au tour de McClellan d'avoir l'air stupéfait. Il hocha la tête.

— Je ne sais pas quoi dire. Je n'arrive pas à

l'expliquer. Je l'ai innocenté pour le meurtre, mais il a dû...

Il ne termina pas sa phrase. Bosch eut l'impression qu'il se sentait blessé à l'idée qu'il avait peut-être laissé l'assassin, à tout le moins l'individu qui avait fourni l'arme du crime, l'emporter en paradis. McClellan semblait comprendre brusquement qu'il s'était fait corrompre par Irving et en était comme accablé.

— Irving a-t-il toujours l'intention de lâcher tout ça aux médias et aux Affaires internes ? demanda calmement Bosch.

McClellan hocha lentement la tête.

— Non, répondit-il. Il m'a dit de vous transmettre un message. Il m'a demandé de vous dire qu'un accord n'est un accord que si les deux parties honorent leurs engagements. C'est tout.

— Une dernière question, reprit Bosch. Les éléments de preuves ont disparu des Scellés. Vous savez quelque chose là-dessus ?

McClellan le dévisagea. Bosch sentit qu'il l'avait gravement insulté.

— Je ne pouvais pas ne pas vous poser la question, dit-il.

— Tout ce que je sais, c'est que dans cet endroit des tas de trucs disparaissent, répondit McClellan entre ses dents. Tout le monde aurait pu se barrer avec... en dix-sept ans ! Mais non, ce n'est pas moi qui les ai pris.

Bosch acquiesça d'un signe de tête et se leva.

— Bien, dit-il, il va falloir que je me remette au travail.

McClellan comprit le signal et se leva à son

tour. Il donnait l'impression d'avoir ravalé sa colère, voire d'avoir accepté l'explication de Bosch selon laquelle celui-ci ne pouvait pas ne pas lui poser la question.

— Bien, inspecteur, dit-il. Bonne chance. J'espère que vous allez coincer le type. Et je ne plaisante pas.

Et il lui tendit la main. Bosch ignorait tout de son passé. Il ne savait pas comment ça se passait à la PDU en 1988, mais il avait l'impression que McClellan quittait sa maison avec un fardeau nettement plus lourd que celui qu'il avait en arrivant. Il décida qu'il pouvait lui serrer la main.

Après le départ de McClellan, il se rassit et réfléchit à l'idée selon laquelle l'assassin de Rebecca Verloren se serait caché dans la maison. Il se releva et regagna la table de la salle à manger où il avait étalé les pièces du classeur. Les photos de la chambre de la jeune fille se trouvaient au centre. Il feuilleta les rapports jusqu'à ce qu'il trouve celui de la police scientifique sur les empreintes.

Le document faisait plusieurs pages et contenait l'analyse de plusieurs empreintes relevées dans la maison des Verloren. Les conclusions stipulaient qu'aucune n'étant inconnue, il était probable que le ou les suspects avaient porté des gants ou tout simplement évité de toucher des surfaces susceptibles de retenir des empreintes.

On y lisait encore que toutes les empreintes relevées dans la maison appartenaient à des membres de la famille Verloren ou à des gens qui avaient une raison légitime de s'être trouvés dans la maison et d'y avoir touché les surfaces où on avait retrouvé leurs empreintes.

Cette fois, Bosch lut le rapport différemment et en son entier. Ce n'était plus l'analyse qui l'intéressait. Ce qu'il voulait, c'était savoir où les techniciens du labo avaient cherché.

Le rapport avait été rédigé un jour après la découverte du corps de Rebecca Verloren. Il faisait apparaître une recherche d'empreintes classique dans toute la maison. Toutes les surfaces intéressantes avaient été examinées. Tous les boutons de portes et toutes les serrures. Tous les appuis et montants de fenêtres. Tous les endroits où il était logique de penser que le tueur/kidnappeur ait pu toucher une surface pendant le crime. Si plusieurs des empreintes relevées sur les appuis de fenêtres et les targettes appartenaient à Robert Verloren, le rapport indiquait qu'aucune empreinte utilisable n'avait été relevée sur les boutons de portes à l'intérieur de la maison. Il précisait aussi que cela n'avait rien d'inhabituel étant donné les frottements qui se produisent chaque fois qu'on tourne un bouton.

C'est dans ce qui n'apparaissait pas dans le rapport que Bosch découvrit la faille qui avait permis à l'assassin de ne pas se faire repérer. Les techniciens du labo étaient passés à la maison un jour après que le corps de la victime avait été découvert. Soit après qu'on s'était trompé deux fois sur la nature de l'affaire, la première en y voyant un cas de disparition, la seconde un suicide. À quoi il fallait ajouter que, lorsqu'on

452

s'était enfin décidé à enquêter sur un meurtre, les techniciens avaient été envoyés à la maison sans but précis. À ce moment-là, on ne comprenait toujours rien à l'affaire. L'idée que le tueur aurait pu se cacher pendant plusieurs heures dans le garage ou ailleurs dans la maison n'avait pas encore été formulée. La recherche d'empreintes et d'autres pièces à conviction, telles que cheveux, poils et fibres, n'étant jamais allée plus loin que ce qui tenait de l'évidence, on était resté à la surface des choses.

Bosch savait qu'il était trop tard. Trop d'années avaient passé. Il y avait maintenant un chat qui se baladait partout et Dieu seul connaissait tous les articles de brocante qui étaient entrés et sortis de cette maison où un tueur s'était caché pour attendre le moment propice.

C'est alors que, son regard tombant sur les photos étalées sur sa table, il comprit quelque chose. La chambre de Rebecca était le seul endroit qui n'avait pas été contaminé au fil des ans. Elle avait tout d'un musée où les œuvres d'art sont mises sous verre et enfermées de manière quasiment hermétique.

Il étala toutes les photos de la chambre devant lui. Il y avait dans ces clichés quelque chose qui n'avait pas cessé de le turlupiner depuis qu'il les avait vus pour la première fois. Il n'arrivait toujours pas à savoir de quoi il s'agissait, mais maintenant il y avait urgence. Il examina les photos de la commode, de la table de nuit, et enfin celles de la penderie ouverte. Puis il passa au lit.

Il repensa à la photo publiée dans le *Daily News* et sortit le numéro du journal de la chemise contenant tous les rapports et documents accumulés depuis la réouverture de l'enquête. Puis il le déplia, examina la photo d'Emmy Ward et la compara aux clichés pris dix-sept ans plus tôt.

La chambre semblait exactement la même, comme si la douleur qui en émanait, telle la chaleur qui monte d'un four, ne l'avait pas atteinte. Mais il remarqua une légère différence. Sur la photo du *Daily News*, le lit avait été soigneusement refait et le couvre-lit lissé par Muriel avant que le cliché soit pris. Dans les anciennes photos, le lit certes était fait, mais le couvre-lit débordait d'un côté du lit et rentrait sous le sommier ailleurs. Bosch passa et repassa d'un cliché à l'autre. Et sentit quelque chose se libérer en lui. Un rien d'excitation passa dans son sang. C'était ça qui le rongeait. C'était ça qui ne collait pas.

— Ça déborde et ça rentre, dit-il tout haut.

Il se pouvait, il le savait, que le couvre-lit soit rentré sous le lit lorsque l'inconnu s'était glissé dessous. Et cela rendait tout aussi probable que le gonflement du couvre-lit de l'autre côté du lit se soit produit lorsque le même individu en était ressorti en rampant.

Après que tout le monde s'était endormi.

Bosch se leva et commença à faire les cent pas en reprenant tout le scénario. Sur la photo prise après l'enlèvement et le meurtre, le volant disait clairement que quelqu'un s'était glissé sous le lit, puis en était ressorti. Il était tout à fait possible que l'assassin ait attendu le bon moment au-dessous de sa victime alors que celle-ci s'endormait.

— Ça déborde et ça rentre, répéta-t-il.

Il poussa plus loin. Il savait qu'aucune empreinte utilisable n'avait été relevée dans la maison. Cela dit, seules les surfaces où il était évident de chercher avaient été examinées. Cela ne signifiait pas forcément que l'assassin avait porté des gants. Cela signifiait seulement qu'il avait été assez malin pour ne pas toucher des endroits évidents avec ses mains nues, ou qu'il avait bousillé ses empreintes en les frottant quand c'était nécessaire. Même s'il avait porté des gants en entrant dans la maison, n'était-il pas possible qu'il les ait ôtés en attendant – des heures et des heures durant, ce n'était pas à exclure – sous le lit de Rebecca Verloren ?

Ça valait le coup d'essayer. Il gagna la cuisine, appela le labo et demanda à parler à Raj Patel.

— Raj, lança-t-il, qu'est-ce que tu fais en ce moment ?

— Je classe les pièces à conviction recueillies hier soir sur l'autoroute.

— J'ai besoin que ton meilleur technicien d'empreintes vienne me retrouver à Chatsworth.

— Maintenant ?

— Oui, maintenant, Raj. Je pourrais bien être sans travail dans pas longtemps. Il faut faire ce truc-là tout de suite.

— Quel truc ?

— Je veux qu'on soulève un lit et qu'on regarde dessous. C'est important, Raj. Si on trouve quelque chose, ça nous conduira au meurtrier.

Il y eut un court instant de silence avant que Patel réponde.

— Le meilleur pour les empreintes, c'est moi, Harry. Donne-moi l'adresse.

— Merci, Raj.

Il lui donna l'adresse et raccrocha. Puis il tapota le comptoir du bout des doigts en se demandant s'il devait appeler Kiz Rider. Elle était tellement triste et découragée lorsqu'ils étaient sortis de Parker Center qu'elle lui avait dit ne plus vouloir qu'une chose : rentrer chez elle pour aller se coucher. Devait-il la réveiller une deuxième fois dans la même journée ? Il comprit que ce n'était pas vraiment la question. La question était de savoir s'il devait patienter pour voir s'il y avait quelque chose sous le lit avant de lui parler et de réveiller ses espoirs.

Il décida d'attendre le moment où il aurait du solide à lui dire. Puis il décrocha son téléphone, réveilla Muriel Verloren et lui annonça sa visite.

36

Il arriva en retard à la réunion de la brigade au Pacific Dining Car à cause de la circulation en provenance de la Valley. Tout le monde s'était installé dans un coin tranquille, à l'arrière du restaurant. La plupart de ses collègues avaient déjà des assiettes de nourriture devant eux.

Son excitation devait se voir. Pratt interrompit la lecture d'un rapport de Tim Marcia pour le regarder, puis lui lança :

— Ou bien vous avez eu de la chance pendant votre repos ou bien vous vous foutez complètement de la merde dans laquelle nous sommes.

— J'ai eu de la chance, répondit-il en tirant le seul fauteuil vide et en s'y installant. Mais pas comme vous l'entendez. Raj Patel vient de relever une empreinte de paume et celles de deux doigts sur une latte en bois du lit de Rebecca Verloren.

— Fantastique, lui renvoya sèchement Pratt. Et cela signifierait ?

— Que dès que Raj l'aura fait passer à l'ordinateur central, il se peut que nous tenions l'assassin.

— Comment ça ? demanda Rider.

Bosch ne l'avait pas appelée, il sentit tout de suite qu'elle lui était hostile.

— Je ne voulais pas te réveiller, lui dit-il.

Puis, s'adressant aux autres, il ajouta :

— En relisant le premier rapport sur les empreintes consigné au dossier, je me suis aperçu que les techniciens étaient allés à la maison le lendemain du jour où on a découvert le corps de la jeune fille. Ils n'y sont jamais retournés après qu'on se fut rendu compte qu'il était plus que probable que le kidnappeur était entré dans la maison plus tôt dans la journée, à un moment où le garage était ouvert, et qu'il s'était caché quelque part jusqu'à ce que tout le monde dorme.

— Et donc pourquoi le lit ? demanda Pratt.

— Les photos de la scène de crime montrent que le bas du couvre-lit a été poussé sous le sommier. Comme si quelqu'un s'était glissé dessous. Les techniciens ont loupé cet endroit parce que ce n'était pas ça qu'ils cherchaient.

— Beau boulot, Harry, dit Pratt. Si Raj a une correspondance, on change de direction et on fonce. Bon, revenons à nos rapports. Vous pourrez vous mettre au courant de ce que vous avez loupé auprès de votre équipière.

Puis il se tourna vers Robinson et Nord à l'autre bout de la longue table et leur demanda :

— Qu'avez-vous trouvé sur l'appel à dépanneuse ?

— Pas grand-chose qui pourrait nous aider, répondit Nord. L'appel ayant été passé alors que nous étions déjà en train de surveiller le fixe de Burkhart, nous n'en avons pas d'enregistrement audio. Cela dit, nous avons les relevés et ils montrent que l'appel a été passé directement à la société de remorquage Tampa Towing, puis renvoyé sur le répondeur de l'AAA. Le coup de fil a été donné dans la cabine installée devant le 7-Eleven de Tampa Avenue, près de l'autoroute. L'individu qui l'a passé s'est ensuite rendu à l'entrée de la bretelle en voiture et a commencé à attendre.

— Des empreintes sur le téléphone ? demanda Pratt.

— Nous avons demandé à Raj d'aller y jeter

un coup d'œil quand il a fini d'examiner la scène de crime, répondit Robinson. L'appareil a été essuyé.

— Naturellement, dit Pratt.

Puis il se tourna vers Bosch.

— Vous avez quelque chose à ajouter que votre coéquipière ne nous aurait pas déjà dit ?

— Probablement des trucs du même genre. Burkhart a l'air innocent pour hier soir et pour l'assassinat de Verloren. Il semblerait qu'il ait été sous la surveillance du LAPD les deux soirs.

Rider le gratifia de son froncement de sourcils. Il savait encore d'autres choses qu'elle ignorait. Il se détourna d'elle.

— Eh bien, tout ça est absolument parfait, dit Pratt. Bref, qui, quoi et où en sommes-nous ?

— En gros, nous en sommes que le coup de l'article dans le journal nous a pété au nez, dit Rider. Il a fonctionné pour ce qui est de pousser Mackey à vouloir parler de l'affaire Verloren à quelqu'un, mais il n'a pas pu le faire. Quelqu'un d'autre a vu l'article.

— Ce quelqu'un d'autre étant l'assassin, dit Pratt.

— Exactement, répondit Rider, l'individu que Mackey a aidé à obtenir l'arme, ou auquel il l'a donnée il y a dix-sept ans. Cet individu a lui aussi lu l'article et, sachant que le sang retrouvé dans l'arme n'était pas le sien, en a déduit que c'était forcément celui de Mackey. Et comme il savait que Mackey était le lien qui nous conduirait à lui, il fallait que Mackey disparaisse.

— Comment a-t-il monté son coup ? demanda Pratt.

— Ou bien il est assez astucieux pour avoir compris que c'est nous qui avions passé l'article et que nous surveillions Mackey, ou bien il s'est dit que la meilleure façon d'arriver à Mackey était de procéder comme il l'a fait : l'amener dans un endroit où il serait seul. Comme je l'ai dit, ce type est astucieux. Il a choisi un endroit et un moment où Mackey serait forcément seul et vulnérable. Dans cette entrée de bretelle, on est au-dessus de l'autoroute. Même avec les lumières de la dépanneuse, on ne peut pas voir ce qui s'y passe.

— L'endroit était aussi bien choisi au cas où Mackey aurait été suivi, ajouta Nord. L'assassin savait que, la voiture suiveuse étant obligée de poursuivre sa route, il aurait Mackey seul.

— On ne serait pas en train de le créditer d'un peu trop de choses ? demanda Pratt. Comment aurait-il pu savoir que nous suivions Mackey ? En lisant l'article dans le journal ? Allons !

Ni Bosch ni Rider ne répondit et chacun digéra sans rien dire ce qui n'était que sous-entendu, à savoir que l'assassin avait des liens avec la police, voire plus précisément avec l'enquête.

— Bien, dit Pratt, c'est quoi la suite ? Pour moi, on ne pourra contenir tout ça que vingt-quatre heures, grand maximum. Après, ça passera dans les journaux et ça montera au sixième – d'où des tas d'éclaboussures partout si

460

on ne boucle pas l'affaire avant. Bref, qu'est-ce qu'on fait ?

— On prend les relevés d'appels et on part de là, dit Bosch en parlant pour Rider et pour lui-même.

Il pensait au petit mot adressé à Mackey qu'il avait vu la veille sur le bureau de la station-service. Celui où l'on parlait d'une vérification d'emploi émanant de la carte Visa. Comme Rider le lui avait fait remarquer dès qu'elle en avait entendu parler, Mackey n'était pas du genre à laisser traîner des indices du type carte de crédit derrière lui. Il y avait là quelque chose qui ne collait pas et il voulait vérifier.

— Nous avons toutes les sorties d'imprimante, reprit Robinson. C'est la station-service qui a reçu le plus de coups de fil. Il y a eu toutes sortes de demandes d'intervention.

— Bien. Harry ? Rider ? Vous voulez les registres ? demanda Pratt.

Rider regarda Bosch, puis Pratt.

— Si c'est ça que veut Harry... Il a l'air d'être en veine aujourd'hui.

Comme s'il n'attendait que ce signal, le portable de Bosch se mit à sonner. Bosch regarda l'écran, c'était Raj Patel.

— On va tout de suite voir de quelle veine nous causons, dit Bosch en ouvrant son portable.

Patel lui annonça qu'il avait de bonnes et de mauvaises nouvelles.

— La bonne nouvelle est que nous avons toujours l'échantillonnage des empreintes trouvées dans la maison et celles que nous avons relevées ce matin ne correspondent à aucune. Tu as donc découvert quelqu'un d'autre, Harry. Ça pourrait être ton assassin.

Cela voulait dire que les empreintes des membres de la famille Verloren et des personnes qui avaient le droit d'entrer dans la maison se trouvaient toujours dans les archives de la police scientifique et qu'aucune ne correspondait à celles, doigts et paume, relevées ce matin-là sous le lit de Rebecca Verloren. Évidemment, ces dernières ne pouvant être datées, il était envisageable qu'elles aient été laissées par la personne qui avait installé le lit. Mais cela semblait peu probable, les empreintes ayant été relevées sur la face inférieure des lattes de bois. Il y avait de fortes chances pour que l'individu qui les y avait laissées se soit trouvé sous le lit.

— Et la mauvaise nouvelle ? demanda Bosch.

— Je les ai passées à l'ordinateur central du ministère de la Justice de Californie et il n'y a pas de correspondance.

— Et côté FBI ?

— Ça viendra après, mais ça prendra du temps. Il va falloir qu'ils les traitent. Je vais les leur envoyer avec une demande de réponse rapide, mais tu sais comment ça marche.

— Je sais, Raj. Appelle-moi dès que tu sauras et merci d'avoir essayé.

Bosch referma son téléphone. Il se sentait très déçu et son visage le montra. Il comprit que tout le monde connaissait le résultat avant même qu'il l'annonce.

— Pas de correspondance à la banque de

462

données du ministère de la Justice, dit-il. Il va essayer au FBI, mais ça risque de prendre du temps.

— Merde ! s'écria Renner.

— À propos de Raj Patel, enchaîna Pratt. Son frère a prévu de pratiquer l'autopsie à deux heures. Il me faut une équipe sur place. Qui veut y aller ?

Renner leva faiblement la main. Il s'en chargerait avec Robleto. Ce n'était pas une tâche difficile si on supportait de regarder.

La réunion prit vite fin après que Pratt eut désigné Robinson et Nord pour le suivi de la station-service et les interrogatoires des gens avec lesquels Mackey y travaillait. Marcia et Jackson auraient, eux, pour tâche de rassembler les comptes rendus et de les porter au dossier. Ils étaient toujours en charge de l'enquête et coordonneraient tout de la salle 503.

Pratt jeta un coup d'œil à l'addition, en divisa le montant par neuf et demanda à chacun de laisser un billet de dix dollars sur la table. Cela signifiait que Bosch allait lui aussi devoir se fendre d'un billet de dix alors qu'il n'avait même pas bu une tasse de café. C'était le prix à payer pour être arrivé en retard et avoir engagé tout le monde dans cette voie.

Alors que tous se levaient, Bosch surprit le regard de Rider.

— Tu es venue directement ou quelqu'un t'a amenée ? lui demanda-t-il.

— Je suis venue avec Abel.

— On repart ensemble ?

— Bien sûr.

Dès qu'ils eurent quitté le restaurant, elle lui fit la gueule pendant qu'ils attendaient que le voiturier amène le 4 × 4. Elle regarda obstinément le grand bœuf en plastique au-dessus de l'enseigne du restaurant. Sous son bras, elle serrait un dossier contenant les sorties papier des relevés d'écoutes.

Le 4 × 4 étant enfin arrivé, ils y montèrent. Juste avant de sortir du parking, Bosch se tourna vers elle et la regarda.

— Bon allez, dis-le ! lui lança-t-il.

— Dis-le quoi ?

— Tout ce que tu as à me dire pour te sentir mieux.

— Tu aurais dû m'appeler, Harry, c'est tout.

— Écoute, Kiz... Je t'ai appelée hier et tu m'as engueulé. Je me fondais sur la dernière expérience.

— Ce n'était pas pareil et tu le sais. Hier, tu m'as appelée parce qu'il y avait quelque chose qui t'excitait. Aujourd'hui, tu suivais une piste. J'aurais dû être avec toi. Et ne pas savoir ce que tu avais trouvé avant que tu le dises à tout le monde... Ç'a été sacrément gênant, Harry. Merci, merci !

Bosch hocha la tête pour lui montrer combien il était contrit.

— Là, tu as raison. Je m'excuse. J'aurais dû t'appeler en venant. J'ai oublié. Je savais que j'étais en retard, j'avais les deux mains sur le volant et j'essayais juste d'arriver le plus vite possible.

Comme elle ne disait toujours rien, il finit par reprendre la parole.

— On peut recommencer à essayer de trouver la solution ?

Elle haussa les épaules, il finit par enclencher les vitesses. En roulant vers Parker Center, il essaya de lui faire part de tous les détails qu'il n'avait pas donnés à la réunion. Il lui rapporta la visite de McClellan et comment elle lui avait fait découvrir les empreintes sous le lit.

Vingt minutes plus tard, ils se retrouvaient dans leur box de la salle 503. Bosch eut enfin une tasse de café devant lui. Ils s'assirent l'un en face de l'autre et étalèrent les sorties d'imprimante entre eux deux.

Bosch se concentra sur les lignes de la station-service. La liste comportait plusieurs centaines d'entrées – appels entrants ou sortants sur les deux lignes fixes –, entre six heures du matin, heure à laquelle avait commencé la surveillance, et quatre heures de l'après-midi, heure à laquelle, Mackey étant arrivé au boulot, Renner et Robleto avaient mis sa ligne sur écoutes.

Bosch éplucha la liste. Rien de familier ne lui sauta immédiatement aux yeux. Nombre d'appels provenaient de sociétés ayant visiblement des liens avec l'automobile dans leur intitulé. Beaucoup d'autres provenaient de centres de dispatching de l'AAA – pour des dépannages, c'était probable.

Il y avait aussi des appels émanant de personnes privées. Bosch lut les noms avec attention, mais là non plus rien ne lui sauta aux yeux. Aucun n'appartenait à l'un quelconque des acteurs de l'affaire.

Il y avait quatre appels attribués à Visa, tous sous le même numéro. Bosch décrocha son téléphone et l'appela. Il n'entendit même pas sonner avant d'avoir droit au crissement strident d'un raccord à ordinateur. Ce fut si fort que même Rider le remarqua.

— C'est quoi ? demanda-t-elle.

Bosch raccrocha.

— J'essaie de remonter la piste du mot que j'ai vu sur le bureau de la station-service, celui où Visa demandait confirmation pour l'emploi de Mackey. Tu te rappelles m'avoir dit que ça ne collait pas ?

— Tiens, j'avais oublié. C'était ce numéro-là ?

— Je ne sais pas. Il y a quatre entrées pour Visa, mais... attends une minute.

Il comprit alors que les appels Visa étaient tous des appels sortants.

— On laisse tomber, c'étaient des appels sortants. Ça doit être le numéro qu'appelle la machine quand on paie avec une carte de crédit. Donc, c'est pas ça. Il n'y a pas d'appel entrant attribué à Visa.

Bosch décrocha encore une fois son téléphone et appela Nord sur son portable.

— Vous êtes arrivés à la station-service ?

Elle rit.

— On est à peine sortis d'Hollywood. On y sera dans une demi-heure.

— Posez-leur des questions sur un message téléphonique que quelqu'un a laissé pour Mackey

466

hier. Ça concerne un appel que Visa aurait passé pour avoir confirmation d'un emploi sur une demande de carte de crédit. Demandez-leur ce dont ils se souviennent et, plus important, à quelle heure ils l'ont reçu. Essayez d'avoir l'heure exacte si c'est possible. Commencez par là et rappelez-moi tout de suite.

— Oui, chef ! Tu veux qu'on te prenne ton linge à la laverie par la même occasion ?

Bosch comprit que ce n'était pas le matin où écraser des orteils.

— Désolé, dit-il. C'est qu'on a un revolver sur la tempe ici.

— Comme tout le monde, monsieur. Je t'appellerai dès qu'on verra le type.

Nord raccrocha. Bosch reposa le téléphone et regarda Rider. Elle était en train d'examiner la photo de Rebecca Verloren dans l'album de promotion qu'ils avaient emprunté.

— À quoi tu penses ? lui demanda-t-elle sans le regarder.

— Ce truc avec Visa me tarabuste.

— Je sais. Donc, qu'est-ce que t'en penses ?

— Eh bien... disons que tu es l'assassin et que tu as reçu de Mackey l'arme avec laquelle tu as fait le coup.

— Tu abandonnes complètement la piste Burkhart ? Il te plaisait pourtant beaucoup hier soir.

— Disons juste que les faits me convainquent assez. Pour l'instant. D'accord ?

— D'accord. Continue.

— Bien, donc tu es l'assassin et c'est Mackey

467

qui t'a donné l'arme. C'est la seule personne au monde qui puisse te faire tomber. Mais, dix-sept ans s'étant écoulés sans qu'il se passe quoi que ce soit, tu te sens en sécurité, peut-être même au point d'avoir perdu la trace de Mackey.

— D'accord.

— Sauf que hier, tu achètes le journal, tu y vois la photo de Rebecca et, en lisant l'article, tu t'aperçois que les flics ont de l'ADN. Comme tu sais que ce n'est pas ton sang, tu te dis ou bien que ce sont les flics qui bluffent à mort, ou alors que ce sang, c'est forcément celui de Mackey. Et c'est là que tu sais ce qu'il faut faire.

— Mackey doit disparaître.

— Exactement. Parce que les flics se rap-prochent. Bref, il faut qu'il disparaisse. Et donc, comment tu le retrouves ? Quand il n'était pas en taule, Mackey a passé l'essentiel de son exis-tence à conduire des dépanneuses. Si tu le sais, tu fais exactement comme nous. Tu sors les Pages jaunes et tu appelles toutes les boîtes de dépannage.

Rider se leva et gagna les meubles alignés le long du mur du fond. Les annuaires télépho-niques s'y entassaient en désordre. Elle dut se mettre sur la pointe des pieds pour atteindre celui de la Valley. Elle revint à son bureau et ouvrit le volume aux pages où l'on faisait de la publicité pour les sociétés de dépannage. Du doigt, elle parcourut une liste jusqu'à ce qu'elle arrive à la Tampa Towing, où travaillait Mackey. Puis elle remonta d'une entrée et tomba sur la Tall Order Towing Services. Elle décrocha son téléphone et composa le numéro. Bosch n'entendit que son côté de la conversation.

— Oui ? Qui est à l'appareil ?

Elle attendit un instant.

— Ici l'inspecteur Kizmin Rider, de la police de Los Angeles. J'enquête sur une fraude et j'aimerais vous poser une question.

Elle hocha la tête en recevant le feu vert.

— Le suspect sur lequel je travaille a l'habitude d'appeler des sociétés en se faisant passer pour un employé de Visa. Il essaie alors de vérifier si X ou Y a un emploi, ce renseignement devant faire partie d'une demande de carte de crédit. Ce que je vous décris vous dit-il quelque chose ? Certains renseignements nous donnent à penser que cet individu a opéré dans la Valley dans la journée d'hier.

Rider attendit qu'on réponde à sa question. Elle regarda Bosch, mais sans rien trahir.

— Oui. Pourriez-vous me la passer, s'il vous plaît ?

Elle recommença son petit discours et posa de nouveau sa question. Puis elle se pencha en avant et parut se tendre. Elle couvrit l'écouteur et regarda Bosch.

— Gagné ! souffla-t-elle.

Puis elle reprit l'appel.

— Homme ou femme ?

Elle écrivit quelque chose.

— Et c'était à quelle heure ?

Elle prit encore une note. Bosch se leva de façon à pouvoir la lire de sa place. Elle avait écrit : « Homme, 13 h 30 environ » sur son bloc. Pendant qu'elle poursuivait son entretien, il consulta le relevé et remarqua qu'un appel avait été passé à la Tampa Towing à 13 h 40. Il s'agissait d'un appel privé. Il émanait d'une certaine Amanda Sobek et l'indicatif montrait que le coup de fil venait d'un portable. Ni le nom ni le numéro ne lui disaient quoi que ce soit, mais cela n'avait pas d'importance. Pour lui, ils touchaient à quelque chose.

Rider termina son appel en demandant si sa correspondante se rappelait le nom que le soi-disant employé de Visa cherchait à confirmer. Elle parut essuyer une réponse négative, puis elle demanda :

— Roland Mackey ?

Elle attendit.

— Vous êtes sûre ? demanda-t-elle. OK, merci de m'avoir accordé de votre temps, Karen.

Elle raccrocha et regarda Bosch. L'excitation qui se lisait dans ses yeux effaça tout ce qu'elle avait pu éprouver en se retrouvant écartée de la découverte des empreintes.

— Tu avais raison, dit-elle. Ils ont bien reçu un appel. Même scénario. Elle a même reconnu le nom de Roland Mackey dès que je l'ai mentionné. Harry, il y avait quelqu'un qui le traquait au moment même où nous le surveillions !

— Et maintenant, c'est nous qui allons traquer ce quelqu'un. S'il suivait la liste dans l'annuaire, il a dû appeler la Tampa Towing après. Le relevé fait apparaître un appel émanant d'une dénommée Amanda Sobek. Ça ne me dit rien, mais ça pourrait être ce que nous cherchons.

— Amanda Sobek, répéta Rider en ouvrant son ordinateur portable. Voyons ce que va nous raconter AutoTrack sur cette dame.

Pendant qu'elle lançait sa recherche, Bosch reçut un coup de fil de Robinson qui venait d'arriver à la Tampa Towing avec Nord.

— Harry, le type de jour nous dit que cet appel est arrivé entre une heure et demie et deux heures. Il le sait parce qu'il revenait de son déjeuner et qu'on l'a envoyé faire un dépannage à deux heures. Demande de l'AAA.

— L'appel de Visa émanait-il d'un homme ou d'une femme ?

— D'un homme.

— Bien. Autre chose ?

— Oui. Dès que le gars a confirmé que Mackey travaillait bien ici, le type a demandé à quelles heures.

— Bien.

— C'est bon pour toi, Harry ?

— Ça marchera, oui.

Après avoir refermé son portable, Bosch se leva, fit le tour des bureaux pour regarder ce que Rider avait sur son écran et lui répéta ce que Robinson venait de lui dire.

— Oui, ça y est. Elle habite dans la West Valley. Farralone Avenue, à Chatsworth. Mais le logiciel ne nous donne pas grand-chose. Ni hypothèques ni cartes de crédit. Pour moi, ça signifie que tout ça est au nom de son mari. C'est peut-être une femme au foyer. Je passe l'adresse pour voir si ça nous donne quelque chose sur lui.

Bosch ouvrit l'album aux pages de la promotion de Rebecca Verloren et les feuilleta en espérant y trouver le nom Sobek ou le prénom Amanda.

— Je l'ai ! s'écria Rider. Mark Sobek. Tout semble être à son nom et ça fait beaucoup. Quatre voitures, deux maisons, des tas de cartes de crédit.

— Il n'y avait pas de Sobek dans sa promo, dit Bosch. Mais il y avait deux Amanda. Amanda Reynolds et Amanda Riordan. Ça pourrait en être une ?

Rider hocha la tête.

— Je ne pense pas. L'âge ne correspond pas. Amanda Sobek a quarante et un ans. Ce qui lui donnerait huit ans de plus que Rebecca. Il y a quelque chose qui ne cadre pas. Et si on l'appelait, tout simplement ?

Bosch ferma l'album d'un coup sec. Rider sauta sur son siège.

— Non, dit-il. On y va.

— Où ça ? La voir ?

— Oui. L'heure est venue de se bouger le cul et d'aller frapper à des portes.

Il regarda Rider et vit tout de suite que sa remarque ne l'amusait pas.

— Je ne parlais pas de ton cul à toi. C'était juste une figure de style. Allons-y.

Elle commença à se lever.

— Tu me sembles incroyablement désinvolte

pour quelqu'un qui pourrait se retrouver sans boulot à la fin de la journée.

— C'est la seule façon d'être, Kiz. Les ténèbres attendent. Mais, quoi qu'on fasse, elles finissent toujours par venir.

Il ouvrit la marche vers la sortie.

37

L'adresse de Farralone Avenue donnée par AutoTrack les amena devant un manoir de style méditerranéen d'au moins sept cents mètres carrés, avec garage à part équipé de quatre portes en bois sombre et de fenêtres appartenant à une suite au-dessus. Les deux inspecteurs découvrirent tout cela à travers un portail en fer forgé, en attendant qu'on veuille bien leur répondre à l'interphone. Enfin une voix se fit entendre dans la petite boîte carrée apposée sur un poteau à côté de la fenêtre ouverte de Bosch.

— Oui ? Qui est-ce ?

Une femme. La voix était jeune.

— Amanda Sobek ? demanda Bosch en guise de réponse.

— Non, son assistante. Qui êtes-vous ?

Bosch reporta les yeux sur le haut-parleur et découvrit l'optique de la caméra. On les observait en même temps qu'on les écoutait. Il sortit son badge et le tint à une trentaine de centimètres de l'optique.

— Police, lança-t-il. Nous avons besoin de parler à Amanda ou Mark Sobek.

— À quel sujet ?

— Affaire de police. Ouvrez le portail, s'il vous plaît, madame.

Ils attendirent et Bosch était sur le point de réappuyer sur le bouton d'appel lorsque le portail commença lentement à s'ouvrir. Ils entrèrent et allèrent se garer dans un virage devant le portique d'entrée de deux étages de haut.

— C'est assez le genre d'endroit qui pourrait valoir la peine de tuer un conducteur de dépanneuse, fit remarquer calmement Bosch en arrêtant le moteur.

Avant même qu'ils y arrivent, la porte leur fut ouverte par une femme d'une vingtaine d'années. Elle était habillée d'une jupe et d'un chemisier blancs. L'assistante.

— Et vous êtes ? demanda Bosch.

— Melody Lane. Je travaille pour Mme Sobek.

— Elle est là ? demanda Rider.

— Oui, elle s'habille et descend tout de suite. Vous pouvez l'attendre dans la salle de séjour.

Ils furent conduits dans un vestibule où se trouvait une table sur laquelle étaient posées plusieurs photos de famille : un mari, une femme et deux adolescentes. Puis ils suivirent Melody et entrèrent dans une salle de séjour somptueuse munie de grandes fenêtres donnant sur le parc d'État de Santa Susanna et sur Oat Mountain derrière.

Bosch consulta sa montre. Il était presque midi. Melody le remarqua.

474

— Elle ne dormait pas, dit-elle. Elle avait travaillé plus tôt et prenait une douche. Elle devrait être...

Elle n'eut pas besoin de finir sa phrase. Une femme séduisante en pantalon blanc et chemisier ouvert sur un caraco en mousseline de soie rose entrait dans la pièce.

— Qu'est-ce que c'est ? Il y a un problème ? Mes filles vont bien ?

— Vous êtes Amanda Sobek ? lui demanda Bosch.

— Oui, bien sûr. Qu'est-ce qu'il y a ? Pourquoi êtes-vous ici ?

Bosch lui indiqua les fauteuils et le canapé regroupés au milieu de la pièce.

— Et si l'on s'asseyait ici, madame Sobek ?

— Dites-moi juste s'il y a quelque chose.

La panique qui se lisait sur son visage lui semblant réelle, Bosch commença à se demander s'ils n'avaient pas pris un mauvais virage quelque part.

— Non, il n'y a rien, répondit-il. Il ne s'agit pas de vos filles. Vos filles vont bien.

— C'est Mark ?

— Non, madame Sobek. Pour autant que nous le sachions, lui aussi va bien. Asseyons-nous ici.

Elle finit par se calmer et gagna rapidement le gros fauteuil près du canapé. Bosch fit le tour d'une table basse et alla s'asseoir sur le canapé, Rider s'installant dans un des fauteuils. Bosch se présenta et montra de nouveau son badge. Il remarqua que le dessus en verre de la table basse était immaculé.

— Nous menons une enquête dont je ne peux rien vous dire, reprit-il. J'ai besoin de vous poser quelques questions sur votre téléphone portable.

— Mon portable ? Vous m'avez flanqué une trouille bleue pour une histoire de portable ?

— Il s'agit d'une enquête plus que sérieuse, madame Sobek. Avez-vous votre portable sur vous ?

— Il est dans mon sac. Vous voulez le voir ?

— Non, pas encore. Pouvez-vous me dire à quel moment vous vous en êtes servie hier ?

Elle hocha la tête comme si la question était idiote.

— Je ne sais pas. Le matin, j'ai appelé Melody du gymnase. Je ne me rappelle plus à quel autre moment. Je suis allée au magasin et j'ai appelé mes filles pour voir si elles revenaient bien de l'école. Je ne me souviens de rien d'autre. J'ai passé pratiquement toute la journée à la maison, en dehors du moment où je suis allée au gymnase. Et quand je suis à la maison, je ne me sers pas de mon portable. J'utilise le fixe.

Les doutes de Bosch se multipliaient. Ils avaient fait fausse route quelque part.

— Quelqu'un d'autre que vous aurait-il pu se servir de votre portable ? demanda Rider.

— Mes filles ont le leur. Et Melody aussi. Je ne comprends pas.

Bosch sortit la feuille de relevés de sa poche de veste. Puis il lui lut à haute voix le numéro du téléphone qui avait servi à appeler la Tampa Towing.

— C'est votre numéro ? demanda-t-il.

476

— Non, c'est celui de ma fille. Celui de Kaitlyn.

Bosch se pencha en avant. Ça changeait encore plus les choses.

— Votre fille ? Où était-elle hier ?

— Je vous l'ai déjà dit. Elle était à l'école. Et elle ne s'est pas servie de son portable avant la fin des cours parce que l'école l'interdit.

— Quelle école fréquente-t-elle ? demanda Rider.

— Le lycée de Hillside Prep. C'est à Porter Ranch.

Bosch se pencha en arrière et regarda Rider. Brusquement, quelque chose était revenu à la case départ. Il ne savait pas de quoi il s'agissait, mais cela lui semblait important.

Amanda Sobek vit l'air qu'ils avaient pris.

— Qu'est-ce qu'il y a ? leur demanda-t-elle. Quelque chose qui ne va pas à l'école ?

— Pas que nous sachions, madame, lui répondit Bosch. En quelle classe est votre fille ?

— En première.

— A-t-elle un professeur du nom de Bailey Sable ? demanda Rider.

Sobek acquiesça d'un signe de tête.

— Elle l'a en anglais et en *home room*[1].

— Voyez-vous une raison pour laquelle Mme Sable aurait pu emprunter le portable de

---

1. Salle où se réunissent, en général en première heure, les élèves d'une classe pour y être informés par leur professeur principal de ce qui peut les concerner dans la vie de l'école. (*N.d.T.*)

votre fille dans la journée d'hier ? demanda Rider.

Sobek haussa les épaules.

— Pas que je voie. Comprenez-vous à quel point tout cela me semble bizarre ? Toutes ces questions... Quelqu'un s'est-il servi de son portable pour proférer des menaces ou quelque chose de ce genre ? Cela a-t-il à voir avec le terrorisme ?

— Non, madame, répondit Bosch. Mais l'affaire est sérieuse. Nous allons devoir passer à l'école tout de suite pour parler à votre fille. Ce serait bien que vous nous accompagniez et que vous soyez présente quand nous lui parlerons.

— Aura-t-elle besoin d'un avocat ?

— Je ne pense pas, madame.

Bosch se leva.

— On y va ?

— Melody peut-elle venir ? Je veux qu'elle m'accompagne.

— Faisons comme ça : dites à Melody de nous retrouver là-bas. Comme ça, elle pourra vous ramener en voiture si nous avons besoin d'aller ailleurs.

38

Dans la voiture qui roulait vers Hillside Prep, personne ne disait mot. Bosch avait envie de parler à Rider pour essayer de comprendre ce nouveau rebondissement, mais il ne voulait pas le faire devant Amanda Sobek. Tous gardèrent donc le silence jusqu'au moment où cette dernière demanda si elle pouvait appeler son mari, Bosch lui répondant que ça ne posait pas de problème. Mais elle n'arriva pas à le joindre et, hystérique ou peu s'en fallait, lui laissa un message où elle lui enjoignait de la rappeler aussitôt que possible.

Ils arrivèrent à l'école à l'heure du déjeuner. En prenant le grand couloir qui conduisait au bureau, ils entendirent le vacarme des voix qui montaient de la cafétéria comme une émeute ou presque.

Mme Atkins se trouvait derrière le comptoir de la réception. Elle eut l'air un peu perdue en découvrant Amanda Sobek en compagnie des inspecteurs. Bosch demanda à voir le principal.

— Aujourd'hui M. Stoddard a décidé de ne pas déjeuner à l'école, lui répondit-elle. En quoi puis-je vous être utile ?

— Nous aimerions voir Kaitlyn Sobek. Mme Sobek ici présente assistera à l'entretien.

— Tout de suite ?

— Oui, madame Atkins, tout de suite. Nous vous serions reconnaissants de bien vouloir aller la chercher, vous ou une autre employée de l'école. Il vaudrait mieux que les autres élèves ne la voient pas entre deux inspecteurs de police.

— Je peux aller la chercher, proposa Amanda.

— Non, madame, lui renvoya Bosch aussitôt. Nous voulons la voir en même temps que vous.

Ce qui était une manière polie de lui dire qu'il

ne voulait pas qu'elle interroge sa fille sur son portable avant la police.

— Je vais aller la chercher à la cafétéria, dit Mme Atkins. Vous pouvez prendre la salle de réunion du principal pour votre euh... entretien.

Elle fit le tour du comptoir, détourna les yeux d'Amanda Sobek et se dirigea vers la porte qui donnait dans le grand couloir.

— Merci, madame Atkins, lui lança Bosch.

Il fallut pratiquement cinq minutes à Mme Atkins pour trouver Kaitlyn Sobek et revenir avec elle. Melody Lane arriva pendant qu'ils attendaient, Bosch informant alors Amanda que son assistante allait devoir rester dehors pendant l'entretien. Kaitlyn accompagna Bosch, Rider et sa mère dans une petite salle derrière le bureau du principal. La pièce était meublée d'une table ronde et de six chaises disposées autour.

Tout le monde s'étant assis, Bosch fit un signe de tête à Rider, qui prit aussitôt la direction des opérations. Pour Bosch, il était préférable que ce soit une femme qui interroge la jeune fille, ce que Rider comprit sans qu'il soit besoin d'en discuter. Elle expliqua à Kaitlyn qu'ils enquêtaient sur un coup de fil passé à treize heures quarante la veille, à partir de son portable. Kaitlyn l'interrompit dans l'instant.

— C'est impossible, dit-elle.

— Pourquoi ça ? lui demanda Rider. Nous avons le numéro qui a été appelé sous surveillance électronique. Le relevé indique que l'appel a été émis de votre portable.

480

— Hier, j'étais à l'école et nous n'avons pas le droit de nous servir de nos portables pendant les heures de cours.

La jeune fille avait l'air nerveuse. Bosch savait qu'elle mentait, mais n'arrivait pas à comprendre à quoi elle jouait. Il se demanda si elle mentait parce que sa mère était là.

— Où est votre portable en ce moment ? lui demanda Rider.

— Dans mon sac à dos, dans mon casier. Et il est éteint.

— C'est là qu'il se trouvait hier à une heure quarante ?

— Ouais, ouais.

Elle se détourna de Rider pour mieux mentir. Il n'était pas difficile de le voir et Bosch sut tout de suite que Rider recevait le même message que lui.

— Kaitlyn, dit-elle d'un ton apaisant, cette enquête est extrêmement sérieuse. Ne nous mentez pas, sinon vous pourriez vous retrouver dans des tas d'ennuis.

— Kaitlyn, ne mens pas ! lui lança sa mère avec force.

— Madame Sobek, dit Rider, restons calmes. Kaitlyn, les appareils de surveillance électronique dont je vous parle effectuent des relevés, et ces relevés ne mentent pas. Quelqu'un s'est servi de votre portable pour passer un appel. Cela ne fait aucun doute. Et donc... est-il possible que quelqu'un ait ouvert votre casier et se soit servi de votre portable hier ?

Kaitlyn haussa les épaules.

481

— Tout est possible, j'imagine, dit-elle.

— Bon, d'accord, mais qui aurait pu faire ça ?

— Je ne sais pas.

Bosch s'éclaircit la gorge, ce qui eut pour effet d'attirer le regard de l'adolescente. Il la dévisagea intensément et lui lança :

— Je me demande s'il ne vaudrait pas mieux descendre au commissariat. Peut-être cet endroit ne convient-il pas à un interrogatoire.

Il commença à repousser sa chaise et à se lever.

— Qu'est-ce qui se passe, Kaitlyn ? demanda Amanda d'un ton suppliant. Ces gens ne plaisantent pas. Qui as-tu appelé ?

— Personne, d'accord ?

— Non, on n'est pas d'accord.

— Je n'avais pas le portable, vu ? On me l'avait confisqué.

Bosch se rassit et Rider reprit la direction des opérations.

— Qui vous l'avait confisqué ? demanda-t-elle.

— Mme Sable.

— Pourquoi ?

— Parce que nous ne devons pas nous servir de nos portables après que la cloche a sonné. Mais hier, ma meilleure copine, Rita, n'est pas venue à l'école. Alors, j'ai essayé de l'appeler pendant l'heure de *home room* pour savoir si elle allait bien et Mme Sable m'a pincée.

— Et elle vous a pris votre téléphone ?

— Oui, elle me l'a pris.

Bosch réfléchissait à toute vitesse en essayant de voir Bailey Koster en assassin de Rebecca

482

Verloren. Il y avait une chose qui ne cadrait pas : à seize ans, jamais Bailey Koster n'aurait été capable de porter le corps inerte de son amie dans la colline derrière la maison.

— Pourquoi nous avez-vous menti ? lui demanda Rider.

— Parce que je ne voulais pas qu'elle sache que j'avais des ennuis, répondit-elle en montrant sa mère d'un geste du menton.

— Kaitlyn, lui dit sa mère, on ne ment pas à la police. Je me moque de...

— Madame Sobek, l'interrompit Bosch, vous aurez tout loisir de lui parler de ça plus tard. Continuons.

— Kaitlyn, reprit Rider, quand avez-vous récupéré votre portable ?

— À la fin de la journée.

— Ce qui fait que Mme Sable l'a eu en sa possession pendant toute la journée ?

— Oui, enfin, je veux dire... non. Pas toute la journée.

— Alors, qui d'autre ?

— Je ne sais pas. Quand on nous confisque notre téléphone, on nous dit d'aller le chercher en fin de journée au bureau du principal. C'est ce que j'ai fait et M. Stoddard me l'a rendu.

Gordon Stoddard. Brusquement, tout commençait à s'emboîter correctement. Bosch filait à nouveau dans le tunnel d'eau et l'affaire et tous ses détails tourbillonnaient autour de lui. Il chevaucha la vague de grâce et de clarté. Tout collait. Stoddard. Les dernières paroles de Mackey. Stoddard qui avait été le professeur de Rebecca.

Qui donc avait été proche d'elle. Qui avait été son amant, celui qui l'appelait tard le soir. Tout collait.

Monsieur X.

Bosch se leva et quitta la salle sans un mot. Il passa devant le bureau de Stoddard, la porte était ouverte et il n'y avait personne dans la pièce. Il gagna la réception.

— Madame Atkins, dit-il, où est M. Stoddard ?

— Il vient juste de passer, mais il est reparti.

— Pour aller où ?

— Je ne sais pas. Peut-être à la cafétéria. Je lui ai dit que vous étiez en train de parler à Kaitlyn avec l'autre inspecteur.

— Et c'est là qu'il est parti ?

— Oui. Ah ! Je viens de penser que... il est peut-être au parking. Il a dit qu'il avait une voiture neuve depuis aujourd'hui. Peut-être est-il en train de la montrer à un professeur.

— Quel genre de voiture ? Il l'a dit ?

— Une Lexus. Il m'a donné le numéro du modèle, mais j'ai oublié lequel c'est.

— A-t-il un emplacement particulier ?

— Euh, oui... dans la première rangée quand on sort du grand hall.

Bosch se détourna et franchit la porte qui donnait dans le couloir. Celui-ci était plein d'élèves qui quittaient la cafétéria pour regagner leurs salles de cours. Bosch commença à se faufiler entre eux en les évitant et en prenant de la vitesse. Il fut bientôt dégagé et se mit à courir. À peine arrivé au parking, il fonça jusqu'à l'allée de droite. Il trouva un emplacement vide avec le nom de Stoddard peint sur le rebord du trottoir.

Il pivota sur lui-même pour aller rechercher Rider. Il décrochait son portable de sa ceinture lorsqu'il vit une masse argentée sur sa droite. La voiture lui arrivait droit dessus et il n'avait plus le temps de s'écarter.

39

Quelqu'un était en train de l'aider à se rasseoir sur l'asphalte.

— Hé, Harry ! Ça va ?

Il accommoda et s'aperçut que c'était Rider. Il acquiesça d'un hochement de tête hésitant en essayant de se rappeler ce qui s'était passé.

— C'est Stoddard, dit-il. Il m'a foncé dessus.

— En voiture ?

Bosch se mit à rire. Il avait oublié de le préciser.

— Oui, dans sa voiture neuve. Une Lexus argentée.

Il commença à se relever. Rider lui posa une main sur l'épaule afin de l'en empêcher.

— Attends une minute, lui dit-elle. Tu es sûr que ça va ? As-tu mal quelque part ?

— Juste à la tête.

Tout lui revenait.

— Je me suis cogné dessus en tombant, reprit-il. J'ai sauté hors de sa trajectoire. J'ai vu ses yeux, tu sais ? La rage, putain !

— Laisse-moi voir les tiens.

Il la regarda, elle lui tint le menton pour examiner ses pupilles.

— Tu as l'air OK, dit-elle.

— Bien. Dans ce cas, je reste assis ici une seconde pendant que tu retournes à l'école pour demander l'adresse de Stoddard à Mme Atkins.

Elle acquiesça d'un signe de tête.

— D'accord. Tu m'attends ici.

— Dépêche-toi. Il faut qu'on le trouve.

Elle repartit vers l'école en courant. Bosch leva la main et sentit la bosse qu'il avait à l'arrière du crâne. La mémoire lui revenant, il se repassa la scène dans sa tête. Il avait vu la figure de Stoddard derrière le pare-brise. En colère, grimaçant.

Stoddard avait tourné violemment à gauche alors que Bosch bondissait de l'autre côté.

Bosch tendit la main vers son portable afin de lancer un avis de recherche pour Stoddard. Le portable avait disparu de sa ceinture. Il regarda autour de lui et le vit par terre, à côté de la roue arrière d'une BMW. Il rampa jusqu'à lui, l'attrapa et se releva.

Mais il fut pris d'un léger vertige et dut s'appuyer à la voiture. Brusquement, une voix électronique lui lança.

— Écartez-vous de cette voiture, s'il vous plaît !

Il ôta sa main de la carrosserie et se mit en devoir de regagner l'endroit où il avait garé son 4 × 4. Chemin faisant, il appela le dispatching et fit passer l'avis de recherche pour Stoddard et sa Lexus.

Il referma son portable et le raccrocha à sa ceinture. Arrivé au Mercedes, il mit le moteur en route et alla se ranger à l'entrée du parking de façon à pouvoir démarrer dès que Rider reviendrait avec l'adresse.

Au bout d'un instant qui lui parut interminable, elle reparut enfin et courut au 4 × 4 au petit trot. Sauf qu'elle se planta devant la portière côté conducteur, l'ouvrit et fit signe à Bosch de descendre.

— Ce n'est pas loin, lui annonça-t-elle. C'est dans Chase Street, en retrait de Winnetka Avenue. Mais il n'est pas question que tu conduises. C'est moi qui prends le volant.

Bosch savait que râler ne servirait qu'à leur faire perdre du temps. Il descendit de voiture, en fit le tour par l'avant aussi vite que son équilibre le lui permettait et remonta côté passager. Rider écrasa l'accélérateur et ils sortirent du parking. Pendant que Rider prenait les voies de surface[1] pour gagner le domicile de Stoddard, Bosch demanda des renforts à la patrouille de la division du Devonshire, puis il appela Abel Pratt pour le mettre rapidement au courant des dernières révélations de la matinée.

— Où croyez-vous qu'il se rende ? lui demanda Pratt.

---

1. Il y a tellement de routes sur pilotis à Los Angeles qu'on fait communément la différence entre les voies dites de surface et les voies aériennes. (*N.d.T.*)

— Aucune idée. Nous allons chez lui.

— Est-il suicidaire ?

— Aucune idée, répéta-t-il.

Pratt garda le silence pendant qu'il digérait tout cela. Puis il posa quelques questions de plus à Bosch sur des points de détail et raccrocha.

— Il avait l'air content, dit celui-ci à Rider. À l'entendre, si on l'attrape, on transformera un désastre en une réussite.

— Parfait, dit Rider. Il n'y a plus qu'à relever des empreintes dans le bureau de Stoddard ou chez lui et les comparer à celles qu'on a trouvées sous le lit. Après, l'affaire est bouclée, qu'il soit en cavale ou pas.

— T'inquiète pas, on va l'attraper.

— Harry, dis-moi ce que tu penses. Stoddard et Mackey auraient fait le coup ensemble ?

— Je ne sais pas. Mais je n'ai pas oublié la photo de Stoddard dans l'album de promotion. Il avait l'air très en forme. Il aurait très bien pu transporter Rebecca dans la colline tout seul. On ne le saura jamais, à moins de le retrouver et de le lui demander.

Elle acquiesça d'un signe de tête.

— La question clé est donc de savoir comment Stoddard est lié à Mackey.

— Par l'arme.

— Ça, je sais. C'est évident. Non, ce que je veux dire par là, c'est comment a-t-il fait la connaissance de Mackey à l'époque ? Où leurs chemins se sont-ils croisés et comment se fait-il qu'il l'ait connu assez bien pour que celui-ci lui file son pistolet ?

— Pour moi, on n'a jamais cessé d'avoir la solution sous le nez, répondit-il. Et c'est Mackey qui me l'a donnée en prononçant son dernier mot.

— Chatsworth ?

— Comme dans Chatsworth High School.

— Comment ça ?

— Cet été-là, Mackey devait obtenir son équivalence de diplôme de fin d'études secondaires au lycée de Chatsworth High. La nuit du meurtre, c'est son professeur qui lui a servi d'alibi. Ou alors, c'est l'inverse. C'est peut-être Mackey qui est l'alibi du prof.

— Quoi ? Stoddard ?

— Le premier jour, Stoddard nous a dit que tous les profs de l'école travaillaient aussi à l'extérieur. Stoddard donnait peut-être des leçons. Peut-être même était-ce lui qui en donnait à Mackey.

— Ça fait beaucoup de peut-être, Harry.

— C'est pour ça qu'il faut retrouver Stoddard avant qu'il se fasse quoi que ce soit.

— Tu le crois suicidaire ? Tu n'as pas dit à Abel que tu ne savais pas ?

— Je ne sais rien de sûr. Mais dans le parking, il m'a évité à la dernière seconde. Cela me fait penser qu'il n'y a qu'une personne à laquelle il veut faire du mal.

— Lui-même ? Peut-être qu'il ne voulait pas cabosser sa voiture neuve.

— Peut-être, oui.

Rider s'engagea dans Winnetka et commença à rouler plus vite, l'avenue étant à quatre voies.

Ils étaient presque arrivés. Bosch ne disait rien, s'interrogeant sur ce qui les attendait. Rider prenant enfin vers l'ouest dans Chase Street, ils virent une voiture pie avec les deux portières avant ouvertes plus haut dans la rue. Rider s'arrêta vite derrière elle et l'un et l'autre bondirent hors du 4 × 4. Bosch sortit son arme et la porta à son côté. Rider aurait-elle dit vrai en lui faisant remarquer que Stoddard ne pensait peut-être qu'à la carrosserie de sa voiture lorsqu'il l'avait évité ?

La porte d'entrée de la petite maison époque Deuxième Guerre mondiale était ouverte. Il n'y avait aucun signe des officiers de patrouille. Bosch jeta un regard à Rider et s'aperçut qu'elle aussi avait dégainé. Ils étaient prêts à entrer. Arrivé à la porte, Bosch lança :

— Inspecteurs ! Laissez passer !

Il franchit le seuil et reçut une réponse de l'intérieur :

— Zone claire ! Zone claire !

Bosch entra dans la salle de séjour sans se détendre ni abaisser son arme. Il regarda autour de lui, il n'y avait personne. Il jeta un coup d'œil à la table basse et y découvrit le *Daily News* de la veille, ouvert à la page de l'article sur Rebecca Verloren.

— Patrouille à l'approche ! lança une voix dans le couloir de droite.

Quelques instants plus tard, les deux policiers de la patrouille passèrent du couloir dans la salle de séjour. Ils tenaient leur arme au côté. Enfin Bosch se détendit et abaissa la sienne.

— RAS, dit le gradé. On a trouvé la porte ouverte et on est entrés. Il y a quelque chose que vous devriez aller voir dans la chambre.

Les policiers leur ouvrant le chemin, ils prirent un petit couloir sur lequel donnaient la porte ouverte d'une salle de bains et celle d'une petite chambre dont on se servait comme d'un bureau. Ils entrèrent dans la chambre, le gradé leur montrant une boîte en bois de forme oblongue ouverte sur le lit. Elle était remplie d'une mousse de plastique dans laquelle était découpée la forme d'un revolver à canon long, mais l'arme avait disparu. Un autre creux en forme de rectangle aurait dû, lui, être occupé par une boîte de balles. Il n'y avait rien dans le creux, mais la boîte était posée sur le lit, juste à côté.

— Il en veut à quelqu'un ? demanda le gradé.

Bosch ne leva pas les yeux de la boîte de l'arme.

— Juste à lui-même, c'est probable, répondit-il. L'un d'entre vous aurait-il des gants ? J'ai laissé les miens dans la voiture.

— Tenez, dit le gradé.

Il sortit une paire de gants en latex d'un petit compartiment de son ceinturon et la tendit à Bosch. Celui-ci les enfila, s'empara de la boîte de balles, l'ouvrit et fit glisser le plateau en plastique dans lequel étaient rangés les projectiles. Il n'en manquait qu'un.

Bosch regardait fixement l'espace vide laissé par la balle manquante et envisageait diverses possibilités lorsque Rider lui tapota sur le coude.

Il se tourna vers elle et suivit son regard jusqu'à la table posée de l'autre côté du lit.

Une photo encadrée de Rebecca Verloren y trônait. On y voyait la jeune fille sur une grande pelouse verte avec la tour Eiffel en arrière-plan. Elle portait un béret noir et souriait d'une manière naturelle. Bosch trouva que son regard était sincère et disait l'amour qu'elle portait à la personne qui la photographiait.

— Il n'est sur aucune des photos de l'album de promo parce que c'était lui qui prenait les clichés, dit Bosch.

Rider acquiesça d'un signe de tête. Elle aussi chevauchait la vague.

— C'est là que tout a commencé, dit-elle. C'est là qu'elle est tombée amoureuse de lui. « My true love. »

Ils continuèrent de fixer le cliché dans un sombre silence jusqu'à ce que le gradé reprenne la parole.

— Inspecteurs ? dit-il. On peut partir ?

— Non, lui répondit Bosch. Il faut que vous restiez ici pour préserver les lieux jusqu'à l'arrivée des gars du labo. Et soyez prêts au cas où il reviendrait.

— Vous partez ? s'écria le gradé.

— Oui, nous partons.

40

Ils regagnèrent vite le 4 × 4, Rider reprenant encore une fois le volant.

— Où va-t-on ? demanda-t-elle en mettant le contact.

— Chez les Verloren, répondit-il. Et on se dépêche.

— À quoi penses-tu ?

— Je pense à la photo qu'ils ont fait passer dans le journal, celle où on voit Muriel assise sur le lit. Celle où on voit que la chambre n'a pas changé, tu comprends ?

Rider réfléchit un instant, puis elle acquiesça.

— Oui, dit-elle.

Elle aussi comprenait. La chambre n'avait pas changé d'aspect depuis le soir où Rebecca avait été enlevée. Il n'était pas impossible que la revoir ait provoqué un déclic chez Stoddard. Le désir de retrouver quelque chose depuis longtemps perdu. La photo tenait de l'oasis et rappelait la perfection d'un endroit où rien n'avait encore mal tourné.

Rider écrasa l'accélérateur et le 4 × 4 bondit en avant. Bosch ouvrit son portable et demanda qu'on lui envoie une autre unité en renfort à la maison des Verloren. Il en profita pour compléter l'avis de recherche pour Stoddard en précisant qu'il était armé, dangereux, voire « 5150 » – c'est-à-dire psychologiquement instable. Il referma son portable et pensa qu'ils étaient déjà près de la maison et qu'ils y arriveraient les premiers. L'appel suivant fut pour Muriel Verloren, mais il resta sans réponse. Quand le répondeur s'enclencha, Bosch referma son portable.

— Pas de réponse, dit-il.

Cinq minutes plus tard, ils entraient dans Red Mesa Way, Bosch repérant aussitôt la voiture argentée garée n'importe comment devant la maison des Verloren. C'était la Lexus qui lui avait foncé dessus dans le parking de l'école. Rider s'arrêta juste à côté, les deux inspecteurs descendant encore une fois rapidement du 4 × 4, l'arme prête.

La porte d'entrée était entrouverte. En se parlant par gestes, ils prirent position de chaque côté, puis Bosch poussa la porte et entra le premier. Rider le suivant, ils gagnèrent tout de suite la salle de séjour.

Muriel Verloren était allongée par terre. Une boîte en carton et diverses fournitures d'emballage étaient posées à côté d'elle. Du scotch marron lui avait été passé plusieurs fois autour de la tête et du visage pour la bâillonner, ainsi qu'autour des mains et des chevilles. Rider l'aida à se redresser contre le canapé et lui posa un doigt sur les lèvres.

— Muriel, lui dit-elle en chuchotant, est-il dans la maison ?

Muriel acquiesça d'un hochement de tête, les yeux grands ouverts et le regard fou.

— Dans la chambre de Rebecca ?

Muriel acquiesça une deuxième fois.

— Avez-vous entendu un coup de feu ?

494

Muriel fit non de la tête et poussa un gémissement qui eût été un hurlement si elle n'avait pas eu un bâillon en travers de la bouche.

— Surtout pas un bruit, insista Rider. Je vais vous enlever l'adhésif, mais il ne faudra rien dire.

Muriel hocha la tête avec force et Rider s'attaqua au ruban. Bosch s'approcha des deux femmes.

— Je monte dans la chambre, dit-il.

— Attends, lui ordonna Rider un ton plus haut que le simple chuchotement. On y va tous les deux. Détache-lui les chevilles.

Bosch s'attaqua au ruban adhésif qui liait les pieds de Muriel. Rider, elle, réussit enfin à détacher le scotch de sa bouche et le lui abaissa sur le menton en lui faisant doucement signe de se taire.

— C'est le prof de Becky, chuchota Muriel avec vigueur mais sans parler fort. Il est armé.

Rider s'attaqua à ses poignets.

— OK, dit-elle. On va s'en occuper.

— Qu'est-ce qu'il fait ? demanda Muriel. C'est lui ?

— Oui, c'est lui.

Muriel Verloren laissa échapper un long soupir d'angoisse. Elle avait enfin les pieds et les mains libres, ils l'aidèrent à se relever.

— Nous allons monter, dit Rider. Il faut que vous sortiez de la maison.

Ils commencèrent à la diriger vers le vestibule.

— Je ne peux pas partir. Il est dans sa chambre. Je ne peux pas...

— Il le faut, Muriel, lui souffla Bosch. Vous n'êtes pas en sécurité ici. Allez chez un voisin.

— Je ne connais pas mes voisins.

— Muriel, il faut que vous sortiez d'ici, répéta Rider. Allez dans la rue. D'autres policiers vont venir. Faites-leur signe et dites-leur que nous sommes à l'intérieur.

Ils la poussèrent dehors et refermèrent la porte d'entrée derrière elle.

— Ne le laissez pas bousiller sa chambre ! l'entendirent-ils les supplier de l'autre côté de la porte. C'est tout ce qui me reste d'elle !

Bosch et Rider regagnèrent le couloir du fond et montèrent au premier en faisant aussi peu de bruit que possible. Puis ils prirent position de part et d'autre de la porte de la chambre.

Bosch regarda Rider. L'un comme l'autre, ils savaient qu'il leur restait peu de temps. Dès que les renforts arriveraient, la situation changerait. On aurait droit au scénario type du suicide par police interposée. C'était la seule chance qu'ils avaient de pouvoir atteindre Stoddard avant qu'il se flanque une balle dans le crâne, ou qu'un tireur du SWAT[1] le fasse pour lui.

Rider lui indiquant le bouton de porte, Bosch tendit la main, tenta de l'ouvrir sans bruit et hocha la tête. La porte était fermée à clé.

Ils élaborèrent un plan par gestes, hochèrent tous les deux la tête quand ils furent d'accord, puis Bosch recula dans le couloir et se prépara à enfoncer la porte d'un seul coup de pied juste à

---

1. Équivalent américain du GIGN. (*N.d.T.*)

côté du bouton de porte. Après, l'avantage de la surprise aurait disparu.

— Qui est là ?

C'était Stoddard, là, de l'autre côté de la porte. Bosch jeta un coup d'œil à Rider. Tu parles d'une surprise ! Il lui fit signe de se taire. Ce serait lui qui parlerait.

— C'est l'inspecteur Bosch, monsieur Stoddard. Comment vous sentez-vous ?

— Pas très bien.

— C'est vrai que la situation est devenue un peu incontrôlable, n'est-ce pas ?

Stoddard ne répondit pas.

— Que je vous dise, reprit Bosch. Vous feriez vraiment bien de songer à lâcher votre arme et à sortir de là. Vous avez de la chance que ce soit moi qui vous parle. Je suis venu voir comment allait Mme Verloren, rien de plus. Mais ma coéquipière et le SWAT ne vont pas tarder à débarquer et il vaut mieux ne pas avoir affaire à eux. C'est le moment ou jamais de sortir, monsieur Stoddard.

— Je veux juste que vous sachiez que je l'aimais, c'est tout.

Bosch hésita avant de parler. Il jeta un coup d'œil à Rider, puis il reporta son attention sur la porte. Il pouvait s'y prendre de deux façons avec Stoddard. Il pouvait essayer d'obtenir des aveux tout de suite ou tenter de le convaincre de sortir de la maison et de sauver sa peau. Les deux étaient possibles, mais peut-être pas vraisemblables.

— Que s'est-il donc passé ? demanda-t-il.

Le silence fut long avant que Stoddard parle.

— Ce qui s'est passé, c'est qu'elle a voulu garder le bébé et qu'elle ne comprenait pas que ça allait tout gâcher. Il fallait qu'on s'en débarrasse, mais après, elle a changé d'avis.

— Pour le bébé ?

— Non, pour moi. Pour tout.

Bosch garda le silence. Au bout de quelques instants, Stoddard reprit la parole.

— Je l'aimais, dit-il.

— Mais vous l'avez tuée.

— J'ai fait des erreurs.

— Comme ce soir-là.

— Je ne veux plus parler de ce soir-là. Je veux me souvenir de tout ce qui s'est passé avant.

— Je peux comprendre.

Bosch regarda Rider et leva trois doigts en l'air. Ils allaient compter jusqu'à trois. Rider acquiesça d'un signe de tête. Elle était prête.

Bosch abaissa un doigt.

— Vous savez ce que je ne comprends pas, monsieur Stoddard ?

Il abaissa un deuxième doigt.

— Non, quoi ? demanda Stoddard.

Bosch abaissa le troisième doigt, leva le pied droit et l'enfonça dans la porte. Celle-ci était creuse – ce n'était qu'une porte intérieure –, elle céda sans difficulté et s'ouvrit dans un grand bruit. L'élan aidant, Bosch se retrouva au milieu de la pièce. Il leva son arme et se tourna vers le lit.

Pas de Stoddard.

Bosch continua son mouvement tournant et

découvrit Stoddard dans la glace. Celui-ci se tenait dans le coin opposé à la porte et approchait la gueule d'un revolver à canon long de sa bouche.

Bosch entendit crier Rider, qui franchit le seuil de la chambre à toute vitesse et se rua sur Stoddard.

Le claquement d'un coup de feu secoua toute la pièce tandis que Rider et Stoddard roulaient par terre. Le revolver échappa à Stoddard et fila sur le plancher dans un bruit métallique. Bosch courut vers eux et se jeta de tout son poids sur Stoddard tandis que Rider se dégageait en roulant de côté.

— Kiz, tu es blessée ?

Il n'eut pas de réponse. Il essaya de la regarder sans cesser de garder Stoddard sous son contrôle. Elle avait porté sa main au côté gauche de sa tête.

— Kiz ? répéta-t-il.

— Je ne suis pas touchée ! hurla-t-elle. J'ai juste l'impression d'être sourde d'une oreille.

Stoddard essaya de se lever alors que Bosch continuait de peser sur lui de tout son poids.

— S'il vous plaît ! dit-il.

Bosch se servit de son avant-bras pour faucher le bras sur lequel s'appuyait Stoddard. Celui-ci retomba sur la poitrine, Bosch en profitant pour lui tirer vite le bras en arrière et le menotter. Puis, après une petite bagarre, il lui tira l'autre bras en arrière et acheva de le menotter. Enfin il se pencha en avant pour lui parler.

— S'il vous plaît quoi ? dit-il.

— Je vous en prie, laissez-moi mourir.

Bosch se releva et le remit sur ses pieds.

— Ce serait trop facile, Stoddard ! Ce serait comme de vous laisser filer une deuxième fois.

Bosch regarda Rider, qui s'était redressée. Il vit que le coup de feu lui avait roussi les cheveux. On était passé près, tout près.

— Ça va aller ? lui demanda-t-il.

— Dès que le sifflement voudra bien s'arrêter...

Bosch leva la tête, vit le trou de la balle dans le plafond et entendit des sirènes dans le lointain. Il attrapa Stoddard par le coude et le tira vers la porte de la chambre.

— Je vais coller ce type dans une voiture de patrouille. On le met en cellule au Devonshire et on l'y garde jusqu'à la lecture de l'acte d'accusation.

Rider acquiesça d'un signe de tête, mais Bosch se rendit compte qu'elle était toujours à essayer de récupérer après ce qui venait de se passer. Les sifflements qu'elle avait dans l'oreille lui rappelaient à quel point elle l'avait échappé belle.

Bosch fit descendre l'escalier à Stoddard en le tenant par le bras. Arrivé à la salle de séjour, Stoddard se mit à parler. Il y avait du désespoir dans sa voix.

— Vous pourriez le faire maintenant, dit-il.

— Le faire quoi ?

— M'abattre. Vous n'aurez qu'à dire que je me suis sauvé. Vous m'enlevez une menotte et vous dites que je me suis libéré. Parce que vous voulez me tuer, n'est-ce pas ?

Bosch s'immobilisa et le regarda.

— Oui, j'en ai assez envie. Mais ce serait trop bon pour vous. Vous allez devoir payer pour ce que vous avez fait à cette fille et à sa famille. Vous descendre tout de suite ne couvrirait même pas les intérêts de dix-sept ans de liberté.

Il le poussa durement vers la porte. Ils déboulèrent sur la pelouse de devant juste au moment où une voiture de patrouille se garait et arrêtait sa sirène. À son porte-gyrophare aérodynamique posé en travers du toit, Bosch comprit qu'il s'agissait d'une des voitures modernes dont il avait entendu parler. La police ne pouvait s'en payer que quelques-unes sur chaque budget annuel.

Cette voiture lui donna une idée. Il leva la main et fit tourner un doigt en l'air, signal que tout allait bien.

En poussant Stoddard vers la voiture, il vit Muriel Verloren marcher vers sa maison au beau milieu de la chaussée. Elle dévisageait Stoddard. Elle avait la bouche grande ouverte, comme sur un cri d'horreur qui n'arrivait pas à sortir. Elle se mit à courir vers eux.

41

Bosch gagna le commissariat de la division du Devonshire assis avec Stoddard sur la banquette arrière de la voiture de patrouille. Rider était restée à la maison des Verloren afin de calmer

Muriel et d'être examinée par les ambulanciers. Dès qu'ils lui donneraient le feu vert, elle devait ramener le 4 × 4 de Bosch au commissariat.

Le trajet ne prenant que dix minutes, Bosch savait qu'il allait devoir essayer de faire parler Stoddard le plus rapidement possible. La première mesure qu'il prit fut de lui lire ses droits. Stoddard avait déjà reconnu certains faits alors qu'il était terré dans la chambre de Rebecca Verloren, mais la question de savoir si ce qu'il avait dit pourrait être utilisé devant une cour de justice restait ouverte dans la mesure où ses aveux n'avaient pas été enregistrés et où Stoddard n'avait pas été informé de ses droits, dont celui de garder le silence.

Après les lui avoir lus sur une carte de visite qu'il avait empruntée à Rider, Bosch lui demanda simplement :

— Voulez-vous me parler maintenant ?

Stoddard se tenait penché en avant parce qu'il était toujours menotté dans le dos. Il en avait presque le menton sur la poitrine.

— Qu'y a-t-il à en dire ? lui renvoya-t-il.

— Je ne sais pas, moi. Ce n'est pas que j'aurais besoin que vous me disiez quoi que ce soit. On vous tient. Vos actes, les preuves... nous avons tout ce qu'il faut. Je me disais juste que vous pourriez avoir envie d'expliquer certaines choses, c'est tout. À ce stade, beaucoup de gens éprouvent le besoin de s'expliquer.

Stoddard commença par ne pas réagir. La voiture avait pris vers l'est, dans Devonshire Boulevard. Le commissariat se trouvait encore à quatre ou cinq kilomètres. Un peu plus tôt, en conférant avec les deux policiers de patrouille devant la voiture, Bosch avait demandé au chauffeur de rouler lentement.

— C'est drôle, finit par dire Stoddard.

— Qu'est-ce qui est drôle ?

— Je suis prof de sciences, vous savez ? Enfin je veux dire... avant d'être principal, j'enseignais les sciences. Je dirigeais le département.

— Hmm.

— Et j'enseignais ce qu'est l'ADN. Je disais toujours à mes élèves que c'est le secret de la vie. Décodez l'ADN et c'est la vie elle-même que vous décodez.

— Hmm.

— Et maintenant... bah, maintenant on s'en sert pour décoder la mort. Vous autres, vous vous en servez pour ça. L'ADN secret de la vie, l'ADN secret de la mort, je ne sais plus trop. Oui, bon, ce n'est peut-être pas aussi drôle que ça. Dans mon cas, ce serait plutôt ironique.

— Si vous le dites...

— Il enseignait l'ADN, l'ADN le fait prendre.

Il se mit à rire.

— Eh, ça ferait une bonne manchette ! reprit-il. N'oubliez pas de le leur dire.

Bosch se pencha vers lui et lui déverrouilla ses menottes avec une clé. Puis il le remenotta, les mains devant lui, pour qu'il puisse se redresser.

— Là-bas à la maison, vous avez dit que vous l'aimiez, dit-il.

Stoddard acquiesça d'un signe de tête.

— Oui, je l'aimais. Et je l'aime encore.

503

— Drôle de façon de le montrer, vous ne trouvez pas ?

— C'était pas prévu. Ce soir-là, il n'y avait rien de prévu. Je la surveillais, c'est tout. Je le faisais chaque fois que je pouvais. Je passais tout le temps devant chez elle en voiture. Après, je l'ai suivie quand elle a commencé à conduire. Je la surveillais aussi au travail.

— Et pendant tout ce temps-là, vous aviez une arme.

— L'arme, c'était pour moi, pas pour elle. Mais...

— Mais vous avez trouvé plus facile de la tuer, elle, que de vous tuer, vous.

— Ce soir-là... J'ai vu que la porte du garage était ouverte et je suis entré. Je ne savais même pas trop pourquoi. Je pensais me servir de mon arme pour me tuer. Sur son lit. Pour lui montrer ma dévotion.

— Sauf que ce lit, vous vous êtes glissé dessous au lieu de vous tuer dessus.

— Il fallait que je réfléchisse.

— Où était Mackey ?

— Mackey ? Je ne sais pas.

— Il n'était pas avec vous ? Il ne vous a pas aidé ?

— C'est lui qui m'avait donné l'arme. On avait passé un marché. Il me filait le pistolet, je lui donnais une bonne note. J'étais son prof. Et je lui donnais des leçons. C'était mon boulot d'été.

— Il n'était pas avec vous ce soir-là ? Vous avez porté Rebecca dans la colline tout seul ?

Stoddard avait les yeux grands ouverts et

perdus dans le lointain alors même qu'il regardait fixement le dos du siège avant.

— J'étais costaud à cette époque, dit-il dans un souffle.

La voiture de patrouille franchit l'ouverture dans le mur de parpaings qui entourait l'arrière du commissariat. Stoddard regarda par la vitre. Découvrir toutes ces voitures de patrouille et l'arrière du commissariat avait dû le réveiller, car il mesura soudain sa situation.

— Je ne veux plus parler, déclara-t-il.

— Pas de problème, lui répondit Bosch. Nous allons vous mettre dans une cellule et nous vous trouverons un avocat si vous le désirez.

La voiture s'arrêtant devant des doubles portes, Bosch descendit. Puis il fit le tour du véhicule, sortit Stoddard et franchit les portes du bâtiment avec lui. Le bureau des inspecteurs se trouvait au premier. Ils prirent un ascenseur, le lieutenant qui dirigeait les inspecteurs venant à leur rencontre dès qu'ils en sortirent. Bosch l'avait appelé de chez les Verloren. Une salle d'interrogatoire leur avait été préparée. Bosch colla Stoddard sur une chaise et lui attacha le poignet à un anneau en métal boulonné au milieu de la table.

— Tenez-vous tranquille, lui dit-il. Je reviens.

Arrivé à la porte, il se retourna pour regarder Stoddard. Et décida de tenter le coup une dernière fois.

— Et pour ce que ça vaut, je trouve que votre histoire ne vaut pas un clou ! lui lança-t-il.

Stoddard le regarda, l'air surpris.

— Que voulez-vous dire ? Je l'aimais. Je ne voulais pas...

— Vous la suiviez avec une seule idée en tête. La tuer. Elle vous avait rejeté, vous ne le supportiez pas et vous vouliez qu'elle meure. Et dix-sept ans plus tard, vous allez essayer de me dire que c'était pas ça ? Que vous et elle, c'était Roméo et Juliette ? Vous êtes un lâche, Stoddard. Vous l'avez suivie et vous l'avez tuée et vous devriez avouer.

— Non, vous vous trompez. Le pistolet, c'était pour moi.

Bosch revint dans la salle et se pencha vers la table.

— Ah oui ? Et le boîtier à effet paralysant, hein ? Ça aussi, c'était pour vous ? On a laissé ça de côté, pas vrai ? Pourquoi aviez-vous besoin d'un boîtier à effet paralysant si vous n'étiez entré dans sa chambre que pour vous y tuer ?

Stoddard garda le silence. Tout se passait comme si dix-sept ans avaient suffi à effacer le Professional 100 de sa mémoire.

— On a donc un meurtre avec préméditation et guet-apens, reprit Bosch. Vous allez avoir droit à tout le parcours, Stoddard. Vous n'aviez aucune intention de vous suicider. Pas plus à cette époque-là que maintenant.

— J'aimerais assez avoir un avocat tout de suite, dit Stoddard.

— Ben voyons !

Bosch quitta la pièce et prit le couloir jusqu'à une porte ouverte. Celle de la salle d'écoutes. Le lieutenant et l'un des officiers de la patrouille se serraient dans le petit espace. Deux écrans vidéo y étaient installés. Sur l'un, Bosch découvrit Stoddard assis dans la salle d'interrogatoire. La caméra avait été disposée en hauteur, dans un coin de la pièce. Stoddard donnait l'impression de regarder fixement le mur.

Sur le deuxième écran l'image était figée. On y voyait Bosch et Stoddard sur la banquette arrière de la voiture de patrouille.

— Comment est le son ? demanda Bosch.

— Superbe, lui répondit le lieutenant. On a tout. Lui ôter ses menottes était un coup de génie. Ça nous a permis de le voir plein pot.

Le lieutenant appuya sur un bouton et l'image repartit. Bosch entendit très clairement la voix de Stoddard. Il hocha la tête. La voiture de patrouille était équipée d'une caméra de tableau de bord dont on se servait pour filmer les barrages routiers et les transports de prisonniers. Pour Stoddard, on avait allumé le micro d'intérieur et coupé celui en externe.

Tout avait fonctionné à la perfection. Les aveux que Stoddard avait faits sur la banquette arrière aideraient beaucoup à boucler l'affaire. Bosch ne s'inquiétait guère de ce côté-là. Il remercia le lieutenant et l'officier de patrouille et demanda s'il pouvait emprunter un bureau pour passer quelques coups de fil.

Il appela Abel Pratt pour le mettre au courant et l'assurer que Rider était encore secouée, mais qu'elle allait bien. Il lui dit aussi qu'il avait besoin qu'on envoie des gars du labo chez Stoddard et chez les Verloren afin de procéder à des analyses. Il ajouta qu'il allait falloir faire une demande de mandat et que celle-ci soit approuvée avant que l'équipe de la police scientifique entre chez Stoddard. Lequel Stoddard, précisa-t-il encore, allait être incarcéré. On allait aussi prendre ses empreintes afin de les comparer avec celles relevées sur la latte du sommier de Rebecca Verloren. Il termina son rapport en lui décrivant l'enregistrement vidéo qui avait été effectué pendant qu'il allait au commissariat avec Stoddard et les aveux que celui-ci avait passés.

— C'est sans faille et sur bande, conclut-il. Et tout a été dit après qu'on lui a lu ses droits.

— Joli boulot, Harry, dit Pratt. Je ne crois pas qu'on ait beaucoup de soucis à se faire sur ce coup-là.

— Au moins pour l'affaire.

Ce qui voulait dire que si Stoddard allait tomber sans que ça pose problème, Bosch, lui, ne pouvait pas être certain de s'en sortir lorsqu'on analyserait la façon dont il avait mené l'enquête.

— Il est assez difficile d'aller à l'encontre de bons résultats, lui fit remarquer Pratt.

— On verra.

Bosch entendit un signal de mise en attente sur son portable. Il avertit Pratt qu'il allait devoir le laisser et bascula sur le nouvel appel. C'était McKenzie Ward du *Daily News*.

— Ma sœur écoutait la radio à l'atelier photo, dit-elle avec de l'urgence dans la voix, et elle vient de m'apprendre qu'on avait envoyé des renforts et une ambulance chez les Verloren. Elle a reconnu l'adresse.

— C'est exact.

— Qu'est-ce qui se passe, inspecteur ? On a conclu un marché, vous vous rappelez ?

— Je n'ai pas oublié. J'étais même sur le point de vous appeler.

42

La cuisine du Metro Shelter était plongée dans le noir. Bosch gagna le petit vestibule de l'hôtel voisin et demanda le numéro de la chambre de Robert Verloren au réceptionniste derrière sa vitre.

— Il est parti, mec, lui répondit celui-ci.

Bosch sentit sa poitrine se serrer en entendant le ton définitif qu'il avait pris. On ne lui disait pas que Verloren s'était absenté pour une nuit.

— Comment ça « Il est parti » ? insista-t-il.

— Ben, il est parti, quoi. Il a fait son truc et il est parti. C'est tout.

Bosch s'approcha de la vitre. Le réceptionniste lisait un roman en format poche ouvert sur son comptoir et n'avait toujours pas levé le nez de ses pages jaunies.

— Hé, lui lança Bosch, regardez-moi !

Le réceptionniste retourna son livre pour ne pas perdre la page et leva la tête. Bosch lui montra son badge. Puis il baissa les yeux et s'aperçut que le livre était intitulé *Demande à la poussière*[1].

— Oui ?

Bosch regarda les yeux fatigués du bonhomme.

— Ça veut dire quoi : « il a fait son truc et il est parti » ?

L'homme haussa les épaules.

— Il est arrivé saoul et nous, c'est la seule règle qu'on a ici. Ni alcool ni poivrots.

— Vous l'avez viré ?

L'homme acquiesça d'un signe de tête.

— Et sa chambre ?

— La chambre allait avec le boulot. C'est comme je vous ai dit : il est parti.

— Où ça ?

L'homme haussa de nouveau les épaules et lui montra la porte qui donnait sur le trottoir de la 5e Rue. Une manière de lui dire que Verloren était quelque part... là-bas.

— Ce sont des trucs qui arrivent, reprit le réceptionniste.

Bosch se retourna vers lui.

— Quand est-il parti ?

— Hier. C'est vous autres qui l'avez bousillé, vous savez ?

— Comment ça ?

— J'ai entendu dire qu'un flic était passé et qu'il lui avait raconté des trucs. Je sais pas de quoi il s'agissait, mais c'était juste avant, si vous

---

1. Roman de John Fante. (*N.d.T.*)

510

voyez c'que j'veux dire. Il est sorti après le boulot et il a repiqué à la bouteille et ç'a été fini. Tout c'que j'sais, c'est qu'on a besoin d'un nouveau chef de cuisine vu que le gars qu'ils ont mis à la place sait même pas faire les œufs comme il faut !

Bosch n'ajouta rien. Il s'éloigna de la vitre et regagna la porte. Dehors, la rue était pleine de gens. De gens de la nuit. Les abîmés et les déplacés. Ceux qui se cachent des autres et d'eux-mêmes. Ceux qui fuient leur passé, ce qu'ils ont fait et ce qu'ils n'ont pas fait.

Bosch savait que la nouvelle s'étalerait dans tous les journaux dès le lendemain matin. Il voulait la lui annoncer lui-même.

Il décida de le chercher. Il ne savait pas ce que lui ferait ce qu'il voulait lui annoncer. Il ne savait pas si ça l'aiderait à s'en sortir ou si ça l'enfoncerait encore plus. Peut-être en était-on arrivé à un point où plus rien ne pouvait l'aider. Il n'empêche : Bosch avait besoin de le lui dire. Le monde était plein de gens qui ne se remettaient jamais de ce qui leur était arrivé. Pour eux les blessures restaient ouvertes, pour eux il n'y avait pas de paix. La vérité ne libérait pas. Mais on pouvait s'en sortir. C'était ce qu'il lui dirait. On pouvait remonter à la lumière, grimper, gratter, se battre pour ressortir du trou.

Bosch poussa la porte et partit dans la nuit.

43

Le terrain de manœuvre où devait se dérouler la parade de l'Académie de police se nichait tel un bout de couverture verte au pied d'une des collines boisées de l'Elysian Park. Beau et ombragé, le lieu disait bien la tradition dont le chef de police entendait que Bosch se souvienne.

À huit heures du matin, après avoir passé toute la nuit à chercher Robert Verloren, Bosch se présenta à la table des inscriptions et fut aussitôt escorté jusqu'à un siège sous le dais réservé aux VIP. Il y avait quatre rangées de sièges derrière le lutrin où l'on prononcerait les discours. De sa place, Bosch découvrit le terrain où les nouvelles recrues allaient devoir se mettre en formation et défiler avant de subir une inspection en règle. En sa qualité d'invité du chef de police, il serait d'ailleurs un de ceux qui les passeraient en revue.

Il s'était mis en grand uniforme. La tradition voulait qu'on hisse le drapeau à la cérémonie de remise des diplômes aux nouveaux officiers – ceci afin de les accueillir dans le rang en grande pompe. Et Bosch était en avance. Il s'assit tout seul et écouta la fanfare de la police jouer de vieux standards. Diverses personnalités de haut rang gagnèrent leurs sièges sans que personne le dérange. Il s'agissait surtout d'hommes politiques, de personnalités et de quelques anciens combattants de la guerre d'Irak qui avaient reçu la médaille du Purple Heart et portaient tous l'uniforme des marines.

Bosch avait la peau du cou qui le grattait sous son col amidonné et sa cravate au nœud très serré. Il avait passé presque une heure sous la douche à effacer ses tatouages en espérant que toute la laideur de l'affaire disparaîtrait dans la bonde avec eux.

Il ne s'aperçut de l'arrivée de l'adjoint au chef de police Irvin Irving qu'au moment où le cadet qui accompagnait celui-ci jusqu'au dais lui dit :

— Je vous demande pardon, Sir.

Alors il leva la tête et découvrit qu'Irving allait être assis juste à côté de lui. Il se redressa et ôta son programme de la chaise où Irving devait prendre place.

— Amusez-vous bien, Sir, ajouta le cadet avant de pivoter sur les talons et d'aller chercher un autre personnage important.

Irving commença par ne rien dire. Il semblait passer beaucoup de temps à se mettre à son aise et à regarder autour de lui pour voir qui pouvait bien le regarder. On les avait placés tous les deux au premier rang – leurs places comptaient parmi les meilleures. Enfin il parla, mais sans se tourner vers Bosch ni le regarder.

— Qu'est-ce qui se passe, Bosch ? lança-t-il.

— Et si vous me le disiez, chef, hein ?

Bosch regarda autour de lui pour voir si on les observait. Ce n'était manifestement pas par hasard qu'ils se retrouvaient l'un à côté de l'autre. Bosch ne croyait pas aux coïncidences. Pas de ce genre-là en tout cas.

— Le chef voulait que je vienne, reprit-il. Il m'a invité lundi dernier, au moment où il m'a rendu mon badge.

— Bravo, Bosch !

Cinq autres minutes passèrent avant qu'Irving se remette à parler. Sous le dais, presque toutes les places étaient maintenant occupées, hormis celles réservées au chef de police et à son épouse, au bout de la première rangée.

— Une sacrée semaine que vous avez eue, inspecteur, enchaîna Irving en chuchotant. Commencer par s'étaler dans la merde et en sortir en sentant la rose... Félicitations, non vraiment !

Bosch hocha la tête. L'affirmation était exacte.

— Et pour vous, chef ? Juste une énième semaine au bureau ?

Irving ne répondit pas. Bosch repensa aux endroits où il avait cherché Robert Verloren toute la nuit précédente. Il repensa au visage de Muriel Verloren lorsqu'elle avait vu l'assassin de sa fille qu'on emmenait à la voiture de patrouille. Il avait dû se dépêcher de pousser Stoddard sur la banquette arrière pour qu'elle n'arrive pas jusqu'à lui.

— Tout ça, c'est de votre faute, dit-il calmement.

Pour la première fois, Irving le regarda.

— Qu'est-ce que vous racontez ?

— Dix-sept ans, voilà ce que je raconte. Vous avez demandé à votre homme de main de vérifier les alibis des Huit. Il ne savait pas que Gordon Stoddard était aussi le prof de Rebecca. Si c'était

Green et Garcia qui avaient effectué la vérification – comme ç'aurait dû l'être –, ils seraient tombés sur Stoddard et n'auraient eu aucun mal à faire le lien. Dix-sept ans, chef. Tout ce temps, c'est vous.

Irving se tourna entièrement sur son siège pour faire face à Bosch.

— Nous avions un accord, inspecteur. Vous le rompez et je trouverai d'autres moyens de vous avoir. J'espère que c'est bien compris.

— Oui, bon, comme vous voudrez, chef. Mais vous oubliez quelque chose. Je ne suis pas seul à savoir certaines choses sur vous. Qu'est-ce que vous allez faire ? Passer des petits deals avec tout le monde ? Avec tous les journalistes et tous les flics de la création ? Avec toutes les mères et tous les pères qui ont dû mener une existence sans contenu à cause de ce que vous avez fait ?

— Baissez la voix, lui lança Irving entre ses dents.

— J'ai dit tout ce que j'avais à vous dire, lui renvoya Bosch doucement et calmement.

— Parfait, eh bien, laissez-moi vous dire quelque chose. Parce que je n'ai pas fini de vous parler, moi. Si jamais je découvre...

Il n'acheva pas sa phrase en voyant arriver le chef escorté de son épouse. Il se redressa sur son siège tandis que, la musique allant crescendo, le spectacle commençait. Déjà vingt-quatre cadets avec des insignes tout brillants sur la poitrine arrivaient sur le terre-plein et prenaient place devant la tribune des VIP.

Il y eut trop de discours préliminaires. Et le

passage en revue des nouvelles recrues prit trop de temps. Mais enfin l'on arriva au grand événement, à savoir les traditionnelles exhortations du chef de police. L'homme qui avait réintégré Bosch dans les rangs de la police était détendu et posé lorsqu'il se présenta au lutrin. Il parla de reconstruire la police de l'intérieur et ajouta que cela commençait tout de suite, avec les vingt-quatre nouveaux officiers qui se tenaient devant lui. Il ajouta que c'était tout à la fois l'image et les pratiques de la police qu'il entendait améliorer. Il dit bien des choses qu'il avait déjà dites à Bosch le lundi matin précédent. Il exhorta les nouveaux officiers à ne jamais enfreindre la loi pour la faire appliquer. C'était en obéissant à la Constitution et en faisant preuve de compassion qu'ils allaient devoir faire leur travail.

Mais sa conclusion surprit beaucoup Bosch.

— J'aimerais aussi attirer votre attention sur deux officiers à qui j'ai demandé de venir en qualité d'invités. Le premier nous revient, le second nous quitte. L'inspecteur Harry Bosch est revenu chez nous cette semaine, après plusieurs années de retraite. Ses vacances prolongées ont dû lui enseigner qu'on n'apprend pas à un vieux singe à faire la grimace.

Des rires polis montèrent de la foule massée à l'autre bout du terrain de manœuvre. C'était là qu'on avait mis les parents et amis des cadets. Le chef de police enchaîna.

— Ainsi donc, il a réintégré la grande famille du LAPD et a déjà brillamment accompli son devoir. Il s'est mis en danger pour le bien de la communauté. Hier, sa coéquipière et lui ont résolu un meurtre vieux de dix-sept ans que notre communauté vivait comme une épine dans sa chair. Nous sommes heureux d'accueillir à nouveau l'inspecteur Bosch en notre sein.

Quelques légers applaudissements montèrent de la foule. Bosch se sentit rougir et baissa la tête pour regarder ses mains.

— J'aimerais aussi remercier le chef de police adjoint Irvin S. Irving d'être parmi nous aujourd'hui, reprit-il. Cela fait presque quarante-cinq ans que le chef Irving travaille avec nous. Aucun autre officier de police n'a servi aussi longtemps que lui dans nos rangs. La décision qu'il a prise de se mettre en retraite dès aujourdhui et de faire de cette remise de diplômes la dernière cérémonie à laquelle il assisterait en portant le badge couronne on ne peut plus dignement sa carrière. Nous le remercions pour les services qu'il a rendus à notre police et à la ville.

Les applaudissements pour Irving furent nettement plus forts et soutenus. Certains se levèrent pour honorer l'homme qui avait si longtemps servi la police et la ville. Bosch se tourna légèrement vers la droite pour voir le visage d'Irving et découvrit dans les yeux du chef adjoint que celui-ci n'avait rien vu venir. Il s'était fait virer.

Bientôt tout le monde fut debout à applaudir, Bosch se sentant obligé d'en faire autant pour un individu qu'il méprisait profondément. Il savait parfaitement qui avait manigancé la chute d'Irving. Que celui-ci proteste ou tente, et de quelque manière que ce soit, de retrouver son poste et ce serait à l'enquête interne que Kizmin Rider avait montée contre lui qu'il devrait faire face. Et il ne faisait aucun doute que cette bataille-là, il la perdrait. Il n'avait aucune chance de la gagner.

Ce que Bosch ignorait, c'était le moment où tout cela avait été préparé. Il revit Rider assise sur le bureau de la salle 503 à l'attendre avec du café – bien noir comme il l'aimait. Savait-elle de quelle affaire sortait cette touche et où cela les conduirait ? Il se rappela la date sur la note du ministère de la Justice. Le document avait déjà dix jours lorsqu'il en avait pris connaissance. Que s'était-il passé pendant ce laps de temps ? Qu'avait-on prévu pour son arrivée ?

Il ne le savait pas et n'était pas très sûr de s'en soucier. C'était au sixième que les politiques s'affrontaient. Bosch, lui, travaillait à la 503 et c'était là qu'il se battrait. Sans se poser de questions.

Son discours terminé, le chef de police s'éloigna du micro et remit à chaque cadet son certificat avant de lui serrer la main et de poser avec lui pour la photo. Tout cela fut rapide, propre et chorégraphié à la perfection. Trois hélicoptères passant en formation au-dessus du terrain de manœuvre, les cadets mirent fin à la cérémonie en jetant leurs casquettes en l'air.

Bosch se rappela le moment où, plus de trente ans plus tôt, il avait lui aussi jeté sa casquette en l'air. Il sourit en y repensant. Il ne restait plus personne de sa promotion. Tous étaient morts, en retraite ou lessivés. Il savait qu'il lui revenait de porter le flambeau et d'incarner la tradition. De mener le bon combat.

Tandis que, la cérémonie s'achevant, la foule se ruait sur le terrain de manœuvre pour féliciter les nouveaux officiers, Bosch regarda Irving se lever et traverser le terre-plein en ligne droite afin de gagner la sortie. Il ne s'arrêta pour personne, pas même pour ceux qui lui tendaient la main pour le remercier et le féliciter.

— Inspecteur, vous avez eu une semaine chargée.

Bosch se retourna. C'était le chef de police. Il acquiesça d'un signe de tête. Il ne savait que dire.

— Merci d'être venu, reprit le chef. Comment va l'inspecteur Rider ?

— Elle a pris sa journée. Elle l'a échappé belle hier.

— C'est ce qu'on m'a dit. Assisterez-vous, elle ou vous, à la conférence de presse d'aujourd'hui ?

— C'est qu'elle n'est pas là et que moi, je songeais à m'en dispenser, si ça ne vous gêne pas.

— On se débrouillera sans vous. J'ai vu que vous avez déjà donné l'histoire au *Daily News*. Maintenant tout le monde veut en savoir plus. Il va falloir faire sérieusement le clown.

— Je le devais à la journaliste.

— Je comprends.

— Chef, est-ce que j'aurai encore un boulot lorsque la poussière sera retombée ?

— Évidemment, inspecteur Bosch. Comme dans n'importe quelle enquête, il faut faire des choix. Des choix difficiles. Vous avez pris les meilleures décisions possibles. Il y aura une enquête, mais je ne pense pas que vous ayez de problèmes.

Bosch hocha la tête. Il faillit dire merci, mais s'abstint. Et se contenta de regarder le chef.

— Y aurait-il d'autres questions que vous voudriez me poser, inspecteur ? lui demanda celui-ci.

Bosch acquiesça encore une fois.

— Je me demandais...

— Qu'est-ce que vous vous demandiez ?

— L'affaire a commencé suite à une lettre du ministère de la Justice et cette lettre était déjà ancienne quand elle m'est tombée sous les yeux. Je me demande pourquoi on me l'avait gardée. Ce que je veux dire c'est que... je me demandais ce que vous saviez et quand vous l'avez su.

— Cela a-t-il encore de l'importance aujourd'hui ?

Bosch poussa son menton dans la direction qu'Irving venait de prendre.

— Peut-être, répondit-il. Je ne sais pas. Mais il ne va pas se contenter de filer. Il ira voir les médias. Ou des avocats.

— Il sait très bien que s'il choisit cette voie il fera une erreur. Il y aura des choses à payer. Et il n'est pas bête.

Bosch hocha la tête. Le chef le regarda un instant avant de reprendre la parole.

— Vous avez l'air inquiet, inspecteur. Vous rappelez-vous ce que je vous ai dit lundi ? Je vous ai dit que j'avais étudié très soigneusement votre dossier et votre carrière avant de prendre la décision de vous réintégrer.

Bosch se contenta de le regarder.

— Je ne plaisantais pas, inspecteur. J'ai examiné votre cas et je crois savoir quelque chose sur vous. Vous êtes ici-bas pour une chose et une seule, inspecteur Bosch. Et vous avez aujourd'hui l'occasion de la faire, de poursuivre votre mission. Y aurait-il autre chose qui compte vraiment en dehors de ça ?

Bosch soutint longuement son regard avant de répondre.

— En fait, ce que je voulais vraiment savoir, c'est à propos de ce que vous avez dit l'autre jour. Vous étiez sérieux quand vous avez parlé des voix et des ondes de choc ? Ou bien c'était juste une façon de me remonter pour que j'aille vous dégommer Irving ?

Le feu monta aussitôt aux joues du chef de police. Il lâcha Bosch des yeux en composant sa réponse. Puis il retrouva ses yeux et cette fois, ce fut lui qui soutint le regard de l'inspecteur.

— Je ne plaisantais absolument pas et ne l'oubliez jamais. Vous retournez à la salle 503 et vous me bouclez des affaires, inspecteur. C'est pour ça que vous êtes ici. Bouclez-les ou je trouve une raison de vous boucler dehors et à jamais. Comprenez-vous bien ce que je vous dis ?

Bosch ne se sentit pas menacé. Cette réponse lui plaisait. Elle lui remettait du baume au cœur. Il acquiesça d'un signe de tête.

— Je comprends, dit-il.

Le chef leva la main et le prit par l'avant-bras.

— Bien. Alors, allons faire un tour là-bas qu'on nous prenne en photo avec quelques-uns de ces jeunes gens qui viennent de rejoindre notre famille. Peut-être pourront-ils apprendre quelque chose de nous. Peut-être pourrons-nous apprendre quelque chose d'eux.

Tandis qu'ils s'enfonçaient dans la foule, Bosch jeta un coup d'œil dans la direction qu'Irving avait prise, mais celui-ci avait disparu depuis longtemps.

44

Bosch passa trois des sept nuits suivantes à chercher Robert Verloren et ne le trouva que lorsqu'il était trop tard.

Un jour, une semaine après la cérémonie de remise des diplômes, Bosch et Rider étaient assis à leurs bureaux l'un en face de l'autre et mettaient la dernière main au dossier d'accusation contre Gordon Stoddard. Un peu plus tôt dans la semaine, celui-ci s'était entendu notifier ses chefs d'accusation au tribunal municipal de Van Nuys et avait plaidé non coupable. Le marathon judiciaire avait commencé. Bosch et Rider devaient mettre sur pied un document à charge précisant ce qui était retenu contre Stoddard. Le document serait ensuite donné au procureur et utilisé dans les négociations avec le défenseur de Stoddard. Après avoir rencontré Muriel Verloren ainsi que Bosch et Rider, le procureur avait élaboré une stratégie. Si Stoddard choisissait d'aller au procès, le ministère public demanderait la peine de mort selon l'article du code sur le guet-apens. L'autre possibilité était que Stoddard évite la peine capitale en se reconnaissant coupable de meurtre avec préméditation dans une procédure qui le condamnerait à la prison à vie sans possibilité de conditionnelle.

Dans un cas comme dans l'autre, les conclusions que Bosch et Rider étaient en train de rédiger seraient d'une importance capitale, car elles montreraient à Stoddard et à son avocat combien les preuves à charge étaient solides. Elles leur forceraient la main et obligeraient Stoddard à choisir entre deux solutions également sinistres : la condamnation à vie ou le pari engagé sur l'hypothèse hautement improbable d'une victoire au procès.

Jusqu'alors la semaine avait été bonne. Rider s'était remise de ce que la balle de Stoddard avait failli lui infliger et montrait qu'elle avait retrouvé toute son habileté à rédiger un dossier. Bosch, lui, avait passé toute la journée du lundi à être interrogé par un enquêteur des Affaires internes et avait été lavé de tout soupçon dès le lendemain. « Aucune mesure à envisager », le verdict des Affaires internes signifiait qu'il n'avait plus d'inquiétudes à avoir dans la police, même si les histoires toujours colportées dans les médias mettaient en question la façon dont les policiers s'étaient servis de Roland Mackey comme d'un appât.

Bosch était prêt à passer à l'enquête suivante. Il avait déjà dit à Rider qu'il voulait revoir l'affaire de la femme qu'il avait trouvée ligotée et noyée dans sa baignoire le deuxième jour de son entrée dans la police, en 1972. Ils s'y mettraient dès qu'ils auraient fini le dossier contre Stoddard.

Abel Pratt sortit de son bureau et entra dans leur box. Il était livide. Il montra l'écran de Rider d'un geste du menton.

— C'est sur le dossier Stoddard que vous travaillez ? demanda-t-il.

— Oui, répondit Rider. Qu'est-ce qu'il y a ?

— Vous pouvez arrêter. Stoddard est mort.

Tout le monde garda le silence un long moment.

— Mort ? répéta enfin Rider. Comment ça ?

— Mort dans sa cellule de Van Nuys. Deux trous dans le cou.

— Il s'est fait ça tout seul ? demanda Bosch. Je ne l'en croyais pas capable.

— Non. C'est quelqu'un qui le lui a fait.

Bosch se redressa.

— Attendez une minute, dit-il. Il était en cellule d'isolement à l'étage sécurisé. Personne n'aurait pu...

— Mais quelqu'un l'a fait ce matin, enchaîna Pratt. Et c'est là que c'est moche.

Il tenait un petit carnet à la main. Des notes y avaient été gribouillées. Il les lut.

— Dans la nuit de lundi un individu a été arrêté dans Van Nuys Boulevard pour ivresse et désordre sur la voie publique. Il a aussi agressé un des officiers qui l'interpellait. On lui a pris ses empreintes et on l'a enfermé à la prison de Van Nuys. Il n'avait pas de pièce d'identité et disait s'appeler Robert Light. Le lendemain, à la lecture des charges, il a plaidé coupable pour tous les chefs d'accusation et le juge l'a condamné à une semaine de prison à Van Nuys. Ses empreintes n'étaient pas encore passées à l'ordinateur.

Bosch sentit son estomac se nouer. Il avait peur. Il savait où tout cela conduisait. Pratt continua son récit en s'aidant de ses notes.

— L'individu qui se faisait appeler Robert Light a été affecté aux cuisines parce qu'il prétendait et a prouvé avoir de l'expérience dans la restauration. Ce matin, il a échangé son boulot avec un autre prisonnier, affecté lui aussi aux cuisines, et a poussé le chariot des plateaux-repas destinés aux prisonniers de l'étage sécurisé. D'après ce qu'ont raconté deux gardes témoins de la scène, lorsque Stoddard s'est présenté au guichet de sa porte de cellule pour prendre son plateau, Robert Light a passé les bras entre les barreaux et l'a attrapé. Puis il l'a poignardé à l'aide d'un surin taillé dans une cuillère. Il a réussi à lui trouer le cou en deux endroits avant que les gardes puissent le maîtriser. Mais les gardes sont arrivés trop tard. Stoddard a eu la carotide tranchée et a saigné à mort dans sa cellule avant qu'on puisse lui porter secours.

Pratt arrêta à cet endroit, mais ni Bosch ni Rider ne lui posèrent de questions.

— Pure coïncidence, reprit Pratt, les empreintes

de Robert Light ont été entrées dans la base de données au moment où il assassinait Stoddard. L'ordinateur nous a craché qu'un truc ne collait pas – le prisonnier avait donné un faux nom. Le vrai, et je suis sûr que vous l'avez déjà deviné, était Robert Verloren.

Bosch regarda Rider, mais ne put soutenir longtemps son regard. Il baissa les yeux sur son bureau. Il avait l'impression d'avoir reçu un coup au plexus. Il ferma les yeux et se frotta le visage avec les mains. Il avait le sentiment que tout cela était de sa faute. Dans l'enquête, le sort de Robert Verloren était de sa responsabilité. Il aurait dû le retrouver.

— Parlez de refermer les plaies ! dit Pratt.

Bosch baissa les mains, se redressa et regarda Pratt.

— Où est-il ? demanda-t-il.

— Verloren ? Il est toujours à Van Nuys. Ce sont les gars des Vols et Homicides de Van Nuys qui s'occupent de l'affaire.

— J'y vais.

— Qu'est-ce que tu vas faire ? demanda Rider.

— Je ne sais pas. Tout ce que je peux.

Il sortit du box, laissant Rider et Pratt derrière lui. Une fois dans le hall, il appela l'ascenseur et attendit. Le poids qu'il avait sur la poitrine ne le quittait pas. Il savait que c'était celui de la culpabilité, le sentiment qu'il éprouvait de ne pas avoir été prêt pour cette affaire, que les fautes qu'il avait commises avaient coûté beaucoup.

— Ce n'est pas de ta faute, Harry. Il a fait ce qu'il voulait faire depuis dix-sept ans.

Il se retourna. Rider l'avait rattrapé.

— J'aurais dû le retrouver avant.

— Il ne voulait pas qu'on le retrouve. Il avait un plan.

La porte de l'ascenseur s'ouvrit. La cabine était vide.

— Quoi que tu fasses, reprit-elle, j'irai avec toi.

Il hocha la tête. Être avec elle rendrait les choses plus faciles. Il lui fit signe d'entrer dans l'ascenseur et l'y suivit. Tandis qu'ils descendaient, une résolution commença à s'emparer de lui. Il allait poursuivre sa mission. Jamais il n'oublierait Robert, Muriel et Rebecca Verloren sur le bord de la route. Une résolution et une promesse. Celle de toujours parler au nom des morts.

Achevé d'imprimer par GGP Media GmbH, Pößneck
en Octobre 2005
pour le compte de France Loisirs,
Paris

*Composition et mise en pages réalisées
par ÉTIANNE COMPOSITION
à Montrouge.*

N° d'éditeur: 43889
Dépôt légal: Octobre 2005
Imprimé en Allemagne